作品で綴る 近代文学史

鼎書房

はじめに

文学史とは何かをめぐって、従来さまざまな議論が行われてきた。文学の展開と消長の歴史に独自の法則性を見出すことができるとき、文学史は可能になるはずだが、その法則性とはどのようなものか。

長期にわたって支配的だった作家中心の文学史叙述に対して、H・R・ヤウス『挑発としての文学史』は「作品の受容と作用」という読者の観点を重視し、R・バルト「作者の死」などテクスト論も加わって、近年では表現の流れそのものに眼が向けられるようになってきた。

このような新しい文学史構築の試みに鼓舞され共感しながらも、一方で、学生諸君に対する教授者として文学史叙述の教材を携え授業に臨んだ場合、多少とも違和感あるいは戸惑いといったものを感じざるをえない。なぜなら、仮令それがどのように優れた新しい文学史叙述であるにしても、叙述である以上、それは必ず叙述者によって把握され意義づけられた文学史の開陳であるほかはないからである。

本書は、これまでの〈与えられる文学史〉から〈創っていく文学史〉への転換を目指して編んだ。教授者が学生諸君とともに日本の近代文学史を考察していくうえでの、手掛かりを提供するための教材として、一八六八（明治元）年から一九七〇（昭和45）年までを、社会史・文化史も参照しながら六期に大別し、各期を年表と作品本文によって構成した。

年表は、原則として初出の時点で記載し、作品名・作者名・発表誌紙（発行所）名・発表（発行）月の順に記した。本文を採録する作品については、ゴチックで表記した。

作品は、小説・詩歌・戯曲・評論を中心に、歌謡類にも注目し、社会の動向や思潮を顕著に示した法令やマニフェストなども加えて四三五編（さらに参考文を八編補足）を、いずれも表現の様態を把握できる最小限の分量で収めた。参考文を関係作品の直後に配したほかは、ジャンルを問わずすべて発表年月の順序に沿って掲載した。その意味では、ほぼ完全な編年体方式をとっているが、授業に当たってすべての作品に漏れなく言及されることを期待しているわけではない。かえって、大胆な取捨を介して魅力的な近代文学史の授業が教授者の手で組み立てられていくことを、願ってやまないものである。

収録作品の本文は、初出雑誌・初版本を基準とし、個人全集のほか明治文学全集その他の信頼できる双書に拠ったものもある。採録に際して、正漢字・変体がなは新字体に改めた。かなづかいは基本的に、現代かなづかいが施行される一九四六年までの作品については歴史的かなづかいに、それ以降の作品については現代かなづかいに準拠した。原典にある振りがな（ルビ）や圏点の類は、読み易さをめどに適宜省略した。

作品ごとに脚注をつけた。執筆は気鋭の研究者一六名があたり、作品の歴史的な位置や受容のされ方、書誌や作者とのつながりなどについて参考事項を記した。また、知識を必要とする本文中の文脈や語句を抜き出し、説明を加えた。記述は客観的であることにウエイトを置き、教授者の作品把握を制肘するものにならないよう留意した。脚注をお願いした方々の芳名と担当項目番号は、巻末に紹介している。

本書が、〈創っていく文学史〉の教材として活用されれば、大きな喜びである。

一九九六年二月

編　者

作品で綴る近代文学史　目次

■第一期（1868〜1884）

■第二期（1885〜1896）

■第五期（1924〜1945・8）

第一期

1868（明元）〜1884（明17）

西暦（元号）	小説	詩歌・戯曲・評論	社会動向・文学事象
1868（明元）	白縫譚（柳亭種彦・菊寿堂）※月未詳	訓蒙窮理図解（福沢諭吉・慶応義塾）初秋	明治と改元し、一世一元号を制定10
1869（明2）		頭書大全世界国尽（福沢諭吉・慶応義塾）8	藩籍奉還を許し、旧藩主を知事に任命6
1870（明3）	万国航海西洋道中膝栗毛（仮名垣魯文・万笈閣）9	**西国立志編**（スマイルズ、中村正直訳・同人社）11	平民に苗字許可される9 「横浜毎日新聞」（日本で最初の日刊紙）創刊12
1871（明4）	牛店雑談**安愚楽鍋**（仮名垣魯文・誠之堂）卯月	横文字百人一首（黒川真頼・文淵堂）3	斬髪廃刀令8
1872（明5）	河童相伝**胡瓜遣**（仮名垣魯文・万笈閣）孟春 魯敏孫全伝（斎藤了庵訳・香芸堂）4 寓言かたわ娘（福沢諭吉・山崎屋清七）9	自由之理（ミル、中村正直訳・吉川半七）2 **学問のすゝめ**（福沢諭吉・自家版）2	教部省、**三条の教則**発布4 仮名垣魯文ら、三条の教則に対し「**著作道書上げ**」を提出。戯作者の自粛始まる7
1873（明6）	**通俗伊蘇普物語**（渡辺温訳・自家版）2		森有礼、明六社の結成を首唱7 学制を発布し、義務教育制度を実施8
1874（明7）	**柳橋新誌**二編（成島柳北・山城屋政吉）2 **東京新繁昌記**（服部誠一・山城屋政吉）4 台湾外記（染崎延房編・永保堂）12	洋字ヲ以テ国語ヲ書スルノ論（西周・明六雑誌）3 妻妾論（森有礼・明六雑誌）5 **知説**（西周・明六雑誌）7 **讃美歌**（スタウト・ディヴィス編・ダッチリフォームト教会他）11	板垣退助ら愛国公党結成、民選議院設立を左院に建白1 江藤新平らによる佐賀の乱おこる2 「明六雑誌」創刊（森有礼他）3 板垣退助ら高知に立志社設立4 「朝野新聞」創刊（成島柳北編集）9 森春涛、東京下谷に茉莉吟社を設立10 「読売新聞」創刊（日就社）11
1875（明8）	岩田八十八の話（無署名・平仮名絵入新聞）12 開巻驚奇暴夜物語上・下（永峯秀樹訳・奎章閣）2	善良ナル母ヲ造ル説（中村正直・明六雑誌）3 文明論之概略（福沢諭吉・自家版）4	樺太千島交換条約調印5 讒謗律及び新聞紙条例公布、言論弾圧強化6
1876（明9）	天路歴程（バンヤン、村上俊吉訳・七一雑報）4		日曜休日、土曜半休の制定3
1877（明10）	和蘭美政録楊牙児ノ奇獄（クリステマイエル、神田孝平訳・花月新誌）9 鳥追お松の伝（無署名・仮名読新聞）12	日本開化小史（田口卯吉・丸屋善七）9 民訳論（ルソー、服部徳訳・島村利助外）12	西郷隆盛らによる西南戦争起こる2 旧開成所、医学校を合併し東京大学とする4 クラーク、札幌農学校を去る4 第一回内国勧業博覧会、上野で開催8
1878（明11）	夜嵐阿衣花廼仇夢（岡本起泉・金松堂）6 新説**八十日間世界一周**（ジヱルヴェルヌ、川島忠之助訳・丸屋善七）6 金之助の話説（前田香雪・東京絵入新聞）8	西洋品行論十二編十三冊（スマイルズ、中村正直訳・珊瑚閣）3 開明新論（植木枝盛・自家版）4 初学日本文典（物集高見・片山武兵衛）7 開化新題歌集（大久保忠保編・金花堂）11	パリ万国博覧会に参加5 依田学海らが団十郎、菊五郎らに演劇改良の必要を説く4 フェノロサ来日、東京大学哲学教師となる8 坪内雄蔵、東京大学文学部本科に進みホートンの英文学講義を受ける9

年	翻訳・小説	詩歌・評論ほか	事項
	欧州奇事 **花柳春話**（リットン、丹羽純一郎訳・坂上半七）10		＊明治五年の大火で消失した銀座にれんが街完成
1879（明12）	**高橋阿伝夜叉譚**（仮名垣魯文・金松堂）2 島田一郎梅雨日記（岡本起泉・島鮮堂）6 巷説児手柏（高畠藍泉・文永堂）9	民権田舎歌（植木枝盛・集文堂）4 百科全書 修辞及華文（チェンバー、菊池大麓訳・文部省）5	高橋阿伝、夫と情夫殺害により斬罪に処せられる。小新聞、毒婦お伝の記事掲載に端を発し実録物が流行1 文部省に音楽取調掛を設置10
1880（明13）	春風情話（スコット、橘顕三訳・中島精一）4 ※実際は坪内逍遙訳 民権演義 **情海波瀾**（戸田欽堂・聚星館）6 二万里海底旅行（ジュール・ベルヌ、鈴木梅太郎訳・山本）※月未詳	明治開化和歌集上下（佐々木弘綱編・山中市兵衛）7 文明開化は小説を害す（高畠藍泉・芳譚雑誌）5 **民権かぞへ歌**（植木枝盛・世益雑誌）12	集会条例制定4 東京大学文学部第一回卒業生（井上哲次郎、岡倉天心ら）7 国安妨害、風俗壊乱と認められる新聞・雑誌の発行を停止または禁止する旨布告10 ＊翻訳小説が隆盛し、政治小説が台頭
1881（明14）	西国烈女伝（田島象二訳編・引令本社）5 蒂旗群馬嘶（彩霞園柳香編・金松堂）5	**天衣紛上野初花**（河竹黙阿弥・歌舞伎新報）3 社会平権論（スペンサー、松島剛訳・報告社）5 **小学唱歌集**（文部省音楽取調掛編・文部省）11	国会開設を明治二三年とする旨の詔勅10 板垣退助ら自由党を結成10
1882（明15）	仏蘭西革命記 自由乃凱歌（デュマ、宮崎夢柳訳・絵入自由新聞）8 仏国革命起源 西洋血潮小暴風（デュマ、桜田百衛訳・絵入自由新聞社）12	**新体詩抄**（外山正一、矢田部良吉、井上哲次郎・丸屋善七）8 清治湯の講釈（坪内逍遙・東京絵入新聞）9 人権新説（加藤弘之・自家版）10	中島信行、小室信介（案外堂）ら立憲政党を結成2 福地源一郎ら立憲帝政党を結成3 自由党総理板垣退助、遊説先の岐阜で刺客に襲われる4 東京専門学校開校10
1883（明16）	斉武名士 **経国美談**（矢野龍渓・報知社）3 西洋珍説 人肉質入裁判（シェークスピア、井上勤訳・今古堂）10 絶世奇談 魯敏孫漂流記（デフォー、井上勤訳・長尾景弼）10	天賦人権論（馬場辰猪・自家版）1 東洋民権百家伝一名日本義人伝（小室信介・見光新聞出版局）8 維氏美学（ウエロン、中江兆民訳・文部省）11	新聞紙条例、出版条例が改正され、言論弾圧を強化4 坪内逍遙、東京大学を卒業し東京専門学校講師となる9 岩田俊子（中島湘烟）、大津で「函入娘」「結婚の不完全」を演説し拘引される10 麹町に鹿鳴館落成11
1884（明17）	惨風悲雨 **世路日記**（菊亭香水・東京稗史出版社）6 **怪談牡丹灯籠**（三遊亭円朝演述、若林玵蔵記・東京稗史出版社）7 **自由艶舌女文章**（小室信介・自由燈出版局）9 虚無党実伝記 **鬼啾啾**（ステプニヤック、宮崎夢柳訳・自由燈）12	孝女白菊詩（井上哲次郎・鈎玄堂）2 漢字を廃すべし（外山正一・東洋学芸雑誌）2 文明東漸史（藤田茂吉・報知堂）9 真理一斑（植村正久・警醒社）10	学習院、宮内省管轄の官立学校となる4 井上哲次郎、原田直次郎がドイツへ、黒田清輝がフランスへ留学2 自由党員、群馬県下で蜂起（群馬事件）5 日本鉄道開業、上野高崎間が開通6 森鷗外、陸軍衛生制度調査を命ぜられドイツへ留学8 自由党員、茨城県下で蜂起（加波山事件）9 自由党員農民ら埼玉県下で蜂起（秩父事件）10 自由党解散10

1

*天ハ自ラ助クルモノヲ助クト云ヘル諺ハ確然経験シタル格言ナリ僅ニ一句ノ中ニ歴《アマネ》ク人事成敗ノ実験ヲ包蔵セリ自ラ助クト云コトハ能ク自主自立シテ他人ノ力ニ倚《ヨラ》ザルコトナリ自ヲ助クルノ精神《タマシヒ》ハ凡ソ人タルモノ、才智ノ由ヲ生ズルトコロノ根原ナリ推《オシ》テコレヲ言ヘバ自助クル人民多ケレハソノ邦国必ズ元気充実シ精神強盛ナルコトナリ○他人ヨリ助ケヲ受テ成就セルモノハソノ後必ス衰フルコトアリシカルニ内自助ケテ為ストコロノ事ハ必ズ生長シテ禦《フセグ》ベカラサルノ勢アリ蓋シ我モシ他人ノ為ニ助ケヲ多ク為サンニハ必ズソノ人ヲシテ自己励ミ勉ムルノ心ヲ減ゼシムルコトナリ是故ニ師伝ノ過厳ナル者ハ其子弟ノ自立ノ志ヲ妨グルコトニシテ政法ノ群下ヲ圧抑スルモノハ人民《カシヅキ》ヲシテ扶助ヲ失ヒ勢力ニ乏カラシムルコトナリ

西国立志編　スマイルズ　中村敬宇＝中村正直訳　明3・11～明4・7

2

世界各国の諺に。仏蘭西の着倒れ。英吉利の食だふれと。食台《ていぶる》に並べて譜《いへ》ど。衣ハ肌を覆ふの器。食ハ命を繋ぐの鎖。*心の猿の意馬《こま》止《とめ》て。咲いた桜の花より団子。色則是《しきそくぜ》食《くう》色気より。餐気《くひけ》を前《さき》の佳味《かみ》肉食。牛にひかれて膳好《ぜんかう》方便。*仏徒家《ほとけ》の五戒さらんパア。虚《うそ》と実《まこと》の内外を西洋風味に索混《あへまぜ》て。*世に克熟《よくなれ》し甘口とハ。作者が例の自己味噌《てまへみそ》。家言《かげん》もあしの不果放行《はかどらぬ》。彼《かの》小便の十八町。*慢々《だらく》地急案即席調理。*刻　葱《きざみねふか》の五分《ごふ》ほども透《すか》ぬ測量《つもり》のタレ按排《あんばい》。生肉《なま》の替《かは》りハ後輯《あと》にして。一帙《ひとなべ》端《はし》を採給《とり》へと。文明開化開店の。告《ひき》条《ふだ》めかして演述《のぶる》になん

明治四　歳《よつのとし》辛未の卯月　初《はじめ》の五日

1　スマイルズの『セルフ＝ヘルプ』(自助論)を中村敬宇が翻訳した評論。イギリス留学の帰途船中で耽読し、その実学思想の感化を受け、明治青年の啓蒙書として約十ヵ月を費やして完成した。自助の精神で成功した古今東西の人物を取り上げ、自主自立、発明創造、勉強忍耐などを説く。

天ハ…助ク　"Heaven helps those who help themselves."を日本語に訳したもの。本書を代弁する中心命題。

2　魯文(本名は野崎文蔵)が市井の新風俗牛鍋屋に集まる客を戯画化して描いた作品、全三編中の初編自序。その穿ち(風刺精神)が読者の人気を博した。類型的な人物像ながら当時の世相を写実的に捉えている点で評価が高い。

心の…止て　煩悩や情欲をおさえがたいこと。

仏徒家…パア　仏教の戒めは省みないで牛鍋を食べるという意味。

東京本石街《とうけいほんこくちやう》万笈閣《ばんきうかく》の隠居に於て
牛の煉薬黒牡丹の製主《せいしゅ》
仮名垣魯文題

牛店雑談安愚楽鍋　仮名垣魯文　明4卯月〜明5春

3
此小冊子《このさうし》胡瓜遣《きうりづかひ》と題号《なづく》る故縁《ゆえん》ハ福沢先生の窮理図解《きうりづかい》世に高評の音通《ひゞき》を仮用《かよう》し実学有益《うえき》の確論を無用の戯編《けへん》に翻案せる其条《そのこと》河童の屁に等類《ひとし》く一度《ひとたび》水中に響くと雖《いへども》水上に浮む則《ときん》バ淡《あは》となりて消るに同じその*河伯氏《かはくし》の好める食《しよく》や他《た》に有らず則ち胡瓜と*尻子玉《しりごだま》なり尻子玉の人に害ある渠《かれ》好むとも禁じて許さず胡瓜の風味渠《かれ》が累世《るいせい》の食料たれども生物《まるごと》咀嚼《かぢる》の外《ほか》に術《すべ》なし当編《このへん》も既に然《しか》り原書も同《おなじ》音き題号《となへ》ハあれども理《ことは》り窮《せめ》たる説もなく蒙《わらべ》を訓《みちび》く図解もなし故に河童の伝習とし一名絲瓜《へちま》の皮とも号《なづけ》り

河童相伝胡瓜遣　仮名垣魯文　明5孟春

4
天*ハ人の上に人を造らず人の下に人を造らずといへりされバ天より人を生するにハ万人ハ万人皆同じ位にして生れながら貴賤上下の差別なく万物の霊たる身と心との働を以て天地の間にあるよろづの物を資り以て衣食住の用を達し自由自在互に人の妨をなさずして各安楽に此世を渡らしめ給ふの趣意なりされども今広く此人間世界を見渡すにかしこき人ありおろかなる人あり貧しきもあり冨めるもあり貴人もあり下人もありて其有様雲と泥との相違あるに似たるハ何ぞや其次第甚た明なり実語教に人学ばざれ

世に…と八　魯文が世間通で口も巧みであることと牛鍋の甘口でよくこなれた味とをかけている。

慢々地…調理　だらだらした牛の小便とは逆にこの文案は急に思いついてすぐに執筆した。

刻葱…按排　工夫をこらして執筆したという意味。

3　魯文の作品「胡瓜遣」の序文。初編上下二冊、続編を書く予定であったが刊行されていない。福沢諭吉の啓蒙書「窮理図解」（明元）をもじったもの。

河伯氏　川の神。河童のこと。

尻子玉　肛門にあるといわれる玉のことで、河童に抜かれると腑抜けになると信じられていた。

4　福沢の思想を代表する論文の一つ。全一七編。初編は郷里中津の学校開校のために書かれた勧学の書。好評を博したので書き継がれた。功利的実学主義をすすめ、独立自尊を説く。新時代の指針を平易な文章で示したものとして多大の影響を与えた。

天八…造らず　初編冒頭の一句。

ば智なし智なき者ハ愚人なりとありされば賢人と愚人との別ハ学ぶと学ばざるとに由て出来るものなり

学問のすゝめ　自家版　福沢諭吉　明5・2〜明9・11

5 一、敬神愛国の旨を体すべき事
一、天理人道を明にすべき事
一、皇上を奉戴し朝旨を遵守せしむべき事

三条の教則　教部省発布　明5・4

6 素ヨリ戯作ハ識者ニ示スニ非ス不識者ヲ導クモノニ候尚依然トシテ守株仕候テハ迂遠ニ陥イリ曖昧ニ流ル、而已ナラス其弊ツイニ人ヲ過ツニ至ルベシ依テ爾後従来ノ作風ヲ一変シ乍恐教則三条ノ御趣旨ニモトツキ著作可仕ト商議決定仕候就テハ下劣賤業ノ私輩ニ御座候得共歌舞伎作者トハ自然有別儀ニ御座候間右可然御含被成下度云々

著作道書上げ　仮名垣魯文・条野有人　明5・7

7 或呆鴉《あほうがらす》。いかにもして身を飾り。仲間鴉に誇らんものをと。窃《ひそか》に孔雀の脱羽《ぬけばね》を拾ひ。己《おの》が尾羽根の間にさしこみ。今迄の朋輩を軽蔑《さげすむ》で。美しき孔雀の群へ飛いると。孔雀は直《ぢき》にこのまぎれものを見出し。にくき奴かなと其仮羽《かりぎ》を剪《はぎ》とり。汝《おめへ》は汝《おめへ》の事をしなせへと云て。嘴《くちばし》をそろへて衝逐《つきだ》したり。

人間は生まれつき平等であるという一種の人権宣言。封建的身分意識からの解放に役立った。

5　神道の精神を基に、実学思想や合理精神を加味した教則。その趣旨普及のため宗教家や有識者、さらに戯作者や俳優までも啓蒙活動を要請された。明治六、七年頃になると宣教運動は低調になり、一〇年一月、教部省が廃止されたことによって立ち消えた。

6　魯文と条野有人（本名は伝平、別号採菊）が「三条の教則」に対して政府に提出した答申書。このち魯文は神奈川県庁の雇員となり、教則の趣旨に基づいた著作や実際活動を通して民衆教化の役割を果たした。

7　英訳本から翻訳されたもので、収録された物語は二三七篇。通俗とあるのは、俗語を交えて平易にしたとの意で、ふりがなつき漢字が使用されている。人間の基本的

通俗伊蘇普物語（自家版）　無盡蔵書斎主人＝渡辺温訳　明6・2

8
一妓口に長じて才に短なり、人皆命けて饒舌児《オシャベリ》と曰ひ、又無眼娘《ベシラス》と曰ふ。一日衆妓と*某《アル》公の宴に侍す。酒闌はなり、妓従容として公に問ふて曰く、聞く公卿の西京に在るや皆合花牌《ハナアハセフダ》を造つて以て業と為す、知らず殿下も亦曾て之を造る耶《か》。公愕然語無し。少頃《シバラクシテ》答へて曰く、往時諸子閑散《ヒマ》、知らず或は戯れに之を造る歟《か》、縦《たと》ひ有るも焉、亦官爵迥かに孤《オレ》の左《シモ》に在る者耳《のみ》。近来国家多事、復た一人の這《この》様の閑 事《ツマラヌ》を為す者無きや必せり矣。妓膝を拊つて曰く、解せり矣解せり矣。近来坊間《マチナカ》花牌甚だ乏し、価も亦随つて貴《タカシ》し。阿爺《オヤヂ》毎に之を嘆ず。妾も亦其の故を知らず、今者《ケフ》殿下の話《オハナシ》を奉 承《ウケタマハリ》し宿疑氷解《ワケガワカリマシタ》す。夫れ之を生《ナ》す者は寡く、之を用ふる者衆ければ則ち牌恒に足らず、価の貴き亦宜なる哉。満座皆汗を其の掌に握《にぎ》る。

柳橋新誌（二編）※原文は漢文　成島柳北　明7・2

9
世の繁華の由つて生ずる所の者は何ぞ、文化の繁華なれば也。本邦文運の隆盛なる、未だ曾て今日の如きは有らざる也。全国を分つて、七大学区と為し、又た大区を分つて、二百五十六中学区と為し、又た中区を分つて、五万三千七百六十小学区と為す。東阪西隅と雖も、学校の設け有らざるは無し。教育の道至れりと謂ふ可し矣。今や人*民蒙昧の雲霧を出でて、而して文華の錦繍に入り、父兄たる者は汲々として其の子弟を鼓舞し、子弟たる者は孳*々として其の学業を勉励す。国内日ならずして其の極域に

倫理を教えるなど教訓的な内容である。「イソップ物語」は翻訳文学の嚆矢とされるもの。

8　漢学者で粋人としても知られる柳北の漢文戯文体の随筆集。三編から成る遊里柳橋の風俗誌。二編は不粋な薩長高官への批判などの短い挿話をはさみながら柳橋の変貌を描き、皮相な文明開化を風刺している。江戸文化への哀惜と近代文明批判の書としての意義が大きい。三編は発行禁止となり序文のみが伝わっている。

某公　三条実美のことか。実美の父はカルタの絵付けを内職にしていたらしい。当時公卿の生活はかなり逼迫していた。

9　寺門静軒「江戸繁昌記」の影響を受けた、明治期の最も有名な繁昌記物。全六編。当該箇所は初編巻頭の「学校」で、教育の普及とともに勉学熱に狂奔するさまが描かれている。服部誠一（別号撫松）は「東京新誌」を創刊、ジャーナリストとしても活躍した。

進む可き也。本府は学区の枢軸にして、大小の学校林叢の如く、而して小川坊の開成*校を以て第一と為し、或は市校有り、或は共立校有り、或は私校有り、官私を合はせて其の数三千、生徒凡そ五千人。四方より笈*を負ふ者、日に幅輳し月に薈萃す。百科の技術、百般の学芸研窮せざる者無し。故に五尺の童も、紙鳶《タコ》陀螺《コマ》に耽つて通学の時刻を誤る者無く、七歳の女も羽子《ハゴ》手毬《テマリ》に流れて習字の催促を受くる者無し。

東京新繁昌記※原文は漢文　服部誠一　明7・4〜明9・4

10 学ノ要ハ真理ヲ知ルニ在リ、然ルニ其真理ナル者ハ我得テ事々ニシテ之ヲ知ラスト雖トモ我亦先天ヨリ之ヲ知ル者アリ、曰ク真理ハ一物一事ニシテ必ス一ナルヲ知ル、吾人一ヲ両断スレハ必ス二トナルヲ知ル、一ヲ両断シテ其三タリ四タリ若クハ五タルヲ知ラムト欲スルモ得可ラサルナリ、是数理ニ就テ言フト雖トモ之ヲ衆理ニ徴シテ真理ノ必ス一ニシテ二ナキハ吾人ノ既ニ先天ニ於テ知ル所ナリ、此先天ノ知ニ因テ真理ヲ知ルヲ求ルヲ之ヲ講究《インヱスチケーシウン》ト云フ、故ニ学ハ講究ニ在ルコト既ニ論ヲ待タス、然ルニ講究ノ法亦諸種アル、カノ鑿空模索ノ能真理ヲ得ヘキニ非レハ必ス先ツ講究ノ方法ヲ定ムヘシ、西洋輓近取ル所ノ方法三ツアリ、*曰ク視察《オブセルヱーシウン》ナリ、曰ク経験《エキスペリエンス》ナリ、曰ク試験《ブルーウ》ナリ、三ツノ者ノ中試験ノ一方法ハ時ニ従ヒ物ニ依テ用フ可ラサルコトアリト雖トモ前ノ二ツヲ欠ク者ハ一モ講究ト云フ可ラサルナリ、

知説　西周　明7・7〜12

人民…入り　人民は無知を脱し華やかな文明を享受するようになったということ。

孳々　熱心に励むさま。

開成校　江戸幕府設立の洋学教育機関。明治政府が官立として再興。明治九年東京大学の一部となる。

笈を…薈萃す　勉学のため故郷を出て集まってくる者が多いこと。

10 「明六雑誌」の第14・17・20・22・25号に掲載された論文。同雑誌掲載論文の「知説」「人生三宝説」「教門論」は三部作ともいうべきもので、それぞれ知識論（認識論）、道徳論、宗教論に関する理論的研究書である。実践に対して学問（理論）優位の傾向がみられる。「知説」(5)には我国最初の近代的文学理論がある。

曰く視察…サルナリ　事実の調査、実験など実証主義の立場を表明。

11 一われやめるときに　なぐさめあり
われらにかはりて　ちをながせし
イエスのくるしみを　おもひやれば
わられはいたみの　なきひとなり
二われやめるときに　めをさまして
かみのしもべの　約百《じやうぶ》をみれば

サタナにうたれて　いたくやめど
かれはそのかみを　なほあがめり
三われやめるときに　よろこびあり
かみはいつくしむ　子をむちうち
ひをもてこゝろみ　たもふ《ママ》ときけば
みをやくばかりの　ねつもしのばん

讃美歌（第三十）　スタウト・ディヴィス編　明7・11

12 千八百七十二年中ニ龍動ボルリントン公園傍サヴヒルロー街第七番ニ於テ千八百十四年中シエリダン*ガ物故セシ家ニ同府改進舎ノ社員ニテ自身ハ勉メテ行状ノ人ノ目ニ立タヌ様注意シアリシモ何時トナク奇僻家ノ名聞轟キケルフアイリースフヲツグ氏*ト称スル一紳士ゾ住ヒケル

新説八十日間世界一周　ジユル・ヴェルヌ　川島忠之助訳　明11・6〜明13・6

13 妾縦令《タト》ヒ君ガ家ヲ去ルモ日ニ君ノ幸福安全ヲ祈リ以テ鴻恩《カウオン》万分ノ一ニ報ゼンノミ。言了《ヲハ》ツテ忽チ戸ヲ開キ去ラントシ首ヲ回ラシテマルツラバースヲ一顧シ恰カモ離別ノ情ヲ表スルガ如クナリシガ忽チ往事《ワウジ》ヲ追懐シテ愁思《シウシ》胸ニ鍾《アツ》マリ情切ニ悲迫リ覚ヘズ倒レテ悶絶ス。マルツラバース忙ハシク起《タチ》テアリスノ側ラニ疾走シ之ヲ抱《カヽ》エテ呼《ヨ》ビ回《カ》ヘスコト数声《スセイ》、且ツ謂ツテ曰ク余復タ離別ノ事ヲ言ハズト。右手ニアリスノ左手ヲ執《ト》リ左

11 邦人牧師、奥野昌綱の作。讃美歌集は、その集大成とされる明治二一年の『新撰讃美歌集』にいたるまでに四五冊をかぞえた。讃美歌には、原詩と原譜に拠った訳詩と、創作詩とがあるが、本作品は後者にあたる。創作詩の語調の多くが、五七あるいは七五であったなかで、八六調を採用している点が、当時の新体詩との関わりからも注目される。

12 我国最初のフランス文学の翻訳小説。原書は一八七三年刊行。原文に忠実な翻訳を心がけており、「花柳春話」とともに明治文壇に与えた影響は大きい。以後ヴェルヌものが流行した。
シエリダン　劇作家、政治家。
フアイ…氏　主人公のイギリス人。

13 イギリスの小説家ロード・リットンの「アーネスト・マルツラバース」（一八三七）と続編「アリス」（一八三八）を合訳した翻訳小説。漢文訓読体で、逐語訳ではなく抄訳や意訳などかなり自在な翻訳を行っている。政治小説的な一

腕《ワン》ニ其頭《カウベ》ヲ抱《イダ》キ冷水ヲ口ニ含ンデ朱唇《シュシン》ニ灑《ソヽ》ギ去ル。此時アリス漸クニシテ眼ヲ開キ繊《セン》手《シュ》ヲ伸バシテマルツラバースノ頸辺《ケイヘン》を抱擁シ瞳《ドウ》ヲ正《タヾ》フシテ顔ヲ見ル。マルツラバース密語シテ曰ク余実ニ卿ニ恋着ス。焉《イツ》クンゾ離去スルヲ得ンヤ。

欧州奇事花柳春話　リットン　丹羽純一郎訳　明11・10〜明12・4

14 去る明治九年八月二十六日の夜《よ》浅草御蔵前旅人宿《おんくらまへりよじんやど》大谷三四郎方《かた》にて後藤吉蔵《きちぞう》を殺害なし丶毒婦高橋《たかはし》お伝《でん》の事跡《じせき》ハ其口供《そのくちがき》に因《よつ》て渠《かれ》が履歴顛末の概略《あらまし》を知るに足るを以て諸新聞此《これ》に基《もとづ》き各記者筆を採つて長談《ちやうだん》数回に及ぶと雖《いへど》も彼口供《かのくちがき》の如きハ毒婦が狡才詐欺《かふさいいつはり》をのみ旨とし現に明々《めいく》たる法庭《ほうてい》を暗冥《くらま》さんとするに有《あり》て遂に其《その》実を告ぐるに至らず然れ共官《くわん》の明鏡《めいきやう》毒婦が胸裏《こゝろ》を認定《みさだむ》るの証《しやう》を挙《あげ》審判断決《きはまり》て同十二年一月三十一日東京裁判所にて※左《さ》の如く申し渡されたり

群馬県下上野国利根郡下牧村《かうづけのくにとねごほりしもまきむら》
四拾四番地平民九右衛門《くゑもん》養女《やうぢよ》
高橋おでん　　二十九年二ヶ月

高橋阿伝夜叉譚　仮名垣魯文　明12・2〜4

15 世評《ウワサ》最モ紛々タル*国府正文ト和国屋民次トノ拮抗《ハリアヒ》ハ、却テ民次阿権ノ良縁ヲ結ブノ媒介《ナカダチ》トナリ、民次既ニ比久津屋奴ノ旧情ヲ断チ、今ヤ阿権ヲ聘シテ公然伉儷《フウフ》トナリシカバ、驕傲偏固《ヲゴリカタクナ》ノ国府正文モ我意ヲ折リ、宿怨《ウラミ》ヲ解キ、尚民次阿権ニ対シテ一段ノ好意《ヨシミ》ヲ表

面も持つ才子佳人の恋愛小説で、文体の力もあって特に青年層に歓迎された。明治十〜二十年代リットンの翻訳書は最も多く出版され、「何々情話」「何々春話」などの題名が流行したほどである。

14　毒婦物（姦婦、淫婦を主人公とした実録もの）の代表作。高橋お伝が明治一二年一月三一日に処刑された直後に執筆され、岡本起泉「其名も高橋毒婦の小伝　東京奇聞」との競作で話題となった。「三条の教則」発布以来の実学尊重の風潮の中、戯作の筆を折っていた魯文の八年ぶりの作品。左の如く　お伝の口供の虚偽を裏付ける証拠人を列挙した罪状が次に続けて掲載されている。作者の事実を重視する姿勢の表れ。

15　華族出身の民権運動家欽堂が発表した小説。欽堂が序文で、表面は「佳人情縁ノ事」を描いてはいるが、他に「意義」があると述

セント、身親〔ミツ〕カラ催主《モヨホシヌシ》トナリ、今夕ヲ以テ両国ノ会席某楼ニ賀婚《コンレイ》ノ祝筵《イワヒ》ヲ張リシナリ。抑〔ソモソモ〕阿権ハ従来此生ヲ花柳ノ中ニ送リ、絮縁萍情《ウイタナリハイ》苦楽共ニ身ヲ寄スル所ナク、荏苒〔ジンゼン〕志ヲ達セザリシモ、期至リテ一朝此ノ光栄《ホマレ》ニ遭遇《アフ》ス。欣喜ノ情ハ胸間ニ鍾《アツマリ》リ溢レテ紅涙ト為リ、覚ヘズ襟《エリ》ノ沾《ウルヲ》スニ驚キ、忽然トシテ醒メ来レバ、是レ阿権ガ酔余仮寐《カリネ》ノ一夢ニシテ、歌吹海《ウタサミセン》裏ノ祝宴《イワヒノムシロ》ハ淼トシテ水烟ノ中ニ散ジ、身ハ今客ヲ山谷ニ送リ、独《ヒトリ》柳橋ニ帰ルノ船ニ在リ。

民権演義 情海波瀾　戸田欽堂　明13・6

16 一ツトセー、人の上には人ぞなき、権利にかはりがないからは、この人ぢやもの
二ツトセー、二つとはない我が命、すてゝも自由のためならば、コノいとやせぬ
三ツトセー、民権自由の世の中に、まだ目のさめない人がある、コノあはれさよ
四ツトセー、世の開けゆくそのはやさ、親が子どもにおしへられ、コノかなしさよ
五ツトセー、五つにわかれし五大洲、中にも亜細亜は半開化、コノ悲しさよ
六ツトセー、昔をもへば亜米利加の、独立したのもむしろ旗*、コノいさましや

民権かぞへ歌　植木枝盛　明13・12

17 三千　長く便りのないことなら、いつそのことにお前の手に掛け、殺して行つて下さんせ。
直次　なに、殺して行けとは。

べているように、柳橋を舞台に恋物語を描きながら実は自由民権思想を説くことを目的としている。政治小説の嚆矢とされる。国府正文　専制政府を暗示する命名法。以下、和国屋民次は日本国民、阿権は民権思想、比久津屋奴は卑屈な奴隷根性を寓意する。「寓言自ヅカラ世ヲ諷セント」する作者の姿勢が命名にも表れている。

16　自由民権思想を大衆に広めるために作られた俗謡。実際に広く歌われたが、歌詞には異同があり、佐々木高行日記本、明治文化全集本、世益雑誌本、土佐史談本などがある。枝盛作と推定される「民権かぞへ歌」は明治一〇年一一月頃には既に作られていたという(家永三郎『植木枝盛研究』昭35・8、岩波書店)。
むしろ旗　むしろで作った旗。百姓一揆などに用いられた。

17　黙阿弥（本名は吉村芳三郎）が、松林伯円の講談「天保六花撰」を脚色した世話物の歌舞伎狂言。

三千　僅《わづか》別れて居てさへも、（トこれより※口説《くどき》になり、）
クドキ　〽一目逢はねば千日の思ひにわたしや煩《わづら》うて、針や薬のしるしさへ泣きの涙に紙濡らし、枕に結ぶ夢覚《さ》めていとゞ思ひのます鏡、見る度毎《たびごと》に面痩《おもや》せて、どうで存《なが》へ居られねば殺して行つて下さんせと、男に縋《すが》り歎《なげ》くにぞ、（ト新内《しんない》模様のくどき、三千歳直次郎宜しくあつて、）

直次　そりやあ悪い了簡《れいけん》だ、実の親はないにもせよ、養ひ親の藤五郎どのに恩も返さず先立つは、此の上もねえ不孝のことだ、おれが明日《あす》にも召捕られ、仮令《たとひ》切られて死んだとて、一緒に死なうなどといふ無分別を出してくれるな。

天衣紛上野初花《くもにまごうえののはつはな》　河竹黙阿弥　明14・3

通称「河内山と直侍」。九世市川団十郎、五世尾上菊五郎、初世市川左団次の三名優が東京新富座で初演、全七幕一七場の大作。最も円熟した晩年の名作で、黙阿弥物第一の上演回数である。

口説　浄瑠璃で観客に聞かせ所としてしめやかにうたう節回し。清元の名曲「忍逢春雪解」の一節。

18

一ほたるのひかり、まどのゆき。
書《ふみ》よむつき日、かさねつつ。
いつしか年《とし》も、すぎのとを、
あけてぞ　けさは、わかれゆく。

二とまるもゆくも、かぎりとて、
かたみにおもふ、ちよろづの、
こころのはしを、ひとことに、
さきくとばかり、うたふなり。

三つくしのきはみ、みちのおく、
うみやま　とほく、へだつとも、
そのまごころは、へだてなく、
ひとつにつくせ、くにのため。

四千島《ちしま》のおくも、おきなはも、
やしまのうちの、まもりなり。
いたらんくにに、いさをしく、
つとめよ　わがせ、つつがなく。

蛍の光（「小学唱歌集」初編）　文部省音楽取調掛編　明14・11

18　文部省音楽取調掛は、明治一二年、日本の音楽教育の充実をめざした伊沢修二を中心に設立された。「東西二洋ノ音楽ヲ折衷シテ新曲ヲ作ル事」「将来国楽ヲ興スベキ人物ヲ養成スル事」「諸学校ニ音楽ヲ実施スル事」という伊沢の掲げた目標を体現すべく、アメリカの音楽教育家メーソンを招き、その指導下で編集されたのが『小学唱歌集』である。原曲はスコットランド民謡、作詞者は不明。

19
眠むる心は死ねるなり　見ゆる形はおほろなり
あすをも知らぬ我命　あはれはかなき夢ぞかし
などゝあはれにいふは悪し
我命こそまことなれ　我命こそたしかなれ
墓は終りの場所ならず　人は塵にて又散ると
いふはからだのうへのこと
人の願は喜《よろこび》か　人の願は悲《かなしみ》か
人の願はこれならず　唯怠たらずはたらきて
今日よりまさる明日をまて

新体詩抄（初編）　外山正一・矢田部良吉・井上哲次郎　明15・8

20
世人動モスレハ輙チ曰フ＊稗史小説モ亦タ世道ニ補ヒアリト。蓋シ過言ノミ。若シ夫レ真理正道ヲ説ク者世間自ラ其書アリ。何ソ稗史小説ヲ仮ルヲ用ヰン。唯身自ラ遭ヒ易カラサルノ別天地ヲ作為シ巻ヲ開クノ人ヲシテ苦楽ノ夢境ニ遊ハシムルモノ是レ則チ稗史小説ノ本色ノミ。故ニ稗史小説ノ世ニ於ケルハ音楽画図ノ諸美術ト一般、＊尋常遊戯ノ具ニ過キサルノミ。是書ヲ読ム者亦タ之ヲ遊戯具ヲモテ視ル可キナリ。唯其大体骨子ハ則チ正史実蹟ナルヲ記センノミ。

19　『新体詩抄』は、歌（和歌）でもなく詩（漢詩）でもない、それらを総称する泰西の「ポエトリー」にあたるものとして創出された「新体詩」の定義とともに世に出た。古語や漢語でない、現今の言葉を使い、七五を基調とするのが具体的な作例とされた。本作品は、アメリカの詩人ロングフェロー（一八〇七〜八二）の作品の井上巽軒（哲次郎）訳「玉の緒の歌（一名人生の歌）」。井上は作品の前書で、韻（脚韻）を用いたことを強調している。

20　ギリシャ史に材をとった政治小説の自序。ここには改進党の政治家龍渓の文学観が表れている。作品は、劇的で緊迫した内容と平易で力強い文体もあって若者に圧倒的な支持を得た。講談や演劇にもなるなど文学史的価値は高い。
稗史　物語、小説のこと。

斉武名士経国美談　矢野文雄＝矢野龍渓　明16・3

21
花を発かしむるも風なり花を散らしむるも風なり花を養ふの雨は花を洗ふの雨なるをしらんや風雨あつて花発き風雨あつて花散す蓋し人生の万叓は皆な風雨の花に於るか如く花の風雨に於るか如き乎されは栄達も喜ふへからす窮枯も亦憂ふるに足らす春花芳を競ふ幾干時そ人生僅か五十年富貴貧賤其苦楽を異にするも亦是れ*黄粱一炊の夢に過きす予年僅かに弱冠*笈を負ふて故園を去り来つて都下に僑寄するや已に三載ゝゝの歳月は徒に之を経過したるも初め期したる所の心事に於ては悉く蹉跎して以て未た千百の十一たも遂くる能はす只碌ゝ犬馬の齢を江塵の間に添ふるのみ念ふて此に至る毎に感慨自ら禁ずること能はさるに至らすんはあらさるなり

惨風悲雨*世路日記　菊亭香水　明17・6

22
寛保三年の四月十一日、まだ*東京《とうけい》を江戸と申しました頃、*湯島天神の社にて聖徳太子の御祭礼を執行《いたし》まして、その時大層参詣の人が出て群集雑踏を極めました。茲《こゝ》に本郷三丁目に藤村屋新兵衛といふ刀剣商《かたなや》が御座いまして、その店頭《みせさき》には善美《よき》商品《しろもの》が陳列《ならべ》てある所を、通行《とほり》かゝりました。一人のお侍ハ、年齢《としのころ》二十一二とも覚しく、膚色《いろ》饗《あく》までも白く、眉毛秀で、目元キリヽツとして少し癇癪もちと見え、鬢《びん》の毛をグーツと釣揚げて結ハせ、立派なお羽織に、結構なお袴を着け、雪駄《せった》を穿《は》いて前に立ち、背後《うしろ》に*浅《あさ》黄《ぎ》の*法被《はっぴ》に*梵天帯《ぼんてんおび》を結《し》め、真鍮巻《しんちうまき》の木刀を佩《さ》したる仲間《ちうげん》が従《つきそ》ひ、此藤新《ふぢしん》の店頭《みせさき》へ立寄

尋常…ノ具　文学の娯楽性を強調したもの。

21　菊亭香水（本名は佐藤蔵太郎）が「花柳春話」の影響下に書いた長編小説の自序。「月水奇遇艶才春話」（明17・4～7）の上中編刊行後、それに下編を加え、改題して東京稗史出版社から上梓。清純な恋愛物語が好評でベストセラーとなった。立身出世を描いた最初の小説としても注目される。

黄粱…過きす　栄枯盛衰のはかなさをいう。

笈を負ふ　郷里を出て遊学することをいう。

世路　世渡りの道。世の中。

22　落語家円朝（本名は出淵次郎吉）が二三歳のときに自作自演した怪談話を、若林坩蔵による日本最初の速記本として東京稗史出版社から刊行した。中国明代の怪異小説「剪灯新話」中の「牡丹灯記」、贔屓客から聞いた実話や玄米問屋近江屋に伝わる話などを題材としている。浅井了意の仮名草子「伽

りて腰を掛け、陳列《ならべ》てある刀類《かたな》を通覧《ながめ》て、侍「亭主や、其処の黒糸だか紺糸だか識別《しれ》んが、彼《あ》の黒い色の刀柄《つか》に南蛮鉄《なんばんてつ》の鍔《つば》が附いた刀ハ誠に善さゝうな品だナ。鳥渡《ちよつと》御見せ。亭主「ヘイヘイ、コリヤお茶を差上げな。今日ハ天神の御祭礼で大層に人が出ましたから、必然《さだめし》街道《わうらい》は塵埃《ほこり》で嘸《さぞ》お困り遊バしましたろう。と刀の塵を払ひつゝ、亭主「此品《これ》ハ少々装飾《こしらへ》が破損《やれ》て居ります。

怪談牡丹灯籠　三遊亭円朝演述　明17・7～12

23　（唄）忍ぶ暗世《やみよ》はさてつらいもの、秘密逢《かくれあ》ふのは命がけ、照らす自由の燈《ともしび》の、光りを見せよ慈悲なさけ」と、声やゆかしき小座敷の、障子越しなる爪びきは、仇《あだ》な姿容《すがた》と見ぬ恋に、心なやます心地なり。稍々《やゝ》ありて独《ひと》り言《ごと》、「ホンにこの頃は忍ぶ恋路の替唄《かへうた》で自由党のくり原さんとやら云ふ人の作りなすつた唄《うた》だと云ふことで、十一日の開業式の時に、築地《つきぢ》の寿美屋《すみや》で芸者衆が唄つて居たといふはなし、どう云ふ唄の心かと、浅間《あさま》の姉《ねえ》さん（浅間とは此の女の姉分の綽名《あだな》にて、談《はなし》は時々あらはるゝ女と知るべし）に聞いてみたら、これは今度できた自由の燈と云ふ新聞の初摺《はつずり》を祝つた唄で、世の中は一寸先きは闇の世、無理や無法で弱いものは、圧《お》し付けられて仕舞ふ様なことが沢山あるから、自由の燈の光りで世の中を照らして、恋の手引きをしてほしいと云ふ心意気ださうなが、真《ほんと》に身につまされた唄文句だよ。私も十四の歳から二十三まで此《この》家《や》の抱《かゝ》えになりて今年でもう四年越十七にはなつたものゝ、容貌《きりやう》が悪いせいか、腕が利《きか》ないのか、未だやさしいとか好いたとか思つたお客には一度も出た事はなし。

娉子」中の「牡丹灯籠」も参照したと考えられる。

東京　明治十年代にはトウケイと読まれることが多かった。

湯島天神　菅原道真を祭る。

浅黄　緑色を帯びた薄い青。

法被　家紋のついた短い上着。

梵天帯　粗末な茶木綿の帯。

23　民権思想普及の意図で、自由党系の小新聞「自由灯」に掲載された政治小説。芸妓小民が非道の抱主から逃れ自由になるまでの話で、主要な登場人物が女性であることや和文脈の文体を用いている点に特徴がある。女権拡張小説の趣向をとってはいるが、その意識は希薄である。政治家としての小室は弁舌にすぐれ、板垣自身のものとして伝わっている「板垣死ストモ自由ハ死セズ」の有名な言葉は、実は小室の演説会での題目であった。

自由艶舌女文章　案外堂主人＝小室信介　明17・9

24 或ひは云ふ、夜陰風雨のときに当らば、従来死刑に処せられたる幾百千の虚無党*の幽魂、四方より飛び来りて、*聖彼得堡府《しんとぺゑとるぼるくふ》の中にも最とも広街大路ネワ河の流れに沿ひ、大帝彼得《ぺゑとる》の騎馬像を安置したるところに聚《あつま》り、一団の燐火となりて焔々と燃ゆるかと思ふ間もなく、散乱し、いづくとなく滅ゆるや否や、*啾啾《しう〱》たる哭声《こくせい》あり。遠く耳を欹《そばだ》つれば、悲雁《ひがん》の長空に鳴くが如く、孤猿《こゑん》の断峡《だんけふ》に叫ぶが如く、忽ちにして撃筑変徴《げきちくへんちよう》の音《おん》を成し、忽まちにして弾糸絶絃《だんしぜつげん》の響を起し、愴然悽然《さうぜんせいぜん》聞くに忍びず、良《やゝ》あつて又た燐火となり、帝宮の上に至つて呵々《から〱》と笑ふなど、怪しきことの多しとかや。此《こ》は定めて愚夫愚婦を欺《あざ》むく造語なるべけれど、亦た以て魯西亜政府と虚無党の関係の如何《いか》んを測り知るに足るべし。嗚呼何《いづ》れの時か斯る不吉不祥の光景を一変し、啾啾《しうしう》たる鬼哭《きこく》全く絶えて、魯西亜官民の間、温風和気の*靉然《あいぜん》たるに至るべきか、想へば嘆息の極みなりかし。

虚無党実伝記鬼啾啾　ステプニヤック　宮崎夢柳訳　明17・12・10〜明18・4・3

24　土佐出身の夢柳（本名は宮崎富要）が、ステプニヤックの「地底のロシア」を下敷きにして「自由灯」から刊行した翻案小説。政府の弾圧に対する虚無党の反撃とその末路を描いたもの。刊行後夢柳は禁固刑を受けた。

虚無党　ロシアのアレクサンドル二世治下（一八五五－一八八一）で暗躍した革命主義者たちのこと。

聖彼得堡府　都市ペテルブルグ。

啾啾たる哭声　しくしくとすすり泣く声。

靉然　雲が盛んにたなびくさま。

第二期

1885（明18）〜1896（明29）

西暦（元号）	小説	詩歌・戯曲・評論	社会動向・文学事象
1885（明18）	円朝叢談 塩原多助一代記全六編（三遊亭円朝演述、若林玵蔵記・速記法研究会）1 開巻悲憤 慨世士伝（リットン、坪内逍遙訳・晩青堂）2 堅琴草紙（山田美妙・我楽多文庫）5 江島土産 滑稽具屏風（尾崎紅葉・我楽多文庫）5 一読三歎 **当世書生気質**（坪内逍遙・晩青堂）6 諷世嘲俗 繋思談（リットン、藤田茂吉、尾崎庸夫訳・報知社）10 **佳人之奇遇**（東海散士・博文堂）10 新磨 妹と背かがみ（坪内逍遙・会心書屋）12	小説稗史の本文を論ず（坂崎紫瀾・自由燈）3 第十九世紀日本ノ青年及其教育（徳富蘇峰・自家版）6 小説を論じて書生形気の主意に及ぶ（坪内逍遙・自由燈）8 文学論（有賀長雄・丸善商社書店）8 日本開化之性質（田口卯吉・経済雑誌社）9 **小説神髄**（坪内逍遙・松月堂）9 **十二の石塚**（湯浅半月・自家版）10	尾崎紅葉、山田美妙、石橋思案、丸岡九華、硯友社（初の文学結社）を結成2 清国と天津条約を締結4 鹿鳴館で最初の舞踏会6 婦人束髪会設立（束髪流行）7 北村透谷、朝鮮革命計画への大矢正夫の勧誘を拒絶し、政治運動から遠ざかる7 女性啓蒙雑誌「女学雑誌」創刊7 大井憲太郎、大矢正夫らの朝鮮革命計画未遂に終わり逮捕される（大阪事件）11 太政官制度を廃し、内閣制度を制定12
1886（明19）	内地雑居 未来之夢（坪内逍遙・晩青堂）4 雨窓漫筆 緑簑談（須藤南翠・改進新聞）6 二十三年未来記（末広鉄腸・原田庄左衛門）6 諷誡 京わらんべ（坪内逍遙・日野商店）6 政治小説 **雪中梅**（末広鉄腸・博文堂）8 一顰一笑 新粧之佳人（須藤南翠・改進新聞）9 和蘭美政録 楊牙児奇獄（神田孝平訳・中川鉄次郎）12 新日本（尾崎行雄・集成社）12	**当世書生気質の批評**（高田早苗・中央学術雑誌）2 **小説総論**（二葉亭四迷・中央学術雑誌）4 新体詞選（山田美妙編・香雲書屋）8 新体詞華 少年姿（山田美妙・香雲書屋）10 演劇改良意見（末松謙澄・時事新報）10 **将来の日本**（徳富蘇峰・経済雑誌社）10	北海道庁を設置1 師範学校令、中学校令、小学校令公布4 各国公使と第一回条約改正会議を開催5 樋口一葉、中島歌子の萩の舎に入塾8 末松謙澄ら、演劇改良会創立8 英国汽船ノルマントン号が紀州沖で沈没10 矢野楫子、佐々城豊寿ら、婦人矯風会設立10 三遊亭円朝、新作速記物を連載（やまと新聞）10 森鷗外、ナウマンと論争12 ＊末松謙澄、高田早苗ら演劇改良論争
1887（明20）	此処やかしこ（坪内逍遙・絵入朝野新聞）3 政事小説 花間鶯（末広鉄腸・金港堂）3 女子参政 **蜃中楼**（広津柳浪・東京絵入新聞）6 新編 **浮雲**第一篇（二葉亭四迷・金港堂）6 風琴調一節（山田美妙・以良都女）7 **武蔵野**（山田美妙・読売新聞）11	新日本之青年（徳富蘇峰・集成社書店）4 **近来流行の政治小説を評す**（徳富蘇峰・国民之友）7 批評の標準（坪内逍遙・中央学術雑誌）9 **浮雲の褒貶**（石橋忍月・女学雑誌）9	「**国民之友**」（徳富蘇峰主筆・民友社）創刊2 植村正久、一番町教会設立3 鹿鳴館の舞踏会に対し欧化主義批判高まる7 和歌改良論起こる7 保安条例（秘密結社集会の禁止など）公布12 ＊政治小説の衰退
	松のうち（坪内逍遙・読売新聞）1 谷間の姫百合（クレー、末松謙澄、二宮熊次郎	**孝女白菊の歌**（落合直文訳・東洋学会雑誌）2 **言文一致論概略**（山田美妙・学海之指針）2	枢密院設置（初代議長伊藤博文）4 政教社（三宅雪嶺ら）結成、「日本人」創刊4 「**我楽多文庫**」（公売本・硯友社）創刊5

1888（明21）

訳・金港堂）2
無味気（嵯峨のやおむろ・駸々堂）4
流風京人形（尾崎紅葉・我楽多文庫）5
藪の鶯（田辺花圃・金港堂）6
あひびき（ツルゲーネフ、二葉亭四迷訳・国民之友）7
夏木立（山田美妙・金港堂）8
めぐりあひ（ツルゲーネフ、二葉亭四迷訳・都の花）10
薄命のすゞ子（嵯峨のやおむろ・大和錦）12

三人吉三廓初買（河竹默阿弥・読売新聞）3
浮雲第二篇の褒貶（石橋忍月・女学雑誌）3
インスピレーション（徳富蘇峰・国民之友）5
新編浮雲（山田美妙・以良都女）5
藪の鶯の細評を読む（石橋忍月・国民之友）7
「あひびき」を読むで（石橋思案・国民之友）9
山田美妙大人の小説（内田魯庵・女学雑誌）10

高島炭坑事件6
東京天文台（麻布飯倉）設置6
日本演芸矯風会発足7
「少年園」（初の児童総合雑誌）創刊11
東京美術学校創立12
角藤定憲ら、大阪で壮士芝居の旗上げ12
＊前年からの和歌改良論争に加え長歌改良論争起こる
＊金港堂「都の花」、春陽堂「小説翠錦」など、文芸雑誌が相次いで発刊、文学界活況

1889（明22）

細君（坪内逍遙・国民之友付録）1
蝴蝶（山田美妙・国民之友付録）1
探偵ユーベル（ユーゴー、森田思軒訳・国民之友付録）1
婦女の鑑（木村曙・読売新聞）1
初恋（嵯峨のやおむろ・都の花）1
露団々（幸田露伴・都の花）2
二人比丘尼**色懺悔**（尾崎紅葉・吉岡書籍店）4
野末の菊（嵯峨のやおむろ・都の花）7
流転（嵯峨のやおむろ・国民之友）8
風流仏（幸田露伴・吉岡書籍店）9
残きく（広津柳浪・吉岡書籍店）10

小説論（森鷗外・読売新聞）1
レッシング論（石橋忍月・国民之友）3
文学と自然（巌本善治・女学雑誌）4
言論の不自由と文学の発達（徳富蘇峰・国民之友）4
楚囚之詩（北村透谷・春祥堂）4
於母影（S.S.S.＝新声社・国民之友付録）8
「しがらみ草紙」の本領を論ず（S.S.S.・しがらみ草紙）10
小説八宗（斎藤緑雨・東西新聞）11
小説家の責任（嵯峨のやおむろ・しがらみ草紙）11

「国民之友」付録に小説掲載始まる1
「新小説」（第一期）創刊（須藤南翠ら・春陽堂）1
小説「蝴蝶」の裸体画の口絵（渡辺省亭）の是非をめぐり議論1
大日本帝国憲法発布2
「新著百種」（書き下ろし小説シリーズの先駆、吉岡書籍店）の刊行、以後流行2
森鷗外、落合直文ら新声社（S. S. S）結成8
「文学評論　しがらみ草紙」創刊（新声社）10
歌舞伎座開場11
坪内逍遙、読売新聞主筆となり、尾崎紅葉、幸田露伴も入社12
＊甲武鉄道一部開通、東海道線全通
＊秋頃より西鶴調雅俗折衷体流行し、言文一致体がやや衰微

1890（明23）

舞姫（森鷗外・国民之友）1
拈華微笑（尾崎紅葉・国民之友）1
縁外縁（幸田露伴・日本之文華）1
報知異聞**浮城物語**（矢野龍渓・報知社）4
帰省（宮崎湖処子・民友社）6
伽羅枕（尾崎紅葉・読売新聞）7

正直正太夫著**初学小説心得**（斎藤緑雨・読売新聞）2
時勢に感あり（北村透谷・女学雑誌）3
想実論（石橋忍月・江湖新聞）3
日本絵画ノ未来（外山正一・私家版）5
日本文学史上下（三上参次・高津鍬三郎・金港堂）10

坪内逍遙の主唱で東京専門学校文学科創設1
東京女子高等師範学校（現、お茶の水女子大学）創立3
ラフカディオ・ハーン来日4
「浮城物語」を中心に文学極衰論争おこる5
第一回衆議院議員総選挙7
庚寅倶楽部（自由党、愛国公党、大同倶楽部の三派合同）を中心に立憲自由党結成9
教育勅語発布10

年	作品	評論	事項
	一口剣（幸田露伴・国民之友付録）8 うたかたの記（森鷗外・しがらみ草紙）8 **小公子**（バーネット、若松賤子訳・女学雑誌）8 闇中政治家前篇（原抱一庵・郵便報知新聞）11	日本韻文論（山田美妙・国民之友）10 新作十二番のうち**既発四番合評**（坪内逍遙・読売新聞）12 ※のち「小説三派」と改題	第一回帝国議会召集11 新聞「国会」創刊（末広鉄腸主筆、露伴、忍月ら参加）11 ＊「読売新聞」で尾崎紅葉と幸田露伴が活躍し紅露時代といわれる
1891 （明24）	**こがね丸**（巌谷小波・博文館）1 文づかひ（森鷗外・吉岡書籍店）1 三日月（村上浪六・報知新聞）4 いさなとり（幸田露伴・国会）5 油地獄（斎藤緑雨・国会）5 かくれんぼ（斎藤緑雨・春陽堂）7 二人女房（尾崎紅葉・都の花）8 **五重塔**（幸田露伴・国会）11	文界名所底知らずの湖（坪内逍遙・読売新聞付録）1 新体梅花詩集（中西梅花・博文館）3 **真善美日本人**（三宅雪嶺・政教社）3 **蓬莱曲**（北村透谷・養真堂）5 シェークスピア脚本評註緒言（坪内逍遙・早稲田文学）10 **山房論文**（森鷗外・しがらみ草紙）12	内村鑑三、教育勅語拝礼拒否で不敬に問われ、一高講師を解任される2 川上音二郎、堺で書生芝居の旗上げ2 ニコライ堂完成3 大津事件（津田三蔵、ロシア皇太子を襲撃）5 鉄道で上野青森間開通9 濃尾大地震（死者九七〇〇人）10 「早稲田文学」（第一次、坪内逍遙編）創刊10 坪内逍遙、森鷗外の没理想論争起こる10
1892 （明25）	闇桜（樋口一葉・武蔵野）3 三人妻（尾崎紅葉・読売新聞）3 我牢獄（北村透谷・女学雑誌）6 美奈和集（森鷗外・春陽堂）6 夏小袖（尾崎紅葉・春陽堂）9 **浴泉記**（レールモントフ、小金井きみ子訳・しがらみ草紙）10 即興詩人（アンデルセン、森鷗外訳・しがらみ草紙）11 罪と罰巻一（ドストエフスキイ、内田魯庵訳・老鶴圃）11 **鉄仮面**（ボアゴベイ、黒岩涙香訳・万朝報）12	**厭世詩家と女性**（北村透谷・女学雑誌）2 文学一斑（内田魯庵・博文館）3 **獺祭書屋俳話**（正岡子規・日本）6 徳川氏時代の平民的理想（北村透谷・女学雑誌）7 平民的短歌の発達（山路愛山・国民之友）9 文壇に於ける平等主義の代表者ウォルト・ホイットマンの詩について（夏目漱石・哲学雑誌）10 田家文学とは何ぞ（国木田独歩・青年文学）11 幕府衰亡論（福地桜痴・民友社）12	森鷗外、本郷千駄木町の住いを「観潮楼」と名づける1 第二回臨時総選挙（選挙干渉で騒乱）2 大本教（出口ナオ）創設2 久米邦武、「神道は祭天の古俗」が問題となり帝国大学教授を非職となる3 島村藤村、はじめて北村透谷と会う3 沢村座などの小劇場、あいついで開場4 藤村、明治女学校教師となる10 大井憲太郎、東洋自由党を結成11 正岡子規、日本新聞社に入る12 ＊前年からの逍遙・鷗外の論争、露伴・紅葉の活躍で、紅露逍鷗時代といわれる ＊北村透谷、「厭世詩家～」などの批評活動が活発となる ＊探偵小説流行の兆し
1893 （明26）	雪の日（樋口一葉・文学界）3 賤機（川上眉山・読売新聞）5 心の闇（尾崎紅葉・読売新聞）6 鳥留好語（内田魯庵訳・警醒社）9	**頼襄を論ず**（山路愛山・国民之友）1 **人生に相渉るとは何の謂ぞ**（北村透谷・文学界）2 内部生命論第一（北村透谷・文学界）5	「文学界」創刊（星野天知、平田禿木、島崎藤村、北村透谷、戸川秋骨、馬場孤蝶ら）1 落合直文、短歌結社あさか社を設立2 歌詞楽譜制定（「君が代」など、祝祭日儀式の歌）8

	1894（明27）	1895（明28）	1896（明29）
小夜衙（半井桃水・東京朝日新聞）11	月の都（正岡子規・小日本）2 **滝口入道**（高山樗牛・読売新聞）4 義血侠血（泉鏡花・読売新聞）11 大つごもり（樋口一葉・文学界）12	大さかづき（川上眉山・文芸倶楽部）1 **たけくらべ**（樋口一葉・文学界）1 不言不語（尾崎紅葉・読売新聞）1 **書記官**（川上眉山・太陽）2 変目伝（広津柳浪・読売新聞）2 蝗うり（前田曙山・文芸倶楽部）4 夜行巡査（泉鏡花・文芸倶楽部）4 **黒蜥蜴**（広津柳浪・文芸倶楽部）5 **外科室**（泉鏡花・文芸倶楽部）6 門三味線（斎藤緑雨・読売新聞）7 うらおもて（川上眉山・国民之友）8 **にごりえ**（樋口一葉・文芸倶楽部）9 青葡萄（尾崎紅葉・読売新聞）9 **十三夜**（樋口一葉・文芸倶楽部増刊）12	海上発電（泉鏡花・太陽）1 **多情多恨**（尾崎紅葉・読売新聞）2 われから（樋口一葉・文芸倶楽部）5 今戸心中（広津柳浪・文芸倶楽部）7 河内屋（広津柳浪・新小説）9 寝白粉（小栗風葉・文芸倶楽部）9 照葉狂言（泉鏡花・読売新聞）11
漫罵（北村透谷・文学界）10 **最暗黒之東京**（松原二十三階堂・民友社）11	**文学者となる法**（内田魯庵・宮沢俊三）4 **亡国の音**（与謝野鉄幹・二六新報）5 **日本風景論**（志賀重昂・政教社）10 桐一葉（沙石子稿、坪内逍遙補・早稲田文学）11	西鶴の理想（島村抱月・早稲田文学）1 日本文学の過去及び未来（井上哲次郎・帝国文学）1 近松巣林子が人生観（高山樗牛・帝国文学）2 希臘思潮を論ず（上田敏・帝国文学）3 美術の翫賞（上田敏・文学界）5 余は如何にして基督信徒となりし乎（内村鑑三・警醒社）5　※英文 何故に大文学は出でざる乎（内村鑑三・国民之友）7 **小説と社会の隠微**（田岡嶺雲・青年文）9 俳諧大要（正岡子規・日本）10	小説界の新潮を論ず（島村抱月・早稲田文学）1 **三人冗語**（幸田露伴、斎藤緑雨、森鷗外・めさまし草）3 小説界の前途（後藤宙外・早稲田文学）4 **東西南北**（与謝野鉄幹・明治書院）7 細心精緻の学風（上田敏・帝国文学）8
	高等学校令公布（高等中学校を改称）6 日英新通商航海条約調印（明32より治外法権撤廃）7 日清戦争始まる8	「太陽」「文芸倶楽部」（ともに博文館）創刊1 「帝国文学」創刊1 日清講和条約調印4 仏・独・露が日本に対し、遼東半島の清国返還を勧告（三国干渉）4 第四回内国勧業博覧会出品の黒田清輝の裸体画「朝妝」が問題となる4 台湾に総督府を設置5 閔妃暗殺（日本による朝鮮のクーデター）5 ＊前記ほかの新雑誌創刊相次ぎ、新しき文学の場となる ＊川上眉山、広津柳浪、泉鏡花、樋口一葉など〈観念小説〉〈悲惨小説〉を発表し、時代の暗部をえぐり出す	「めさまし草」（森鷗外主宰）創刊1 ラフカディオ・ハーン、日本名小泉八雲と名のり帰化2 日本郵船の欧州定期航路開設3 第一回近代オリンピック（アテネ）開催4 三陸大津波（死者二万七千）6 黒田清輝、藤島武二ら、白馬会を結成6 東京美術学校に西洋画科設置7 小栗風葉の「寝白粉」が発禁処分となる9 「国民之友」（民友社）誌上に**社会小説出版予告**載り、しだいに社会小説論議盛んになる10 神戸で初のキネトスコープ公開興行11

25　*佳人才子《かじんさいし》の奇遇《きぐう》を羨《うらや》み。そを身の上になぞらへたる。我身の行《おこなひ》のおぞましさよ。さもあらバあれ*架空の病《やまひ》ハ。行はずしてハ悟るに由なし。行つて後に非を悟るハ。已《すで》に後《おく》れたるに似たりと雖《いへど》も。智恵浅はかなる凡夫の身にてハ。之を如何ともすべきやうなし。経験ハ智識の母。蹉躓《さてつ》ハ覚悟の門。あゝ田の次《じ》。我身もろともザイセルフ〔汝《そなた》が身〕ハ。わがおろかなるアイデヤリズム〔架空癖〕のunfortunate《アンフホウチユネイト》 victim《ビウクチム》〔不便《ふびん》な犠牲〕で。ありけるぞや。今ハ不実といはるゝとも。結句そなたの幸《さいはひ》なり。また我為《わがため》の幸福なり。pardon《パアドン》 me《ミイ》〔ゆるしてくれよ〕と小町田《こまちた》が。自問自答のひとり語《ごと》。洋語まじりにつぶやきたる。其《その》語気さながら西の国の。稗史《はいし》を学ぶごとくなるハ。尚《なほ》架空癖のすつかりとハ。脱《ぬけ》ぬしるしと思はれて。聞く人ありなバ笑止と思はん。

一読三嘆当世書生気質　春のやおぼろ＝坪内逍遙　明18・6～明19・1

参　昔時英国の「*佐カレイ」は*宇アニテイ、布ヱヤーと称する小説を著し満天下を嘲罵したるに当て別に題して A Novel Without A Hero（主人公なき小説）といひ大に世間の喝采を博したりき顧ふにおぼろ大人蓋し之に倣へる歟書生気質の編中一人の主人公を設け給はず彼の小町田粲爾と称する少年は編中の主人公なるが如き地位を占むると雖も素とこれ「ヒポコンデリヤ（心経疾）」の一少年たるに過ぎず其不完全にして主人公《ヒロー》たる能はざる点に至ては彼の「佐カレイ」の著述中に現はれたる「*志ヤアプ」夫人と相譲らずおぼろ大人の之を以て主人公と為すに意なきや識るべきなり于嗟乎おぼろ大人は小説文壇に初陣として現はれたる若武者にありながら其謀略老将「佐カレイ」と

25　逍遙（本名は坪内雄蔵）が「小説神髄」の理論の実践として発表した小説。写実主義の手法、西洋小説の型に従った構成法など小説革新の先駆的役割を果たしたが、一方で「春のやおぼろ先生戯著」の署名が示すように、読本や人情本の系脈も引いている。文学士の書いた小説として注目された。
佳人才子　美人のほまれ高い女子と才知のすぐれた男子。
架空の病　架空癖のこと。作者自注に、「世の中にありさうにない事を実際に行うて見たく思ふ癖をいふなり」とある。

参　逍遙の友人高田半峯が東京専門学校同攻会発行の「中央学術雑誌」に発表した、わが国最初の近代的作品批評。

左カレイ　イギリスの大衆作家。

宇アニテイ、布ヱヤー　サッカレーの代表作「虚栄の市」のこと。

「志ヤアプ」夫人　作品の中心人物のようでありながら主人公ではない人物。

抑も…野暮なるぞや　作品の趣向

相譲らず書生気質を目して意匠野鄙なりとし慷慨悲壮の風なしとして嘲弄する論者は*抑も如何なる野暮なるぞや抑も如何なる盲目なるぞや

当世書生気質の批評　半峯居士＝高田早苗　明19・2・1〜2・25

26　*小説の主脳《しゆなう》ハ人情なり世態《せいたい》風俗これに次ぐ人情とハいかなる者をいふや曰く人情とハ人間の情欲《ぱつしよん》にて所謂《いはゆる》百八煩悩是《これ》なりそれ人間ハ情欲の動物なるからいかなる賢人善者なりとていまだ情欲を有《もた》ぬハ稀なり賢不肖《けんふしやう》の弁別なく必ず情欲を抱《いだ》けるものから賢者の小人に異なる所以《ゆゑん》善人の悪人に異なる所以ハ一《いつ》に*道理の力を以て若くハ良心の力に頼《よ》りて其《その》情欲を抑へ制《とゞ》め煩悩の犬を攘《はら》ふに因るのみされども智力大《おほい》に進みて気格《きぐらゐ》高尚なる人にありてハ常に*劣情を包みかくして苟《かり》にも外面《おもて》に顕《あらは》さゞるからさながら其人煩悩をバ全く脱せしごとくなれども彼また有情《うじやう》の人たるからにハなどて情欲の*なからざるべき

小説神髄　坪内雄蔵＝坪内逍遥　明18・9〜明19・4

27　東海散士一日費府《ヒラデルヒヤ》ノ独立《インデペンデント》閣《ホール》ニ登リ、仰テ*自由ノ破鐘（欧米ノ民大事アル毎ニ鐘ヲ撞テ之ヲ報ズ。始メ米国ノ独立スルニ当テ吉凶必ズ閣上ノ鐘ヲ撞ク。鐘遂ニ裂ク。後人呼テ自由ノ破鐘ト云フ）ヲ観、俯テ独立ノ遺文ヲ読ミ、当時米人ノ義旗ヲ挙テ英王ノ虐政ヲ除キ、卒《つひ》ニ能ク独立自主ノ民タルノ高風ヲ追懐シ、俯仰感慨ニ堪ヘズ。慨然《がいぜん》トシテ窓ニ倚《より》テ眺臨ス。会〻《たまたま》ニ姫アリ。階ヲ繞《めぐり》テ登リ来ル。翠羅面ヲ覆ヒ、暗影疎香白羽ノ春冠ヲ戴キ、軽縠ノ短羅ヲ衣、文華ノ長裾ヲ曳キ、風雅高表実ニ人ヲ驚カス。

を田舎臭いと批判した者のほうが野暮ったい人なのだ。

26　小説の意義と機能を論じた最初の文芸批評理論。上巻の本質論、下巻の技術論から成っており、小説の自立性や写実主義を唱導するなど近代文学史の起点として重要な意義をもつ。

小説…次ぐ　「小説の主眼」の冒頭部分。小説の主要な目的は「人情」を描くことであり、それを効果的に表現する二義的要素として「世態風俗」がある、ということ。

道理の力　善悪を判断する知力。

劣情　物欲や性欲など卑しい情欲。

なからざるべき　正しくは「なかるべき」。

27　散士自身が主人公の政治小説で、「経国美談」と並ぶ傑作。淡い恋物語を背景に、独立運動の志士たちの活躍を描き、西洋列強国の小国侵略史の一面を持つ。反欧化主義にたつ散士の政治思想が反映

一小《カーペンター》、亭《ホール》ヲ指シ相語テ曰ク、那《か》ノ処ハ即チ是レ一千七百七十四年、十三州ノ名士始メテ相会シ、国家前途ノ国是ヲ計画セシ処ナリト。

佳人之奇遇　東海散士　明18・10〜明30・10

28
和歌の浦の磯崎こゆる
しら浪のしらぬむかしを
松陰の真砂にふして
もとむともかひやなからん
玉津島姫
久かたの天つみそのに
むれ遊ぶ聖霊の鳩の
錦翼《みつばさ》にのらしめたまへ
我神よいざ行て見む
ユタヤの国原
岩はしるヨルダン川の
柳かげ高かやがくれ
かぜ立てさゞなみ涼し
千尋の青淵
朝日さすエリコの城の
高楼もうづもるばかり
椰子の葉のしげるも探し
七里の白壁
千早振神の紀念《しるし》と
ギルガルの岡べにさける
百合花《ゆりのはな》のたてるも高し
十二の石塚

十二の石塚（自家版）　湯浅吉郎＝湯浅半月　明18・10

29
＊模写々々とばかりにて如何なるものと論定《ろんじさだ》めておかざれバ此方にも胡乱の所あるといふもの、よつて試に其大略を陳んに模写といへることハ＊実相を仮りて虚相を写し出す

している。漢文訓読体の格調高い文章は、挿入された漢詩とともに青年たちに愛誦された。

自由…鐘　一七七六年七月四日の独立宣言布告のとき鳴らされた自由の鐘のこと。

28　明治一八年六月、同志社英学校の卒業式で半月自身が朗読し、私家版として上梓されたわが国最初の個人詩集。『旧約全書』に材を得た長編叙事詩で、引用はその冒頭部。矢野峰人（「創始期の新体詩」『明治文学全集60』所収）は、「泰西の詩人が長詩の冒頭に『ミューズ』の援助を祈願する例に倣ひ、和歌の浦の玉津島姫に祈りを捧げ」ていることから、ここに半月のエピック創作の意図を指摘している。当時の新体詩の在り方を難じた植村正久の序文も注目される。

29　二葉亭四迷（本名は長谷川辰之助）が冷々亭主人の筆名で、満

といふことなり。前にも述し如く実相界にある諸現象にハ自然の意なきにあらねど夫の偶然の形に蔽ハれて判然とハ解らぬものなり。小説に模写せし現象も勿論偶然のものにハ相違なけれど言葉の言廻し脚色の模様によりて此偶然の形の中に明白に自然の意を写し出さんこと是れ模写小説の目的とする所なり。

小説総論　冷々亭主人＝二葉亭四迷　明19・4・10

30 ＊ドーン〳〵ドドドヽー〳〵プー〳〵プウプウプツプー「何処でか大層大砲が鳴てソシテ喇叭《ラッパ》の声が聞え升が何事ですかネ。「＊今日ハ丁度明治一百七十三年三月三日で国会の祝日でハ御座らぬか。「左様〳〵、ソシテ本年度の議事院も今日開会に為るとか聞ましたが、丁度一百五十年の祝日に当り何よりお目出度《めでたい》ことサ。天皇陛下も群臣を率《ひきゐ》て議場へ御臨幸になると云ふことですから、定《さだめ》て上下両院の議員ハ盛《さかん》な儀式を備て、陛下を奉迎《ほうげい》し万歳を祝する事で御坐らふ。「お互に此繁栄の世の中に生れ、安楽に老年を過《すごす》のハ誠に仕合《しあはせ》な事で御坐る。此四方四里余りの東京ハ一面に煉瓦の高楼となり、電信ハ蛛の巣を張るが如く、汽車ハ八方に往来《ゆきゝ》し、路上の電気燈ハ宛《さなが》ら白昼に異らず。

政治小説雪中梅　末広鉄腸居士　明19・8

31 「将来ノ日本」ナル問題ハ遂ニ余ヲ駆リテ此ノ冊子ヲ著述セシメタリ。余ハ高尚深奥ナル哲学者トシテ此ノ問題ヲ論セス。又タ活潑雄飛ノ政治家トシテ之ヲ説カス。余ハ唯タ忠厚真摯ナル日本ノ一人民トシテ。余カ脳中ニ湧キ来リタルモノヲ。憚ラス。恐レ

二二歳のとき「中央学術雑誌」に発表した論文。東京外国語学校で学んだベリンスキーの文学理論を主体的に自分のものにし、坪内逍遙の勧めで論文とした。

模写　今日の言葉では「写実」。

実相を…写し出す　虚相（意、本質、イデー）を描出するために実相（現象、形相、フォーム）を仮り用いる、という意味。

30　鉄腸の政治的信条と政策を人情本的趣向に仕立てた政治小説で、「花間鶯」の前編をなす彼の代表作。

ドーン…プップー　擬音による書き出しは、再版では「秋の空イト晴れ渡つて一点の雲も無く」と地の文によって説明する文体に改められ臨場感に欠ける文となった。

今日…三日　小説舞台を明治二三年の国会開設から一五〇年後に設定、未来記の体裁をとっている。

31　徳富蘇峰、二三歳時の評論。経済雑誌社刊。日本の現実に対する危機感と慷慨心によって、将来の日本がどのようになるか、また

ス。吐露シタルノミ。余ハ強テ生産主義ヲ執ラント欲スルモノニアラス。然レトモ我邦将来情勢ノ赴ク所。勢ヒ如何トモス可ラサルヲ知ルナリ。余ハ単純ナル民主論者ニアラス。然レトモ既ニ生産的ノ境遇トナラハ。我社会ハ一変シテ平民社会トナルハ又タ如何トモナス可ラサルヲ知ルナリ。余ハ如何ナル場合ニ於テモ。如何ナル代価ヲ払フモ。只平和論ヲ唱フルモノニアラス。然レトモ既ニ我カ社会ニシテ平民社会トナラハ。我カ社会ノ運動ハ一転シテ平和主義ノ運動トナルモ亦如何トモナス可ラサルヲ知ルナリ。余ハ固ヨリ日本全体ノ利益ト幸福トヲ目的トシテ議論ヲナスモノナリ。然レトモ其議論ノ標準ナルモノハ唯タ一ノ茅屋中ニ住スルノ人民是レナリ。何トナレハ苟モ此等ノ人民ノ利益ト幸福トヲ進歩スルヲ得ハ。全体ノ利益ト幸福トヲ進歩スルハ敢テ論ヲ竢タサレハナリ。

将来の日本　徳富猪一郎＝徳富蘇峰　明19・10

32 現今日本ノ位置ハ実ニ吾人、国民タルモノ、深ク注意ヲ要スルノ時節ナルコトヲ信ス蓋シ維新改革二十余年ノ歳月ハ我カ明治ノ社会ヲ駆リテ方サニ一歩ヲ転セシメントス旧日本ノ老人漸ク去リテ新日本ノ少年将ニ来リ、東洋的ノ現象漸ク去リテ泰西的ノ現象将ニ来リ、破壊的ノ時代漸ク去リテ建設的ノ時代将ニ来ラントス、今ヤ吾人ハ実ニ我邦将来ノ安危興廃ノ因リテ決スル十字街頭ニ立ツモノナリト云ハサル可ラス是レ吾人カ此ノ雑誌ヲ発行シテ我カ同胞兄弟ノ注意ヲ惹起セント欲スル所以ナリ吾人カ目的トスル所ハ人民全躰ノ幸福ト利益トニ在ルヲ疑フ勿レ何トナレハ吾人ハ国民ナルモノ

どのようになるべきかを示したもので、日本は武備国家ではなく、国際情勢、社会の発展、平民主義に立脚した生産国家になるべきであると論じている。これによって彼の文名は上がり、自由民権運動後の言論界の中心人物となる。その論調は初期の民友社の活動にも一貫し、扇動的美文調の翻訳文体は、清新な評論の文体として注目を浴びた。

茅屋　茅葺きのみすぼらしい家。

32　「国民之友」は徳富蘇峰による創刊、民友社発行の総合雑誌（明20・2～明31・8）。全三七二冊。刊行部数は当時としては驚異的な万単位。表紙に〈政治社会経済及文学之評論〉と掲げ、創刊の言葉において、〈人民全躰ノ幸福ト利益〉のために〈言論ノ不羈独立〉を唱え、〈沈重平和〉という正義の目的はその正義の手段をもって達成で

ハ茅屋ノ中ニ住スルモノナルコトヲ忘レサレハナリ吾人カ言論ノ*不羈独立ナルコトヲ疑フ勿レ何トナレハ踏レ正勿レ懼トハ是レ吾人カ平生ノ宿志ナレハナリ、而シテ其ノ沈重平和ナルコトヲ疑フ勿レ何トナレハ正義ノ目的ハ只タ正義ノ手段ヲ以チ之ヲ達シ得可シト信スレハナリ、ソレ新奇ノ事物ヲ観察スルハ新奇ノ眼孔ヲ要ス吾人ハ唯タ新日本ノ新人民トノ其ノ責任ト職分トテ尽サント欲スルモノナリ

国民之友（創刊の言葉）　民友社　明20・2

33

蜃中楼《しんちゅうろう》とは蜃《はまぐり》が吐出した気の中《うち》に*玲瓏《れいろう》たる楼閣が層々塁々《そう〳〵るい〳〵》*巍乎《ぎこ》として出現せるを申せしものなるハ、何人《なんぴと》も御存《ごぞんじ》の事にて、彼《か》れ蜃《はまぐり》何等の幻術ありてかゝる手品を遣《つか》ふか、如何《どう》も不思議だ虚説《うそ》だらうと或人に質《たゞ》せし所、イヤ一概にないとは云へぬ、理外の理と申て随分奇幻《けげん》な事もあるものなりとの説法に、成程と又或人に尋《たづね》て見ると、そんな馬鹿な事があるものか、それは海天《かいてん》の水蒸気に陸地の楼閣が映写《うつ》つたので、森羅万象どんな事物《もの》でも理屈に合ぬと云ふ事はない、理外の理が聞て呆れると一本遣込《やりこ》められ、成程之も御尤なり、扨何方《さてどちら》に理屈が有《ある》のか無《ない》のか薩張理由《さつぱりわけ》が訳《わから》ず考へて見《みて》もわからないから如此事《こんなこと》は如何《どう》でもよいと有耶無耶《うやむや》にしてうつちやつて仕《しま》つた。此小説も之と一般で如何《こんな》出来事が出来様《やう》が出来まいが有《あらう》が無《なか》らうが、女子《によし》に参政の権が有《ある》と云ば無《ない》と云ひ、なんといへばかんと云《いふ》。作者の意匠も有耶無耶で有から、寓意も有耶無耶の中《うち》に有でもよし無でもよし。標題《かんばん》に偽《いつはり》なし。うやむやと筆を擱《さしお》く。

女子参政蜃中楼　柳浪子＝広津柳浪　明20・6・1〜8・17

きると訴えている。執筆者として当時の各界名士が名を連ね、その「附録」も小説発表の権威的舞台となっており、明治二十年代の文化全般を鳥瞰するうえでの重要資料。

不羈　束縛されず自由であること。

33　広津柳浪、二六歳時の中編小説（処女作）。「東京絵入新聞」連載。明治二二年一〇月、金泉堂刊。当時論議を呼んでいた婦人参政問題を背景にした時事小説。掲出は「序」全文。柳浪自身は、婦人参政を〈蜃中楼〉に過ぎないとする〈有耶無耶〉な立場を表明しているが、政治小説のスタイルを取り入れることによって、自らの人生の起死回生にも成功した。幻想に過ぎない政治的原理主義が、厳しい現実の前に挫折してゆく様相が、ヒロインの人物造形を通して描写されている。

玲瓏　美しく輝きあざやかなさま。

巍乎　高く大きいさま。

34
千早振《ちはやふ》る神無月《かみなづき》も最早跡二日《あとふつか》の余波《なごり》となツた廿八日の午後三時頃に神田見附の内より塗渡《とわた》る蟻、散る蜘蛛の子とうよ〳〵ぞよ〳〵沸出でゝ来るのは孰《いづ》れも顋《おとがい》を気にし給ふ方ゝ、しかし熟ゝ《つらつら》見て篤《とく》と点検すると是れにも種ゝ《さまざま》種類のあるもので、まづ髭《ひげ》から書立てれば口髭頬髯顋《くちひげほゝひげあご》の鬚《ひげ》、暴《やけ》に興起《おや》した*拿破崙髭《なぽれをんひげ》に狆《ちん》の口めいた*比斬馬克髭《びすまるくひげ》、そのほか矮鶏髭《ちゃぼひげ》、貉髭《むじなひげ》、ありやなしやの幻《まぼろし》の髭と濃《こ》くも淡《うす》くもいろ〳〵に生分《はへわか》る。髭に続いて差《ちが》ひのあるのは服飾《みなり》。白木屋仕込みの黒物《くろいもの》づくめには仏蘭西《ふらんす》皮《かわ》の靴の配偶《めうと》はありうち、之《これ》を召す方様の鼻毛ハ延びて蜻蛉《とんぼ》をも釣るべしといふ。

新編浮雲（第一篇）　坪内雄蔵＝坪内逍遙（実際は二葉亭四迷）　明20・6

参　浮雲は方今の社会風俗人情の実際を忌憚《はゞかり》なく画きたるものなり故に他の貶毀者は風俗の矯正思想の高尚を障《さまたげ》するものなりとし其書を擯斥し併せて其著者をも擯斥せんとす嗚呼近世の批評家は現時の風俗人情及び交際社会を以て毫も非難す可き所なしとする乎強いて廉潔優美の人物を造つて俗人の歓心を得んと欲する乎否《しか》らざれば現世を虚飾粉砕して暗々后世《こうせい》に誇らんと思惟する乎花は盛りに月の隈なきを見んと欲するは人情なり世人が完全の人物爽快の脚色を欲するの親切心は嘉《よみ》す可しと雖も然れども無辜《むこ》の小説を馳《か》つて時俗に阿《おもね》るに至つては恕《じょ》す可からざるなり

浮雲の褒貶《ほうへん》　石橋忍月　明20・9・3〜9・17

35
抑も小説と云へは、其の種類甚た少からす、著者の目的とする所も、亦た同しからす、

34　二葉亭四迷による言文一致体の中編小説。『小説総論』（明19）の実践。第一篇（明20・6）、第二篇（明21・2）金港堂刊行。第三篇（明22・7、8）「都の花」掲載。全篇の合本（明24・9）、金港堂刊行。主人公の心理描写の行き詰まりから中絶したが、人物造型、人間関係の展開を通して、近代知識人の苦悩や社会の矛盾が批判的に描かれている。

拿破崙　フランス皇帝ナポレオン一世。

比斬馬克　一九世紀のドイツの政治家。

参　石橋忍月の『浮雲』論には、もう一編「浮雲第二編の褒貶」（明21・3・3〜3・17）があり、いずれも「女学雑誌」掲載。忍月は〈人物の性質、意想を写す〉という小説観を示し、『浮雲』の登場人物の形象化や作品展開の長短を分析評価、〈方今の社会風俗人情の実際を忌憚なく画きたるものなり〉と称揚した。『浮雲』のリアリズムの価値を最も早く認めた同時代評。

35　徳富蘇峰、二四歳時の評論。

馬琴と春水と相去る幾何ぞや、施耐菴*と董解元*と相去る幾何ぞや、ヂツケンとサカレー*と相去る幾何ぞや、鴨の脚短しと雖も、之を続かは憂ひなん、鶴の脛長しと雖も、之を断たゝは悲まん、故に吾人は下宿屋*の紀事本末、牛肉店の年代記等を以て、目的とする小説は暫く之を他日の問題に譲り、先つ彼の高く自から標仿する政治小説なるものに就て観察を下さん

近来流行の政治小説を評す　徳富蘇峰　明20・7

36

此武蔵野は時代物語ゆゑ、まだ例ハ無いが、その中の人物の言葉をば一種の体《てい》で書いた。此風《このふう》の言葉は慶長頃の俗語に足利頃の俗語とを交ぜたものゆゑ大概其時代にハ相応して居るだらう。

あゝ今の東京《とうけい》、昔の武蔵野。今ハ錐も立てられぬ程の賑ハしさ、昔は関も立てられぬほどの広さ。今仲《なか》の町《ちやう》で遊客《うかれを》に睨付《にらみつ》けられる烏も昔ハ海辺《うみばた》四五丁の漁師町でわづかに活計《くらし》を立てゝ居た。今柳橋で美人に拝まれる月も昔ハ「入るべき山もなし」、極《ごく》の素寒《すかん》貧《ぴん》であツた。実に今ハ住む百万の蒼生草《あをひとぐさ》。実に昔ハ生えて居た億万の生草《なまくさ》。北ハ荒川から南は玉川まで、嘘も無い一面の青舞台で、草の楽屋に虫の下方《したかた》。尾花の招引《まねき》につれられて寄来《よりく》る客ハ狐か、鹿か、又は兎か、野馬ばかり。

武蔵野　美妙斎主人＝山田美妙　明20・11・20〜12・6

「国民之友」掲載、後に民友社の国民叢書第五冊『文学断片』（明27・3）に収録。当時の政治小説に頻出した政治一辺倒の壮士風の主人公の品格に注文をつけ、建設的な青年像を待望することを表明。政治小説の理念と方法の関係を論じ、問題点を指摘した点が評価されている。

施耐菴　『水滸伝』の作者と伝えられる人物。

董解元　金の戯曲作者。後の元曲『西廂記』に影響を与える。

ヂツケンとサカレー　英国の小説家。

下宿屋の…年代記等　下宿屋・牛肉店はいずれも文明開化の新風俗。

36　山田美妙一九歳時に「読売新聞」附録に掲載、後、『夏木立』（明21・8　金港堂）に収録。南北朝時代、秋の武蔵野を舞台にした悲劇的歴史小説。擬人法・比喩、倒置法が駆使され、会話は俗語調、地の文では言文一致体が試みられ、登場人物の内面の掘り下げが不十分な点や新奇な趣向への偏重を指摘されながらも、大きな反響を呼

37

阿蘇の山里秋ふけて
なかめさひしき夕まぐれ
いつこの寺の鐘ならむ
諸行無常とつけわたる」
をりしもひとり門に出で
父を待つなる少女あり」
袖に涙をおさへつゝ
憂にしつむそのさまは
色まだあさき海棠の
雨になやむにことならす」

父は先つ日遊猟《カリ》に出で
今猶おとつれなしとかや」
軒端に落る木の葉にも
かけひの水のひゞきにも
父やかへるとうたかはれ
夜な〱ねふるをりもなし」
今宵は雨さへふり出てゝ
庭の芭蕉の音しげく
鳴くなる虫のこゑ〱に
いとゞあはれをそへてけり」

孝女白菊の歌　落合直文訳　明21・2〜明22・5

38

今日言文一致を主唱する学者にハ二種類が有ッて、一方ハ言を文に近づける事、又一方ハ文を言に近づける事を主唱します。言を文に近づけやうと思ふ人の過半ハ所謂普通文論者で、文を言に近づけやうと思ふ人の過半ハ所謂言文一致論者です。其外にハ外国語を輸入し、外国の文法を受継ぎ、そして此国の言語や文章を作らうと云ふ人も有ります。が、是等の説ハ取るにも足らぬ物ゆゑ弁難するにハ及びません。唯今日勢力のあるのハ前の普通文の説と言文一致即ち俗文の説とゆゑ、爰で小生が言ふ事も主に其等に関係した事です

び美妙の出世作となった。

37　井上哲次郎の漢詩「孝女白菊詩」(『巽軒詩鈔　巻下』明17・2)を翻案したもの。熊本の武士の娘本田白菊が、西南戦争後、生き別れとなった父と兄とにめぐりあうまでを、さまざまな転変を交えて綴る物語詩。作者自身「序」において、古言や長歌五七の調、短歌などでは「うたひくるし」「思をつくしかたし」として、「今よりはたゝ今様のみやおこなはれなむ」と述べ、実践した詩体は物語の進行と抒情性とのバランスを保っている。

38　山田美妙が言文一致を提唱した最初の評論。「学海之指針」に掲載。俗語の自然発生の理由、一定の規律、雅文より文法・音調上優れている理由、文典の必要性、朗読法について論じた『自序』(明20・6)に加えて、今日の俗語は全国不通、明日は古語になる、不完全で文法がない、という三点の言文

言文一致論概略　山田美妙斎＝山田美妙　明21・2〜3

39　一　本社ハ広く本朝文学の発達を計るの存意に有之候得バ＊恋の心を種として艶なる言の葉とぞなれる都々一見る物聞くものにつけて言出せる狂句の下品を嫌ハず天地をゆさぶり鬼神を涙ぐまするなどの不風雅ハ不致ともせめてハ猛き無骨ものゝかどをまろめ男女の中をも和らく事を主意と仕候

（中略）

但し按摩同席にて読むやうな投書は一樹の烟一河の水にいたす可候

六　本社ハ小説の起草。劇場の正本。小説の反訳（潤筆ハ一字につき千金づゝ申受候）広告の案文。歌句戯文の添刪批評等の御依頼に応じ可申候

但し建白書の草案記稿其外政事向の文書ハ命に替へても御断申上候

硯友社々則（「我楽多文庫」）　硯友社　明21・5

40　男「アハヽヽヽ。此ツー、レデースは。パアトナア計《ばかり》お好で僕なんぞとをどつては。夜会に来たやうなお心持が遊ばさぬといふのだから。

甲女「うそ。うそ計《ばかり》。さうぢやムり《ござ》升《ませ》んけれども。あなたとをどるとやたらにお引張《ひつぱり》回《まわ》し遊ばすものですから……あの目がまはるやうでムりますんで。其おことわりを申上たのですワ。

男「まだワルツがきまりませんなら願ひませうか。

一致反対論への反駁を展開している。

39　明治一八年二月に結成された文学結社・硯友社の機関誌「我楽多文庫」（明18・5〜明22・10）は、当初は筆写回覧雑誌として出発。公売本第一号（明21・5）に九か条の「硯友社々則」を掲載。その洒落や滑稽を愛して非政治主義を標榜する精神は、〈浮世の写真〉と〈人情の極微〉を巧みに織り上げる硯友社の体質を作り上げていった。

恋の心…仕候　『古今和歌集』仮名序のパロディ。

40　田辺花圃二〇歳時の出世作。坪内逍遥が校閲し、金港堂から刊行。『当世書生気質』に触発され、文明開化期の女学生の生態を活写。父親の感化で欧化主義に走った娘、貧しいながらも伝統的な婦徳を備えた娘、堅実で控え目な娘、三人の女性の人生のコントラストを描

ときれいにかざりたるプログレムを出して名を書付《かきつけ》る。

男「では今に」と此男は踏舞の方へゆく。つづいてあたまの貴嬢《きぢやう》達は皆其方に行たりしあとに残れる前のふたりのむすめ。

甲女「あなた今のお方御ぞんじ。

乙女「エーあの方は斎藤さんとおつしやつて。宅へもいらつしやりました。

藪の鶯　花圃女史＝田辺花圃　明21・6

41

このあひゞきは先年仏蘭西で死去した、露国では有名な小説家、ツルゲーネフといふ人の端物の作です。今度徳富先生*の御依頼で訳して見ました。私の訳文は我ながら不思議とソノ何んだか、是れでも原文は極めて面白いです。

秋九月中旬といふころ、一日自分がさる樺の林の中に座してゐたことが有ツた。今朝から小雨が降りそゝぎ、その晴れ間にはおり〳〵生ま暖かな日かげも射して、まことに気まぐれな空ら合ひ。あわ〳〵しい白ら雲が空ら一面に棚引くかと思ふと、フトまたあちこち瞬く間雲切れがして、無理に押し分けたやうな雲間から澄みて怜悧《さか》し気に見える人の眼の如くに朗かに晴れた蒼空《あをそら》がのぞかれた。自分は座して、四顧して、そして耳を傾けてゐた。木の葉が頭上《づじやう》で幽かに戦いだが、その音を聞たばかりでも季節は知られた。

あひびき　ツルゲーネフ　二葉亭四迷訳　明21・7・6、8・2

くことによって、軽佻浮薄な欧化主義を批判した。伝統的常識にしたがう女の節度を説き、時代の限界を感じさせるが、近代女性小説の嚆矢であり、作家樋口一葉を誕生させるきっかけを作った作品として知られる。

41　二葉亭四迷、二四歳時の最初の翻訳小説。「国民之友」掲載。原典はツルゲーネフ『猟人日記』中の短篇。後に改訳され『片恋』（明29・10　春陽堂）に収録。一人称の語り、言文一致の文体と相俟って、「コンマ、ピリオドの一つをも濫りに捨てず」（「余が翻訳の標準」）、原文の音調・リズムを忠実に伝えようとした清新な自然描写は、国木田独歩の『今の武蔵野』（明31）を成立させるなど、当時の若い作家たちに多大の影響を与えた。
徳富先生　徳富蘇峰。

42
「井戸へ……井戸へ」「エ、井戸がどうしたの。」「お園さんが……身を投げて……」
鳥歌ひ花笑ふ楽しき春の朝といふとも、斯かる忌《い》まはしき報知を聞かば、惨憺たる朝とならざらんや。まして霜柱物凄く朔風*枯梢を泣かしむる裏枯《うらがれ》果てし年の暮、不和、無情、憂愁、怨恨、暗涙のむらがり掩へる苦痛の宿に、冷え尽くしてしやちこばり、凍れる如き孤児の死骸。
……嗚呼、少女は何故に身を殺せしか。袖袂より滴り落る氷の如き冷たき水が涙の形身を示せるのみ。

* * *

其年の末の八日、夫人は離縁となり、里へ戻りぬ。薄命なる少女が編みかけし手袋は今尚ほ夫人の手に残れり。同じころ、お園の叔母は其筋の嫌疑を受けしが、やがて赦されて家に帰れり。彼の金を奪ひしは叔母の情夫清五郎なりきとなり。
翌年の春下河辺は再び娶《めと》れり。後妻となりしは……お三の噂せし毛色の変つた。囲《かこひ》者《もの》……曾て同人の跡を慕ひ仏国より来りし婦人なりとは。

細君　春の屋主人＝坪内逍遙　明22・1・2

43
斯《かく》て明《あく》る廿二年三月三日開場式を取り行ひ一芸に秀でたる工人廿人を雇ひ入れひたすら工業の道を固め其中細《そのうちこま》かなる下職《したじよく》ハ貧婦を雇ひて是れに教へ仕事に応じて幾分の給料を与ふるのみか総て工業場に通ふ者にハ其日の食事ハ朝夕とも総て賄ひ与へし程に皆々《みなく》喜び入り通ふ且つ其傍らに広やかなる幼稚園を設立して此等ハ春子が総て治め貧

42　「国民之友」に掲載された、坪内逍遙三〇歳時の短編小説。政府高官の夫の浮気に悩む新時代の教育も受けた妻が、弟のために金を工面しようとして失敗、そのことがもとでの主人夫婦の離別に責任を感じた女中が自殺するという悲劇。起承転結の劇的構成、女中の視点からの描写など、方法上の工夫、深化した写実主義は、樋口一葉に影響を与えるなど広く注目されたが、創作に行き詰まりを感じるようになった逍遙の最後の小説となった。
朔風　「朔」は北方を表し、北風を意味する。

43　饗庭篁村の推奨によって「読売新聞」に掲載された木村曙一七歳時の処女作。女性作家による初の新聞連載小説。後に遺稿集『婦女の鑑』（明29）に収録。題名は、東西の烈婦・貞女を記した西村茂

民の子の三才より十才に成る迄を導き教へ夏冬の手当ハ元より寝《い》ぬるにも母なき者ハ預かりて身に一芸を付けし後《のち》智ある者ハ工場《こうば》の師とも成して人を教へまた智なくとも一身《しん》を脩むる法に苦しまぬ様導きたりし

婦女の鑑　曙女史＝木村曙　明22・1・3〜2・28

44 鳴呼思ひ出せバもウ五十年の昔となツた。見なさる通り今こそ頭《かしら》に雪を戴《いたゞ》き、額《ひたひ》に此様な波を寄せ、貌《かほ》の光沢《つや》も失せ、肉も落ち、力も抜け、声もしわがれた梅干老爺《むめぼしおやぢ》であるが、是でも一度は若い時もあツたので、人生行路の踏始若盛《ふみはじめわかざかり》の時分には種々《いろ〳〵》面白い事もあツたので、其中《そのうち》で始めて慕はしいと思ふ人の出来たのは、左様さ、恰《ちやう》ど十四の春であツたが、あれが多分初恋とでも謂《い》ふのであらうか、まア其事を話すとしやう。恰《ちやう》ど其時は四月の半《なかば》、ある夜母が自分と姉に向ツて言ふには、今度清水の叔父様がお雪さんを連れて宅《うち》へ泊りに入らツしやるが、お雪さんは江戸育《そだち》で、此処等辺《こゝらあた》りの田舎者とは違ひ、起居《たちゐ》もしとやかで、挨拶も沈着《おちつい》た様子の宜子《よいこ》だから、其方《そなた》たちも無作法な事をして不束者《ふつゝかもの》、田舎者と笑はれぬ様によく気を着《つけ》るがよいと言はれた。

初恋　嵯峨のやおむろ　明22・1・6

45 二人比丘尼色懺悔《にゝんびくにいろざんげ》成《な》る　例《れい》の九華《※きうくわ》。香夢楼《かむろ》思案《しあん》麻渓《けい》漣《さゞなみ》眉山《びざん》等《ら》わが机をとりまき。言葉よりまづ大口あいて笑ひ。爾紅葉《なんぢこうえふ》。若気のいたりからまた〳〵好色の書を著はすか。喝《くわつ》爾等《なんぢら》鞘《さや》の塗《ぬり》で兼光《かねみつ》か竹光《たけみつ》か。判断がなるか。そも色懺悔を題にして妙齢の比丘尼二

樹『婦女鑑』（明20・6）による。伝統的な女性観による古めかしい文体の勧懲小説ではあるものの、女性の自己実現と社会的理想の実現を描く先進性は、この時代において傑出している。

44 「都の花」掲載、嵯峨の屋おむろ二六歳時の短編小説。後に『千鳥』（明24・10　金港堂）所収。旧藩時代の大利根・小利根の分岐するあたりの田園を舞台に、主人公が老翁となった五十年後、初恋を回想し世の無常を慨嘆する物語。ツルゲーネフ『初恋』への感動によって成立した言文一致の清新な文体と牧歌的な自然描写によって、作者の文名を高からしめた。

45 尾崎紅葉、二二歳時の出世作。「新著百種」第一号として吉岡書籍店から刊行。掲出は「自序」前半。山中の庵に住む尼に、宿を求めた

人が山中の庵室《あんしつ》に奇遇し。古《いにしへ》を語り今を墓《はか》なみあふといふ脚色《しくみ》。一字一涙の大著作即ち是と。薄汚なき原稿をさし出せバ手にだも触れず腹を抱え。扨《さて》も企図《くはだて》のしほらしさよ。心根のふびんさよ。茶番狂言の飯炊場《まゝたきば》が。情なからうか悲しからうか。尺八に似た火吹竹。いかなる音《ね》をやいだすらむ爾性諧謔《なんぢせいくわいぎやく》。爾口善罵《なんぢくちよくのゝしる》。なぐり書《がき》の滑稽もの或は怪我の功名に。見らるゝもの出来《でか》すやも計《はか》られず。爾《なんぢ》が悲哀小説——盲人が染小袖《そめこそで》の是非。其器《そのき》にあらずして之を言ふは間違へるなり。

二人比丘尼色懺悔　紅葉山人＝尾崎紅葉　明22・4

46

第一

＊曾つて誤つて法を破り
政治の罪人《つみびと》として捕はれたり、
余と生死を誓ひし壮士等の
数多あるうちに余は其首領なり、
中《なか》に、余が最愛の
まだ蕾の花なる少女も、
国の為とて諸共に
この花婿も花嫁も。

第二

余が髪は何時《いつ》の間《ま》にか伸びていと長し、
前額《ひたひ》を蓋《おほ》ひ眼を遮《さへぎ》りていと重し、
肉は落ち骨出で胸は常に枯れ、
沈み、萎《しを》れ、縮み、あゝ物憂し、
歳月《さいげつ》を重ねし故にあらず、
又た疾病に苦む為ならず、
浦島が帰郷の其れにも
はて似付かふもあらず、
余が口は涸れたり、余が眼は凹《くぼ》し、
曾つて世を動かす弁論をなせし此口も、
曾つて万古を通貫したるこの活眼も、
はや今は口は腐れたる空気を呼吸し
眼は限られたる暗き壁を睥睨し

もう一人の尼が物語するうち、ひとりの男をめぐっての互いの因縁に驚くという物語。人物の性情よりも趣向を優先した弊害をつく石橋忍月の酷評があるが、紅葉の文章家としての面目、女性悲劇の基本が表現された出世作。

九華…眉山等　丸岡九華・香夢楼《かむろ》緑・石橋思案・巌谷小波・川上眉山ら硯友社同人。

46　透谷のはじめての自費出版詩集。「国民之友」第五〇号（明22・5）に掲載された「「楚囚之詩」広告文」（無著名。透谷自身が書いたとも言われている）は、「新体詩中に一新現象を画出せる者」「結構、連節、用韻の方等総べて新軌軸を出せる者」「国事の犯罪人が獄中にありての感情と境遇とを穿てる者」として、この詩の形態、内容両面の斬新さを簡潔に表現している。また、本書の「自序」において透谷は、「元とより是は吾国語の所謂歌でも詩でもありませぬ。寧ろ小説に似て居るのです。左れど、是れでも詩です」と述べ、みずから

且つ我腕は曲り、足は撓《た》ゆめり、
嗚呼楚囚！　世の太陽はいと遠し！
噫此は何の科《とが》ぞや？
　たゞ国の前途を計りてなり！
噫此は何の結果ぞや？
　此世の民に尽したればなり！
　去れど独り余ならず、
吾が祖父は骨を戦野に暴《さら》せり、
吾が父も国の為めに生命《いのち》を捨たり、
　余が代《よ》には楚囚となりて、
　とこしなへに母に離るなり。

楚囚之詩　北村門太郎＝北村透谷　明22・4

47

其　一

レモンの木は花さきくらき林の中に
こがね色したる柑子は枝もたわゝにみのり
青く晴れし空よりしづやかに風吹き
ミルテの木はしづかにラウレルの木は高く
くもにそびえて立てる国をしるやかなたへ
君と共にゆかまし

其　二

高きはしらの上にやすくすわれる屋根は
そらたかくそばだちひろき間もせまき間も
皆ひかりかゝやきて人かたしたる石は
ゐみつゝおのれを見てあないとほしき子よと
なぐさむるなつかしき家をしるやかなたへ
君と共にゆかまし

其　三

立ちわたる霧のうちに驢馬をたづねて
いなゝきつゝさまよひひろきほらの中には
いと年経たる竜の所えがほにすまひ
岩より岩をつたひしら波のゆきかへる
かのなつかしき山の道をしるやかなたへ
君と共にゆかまし

の詩観を明らかにしている。
曾つて…捕はれたり　民権運動の同志だった大矢正夫（蒼海）の逮捕は明治一八年一一月二三日。

47　「国民之友」第五八号の夏期付録として発表された、わが国初の訳詩集。「S・S・S」は「新声社」（森鷗外、小金井きみ子、落合直文他）を指す。英・独・中・日四ヵ国の作品を原典とする一七篇から成り、この「ミニヨンの歌」の原詩はゲーテである。翻訳は、原作の「意・句・韻・調」の要素のうちいずれかに重点がおかれており、この詩の場合は「句」（原詩の句数）。「其三」第三行冒頭の「いと」は、のちに鷗外自身によって「もゝ」に改変。

ミニヨンの歌（「於母影」）　S・S・S（森鷗外）　明22・8・2

48
三尊《さんぞん》四天王《してんわう》十二童子十六羅漢さては五百羅漢までを胸中に蔵《をさ》めて鉈小刀《なたこがたな》に彫り浮かべる腕前に、運慶も知らぬ人は讃歎すれども*鳥仏師《とりぶつし》知る身の心恥かしく、其道に志す事深きにつけておのが業《わざ》の足らざるを恨み、爰《こゝ》日本美術国に生れながら今の世に飛騨の工匠《たくみ》なしと云はせん事残念なり、珠運《しゅうん》命の有らん限りは及ばぬ力の及ぶ丈《た》ヶを尽してせめては*我が好《すき》の心に満足さすべく、且《かつ》は石膏細工の鼻高き唐人《たうじん》めに下目で見られし鬱憤の幾分を晴らすべしと、可愛や一向専念の誓《ちかひ》を嵯峨の釈迦に立し男、齢《とし》は何歳《いくつ》ぞ二十一の春。

風流仏　蝸牛露伴＝幸田露伴　明22・9

49
我邦《わがくに》の文学界には、外より来れる分子、既に甚だ多し。古《いにしへ》釈教の入るや、重訳《ちようやく》を経たるを以て、印度の文学はおほく倶《とも》に来らず。独り支那の文学は、その政治風教に伴ひ来りて、大に国風の趣味を変動せり。宜《むべ》なるかな、今の文学者には歌人あり、詩人あり、国文を善くするものあり、漢文を善くするものあり、*真片仮名体に長ずるものあり、言文一致体を得意とするものありて、本国、支那、西欧の種々の審美学的分子は、此間に飛散せること。此混沌の状は、決して久しきに堪《た》ふべきものにあらず。余等《よら》はその澄清の期の近きにあるを知る。而してそのこれを致すものは、批評の一道あるのみ。

48　幸田露伴二二歳時の短編小説で出世作。「新著百種」第五号として吉岡書籍店から刊行。純愛への憧憬と技芸による現実の超克という主題が、流麗な西鶴調の擬古文体によって綴られており、題名には、愛欲の象徴としての好色仏、雲上に解脱した姿としての風雅仏のふたつの意味が掛けられている。
鳥仏師　飛鳥時代の代表的仏師、止利仏師のこと。
我が好の心　自分の芸術愛好精神。優れた仏像彫刻実現を願う心。

49　「しがらみ草紙」（新声社、後しがらみ社　明22・10〜明27・8）創刊号に掲載された森鷗外二七歳時の文章。日本の文学界に〈批評〉が求められていることを指摘。〈西欧〉の〈詩学〉を範とし、〈審美的の眼を以て、天下の文章を評論〉することを目指しているという趣旨で、逍遥の説く〈没理想〉への批判の萌芽が見られる。
真片仮名体　漢字・仮名まじり（漢

「しがらみ草紙」の本領を論ず　S・S・S（森鷗外）　明22・10

50 私《わたくし》が十九の春の事。或日の夕刻《ゆふかた》、偶《ふ》と熱が発《で》ました。それに朝夕《てうせき》には咳嗽《せき》も出ます。左迄《さまで》苦しい程にもないので、先日《こなひだ》観梅《うめみ》に行《いつ》た時、帰途《かへり》が夜《よ》に入《いつ》て、ゾツと身にしみた寒さ、それが原因《もと》で感冒《ひきこん》だ風邪と、素人極《しろうとき》めにきめて、母の申すまゝに『妙《めう》ふり出《だ》し』*なぞを用ひて見ました。－ナニ、明日《あす》は快復《なほる》だらう＝母も申せば、私もさう思つて、四五日の間はこの『だらう』にひかされて、医者に見せる考も起こりません。が、四五日は愚か、一週間過《たつ》ても、咳嗽《せき》は漸次《だんだん》強くなるばかり、熱も解《さめ》る様子がありません。それに咳嗽《せき》をいたす毎《たび》に、右の背《せな》から胸へ掛て、針で軽《かろ》く刺さるゝ様に、妙な痛みを覚へます。私《わたくし》は此時始めて、普通《なみ》の感冒《かぜ》ではなからう、若し嫌な病でハあるまいかと気がつきました。

残きく　柳浪子＝広津柳浪　明22・10

51 五年前《いつとせまへ》の事なりしが、平生《ひごろ》の望《のぞみ》足りて、洋行の官命を蒙り、このセイゴン*の港まで来《こ》し頃は、目に見るもの、耳に聞くもの、一つとして新《あらた》ならぬはなく、筆に任せて書き記《しる》しつる紀行文日ごとに幾千言をかなしけむ、当時の新聞に載せられて、世の人にもてはやされしかど、今日になりておもへば、稺《をさな》き思想、身の程知らぬ放言、さらぬも尋常《よのつね》の動植金石、さては風俗などをさへ珍しげにしるしゝを、心ある人はいかにか見けむ。こたびは途に上りしとき、日記《にき》ものせむとて買ひし冊子《さつし》もまだ白紙のまゝなる

文書きくだし）の文体。

50 広津柳浪二八歳時の短編小説。「新著百種」第六号として吉岡書籍店から刊行。死を前にした結核患者である人妻の心理を描き、柳浪が作家としての地位を確立した作品。病状の悪化にともなう主人公の心情の動きを一人称形式と言文一致体の組合せによる画期的な方法で描き出している。

妙ふり出し　薬の名前。「振り出し薬」は、湯のなかで袋を振り動かし、成分を溶かし出して飲む薬剤のこと。

51 「国民之友」に掲載された森鷗外二八歳時の文壇初登場の小説。明治一七年から二一年まで、陸軍軍医としてのドイツ留学を終えて帰国した鷗外のドイツ三部作第一作。自我に目覚め恋愛と功名との相剋に苦悩する知識人を描いた近代小説として、二葉亭四迷の『浮雲』と併称されている。

セイゴン　サイゴン。現、ベトナ

は、独逸《ドイツ》にて物学びせし間《ま》に、一種の「ニル、アドミラリイ」*の気象をや養ひ得たりけむ、あらず、これには別に故あり。

舞姫　鷗外森林太郎＝森鷗外　明23・1・3

52 小説を作るは猶《なほ》味噌を造るが如《ごと》し或《あるひ》はフカシ或はネカシあちこちと捻《ひね》くり廻せども詰る所まめを命と尚《たつと》べばなり文章を練り趣向を揑《こ》ねそれでうまく行かぬ時は大いにこう、じることありと是れでは講義が口上茶番に変じたれど矢張大本《おほもと》は筆先のまめなるが小説の上手なり言文一致の甘《あま》味噌あり雅俗折衷の辛《から》味噌あり白き黒き赤き種類頗《すこぶ》る多く味噌と小説とは酷《はなは》だ能く相似たるものなるが其《その》味噌を造るが如しと云ふは此等の意味より出でたるにはあらで全くは*手前味噌との謎ならんと正太夫《しやうだいふ》は考ふるなり

正直正太夫著初学小説心得　緑雨醒客＝斎藤緑雨　明23・2・14〜3・14

53 吾人が想実論稿を起してより茲に九回、第一に於て詩及び詩人の何たるを論じ、第二に感念、精神の何たるを論じ、第三に想、実の性質を論じ、第四に人境詩境の区別を説き、第五に詩の永遠不朽ならざるべからざる所以を説き、第六に推敲鍛練の要旨を説き、第七第八に其実例として古今数多の著作を抜萃せり。吾人は是に至ツて漸く本論を結ぶの機会に到達せり。

明の譚宗公詩の疵病を論じて曰く、亡㆑情強作、見㆑韵卒爾為㆑之、奮興而躓参、無㆓比興之趣㆒、前後不㆓相属㆒、相矛盾、無㆓層折㆒、無㆓次第㆒、云々と。江湖*幾多の詩人此疵病

ムのホーチミン市。

ニル、アドミラリイ　何事にも心を動かさず、無感動の態度を表すラテン語。

52「読売新聞」に連載、斎藤緑雨二三歳時の文章。一般的な小説あるいは小説家についてのさまざまな問題に、鋭い風刺を交えながら言及している。緑雨は正直正太夫とも号し、明治二二年から二四年頃にかけて、他に『小説八宗』（明22・11）、『小説評註問答』（明23・3）など、啓蒙的な文学評論を著し、文壇に特異な地歩を確保した。

手前味噌　自分のことをほめること。自慢すること。

53「江湖新聞」に掲載された、石橋忍月二五歳時の評論。後に、『聚芳十種』第八巻（明25・1　春陽堂）に収録。あらゆる文学のジャンルを表す〈詩〉の発生の源を、〈想〉（虚象）・〈実〉（真景）の二つとし、その調和こそが詩を永遠不朽にすると説く。また、〈人事〉は実より出て、〈人物〉は想、〈詩〉

を避けんと欲せば、請ふ想、実に鑑みよ、講ふ想、実の調和を謀れ。

想実論　忍月居士＝石橋忍月　明23・3・20〜30

54 横浜グランド、ホテルの小使、余を案内して長廊下の隅なる一室に至り指して曰く是れ即ち八番室なりと、戸を開て余を誘《いざな》ふ、室内には二名の日本人あり。余と初見の礼を叙して互に名刺《なふだ》を通す。甲は「作良義文《さくらよしぶみ》」、乙は「立花勝武《たちばなかつたけ》」と印す、作良は年歯《としごろ》三十内外なるへく立花は二十六七ならん。二人与に旅《たび》行前の服装《みなり》にて未た汚染《あかじみぬ》せさる新《しん》調《でき》の縞羅紗《しまらしや》の「セビロ」を着けたり。一見して其の風采《ひとがら》の鄙《いや》しからさるを覚ゆ、余乃ち来訪の大意を述へ其の金具及ひ紙包の紙質等を問ひしに答弁《こたへ》一々違ふ所なし、因て革嚢《カバン》の儘金員を作良に授与《あたへる》せり、

報知異聞浮城物語　矢野龍渓　明23・4

55 第一　帰思

少《ウシテ》無㆓適《シ》俗《ノ》韻㆒、性本《ト》愛《ス》㆓丘山㆒《ヲ》。
誤《テ》落㆓塵《チ》網《ノ》中㆒《ニ》、一《タビ》去《ナ》三十年、
羈鳥恋《ヒ》㆓旧林㆒《ヲ》、池魚思㆓故淵㆒。

…………陶淵明帰田園居

去年の秋吾最愛の父斯夜《このよ》を去りしより、月の十七日は我が為に安息日の外なる聖日となれり。此日に於て我は事業を執《と》る前に密室に籠り、楣間《びかん》に挂《か》かれる吾父の肖像に

は人物を主、人事を従とすべきだという、彼の文学観の根本が示されている。

江湖　世の中。世間。

54　矢野龍渓四〇歳時の中編小説。「報知新聞」に連載。後、報知社から刊行（明23・4）。文武を代表するふたりの主人公と志士たちの南方での活躍が描かれている。従来の恋愛小説の〈小〉世界と比較して絶賛する政治小説家たちに対して、内田不知庵と石橋忍月は、人物が生かされておらず〈内面の大〉に欠けると批判して、〈浮城物語論争〉が起こった。

55　宮崎湖処子二六歳時の短編小説。民友社刊行。湖処子が亡父の一周忌で郷里・三奈木村（福岡県）に帰省したときの見聞が散文詩風に綴られている。都会の立身出世主義のむなしさとの対比として、各章の冒頭に陶淵明や自らの漢詩が掲げられ、田園の自然と人情の美しさが謳いあげられたこの作品は、〈近代〉に失望・挫折した当時

対して、多時の黙思を経るを例とせり。此の二三年来は、過ぐる月日の偏《ひと》へに急ぐと思はれしが、今は早や吾述懐に終身悲しかるべき秋《とき》立ち回《めぐ》り、淋しき一室も亦七月十七日となりぬ。

帰省　宮崎湖処子　明23・6

56 セドリツクには誰も云ふて聞《きか》せる人が有《あり》ませんかつたから、何も知らないでゐたのでした。おとつさんは、イギリス人だつたと云ふこと丈《だけ》は、おつかさんに聞ゐて、知つてゐましたが、おとつさんの歿したのは、極く少《ち》さいうちでしたから、よく記憶して居ませんで、たゞ大きな人で、眼が浅黄色で、頬髯が長くつて、時々肩へ乗せて坐敷中を連れ回られたことの面白かつたこと丈しか、ハツキリとは記憶《おぼえ》てゐませんかつた。おとつさんがおなくなりなさつてからは、おつかさんに余りおとつさんのことを云《いは》ぬ方が好《よい》と云《いふ》ことは子供ごゝろにも分りました。

小公子　バーネット　若松賤子訳　明23・8・23〜明25・1・9

57 爰に件《くだん》の三派を物に喩へていはん先づ人に配していへば物語派は支体の如く人情派は五感の如く人間派は魂の如し又之を画に配せば物語派は文人画の梅の如く人情派は一枝の梅の密画の如く人間派は根幹枝花《こんかんしくわ》残りなく画ける油画にも似たらん文人画の梅粗なれども梅の全体を見るべく密画の梅花細なれども一班に過ぎずひとり油画の梅に至りては其全体を見ると同時に枝、葉、根、幹、花の相関係せる所以を見るべし又之を

の青年たちに愛読され、この後〈帰省小説〉が注目されることになる。

56 アメリカ女性作家・バーネット原作『リトル・ロード・フォントルイ』の若松賤子による翻訳小説。「女学雑誌」連載。明治二四年一〇月、前編のみ女学雑誌社から刊行、明治三〇年一月、全訳が博文館から刊行。この翻訳作品は発表当時から鷗外・逍遥・忍月らに賞賛され、翻訳王と異名をとった森田思軒によっても『浮雲』と並ぶ口語文体と絶賛された。

57 「読売新聞」に連載された、坪内逍遙の小説論。後、『小羊漫言』（明26・6）収録のときに「小説三派」と改題。近代以前の物語との対比において近代小説の内的構造を分析し、三派に分類してそれぞれの特質を述べた。その帰納批評

学問に配せば物語派は常識《コモン・センス》の如く人情派は諸科の理学（天文、地質、植物、動物）の如く人間派は哲学の如し常識は広くして浅く科学は狭くして深く哲学は広くして深し

新作十二番のうち既発四番合評　坪内逍遙　明23・12・7〜12・15

58 むかし或る深山《みやま》の奥に、一匹の虎住みけり。幾星霜《いくとしつき》をや経たりけん、軀尋常《よのつね》の犢《こうし》よりも大《おほき》く、眼《まなこ》は百錬《ひやくれん》の鏡を欺《あざむ》き、髭《ひげ》は一束《つか》の針に似て、一度《たび》吼《ほ》ゆれば声山谷《さんこく》を轟かして、梢《こずへ》の鳥も落ちなんばかり。一山の＊豺狼麋鹿《さいらうびろく》畏《おそ》れ従はぬものとてなかりしかば、虎はます〳〵猛威を逞《たくまし》うして、自《みづか》ら金眸大王《きんはうだいわう》と名乗り、数多《あまた》の獣類《けもの》を眼下に見下《みくだ》して、一山万獣の君とはなりけり。

こがね丸　漣山人＝巌谷小波　明24・1

59 日本人とは何ぞや。是れ何等の問ぞ。問ふ者既に日本人たり、而して自ら日本人たるを知り、問はるゝ者も亦日本人たり、而して自ら日本人たるを知るなり。されど日本人とは何ぞやといふ、此の問に接して嗒然として語なからん者皆是なり。日本人とは何ぞや。日本の人なり。日本の人とは何ぞや。吾れ答ふる所以を知る、吾れ答ふる所以を忘る。日本人、日本の人、黙して想へば其の意義あり〳〵として幻像の如く眼前にちらつけども、口を開けば即ち忽焉として影を失ふ。

真善美日本人　三宅雄二郎＝三宅雪嶺　明24・3

を契機として、鷗外の演繹批評とのあいだで〈没理想論争〉が展開されることとなった。

58　博文館の『少年文学叢書』の第一編として刊行された、巌谷小波二一歳時の少年小説。少年読者を対象とした読み物の嚆矢として森鷗外が序文を寄せるなど、日本近代児童文学史上記念碑的意義を持つ。ゲーテの『狐の裁判』を始め、グリムやアンデルセンのメルヘン、日本の昔話などの素材が生かされている。

豺狼麋鹿　山犬・オオカミ・トナカイ・鹿。

59　三宅雪嶺、三一歳時の中編評論。政教社刊。欧米中心の文明観に異論を唱え、国粋主義を提唱。日本人の任務を、〈真・善・美〉の各分野、すなわち学術上、産業・軍事上、芸術上にわたって論じ、日本人は、天分・体格・知力・物質的富力・美的センスなどにおいて、その任務を遂行する能力があ

60素、
雲の絶間もあれよかし、
わが燈火《ともし》なる可き星も現はれよ、
　この身さながら浮萍《うきくさ》の
西に東に漂ふひまのあけくれに
　なぐさめなりし斯の霊山《みやま》、
　いかなれば今宵しも、麓に着きて
見えぬ、悲しきかな〳〵。
　恋しき御《み》姿の見えぬはいかに、
わが心、千々に砕くるこの夕暮」
　　　都を出でゝ
わがさすらへは春いくつ秋いくつ、
守る関なき歳月《としつき》を、軽《かろ》しとて仇し
草わらんじ《ママ》。会釈なく履きては
捨て、履きては捨て、踏みてはのこし
踏みてはのこす其迹は
　白浪立ち消ゆ大海原
越え来し方を眺むれば
　泡沫《みなわ》の如くに失行く浮世。」

蓬莱曲　透谷蟬羽＝北村透谷　明24・5

ると結論。姉妹編『偽醜悪日本人』（明24・5）がある。

60『楚囚之詩』に次ぐ、透谷の自費出版詩集。全三齣（八場）から成る長編劇詩。巻末に未定稿の別篇『慈航湖』を付す。人界を「牢獄《ひとや》ながらの世」と認識する主人公「柳田素雄」が、幻想の時空間「蓬莱山」へと登頂してゆき、最後にはその山頂で「魔王」との壮絶な闘いに敗れ、焼き払われる人界を目のあたりに倒れ伏すというストーリー。途中「蓬莱原」で「仙姫」（亡くなった恋人「露姫」の化身）と出会い、かつての想いがかきたてられるが、倒れた素雄は別篇において、露姫が棹取る船で「慈航湖」を「彼岸」へとわたってゆき、魔王との闘いののちの救済が、露姫とともに描かれようとしている。

61
暴風雨《あらし》のために準備《したく》狂ひし落成式もいよ〳〵済みし日、上人わざ〳〵源太を召《よ》び玉ひて十兵衛と共に塔に上《のぼ》られ、心あつて雛僧《こぞう》に持たせられし御筆《おふで》に墨汁《すみ》したゝか含ませ、我《われ》此塔に銘じて得させむ、十兵衛も見よ源太も見よと宣《のたま》ひつゝ、江都《かうと》の住人十兵衛之を造り川越源太郎之を成す、年月日とぞ筆太《ふでぶと》に記《しる》し了《をは》られ、満面に笑《えみ》を湛《たゝ》へて振り顧《かへ》り玉へば、両人ともに言葉なくたゞ平伏《ひれふ》して拝謝《をが》みけるが、それより宝塔長《とこしな》へに天に聳えて、西より瞻《み》れば飛檐《ひえん》或時素月《そげつ》を吐き、東より望めば勾欄夕《こうらんゆふべ》に紅日《こうじつ》を呑んで、*百有余年の今になるまで、譚《はなし》は活きて遺りける。

五重塔　露伴＝幸田露伴　明24・11・7〜明25・3・18

62
逍遙子この頃*記実家となりて時文評論を作る。時文評論とは早稲田文学の一欄にして、現実を記するを旨とするものなり。逍遙子は何故に記実家となりたるか。曰く*談理を嫌ひてなり。逍遙子ハ何故に談理を嫌へるか。曰く理の実より小ならむことを慮りてなり、理想世界の現実世界より狭からむことを思議してなり。その言にいへらく。今の談理家の言ふところは空漠にして、その見るところは独断に過ぎず。今の談理家はおの〳〵おのが方寸の小宇宙に彷徨逍遙して、我が思ふところのみを正しとし、これを尺度として大世界の事を裁断せんとす。そのさま恰も未だ巨人島にわたらぬ*ガリワルの如く、また未だガリワルを見ざる「*リリピュウシヤン」の如く、豕を抱いて臭きことを忘れ、古井の底に栖みて天を窺ふ。かゝる小理想家の説くところ何のやくにか立たむと。

61　露伴（本名成行）が「国会」に連載した中編小説。倉という大工から聞いた話が元になって〈のっそり〉十兵衛という主人公像が造型された（「作者苦心談」）。明治二四〜二五年は露伴の執筆活動が最も充実した時期の一つで、本作も名文で名高い。作中の五重塔のモデルは谷中天王寺の五重塔であるが、昭和三二年七月六日未明、消失した。
百有余年の今　本作執筆時を現在としてさかのぼると、この物語は安永・天明のころ（一七八〇年前後）のものであることになる。
62　「しがらみ草紙」に「早稲田文学の没理想」と題して発表した文学論。坪内逍遥の「シエークスピヤ脚本評註」並びに「我にあらずして汝にあり」に対して書かれたもので、〈没理想論争〉の一端を成す。
記実家　記実は事実をありのままに写すこと。写実主義に通ずる。
談理　自己の理想を強調すること。理想主義に通ずる。
ガリワル　スウィフトの風刺小説

山房論文　無署名＝森鷗外　明24・12

63 恋愛は人世の秘鑰《ひやく》なり、恋愛ありて後人世あり、恋愛を抽き去りたらむには人生何の色味かあらむ、然るに尤も多く人世を観じ、尤も多く人世の秘奥を究むるといふ詩人なる怪物の尤も多く恋愛に罪業を作るは、抑《そ》も如何なる理ぞ。古往今来詩家の恋愛に失する者、挙げて数ふ可からず、遂に女性をして嫁して詩家の妻となるを戒しむるに至らしめたり、詩家豈無情の動物ならむ、否、其濃情なる事、常人に幾倍する事著るし、然るに綢繆《ちうびう》終りを全うする者尠きは何故ぞ。ギヨオテの鬼才を以て、後人をして彼の頭《かしら》は黄金《こがね》、彼《かれ》の心は是れ鉛なりと言はしめしも、其恋愛に対する節操全からざりければなり。バイロンの嵩峻を以ても、彼《か》の貞淑寡言の良妻をして狂人と疑はしめ、去つて以太利《イタリー》に飄泊するに及んでは、妻ある者、女《むすめ》ある者をしてバイロンの出入を厳にせしめしが如き。或はシエレイの合歓未だ久しからざるに妻は去つて自ら殺し、郎も亦た天命を全うせざりしが如き。

厭世詩家と女性　透谷隠者＝北村透谷　明25・2・6、20

64 数学を脩めたる今時の学者は云ふ。日本の和歌俳句の如きは一首の字音僅に二三十に過ぎざれば之を＊錯列《パーミュテーション》法に由て算するも其数に限りあるを知るべきなり。語を換へて之をいはゞ＊和歌（重に短歌をいふ）俳句は早晩其限りに達して最早此上に一首の新しきものだに作り得べからさるに至るべしと。世の数理を解せぬ人はいと之をいぶかし

『ガリバー旅行記』の主人公。

リリピユウシヤン　『ガリバー旅行記』に登場する小人国リリパットの住民たち。

63 「女学雑誌」第三〇三号、三〇五号に二回にわたって連載され、透谷はこの評論によって女学雑誌社に入社、批評担当となった。この評論を当時の青年として読んだ衝撃の大きさを、島村藤村は、『桜の実の熟する時』に描き、木下尚江は次のように回想した。《恋愛は人世の秘鑰なり。／この一句はまさに大砲をぶちこまれた様なものであった。この様に真剣に恋愛に打込んだ言葉は我国最初のものと思ふ。これまで恋愛や男女の間のことはなにか汚いものの様に思はれてゐた。それをこれほど明快に喝破し去つたものはなかつた。》（「福沢諭吉と北村透谷―思想史上の二大恩人」昭9・1）。

秘鑰　秘密を解く鍵。

64 子規（本名常規）が「獺祭書屋主人」の筆名で三七回にわたって「日本」に連載した俳論。明治二四年に「俳句分類」の仕事に着

き説に思ひ何でうさる事のあるべきや。和歌といひ俳句といふもと無数にしていつまでも尽くることなかるべし。古より今に至るまで幾千万の和歌俳句ありとも皆其趣を異にするを見ても知り得べき筈なるに抔云ふなり。然れども後説はもと推理に疎き我邦在来の文人の誤謬にして敢て取るに足らず。其実和歌も俳句も正に其死期に近づきつゝある者なり。

獺祭書屋俳話　獺祭書屋主人＝正岡子規　明25・6・26〜10・20

65

卯月十一日

おのれはよべピエチゴルスクにつき、市のはしつかたにて、マシユツク山の麓なる、いと高き所に築き上げし、旅やかたにやどかりぬ。若し嵐などあらむ折には、恐しく行かふくもは、この家の屋根にふるゝばかりなるべし。

今朝五時ちかく、目覚めて、窓おし開き、見出したるに、ほどちかき前栽に、さま〴〵の花咲出て、白露の玉かつらしたるが美しく、いと心地よきあさかぜに、なつかしきかほりを送りぬ。又匂よき花木の梢ありて、物言はゞおのれを迎へてよくこそと言はまほしげに、此窓のほとりに枝さしいでて、其白くさゝやかなる葉の二つ三つ、ちら〳〵と机の上に散来るなど、いひしらずめでたし。

浴泉記　レルモントッフ　小金井きみ子訳　明25・10〜明27・6

66

三十年の永き月日を鉄の仮面に顔を隠して送りしと云はバ人誰か誠と思はん、去れど

手した子規が多面的に俳句を論じたもので、俳人論も含む。

錯列法　順列組合せ。

和歌…至るべしと　この時期までに『新体詩抄』序（外山正一）が短詩を、また『小説神髄』（坪内逍遥）が詩全体を否定している。

65　森鷗外の妹小金井喜美子（本名きみ）が「しがらみ草紙」に連載した翻訳小説。原作は『現代の英雄』（一八三九年）第四章「侯爵令嬢メリィ」。すでに明治二二年訳詩集『於母影』に加わっていたが、本作によって翻訳文学者としての声価が定まった。

おのれ　主人公の青年将校ペチョリン。

よべ　昨夜。ゆうべ。

ピエチゴルスク　ロシア南西部コーカサス地方の都市。

66　涙香（本名周六）自ら創刊し

も実際に斯《かゝ》る人ありたり、夫も唯だ三十年を暮せしに非ずして世界中の最も恐る可き大牢屋仏国のバスチル*の中に捕はれて暮せしなり、仮面の儘に病に罹《かゝ》り仮面の儘に牢死したれば人皆な其の誰なりしやを知らず、茲《こゝ》に其の偽《いつは》りならぬ証拠として当時の牢番ヂヤンカと云へる人の手帳を抜書して記さんに千七百三年（今より百八十九年前）十一月十九日（月曜日）の条《くだり》に

「常に黒き仮面を被《かぶ》り居たる誰とも知れぬ彼《か》の囚人は昨日の日曜に例の如く説教を聞きしが其後にて直ぐ病気となり左まで危篤とも見えざりしに夜の十時頃に及びて仮面の儘に死したり。

長老ギロード氏は其病の床に臨み種々此人を慰めたれど此人最早や死際《しにぎは》なりし故一身の事を長老に打明しや否《いなや》は知らず云々、此囚人は典獄サン、マール氏がマーゲリツトより連来たりし者なり云々」

鉄仮面　ボアゴベイ　黒岩涙香訳　明25・12・22～明26・6・22

67
*文章即ち事業なり。文士筆を揮ふ猶英雄剣を揮ふが如し、共に空を撃つが為めに非ず為す所あるが為也。万の弾丸、千の剣芒、若し世を益せずんば空の空なるのみ、華麗の辞、美妙の文、幾百巻を遺して天地間に止るも、人生に相渉らずんば是も亦空の空なるのみ。文章は事業なるが故に崇むべし、吾人が頼襄を論ずる即ち渠の事業を論ずる也。

頼襄を論ず　山路彌吉＝山路愛山　明26・1・13

た「万朝報」に連載した翻訳小説。涙香はボアゴベイの作品を最も多く訳しているが、本作は涙香訳の最大傑作の一つ。フランスの史実に基づいた伝説的囚人〈鉄仮面の人〉を題材にしている。原著の題名は不明だが、江戸川乱歩によれば『二羽の鶫』であるというが、定かではない（木村毅）。

バスチル　フランスのバスチーユ牢獄のこと。

67　山路愛山が本名山路弥吉で「国民之友」に発表した頼襄（山陽）論。実学的文学観に立った本論は北村透谷を刺激し、〈人生相渉論争〉の発端となった。

文章即ち…なり　山陽の文学活動における経世論的意義をさす。

68 「力《フォース》」としての自然は、眼に見えざる、他の言葉にて言へば空の空なる銃鎗を以て、時々刻々「肉」としての人間に迫り来るなり。草薙の剣は能く見ゆる野火を薙ぎ尽したりと雖、見えざる銃鎗は、よもや薙ぎ尽せまじ。英雄をして剣を揮はしむるは、見る可き敵に当ればなり、文章をして京山*もしくは山陽の如く世を益するが為めと、人世に相渉らしむるが為に戦はしむるは、見るべき実（即ち敵）に当らしむるが為なり。然れども空の空なる銃鎗を迎へて戦ふには、空の空なる銃鎗を以てせざるべからず、玆に於て霊の剣を鋳るの必要あるなり。

人生に相渉るとは何の謂ぞ　透谷庵＝北村透谷　明26・2

69 生活は一大疑問なり、尊《たか》きは王公より下《しも》乞食に至るまで、如何にして金銭を得、如何にして食を需《もと》め、如何にして楽《たのし》み、如何にして悲み、楽《らく》は如何、苦は如何、何に依ッてか希望、何に仍《よ》てか絶望。是《こ》の篇記《へんき》する処、専らに記者が最暗黒裏《さいあんこくり》生活の実験談にして、慈神《じしん》に見捨られて貧児《ひんじ》となりし朝《あした》、日光の温袍を避けて暗黒寒飢の窟《くつ》に入りし夕《ゆふべ》。彼れ暗黒に入り彼れ貧児《ひんじ》と伍《ご》し、其間に居て生命を維《つな》ぐ事五百有余日、職業を改むるもの三十回、寓目千緒遭遇百端、凡そ貧天地《ひんてんち》の生涯を収めて我が記憶の裡にあらむかと。聊か信ずる所を記して世の仁人に愬《うった》ふる所あらんとす。

最暗黒之東京　乾坤一布衣＝松原二十三階堂　明26・11

70 西八条の花見の席に、中宮の曹司《ざうし》横笛を一目見て時頼*は、世には斯《か》かる気高《けだか》き美しき

68 「文学界」に掲載した文学論で、愛山の功利的実学的文学論への激しい反論となっている。〈人生相渉論争〉中の重要論文の一つ。またこの論は透谷の宗教観を表すものでもある（佐藤泰正「透谷とキリスト教」）。
京山　教訓的戯作を書いた京山を評価した愛山の「山東京山」（「国民新聞」）を視野に入れての言及。

69 松原二十三階堂（本名岩五郎）が乾坤一布衣の筆名で発表した下層社会の探訪ルポルタージュ。民友社刊。明治二五年一一月以降「国民新聞」に発表していた下層社会報告に新たな書き下ろし稿を加えたもので、貧民ルポの先駆となった。

70 樗牛（本名林次郎）が「読売

女子《をなご》も有るもの哉と心窃《ひそか》に駭《おどろ》きしが、雲を遏《とど》め雲を廻《めぐら》す妙《たへ》なる舞の手振《てぶり》を見もて行くうち、胸怪《あや》しう轟《とどろ》き、心何となく安からざる如く、二十三年の今まで絶えて覚《おぼえ》なき異様の感情雲の如く湧き出でて、例へば渚《なぎさ》を閉ぢし池の氷の春風に溶けたらんが如く、若しくは満身の力をはりつめし手足の節々一時に緩《ゆる》みしが如く、茫然として行衛《ゆくへ》も知らぬ通路《かよひぢ》を我ながら踏み迷へる思して、果は舞《まひ》終り楽《がく》収まりしにも心付かず、軈《やが》て席を退《まか》り出でて何処ともなく出で行きしが、あはれ横笛とは時頼其夜初めて覚えし女子の名なりけり。

滝口入道　無署名＝高山樗牛　明27・4・16～5・30

71
棚から落ちる牡丹餅《ぼたもち》を待つ者よ、唐様《からやう》に巧みなる三代目よ、浮木《ふぼく》をさがす盲目《めくら》の亀よ、人参《にんじん》呑んで首縊《くゝ》らんとする白癡漢《たはけもの》よ、鰯の頭を信心するお怜悧連《りこうれん》よ、雲に登るを願ふ蚯蚓《みゝず》の輩《ともがら》よ、水に影《うつ》る月を奪はんとする山猿よ、無芸無能食《しよく》もたれ総身《そうみ》に知恵の廻りかぬる男よ、木に縁《よつ》て魚《うを》を求め草を打て蛇に驚く狼狽者《うろたへもの》よ、白粉《おしろい》に咽《む》せて成仏せん事を願ふ＊艶治郎《ゑんぢらう》よ、鏡と睨《にら》め競《くら》をして頤をなでる＊唐琴屋《からことや》よ、惣て世間一切の善男子、若し遊んで暮すが御執心ならば、直ちにお宗旨を変えて文学者となれ。

文学者となる法　三文字屋金平＝内田魯庵　明27・4

72
古人の言に云く『文章の世道に関せざるもの工なりと雖も何の益かあらむ』と、余は和歌に於ても常に此言を服膺《ふくよう》する者也、

新聞」に連載したもので、同紙の懸賞小説の入選作であった。当時樗牛は仙台の二高予科に在学中であったが、すでに同人誌等に評論を発表していた。『平家物語』を愛読しており、本作も『平家』によっている。

時頼　斎藤時頼。平重盛の郎等であった。

71　内田魯庵（本名貢）が三文字屋金平の名で右文社から刊行した戯著で、文壇に波紋をまきおこした。魯庵は文芸批評家として出発したが、本著執筆の頃は翻訳家としての活動の時期にあたり、明治二五年にはドストエフスキー『罪と罰』を訳述していた。

艶治郎　正しくは艶二郎。山東京伝の黄表紙『江戸生艶気樺焼』の主人公。

唐琴屋　唐琴屋丹治郎。為永春水の人情本『春色梅児誉美』の主人公。

72　「二六新報」に八回にわたって

文に衰世の文乱世の文盛世の文あり、盛世の文は雄大華麗《ゆうだいくわれい》、衰世の文は委靡繊弱《ゐびせんじやく》、乱世の文は豪宕悲壮《がうたうひさう》、各々その世の気風を表はし来る、王朝の文漫《みだ》りに綺靡《きび》を喜び気魄精神一の丈夫らしきものなし是れ衰世の文なればなり、鎌倉時代南北朝の文読み来つて知らず知らず腕を扼《やく》し涙《なんだ》を揮《ふる》ふ是れ乱世の文なればなり、奈良朝江戸時代の文華麗に富《と》み宛《さ》ながら台閣の臣盛装して朝《てう》するが如し是れ盛世の文なればなり、古人また云く『委靡繊弱の文は乱世を胚胎し豪宕悲壮の文は盛世を胚胎す』と、国家の盛と衰と文章の関《あづか》つて力あるや此の如し、余は和歌に於ても常に亦此理を信ずる者也、

亡国の音　鉄幹＝与謝野鉄幹　明27・5・10〜18

73 日本、細長き島国蜿蜒として北より南に延び、其間亘ること実に二十有七度北の方北極圏を距るゝ纔かに十度半、南の方熱帯圏を去る些々半度気候宛として半寒帯、温帯、半熱帯を包羅す。海流や、太平洋沿岸の南半は赤道海流（黒潮）の洗ふ所となり、北半には寒帯海流（親潮）駛走し、日本海沿岸にも亦た赤道海流の一派（対馬海流）注ぎ来り、寒帯海流（リマン海流の余派）其間に錯流し、日本実に寒熱二海流の会所に当る。風候に到りては、冬春の間は亜細亜大陸より西北風蓬々として到り、五月、六月、印度洋上季候風変化の余派到り、九月、十月、復た到り、而して沖縄列島の辺は東北貿易風吹くこと嫋々

日本風景論　志賀重昂　明27・10

連載された歌論。「（現代の非丈夫的和歌を罵る）」と副題されていることからも知られるように、その主張は、文学は国家の盛運を創りだしてゆくもので、和歌もその例外であってはならない、という点にある。当時の歌壇を席巻していた「宮内省派」を真っ向から批判し、「恋歌」も排斥されるべきものとした猛々しさで貫かれている。

73　政教社から刊行した文学的地景論。明治二一年政教社を結成し「日本人」を創刊して以来、国粋主義の論客として活躍していた志賀は、国家への視線を底流に保ちつつ地理学書の名著に数えられる本作を書いている。

74　廻れば大門の*見かへり柳いと長けれど、*おはぐろ溝に燈火うつる三階の騒ぎも手に取る如く、明暮れなしの車の往来《ゆきゝ》にはかり知られぬ全盛をうらなひて、大音寺前と名は仏くさけれど、さりとは陽気の町と住みたる人の申き、三島神社の角を曲りてより是れぞと見ゆる大廈《いゑ》もなく、かたぶく軒端の十軒長屋二十軒長屋、商ひはかつふつ利かぬ所とて、半さしたる雨戸の外に、怪しき形《なり》に紙を切りなして、胡粉ぬりくり彩色のある田楽みるやう、裏にはりたる串のさまもをかし、一軒ならず二軒ならず、朝日に干して夕日に仕舞ふ手当ことごとしく、一家内これにかゝりて夫れは何ぞと問ふに、知らずや*霜月酉の日例《れい》の神社に欲深《よくふか》様のかつぎ給ふ是れぞ熊手の下ごしらへといふ、

たけくらべ　一葉＝樋口一葉　明28・1〜明29・1

75　半日の囲碁に互の胸を開きて、善平は殊に辰彌を得たるを喜びぬ。何省書記官正何位といふ幾字は、昔気質《むかしかたぎ》の耳に立優れてよく響渡り、かかる人に親しく語らふを身の面目とすれば、訪はれたるあとより直に訪返して、只管《ひたすら》に尚睦《むつ》まじからん事を願へり。才物だ。中々の才物だと頻りに誉称《ほめそや》し、あの高振らぬ処が何うも豪《えら》い。談話《はなし》の面白さ。人接《ひとづき》のよさと一々に感服したる末は、何として、綱雄などの中々及ぶ処でないと独語《ひとりごと》つ。光代は傍に聞いて居たりしが、それでもあの綱雄さんは、最《も》つと若くつて上品で沈着《おちつ》いて居て気性が高くつて、彼《あ》の方よりは余ッ程ようござんすわ。と調子に確かめて膝押進む。ホイ、お前の前で言ふのではなかつた。と善平は笑出せば。あら、左様いふ訳で言つたのではありませぬ。唯かうだと言つて見たばかりですよ。と顔は早く

74　樋口一葉（本名なつ）が「文学界」に連載した短編小説。後に「文芸倶楽部」に一括掲載された。明治二六年当時、下谷龍泉寺町で荒物・駄菓子店を営んでいた一葉は、そこでの見聞をもとに吉原周辺の大音寺前を舞台にして、過ぎゆく〈子供たちの時間〉（前田愛）を見事に描出した。

見かへり柳　大門の東の日本堤にある柳。吉原のシンボル。

おはぐろ溝　遊女の使用したお歯黒を流すので水が黒く染まっているところから命名された。遊女の逃亡防止の役割を果たしていた。

霜月酉の日　毎年一一月酉の日は大鳥神社（鷲神社）の祭礼で、酉の市が立った。中でも下谷龍泉寺町のものが最も盛んで、熊手・粟餅・頭（唐）の芋などが売られた。

75　「太陽」に発表した短編小説で、後に『太陽小説』第一編（博文館、明29）に収められた。それまで所属していた硯友社文学にあきたらず、作風の転換をはかっていた眉山は、本作をもって〈観念

も淡紅《うすくれなゐ》を散らして、嫌な父様だよ。と帯締の打紐を解きつ結びつ。

書記官　眉山人＝川上眉山　明28・2

76「お前なんざア知るめえよ。私《わし》の娘の時代《じでえ》に流行《はや》つた唄なんだよ。『*青い蜥蜴《とかげ》に蝿虎《はへとりぐも》まぜて』、その後《あた》ア何とか云つたツけ。中々流行つたもんさ。」

「青い蜥蜴に蝿虎まぜてツて。可怖《こは》い唄だ。ああ、慄然《ぞッ》とする。」

折から甲州屋の葬送《とむらひ》露路前を通ると聞くより、老婆は其を見物せんとて、溝板《どぶいた》に下駄踏み返しつつ走り行く。お都賀は小唄を聞きてより、身柱《ちりげ》寒き心地し、顔色さへ変りて、葬送を見んともせず、少時《しばし》は茫然として立ちたりしが、吉五郎に呼ばれて、急ぎ我家に入りたり。

黒蜥蜴　柳浪子＝広津柳浪　明28・5

77 三　秒《セコンド》にして渠が手術は、ハヤ其佳境に進みつゝ、刀骨《メス》に達すと覚しき時、

「あ。」と深刻なる声を絞りて、二十日《はつか》以来寝返りさへも得せずと聞きたる、夫人は俄然器械の如く其半身を跳起《はねお》きつゝ、刀取れる高峰が右手の腕に両手を確《しか》と取縋りぬ。

「痛みますか。」

「否《いゝえ》、貴下《あなた》だから、貴下だから。」

恁《かく》言懸けて伯爵夫人は、がつくりと仰向きつつ、凄冷《せいれい》極《きはま》り無き最後の眼《まなこ》に、国手《こくしゆ》をぢつと瞻《みまも》りて、

小説〉の代表的作家と目されるようになった。

76「文芸倶楽部」に発表。後に『柳浪叢書』後篇（博文館、明43）に所収。すでに柳浪は作家として活躍していたが、本作は〈深刻小説〉〈悲惨小説〉の代表作として文壇の注目を集めた。

青い…まぜて　実際に幕末に流行した唄で、柳浪はこの唄から本作の構想を得たという（「作家苦心談」）。老婆の唄を契機にお都賀の憎悪と殺意がわきおこるこの場面を、後藤宙外や田岡嶺雲らの同時代評は激賞した。

77「文芸倶楽部」に発表。田岡嶺雲によって絶賛された。この作とこれに先立つ「夜行巡査」（明28・4）の成功をもって鏡花は〈観念小説〉の新進作家として認められた。

天なく…なりし　鏡花は評論「愛と婚姻」（「太陽」明28・5）で「社会の婚姻は愛を束縛して、圧制して、自由を剝奪せむがために造ら

「でも、貴下は、貴下は、私《わたくし》を知りますまい！」

謂ふ時晩《おそ》し、高峰が手にせる刀に片手を添へて、乳の下深く掻切《かきき》りぬ。医学士は真蒼になりて戦《おのゝ》きつゝ、

「忘れません。」

其声、其呼吸《いき》、其姿、其声、其呼吸、其姿。伯爵夫人は嬉しげに、いとあどけなき微笑《ゑみ》を含みて高峰の手より手をはなし、ばつたり、枕に伏すとぞ見えし、唇の色変りたり。

其時の二人が状《さま》、恰も二人の身辺には、天*なく、地なく、社会なく、全く人なきが如くなりし。

外科室　泉鏡花　明28・6

78 嗚呼暴露せよ、暴露せよ、益〻社会の裏面を暴露せよ、所謂社会の悪徳は既に法律以外に逸す、これを責め、これを呵《か》し、これを嘲り、之を罵り、翻然として自ら悔い、自ら悛《あらた》めしむるものは豈に天下*操觚者《さうこしや》の任に非ずや。然れども啻《たゞ》に其悪を発き、其醜を露《あらは》すのみを以て能事畢《をは》れりといふ可からず、人心染み易し、唯に其醜悪を発露するのみにしてやまば、寧ろ天下の人を冐《ひき》ゐて醜悪の淵に曳入るゝものなり。吾人は筆底血あり涙あり、外に笑ふて内に泣き、外に憤りて内に悲む熱情の文士に須《ま》つこと多し。吾人は天下の文士が大《おほい》に社会の罪悪を暴露し来ると共に、更に大に其同情の涙を揮《ふるつ》て人道の為めに泣き、道義の為めに憤り、其絶叫大呼して警世の暁鐘となり、懲悪の震

れたる、残絶、酷絶の刑法なりとす」と結婚制度を批判している。

78 嶺雲が無署名で「青年文」の「時文」欄冒頭に掲げた文章。題名は「小説と社会の隠微」だが、このすぐ後に掲載されている「下流の細民と文士」と併せて一つの形になる。日清戦争後国民の意識が高まる中で、さまざまな社会問題が表面化し、文学界にも観念小説や深刻小説（悲惨小説）が登場した。嶺雲はこれら社会の暗黒面を描こうとした文学を激励し、支持

雷たらんことを望む。然れども吾人は敢て美文を以て人を教へよといはず、唯自ら悔いしめよといふ、大なる理想を内に懐きて以て写実せよ、然ゆるが如き同情を注ぎて以て暴露せよ。

小説と社会の隠微　無署名＝田岡嶺雲　明28・9

79　さる雨の日のつれ〴〵に表を通る山高帽子の三十男、あれなりと捉《と》らずんば此降りに客の足とまるまじとお力かけ出して袂《たもと》にすがり、何《ど》うでも遣《や》りませぬと駄々《だゞ》をこねれば、容貌《きりよう》よき身の一徳、例になき子細《しさい》らしきお客を呼入れて二階の六畳に三味線なしのしめやかなる物語、年を問はれて名を問はれて其次は親もとの調べ、*士族かといへば夫れは言はれませぬといふ、*平民かと問へば何《ど》うござんしようかと答ふ、そんなら*華族と笑ひながら聞くに、まあ左様《さう》おもふて居て下され、お華族の姫様《ひいさま》が手づからのお酌《しやく》、かたじけなく御受けなされとて波々《なみ〳〵》とつぐに、

にごりえ　一葉女史＝樋口一葉　明28・9

80　嫁入りてより七年の間、いまだに夜に入りて客に来しこともなく、土産《みやげ》もなしに一人《ひとり》歩行《あるき》して来るなど悉皆《しつかい》ためしのなき事なるに、思ひなしか衣類も例《いつも》ほど燦《きらびや》かならず、稀《まれ》に逢ひたる嬉しさに左《さ》のみは心も付かざりしが、聟《むこ》よりの言伝《ことづて》とて何一言《こと》の口上《こうじよう》もなく、無理に笑顔は作りながら底に萎《しほ》れし処のあるは何か子細のなくては叶はず、*父《てゝ》親《おや》は机の上の置時計を眺めて、これやモウ程なく十時になるが関《せき》は泊つて行つて宜い

した。この文章もその一つである。
操觚者　筆をとって文を書く文筆界の人。

79　「文芸倶楽部」に発表した短編小説。当時話題を集めていた深刻小説と相通ずるものがあったところから田岡嶺雲らに評価され、内田魯庵は女性の身でありながら「売淫婦」に「多涙なる同情」をそそいだ点に従来の女性作家には見られなかった一葉の作家としての傑出点を見、激賞した（「一葉女史の『にごり江』」）。一葉自身「こぞの秋かり初に物しつるにごり江のうわさ世にかしましうもてはやされて」（「水のうへ」明29・1）と記しているように、この作によって女性作家一葉の名は世に知れわたった。
士族・平民・華族　明治社会の三階級。明治二三年に旧幕時代の身分が改められ、四年の戸籍法公布により族称となった。

80　「文芸倶楽部」臨時増刊「閨秀

のかの、帰るならば最う帰らねば成るまいぞと気を引いて見る親の顔、娘は今更のやうに見上げて御父様《おとつさん》私《わたくし》は御願ひがあつて出たので御座ります、何《ど》うぞ御聞遊《おきゝあそば》してと屹《きつ》となつて畳に手を突く時、はじめて一トしづく幾層《いくそ》の憂きを洩《もら》しそめぬ。

十三夜　一葉女史＝樋口一葉　明28・12

81

鷲見柳之助《すみりうのすけ》は其妻を亡《うしな》つてはや二七日《ふたなぬか》になる。去る者は日《ひゞ》に疎《うと》しであるが、彼は此十四日《よツか》をば未《ま》だ昨日《きのふ》のやうに想つてゐる、時としては今朝《けさ》のやうに、唯《たゞ》の今のやうにも思ふ。余り思ひ窮《つ》めては、未《ま》だ生きてゐるやうにも想つてゐる。なるほど病《やまひ》の為に敢無《あへな》くはなつた、氷のやうに冷えて、美しい目も固く瞑《ふさ》いだ、棺《くわん》へも斂《おさ》めたれば、葬送《とむらひ》も出した、谷中《やなか》の土に埋《うづ》めて榇《しらき》の位牌になつて了《しま》つて、現在此《こゝ》に在るからは、仮《うそ》でもなければ、夢でもなく、確《たしか》に死ぬだに極《きはま》つてゐる。如何にも其軀《そのむくろ》は葬られて、其形《かたち》は滅《めツ》したに疑ひは無いが、彼の胸の内には、その可愛い可愛い妻の類子《るゐこ》は顕然《まざ〴〵》と生きてゐるのである。

多情多恨　紅葉＝尾崎紅葉　明29・2・26〜6・12、9・1〜12・9

82

唯ゞ不思議なるは、この境に出没する人物のゾラ、イプゼン等の写し慣れ、所謂自然派の極力模倣する、人の形したる畜類ならで、吾人と共に笑ひ共に哭すべきまことの人間なることなり。われは作者が捕へ来りたる原材とその現じ出したる詩趣とを較べ見て、此人の筆の下には、灰を撒きて花を開かする手段あるを知り得たり。われは縦

小説」に発表。「閨秀小説」の特集号そのものが話題を呼び、多くの新聞雑誌でとりあげられる中、この作は好評であった。「閨秀小説」には一葉の他、小金井喜美子・若松賤子・田沢稲舟・北田薄氷・三宅花圃らが執筆している。

父親は…「十三夜」は時間のドラマであるが、父親の時計を見る行為をきっかけにお関の告白が始まるこの場面は、そのことを見事に象徴している。

81　紅葉（本名徳太郎）が「読売新聞」に連載した長編小説。春陽堂から刊行（明30・7）。この作執筆の前年に紅葉は『源氏物語』を読んでおり、柳之助が亡妻類子を追慕する心情には「桐壺」の影響が指摘されている（村岡典嗣『日本思想史研究』）。また引用部分からも明らかなように、本作は洗練された言文一致文であり、近代文体としての「である体」はここにおいて定着したと言ってよい。本作執筆前年の紅葉はいささか低調であったが、本作は文体・写実的心理描写の両面において高く評価

令世の人に一葉崇拝の嘲を受けんまでも、此人にまことの詩人といふ称をおくることを惜まざるなり。且個人的特色ある人物を写すは、或る類型の人物を写すより難く、或る境遇のMileuに於ける個人を写すは、ひとり立ちて特色ある個人を写すより更に難し。たけ競出でゝ復た大音寺前なしともいふべきまで、彼地の「*ロカアル、コロリット」を描写して何の窘迫せる筆痕をも止めざるこの作者は、まことに獲易からざる才女なるかな。

第二のひいき（三人冗語）　鐘礼舎＝森鷗外　明29・4

83

無題二首

野に生ふる、草にも物を、言はせばや。涙もあらむ、歌もあるらむ。
花ひとつ、緑の葉より、萌え出でぬ。恋しりそむる、人に見せばや。

韓廷に、十月八日の変ありて、未だ二旬ならざるに、諸友多く、官にある者は、帰朝を命ぜられ、民間にある者は、退韓を命ぜらる。余もまた、誤つて累せられむとし、幸に僅にまぬかる。こゝに於て、一時帰朝の意あり、諸友中、広島に護送せらるゝ者と、船を同じうして、仁川を発し、宇品に向ふ。船中無聊、諸友みな、詩酒に托して興を遣る。当時、余また数詩あり、その記憶するものゝ一に云く。

から〳〵と、笑ふも世には、憚りぬ。泣きなばいかに、人の咎めむ。

東西南北　鉄幹与謝野寛＝与謝野鉄幹　明29・7

され、代表作の一つとなった。

82　森鷗外・幸田露伴・斎藤緑雨による小説合評。「めさまし草」に掲載。樋口一葉の「たけくらべ」は「文学界」に断続的に連載されたが、二九年四月の「文芸倶楽部」に一括再掲された。この「三人冗語」評はそれを受けたもの。新人作家に厳しい「三人冗語」での絶賛は、破格のことであった。ここでの評価が、文学史上における樋口一葉の位置を確立したと言ってよい。一葉の日記によれば、この「三人冗語」を読んで「文学界」の同人だった平田禿木は感涙にむせんだと言う（「ミつの上日記」）。

ロカアル、コロリット　Lokal Kolorit（独）地方色。

83　鉄幹の第一詩歌集。詩三四篇と短歌とで構成されている。自序に、「小生の詩ハ、短歌にせよ、新体詩にせよ、誰を崇拝するにもあらず」「小生の詩ハ、即ち小生の詩に御座候ふ」「短歌にもあれ、新体詩にもあれ、世の専門詩人の諸君とハ、大に反対の意見を抱き居る者に御座候ふ」と、その意図をみ

84 国運伸長して社会の現象益々多色、多端。是れが裏面の消息を伝ふるを以て任とするの小説作家たるもの又以て花鳥風月に安眠するの時に行らず、宜なり曩日の奇矯作家も亦念頭を実在の社会に置き、月雪風流、白粉紅膩、唯嬌、唯艶是れ喜ぶの文士も亦、社会、人間、生活、時勢といへる題目に着眼して以て数年錬磨の筆硯を致さんとす、此際に当つて我社『社会小説』出版の挙あらんとし、明治文壇の新進作家、夙成家をして各ゞ其の執る処の筆鋒を一所に集注せしめんとす、期する処は文壇の革新にあり、斯の如くしてよく名篇大作出で、明治文学界の生産をしてよく不朽に伝ふるを得ば、吾人の冀望亦空しからずといふべし、『社会小説』は毎月一回若しくは隔月一回左に列記する作家の脱稿を待つて順次に出版す（毎冊菊版二百頁内外）

第一　齋藤　緑雨　第四　後藤　宙外
（本年十二月下旬）　（同四月下旬）
第二　広津　柳浪　第五　嵯峨のや主人
（三十年一月中旬）
第三　幸田　露伴　第六　尾崎　紅葉
（同　三月上旬）　其　他

社会小説出版予告　民友社　明29・10・31

せている。短歌に句読点を施して句ごとにポーズを置くことを試みているのも、その一端といえよう。

84　民友社の雑誌「国民之友」三二〇号に掲載された広告。これが口火となって社会小説論争がおこり、以後約一年四か月にわたってさまざまな新聞雑誌で社会小説が論じられた。この広告にも明らかなように、社会小説の語の定義ははっきりしておらず、論者によって違いが見られた。なお、ここで予告された社会小説のシリーズ出版は実現されていない。

第三期

1897(明30)〜1909(明42)

西暦（元号）	小説	詩歌・戯曲・評論	社会動向・文学事象
1897（明30）	**金色夜叉**（尾崎紅葉・読売新聞）1 うき草（ツルゲーネフ、二葉亭四迷訳・太陽）5 源叔父（国木田独歩・文芸倶楽部）8 うたたね（島崎藤村・新小説）11	**抒情詩**（国木田独歩、柳田国男、田山花袋、嵯峨のやおむろ、宮崎湖処子・民友社）4 **若菜集**（島崎藤村・春陽堂）8	「ほととぎす」（松山版）創刊1 「早稲田文学」彙報欄で社会小説の分類等行う2 足尾銅山鉱毒被害者の請願運動3
1898（明31）	**今の武蔵野**（国木田独歩・国民之友）1 辰巳巷談（泉鏡花・新小説）2 くれの廿八日（内田魯庵・新著月刊）3 **忘れえぬ人々**（国木田独歩・国民之友）4 **不如帰**（徳冨蘆花・国民新聞）11	**歌よみに与ふる書**（正岡子規・日本）2 一葉舟（島崎藤村・春陽堂）6 政治小説を作れよ（内田魯庵・大日本）9 夏草（島崎藤村・春陽堂）12	「こゝろの華」（のち「心の花」佐々木信綱主宰）創刊2 子規庵で歌会開かれのち根岸短歌会となる3 「金色夜叉」市村座で初演「藤沢浅二郎脚色）3 社会主義研究会（安部磯雄、片山潜、木下尚江、幸徳秋水ら）結成10
1899（明32）	蛇いちご（小杉天外・春陽堂）4 通夜物語（泉鏡花・大阪毎日新聞）4 腐肉団（後藤宙外・時事新報）6 移民学園（清水紫琴・文芸倶楽部）8 **己が罪**（菊池幽芳・大阪毎日新聞）8 千枚張（前田曙山・東京朝日新聞）10 湯島詣（泉鏡花・春陽堂）11	俳諧大要（正岡子規編・ほとゝぎす発行所）1 時代の精神と大文学（高山樗牛・太陽）2 嶺雲揺曳（田岡嶺雲・新声社）3 **天地有情**（土井晩翠・博文館）4 日本之下層社会（横山源之助・教文館）5 歴史画の本領及び題目（高山林太郎・太陽）10 暮笛集（薄田泣菫・金尾文淵堂）11 一国の首都（幸田露伴・新小説）11	「中央公論」創刊1 著作権法公布3 義和団蜂起（中国山東省）3 改正条約実施（外国人の内地雑居の承認、治外法権の撤廃）7 普通選挙期成同盟（幸徳秋水ら）結成10 東京新詩社（与謝野鉄幹）創立11 ＊「己が罪」をはじめ、いわゆる家庭小説がさかんとなる ＊坪内逍遙、綱島梁川、高山樗牛の歴史画論争おこる
1900（明33）	**高野聖**（泉鏡花・新小説）2 **おもひ出の記**（徳冨蘆花・国民新聞）3 海国冒険奇談 **海底軍艦**（押川春浪・博文館）11	鷗外漁史とは誰ぞ（森鷗外・福岡日日新聞）1 地理教育 **鉄道唱歌**（大和田建樹・三木書店）5 自然と人生（徳冨蘆花・民友社）8	「明星」（与謝野鉄幹主宰）創刊4 ＊伊藤左千夫・長塚節（根岸短歌会）、与謝野晶子・山川登美子（新詩社）など新派和歌運動がさかんとなる
1901（明34）	破垣（内田魯庵・文芸倶楽部）1 史外史伝 巌窟王（デュマ、黒岩涙香訳・万朝報）3 野の花（田山花袋・新声社）6 牛肉と馬鈴薯（国木田独歩・小天地）11	むらさき（与謝野鉄幹・東京新詩社）4 **みだれ髪**（与謝野晶子・東京新詩社）8 落梅集（島崎藤村・春陽堂）8 **美的生活を論ず**（高山樗牛・太陽）8 社会の敵（イプセン、森皚峯訳・東京堂）9	蘆花「不如帰」、大阪朝日座で初演2 「文壇照魔鏡」（鉄幹、誹謗され打撃）刊行3 女子美術学校、日本女子大学校創立4 社会民主党（片山潜、幸徳秋水ら）結成5※即日解散命令 山陽線全通5
	黒潮（徳冨蘆花・国民新聞）1	三十三年の夢（宮崎滔天・二六新報）1	弘前歩兵連隊一九七名、八甲田山で遭難死1

1902 (明35)	**はやり唄**(小杉天外・春陽堂)1 野心(永井荷風・美育社)4 重右衛門の最後(田山花袋・新声社)5 社会百面相(内田魯庵・博文館)6 噫無情(ユーゴー、黒岩涙香訳・万朝報)7 新社会(矢野龍渓・大日本図書)7 少年の悲哀(国木田独歩・小天地)8 **地獄の花**(永井荷風・金港堂)9 即興詩人(森鷗外訳・春陽堂)9 旧主人(島崎藤村・新小説)11 藁草履(島崎藤村・明星)11 酒中日記(国木田独歩・文芸界)11 空知川の岸辺(国木田独歩・青年界)11	高山樗牛に与ふ(与謝野鉄幹・明星)2 現代文芸に欠除せる二方面(樋口竜峡・文芸界)3 新思潮とは何ぞや(長谷川天渓・太陽)3 日蓮上人とは如何なる人ぞ(高山樗牛・太陽)4 ロマンチックを論じて我邦文芸の現況に及ぶ(大塚保治・太陽)4 **病牀六尺**(正岡子規・日本)5 兆民先生(幸徳秋水・博文館)5 「新社会」を読む(幸徳秋水・万朝報)7 金色夜叉合評(森鷗外他・芸文)8 自然主義とは何ぞや(長谷川天渓・明星)9 日本古学派之哲学(井上哲次郎・冨山房)9	日英同盟協約(ロンドン)調印1 「文芸界」(金港堂、佐々醒雪編集)創刊3 東京専門学校が早稲田大学と改称9 河東碧梧桐、子規の後を継ぎ新聞「日本」の俳句欄を担当10 藤村「旧主人」発禁処分11 石川啄木、上京して新詩社の会合に出席11 政友会、憲政本党が海軍拡張のための地租増徴に反対する12 蘆花、兄蘇峰の干渉で「黒潮」連載を中止され、民友社退社12 ＊自転車が普及し、また女学生の間に廂髪が流行する ＊「はやり唄」「重右衛門の最後」「地獄の花」など、新しい写実主義作品で、前期自然主義と称される
1903 (明36)	魔風恋風(小杉天外・読売新聞)2 運命論者(国木田独歩・山比古)3 女教師(田山花袋・文芸倶楽部)6 天うつ浪(幸田露伴・読売新聞)9 風流線(泉鏡花・国民新聞)10	独絃哀歌(蒲原有明・白鳩社)5 社会主義詩集(児玉花外・社会主義図書部)8 自転車日記(夏目漱石・ホトヽギス)6 社会主義神髄(幸徳秋水・朝報社)	一高生藤村操、「**巌頭之感**」を残し、華厳の滝に投身自殺、当時の青年層に大きな衝撃を与える5 日比谷公園開園6 浅草電気館(初の常設映画館)開設10 平民社(堺利彦、幸徳秋水ら)創設11
1904 (明37)	水彩画家(島崎藤村・新小説)1 **火の柱**(木下尚江・毎日新聞)1 **春の鳥**(国木田独歩・女学世界)3 良人の自白(木下尚江・毎日新聞)8	東京の木賃宿(幸徳秋水記・平民新聞)1 **露骨なる描写**(田山花袋・太陽)2 **君死にたまふこと勿れ**(与謝野晶子・明星)9 **藤村詩集**(島崎藤村・春陽堂)9 **ひらきぶみ**(与謝野晶子・明星)11 子規遺稿第一編 **竹の里歌**(高浜虚子編・俳書堂)11	日露戦争始まる1 田山花袋、記者として日露戦争に従軍3 晶子「君死にたまふこと勿れ」を大町桂月が危険思想と批判(「太陽」)10 竜土会(国木田独歩、田山花袋、柳田国男、蒲原有明ら)創立11
	倫敦塔(夏目漱石・帝国文学)1 **吾輩は猫である**(夏目漱石・ホトヽギス)1 琵琶歌(大倉桃郎・大阪朝日新聞)1 **青春**春之巻(小栗風葉・読売新聞)3 ※秋之巻は39	恋衣(山川登美子、増田雅子、与謝野晶子・本郷書院)1 第二軍従征日記(田山花袋・博文館)1 **学校及家庭用言文一致叙事唱歌**6	火鞭会(児玉花外、白柳秀湖、中里介山ら)創立5 日露講和条約調印9 戒厳令布告(日露講和に反対する民衆の暴動に対し)10 平民社解散10

	1905 (明38)	1906 (明39)	1907 (明40)	
小説	年1 復活（トルストイ、内田魯庵訳・日本）4 団栗（寺田寅彦・ホトヽギス）4 幻影の盾（夏目漱石・ホトヽギス）4 薤露行（夏目漱石・中央公論）11	**野菊之墓**（伊藤左千夫・ホトヽギス）1 **破戒**（島崎藤村・上田屋）3 坊っちゃん（夏目漱石・ホトヽギス）4 肉弾（桜井忠温・丁未出版社）4 **千鳥**（鈴木三重吉・ホトヽギス）5 号外（国木田独歩・新古文林）8 草枕（夏目漱石・新小説）9 二百十日（夏目漱石・中央公論）10 其面影（二葉亭四迷・東京朝日新聞）10 **春昼**（泉鏡花・新小説）11	野分（夏目漱石・ホトヽギス）1 婦系図（泉鏡花・やまと新聞）1 縁（野上弥生子・ホトヽギス）2 風流懺法（高浜虚子・ホトヽギス）4 **南小泉村**（真山青果・新潮）5 少女病（田山花袋・太陽）5 斑鳩物語（高浜虚子・ホトヽギス）5 窮死（国木田独歩・文芸倶楽部増刊）6 虞美人草（夏目漱石・東京、大阪朝日新聞）6 **蒲団**（田山花袋・新小説）9 **平凡**（二葉亭四迷・東京朝日新聞）10	竹の木戸（国木田独歩・中央公論）1 一兵卒（田山花袋・早稲田文学）1
評論・詩歌	**春鳥集**（蒲原有明・本郷書院）7 予が見神の実験（綱島梁川・新人）7 **まひる野**（窪田空穂・鹿鳴社）9 **海潮音**（上田敏訳・本郷書院）10 新曲赫映姫（坪内逍遙・早稲田大学出版部）11	舞姫（与謝野晶子・如山堂書店）1 **囚はれたる文芸**（島村抱月・早稲田文学）1 **孔雀船**（伊良子清白・左久良書房）5 **白羊宮**（薄田泣菫・金尾文淵堂）5 「破戒」を評す（柳田国男他・早稲田文学）5 **神秘的半獣主義**（岩野泡鳴・左久良書房）6 唾玉集（伊原青々園、後藤宙外編・春陽堂）9 幻滅時代の芸術（長谷川天渓・太陽）10 明治文学史（岩城準太郎・育英社）12	「青春」合評（島村抱月、相馬御風他・早稲田文学）4 文芸の哲学的基礎（夏目漱石・東京朝日新聞）5 文学論（夏目漱石・大倉書店）5 **塵溜**（川路柳虹・詩人）9 うた日記（森鷗外・春陽堂）9 **「蒲団」合評**（正宗白鳥他・早稲田文学）10 論理的遊戯を排す（長谷川天渓・太陽）10 自然主義論（金子筑水・新小説）11 虚子著『鶏頭』序（夏目漱石・東京朝日新聞）12	有明集（蒲原有明・易風社）1 **現実暴露の悲哀**（長谷川天渓・太陽）1
事項	＊アインシュタインが「相対性理論」発表 ＊「春鳥集」「海潮音」など日本象徴詩の成果で〈韻文の時代〉と目される ＊梁川「予が見神の～」が人生問題に悩む青年に大きな影響を与える	日本社会党（堺利彦ら）結成1 「早稲田文学」（第二次）創刊1 文芸協会（坪内逍遙、島村抱月ら）設立2 東京市電値上げ反対市民大会開催3 「文章世界」（博文館、田山花袋編集）創刊3 日露講和条約により南樺太を領有6 文部大臣牧野伸顕が訓令で、青年子女の風紀頽廃、過激な言論などについて教育者の注意を促す6 「趣味」創刊6 常磐会（山県有朋、森鷗外らの歌会）創立6 木曜会（漱石と門下生ら）始まる10 文芸協会第一回大会で「ヴェニスの商人」他を上演11	乃木希典、学習院長に就任1 「イプセン会」（柳田国男、田山花袋、島崎藤村ら）結成2 観潮楼歌会（森鷗外、佐佐木信綱、与謝野鉄幹、伊藤左千夫ら）始まる3 尋常小学校義務年限を四年から六年に改正3 西園寺公望が雨声会に文士二〇名を招待、漱石、四迷は辞退6 与謝野鉄幹、吉井勇、木下杢太郎ら西九州を探訪、南蛮趣味高まる9 ＊川路柳虹「塵溜」で自由口語詩の論議さかんとなる ＊早稲田出身の批判家を中心に「早稲田文学」「太陽」「文章世界」などで自然主義論がさかんになる	「早稲田文学」で自然主義特集1 北原白秋、木下杢太郎ら新詩社を脱退1 「早稲田文学」〈推讃の辞〉欄を設け田山花袋

1908 (明41)	玉突屋(正宗白鳥・太陽)1 **何処へ**(正宗白鳥・早稲田文学)1 坑夫(夏目漱石・東京、大阪朝日新聞)1 鶏頭(高浜虚子・春陽堂)1 草迷宮(泉鏡花・春陽堂)1 **俳諧師**(高浜虚子・国民新聞)2 **春**(島崎藤村・東京朝日新聞)4 生(田山花袋・読売新聞)4 夢十夜(夏目漱石・東京、大阪朝日新聞)7 あめりか物語(永井荷風・博文館)8 三四郎(夏目漱石・東京、大阪朝日新聞)9 妻(田山花袋・日本)10 **新世帯**(徳田秋声・国民新聞)10	文芸上の自然主義(島村抱月・早稲田文学)1 本稿 **虚子句集**(高浜虚子、今村一声編)2 私は懐疑派だ(二葉亭四迷・文章世界)2 闇の盃盤(岩野泡鳴・日高有倫堂)4 創作家の態度(夏目漱石・ホトヽギス)4 自然主義の価値(島村抱月・早稲田文学)5 **海の声**(若山牧水・生命社)7 「生」に於ける試み(田山花袋・早稲田文学)9 芸術と実生活の界に横たはる一線(島村抱月・早稲田文学)9 非自然主義(後藤宙外・春陽堂)9 欺かざるの記前編(国木田独歩・隆文館)10 新自然主義(岩野泡鳴・日高有倫堂)10	の「蒲団」を推す2 麻布、横須賀の連隊で兵士集団脱営3 平塚明子、森田草平の塩原情死行(未遂、いわゆる「煤煙」事件)3 第一回ブラジル移民出発4 臨時仮名遣調査委員会(森鷗外ら)設置5 赤旗事件で堺利彦、大杉栄ら逮捕される6 二葉亭四迷、朝日新聞特派員として訪露6 帝国女優養成所(川上貞奴)設立9 戊申詔書発布10 「明星」(一〇〇号)廃刊11 パンの会(木下杢太郎、北原白秋、吉井勇、山本鼎、石井柏亭ら)第一回会合12 ＊自然主義ますますさかんになり、藤村、花袋、正宗白鳥ら活躍する
1909 (明42)	狐(永井荷風・中学世界)1 耽溺(小栗風葉・中央公論)1 **煤烟**(森田草平・東京朝日新聞)1 **耽溺**(岩野泡鳴・新小説)2 半日(森鷗外・スバル)3 ふらんす物語(永井荷風・博文館)3 **それから**(夏目漱石・東京、大阪朝日新聞)6 ヰタ・セクスアリス(森鷗外・スバル)7 歓楽(永井荷風・易風社)9 帰朝者の日記(永井荷風・中央公論)10 白鷺(泉鏡花・東京朝日新聞)10 **田舎教師**(田山花袋・左久良書房)10 **冷笑**(永井荷風・東京朝日新聞)12 すみだ川(永井荷風・新小説)12 寄生木(徳冨蘆花・警醒社)12	南蛮寺門前(木下杢太郎・スバル)2 **邪宗門**(北原白秋、易風社)3 近代文芸之研究(島村抱月・早稲田大学出版部)6 ジョン・ガブリエル・ボルクマン(イプセン、森鷗外訳・国民新聞)7 二葉亭四迷(坪内逍遙・内田魯庵編・易風社)8 廃園(三木露風・光華書房)9 懐疑と告白(島村抱月・早稲田文学)9 自由劇場論(小山内薫・新声)10 明治叛臣伝(田岡嶺雲・日高有倫堂)10 **弓町より**―食ふべき詩(石川啄木・東京毎日新聞)11	電車料金値上げ反対東京市民大会開催1 小松原文部大臣、文学者を官邸に招待(露伴、鷗外、漱石、抱月ら出席)1 「スバル」(森鷗外、木下杢太郎、吉井勇、石川啄木ら)創刊1 「早稲田文学」〈推讃の辞〉欄で「春」(島崎藤村)、「何処へ」(正宗白鳥)を推す2 自由詩社(人見東明、三富朽葉ら)結成4 文芸革新会(後藤宙外らの反自然主義団体)発足4 新聞紙条令廃止し新聞紙法(内相に発売禁止権)公布5 文芸協会が演劇研究所を開設5 伊藤博文暗殺(ハルビン駅頭)10 朝日新聞に「朝日文芸欄」(夏目漱石主宰)新設11 自由劇場第一回試演「ボルクマン」上演(有楽座)11 ＊永井荷風「ふらんす物語」「歓楽」、森鷗外「ヰタ・セクスアリス」など発禁処分あいつぐ

85
彼は危《あやふ》きを拯《すく》はんとする如く犇《ひし》と宮《みや》に取着《とりつ》きて、匂滴《にほひこぼ》るゝ頸元《えりもと》に沸《に》ゆる涙を濺《そゝ》ぎつゝ、蘆《あし》の枯葉の風に揉《もま》るゝやうに身を顫《ふるは》せり。宮も離れじと抱緊《いだきし》めて諸共《もろとも》に顫ひつゝ、貫《くわん》一《いち》が臂《ひぢ》を咬みて咽泣《むせびなき》に泣けり、「嗚呼、私は如何《どう》したら可からう！　若《も》し私が彼方《あツち》へ嫁《い》つたら、貫一さんは如何するの、それを聞かして下さいな。」
木を裂く如く貫一は宮を突放《つきはな》して、
「それぢや断然《いよ〱》お前は嫁《ゆ》く気だね！　是迄《これまで》に僕が言つても聴いてくれんのだね。ちえゝ、腸《はらわた》の腐つた女！　姦婦!!」
※其《その》声と与《とも》に貫一は脚《あし》を挙《あ》げて宮の弱腰《よわごし》を礑《はた》と蹴《け》たり。地響《ぢひゞき》して横様《よこさま》に転《まろ》びしが、なか〳〵声をも立てず苦痛を忍びて、彼はそのまゝ砂の上に泣伏したり。

金色夜叉　紅葉＝尾崎紅葉　明30・1・1〜明36・1

86

山林に自由存す

山林に自由存す
われ此句を吟じて血のわくを覚ゆ
嗚呼山林に自由存す
いかなればわれ山林をみすてし
あくかれて虚栄の途にのぼりしより
十年の月日塵のうちに過ぎぬ
ふりさけ見れば自由の里は
すでに雲山千里の外にある心地す
皆《まなじり》を決して天外を望めば
をちかたの高峰の雪の朝日影
嗚呼山林に自由存す

85　「読売新聞」に連載した『金色夜叉』の前編。以後、断続して明治三五年五月一一日まで連載され、読者の人気を博したが、病のため執筆が途切れがちであった紅葉と「読売新聞」との間に不和が生じ、紅葉は「読売」を退社。その後続稿を成さぬまま没したため、本作は未完である。『多情多恨』において紅葉は「である体」の言文一致文を完成していたが、本作においては地の文は文語、科白文は口語という文体を採用している。
其声と与に…蹴たり　熱海の海岸で貫一がお宮を蹴り倒すこの場面は、芝居等のクライマックスに置かれることが多く人口に膾炙しているが、『金色夜叉』全編にとっては物語の発端部分にあたるということは意外に知られていない。
86　宮崎湖処子編集のアンソロジイ。国木田独歩「独歩吟」、松岡（柳田）国男「野辺のゆきゝ」、田山花袋「わが影」、太田玉茗「花ふゞき」、嵯峨の屋小むろ「いつ真で草」、宮崎湖処子「水のおとづれ」の六詩集から成る。湖処子はワー

われ此句を吟じて血のわくを覚ゆ
なつかしきわが故郷は何処ぞや
彼処にわれは山林の児なりき
顧みれば千里江山
自由の郷は雲底に没せんとす

独歩吟（「抒情詩」）　国木田独歩　明30・4

87
道なき今の身なればか
われは道なき野を慕ひ
思ひ乱れてみちのくの
宮城野にまで迷ひきぬ

心の宿《やど》の宮城野よ
乱れて熱き吾身には
日影も薄く草枯れて
荒れたる野こそうれしけれ

ひとりさみしき吾耳は
吹く北風を琴と聴き
悲しみ深き吾目には
色彩《いろ》なき石も花と見き

あゝ孤独《ひとりみ》の悲痛《かなしき》を
味ひ知れる人ならで
誰にかたらん冬の日の
かくもわびしき野のけしき

草枕（「若菜集」）　島崎藤村　明30・8

88
楢の類だから黄葉する。黄葉するから落葉する。時雨が私語く。凩《こがらし》が叫ぶ。一陣の風小高い丘を襲へば、幾千万の木の葉高く大空に舞ふて、小鳥の群かの如く遠く飛び去る。木の葉落ち尽せば、数十里の方域に亙《わた》る林が一時に裸体《はだか》になつて、蒼《あを》ずんだ冬の

ズワースの評伝・訳詩を早くから行っていた。旧来の花鳥風月詠から脱した自然観や、花袋「わが影」に代表される恋愛賛美の姿勢が見える。

87　藤村の第一詩集。序詩と全四章（一「秋の思」二「六人の処女」三「生のあけぼの」四「深林の逍遥、其他」）に組まれた五四篇の詩から成る。『若菜集』の意は「吾歌はまだ萌出しまゝの若菜なるをや」という自序の言葉にある。「草枕」は、明治二六年、明治女学校の教え子佐藤輔への愛情問題から退職ののち、漂泊の旅を経、二九年九月仙台東北学院に赴任するにいたるまでの藤村の心の遍歴が、晩秋から冬、そして春へのめぐりに重ねられ、述懐されている。

88　独歩（本名哲夫）が「国民之友」に発表した短編小説。長編の散文詩の趣きを持つ。のち、短篇集『武蔵野』（明34　民友社）に収

空が高く此上に垂れ、武蔵野一面が一種の沈静に入る。空気が一段澄みわたる。遠い物音が静かに聞へる。自分は*十月二十六日の記に、林の奥に座して四顧し、傾聴し、睇視し、黙想すと書た。*『あひびき』にも、自分は座して、四顧して、そして耳を傾けたとある。此耳を傾けて聞くといふことがどんなに秋の末から冬にかけての、今の武蔵野の心に適《かな》つてゐるだらう。秋ならば林のうちより起る音、冬ならば林の彼方《かなた》遠く響く音。

今の武蔵野　国木田独歩　明治31・1、2

89

貫之は下手な歌よみにて古今集はくだらぬ集に有之候。其貫之や古今集を崇拝するは誠に気の知れぬことなどゝ申すものゝ、実は斯く申す生も数年前迄は古今集崇拝の一人にて候ひしかば今日世人が古今集を崇拝する気味合は能く存申候。崇拝して居る間は誠に歌といふものは優美にて古今集は殊に其粋を抜きたる者とのみ存候ひしも、三年の恋一朝《いつてう》にさめて見ればあんな意気地の無い女に今迄ばかされて居つた事かとくやしくも腹立たしく相成候。先づ古今集といふ書を取りて第一枚を開くと直ちに「*去《こ》年《ぞ》とやいはん今年《ことし》とやいはん」といふ歌が出て来る、実に呆れ返つた無趣味の歌に有之候。日本人と外国人との合の子を日本人とや申さん外国人とや申さんとしやれたると同じ事にて、しやれにもならぬつまらぬ歌に候。此外の歌とても大同小異にて駄洒《だじゃ》落《れ》か理窟ツぽい者のみに有之候。

歌よみに与ふる書　竹の里人＝正岡子規　明31・2・12～3・4

録される際「武蔵野」と改題された。独歩が口語文を用いたのは本作が最初である。独歩は後に、「武蔵野」は「常に頭の中に自然が充ち満ちて」いた状態のときに、その自然を「そのまま写した」と述べている（「自然を写す文章」）。

十月二十六日の記　「欺かざるの記」からの引用をさす。

『あひびき』　ツルゲーネフ作「猟人日記」の一篇を、二葉亭四迷が翻訳、「国民之友」に発表（本文40頁参照）。

89　新聞「日本」に十回にわたって連載された歌論。初回では実朝の和歌や万葉集を高く評価。二回では過去の遺物（貫之、定家、景樹ら）の糟粕を舐めていてはいけないとオリジナリティの重要性を説いた（当該箇所は、この回の冒頭部）。

去年とや…いはん　「ふるとしに春たちける日よめる」という詞書のある在原元方の歌。「年の内に春はきにけりひととせをこぞとやいはんことしとやいはん」

90 『*要するに僕は絶えず人間の問題に苦しむでゐながら又た自己将来の大望《たいまう》に圧せられて自分で苦しんでゐる不幸《ふしあはせ》な男である。

『そこで僕は今夜《こよひ》のやうな晩に独《ひと》り夜更て燈《ともしび》に向つてゐると此生《このせい》の孤立を感じて堪え難いほどの哀情を催ふして来る。その時僕の主我の角《つの》がぼきり折れて了《しま》つて、何んだか人懐かしくなつて来る。色々の古い事や友の上を考へだす。其時《そのとき》油然《ゆぜん》として僕の心に浮むで来るのは則ち此等の人々である。さうでない、此等の人々を見た時の周囲の光景の裡に立つ此等の人々である。*我《わ》れと他と何の相違があるか、皆な是れ此生を天の一方地の一角《いつかく》に享けて悠々たる行路を辿り、相携へて無窮の天に帰る者ではないか、といふやうな感が心の底から起つて来て我知らず涙が頬をつたうことがある。其時《そのとき》は実に我《われ》もなければ他《ひと》もない、ただ誰れも彼れも懐かしくつて、忍ばれて来る。

『僕は其時《そのとき》ほど心の平穏を感ずることはない、其時ほど自由を感ずることはない、其時ほど名利競争の俗念消えて総ての物に対する同情の念の深い時はない。

忘れえぬ人々　国木田独歩　明31・4

91 「如何してゐらツしやるでせう？」

「武男さんは最早台湾《あちら》に着いて、屹度《きつと》種々《いろ〳〵》此方《こちら》を思ひやつて居なさるでせう。近くにさへ居なされば、如何ともして、ね、――其様《さう》阿爺《おとうさま》も仰有つて御出だけれども――浪さん、卿《あんた》の心尽しは屹度私が――手紙も確かに届けるから」

灰かなる笑《ゑみ》は浪子の唇に上りしが、忽ち色なき頰のあたり紅《くれなゐ》をさし来り、胸は波う

90 「国民之友」に発表。後に短篇集『武蔵野』（明34　民友社）に収録。「明治二十四年日記」あるいは「欺かざるの記」等に見られる各地への小旅行が、本作の素材となっている。

要するに…男である　独歩は自ら少年期を回想して、「功名心が猛烈な少年であ」ったと語っており（「我は如何にして小説家となりしか」）、作品中の「僕（＝大津）」が語る自分は、独歩自身の青少年期の姿と重なっている。

我れと他と…忍ばれて来る　このような社会制度の内部における連帯感とは次元を異にした、いわば運命共同体的な意識を独歩は〈天地生存感〉と名づけている。

91 蘆花（本名健次郎）が「国民新聞」に連載した長編小説、のち民友社刊（明33）。『金色夜叉』とならぶ明治文学屈指のベストセラーになった。蘆花は大山大将副官福家《ふけ》中佐未亡人安子から、大山巌大将の娘で先妻沢子の忘れがたみ

ち、燃ゆるばかり熱き涙はら〳〵と苦しき息をつき、
「あゝ辛《つら》い！　辛い！　最早《もう》――＊最早婦人《をんな》なんぞに――生れはしませんよ。――あゝあ！」
眉を攅《あつ》め胸を抑へて、浪子は身を悶えつ。急に医を呼びつゝ赤酒を含ませむとする加藤夫人の手に縋りて半起《なかばお》き上がり、生命を縮むる咳嗽《せき》と共に、肺を絞つて一盞《いつさん》の紅血《こうけつ》を吐きつ。惛々《こんく》として臥床《とこ》の上に倒れぬ。

不如帰　蘆花＝徳冨蘆花　明31・11・29〜明32・5・24

92
天地有情の夕まぐれ
わが驂鸞《さんらん》の夢さめて
鳳棲いつか跡もなく
花もにほひも夕月も
うつゝは脆き春の世や
岑上《をのへ》の霞たちきりて
縫へる仙女の綾ごろも
袖にあらしはつらくとも
「自然」の胸をゆるがして
響く微妙の楽の声

その一音はこゝにあり。
天の荘厳地の美麗
花かんばしく星てりて
「自然」のたくみ替らねど
わづらひ世々に絶えずして
理想の夢の消ゆるまは
たえずも響けとこしへに
地籟天籟身に兼ぬる
ゆふ入相の鐘の声。

天地有情　土井晩翠　明32・4

信子の悲話を聞き、非常な感銘を受けて本作を構想した。浪子のモデルはこの信子であり、武男のそれは三島弥太郎である。

最早婦人なんぞに…　蘆花はこの言葉を信子の臨終の言葉として話し手の婦人から聞いたとしている（「第百版不如帰の巻首に」『富士』）。この言葉に『不如帰』のモチーフとテーマがこめられていると言ってよかろう。

92　土井晩翠の第一詩集。序、例言、詩四一篇、カーライル、シェリー、ジョルジュ・サンド、エマーソン、ユゴーの詩論及び詩人論の抄訳から成る。当該箇所は一三〇行に及ぶ長詩「暮鐘」（「帝国文学」明31・4）の最終二連。詩集名『天地有情』が歌いこまれた部分である。日夏耿之介（『明治大正詩史』）は、晩翠詩を「愛恋を詠じた短曲」「史詩または譚歌の類」「抽象的思念に立った作」と分類したが、「暮鐘」はその最後の類に属す詩といえるだろう。

93 「あら善《よ》くつてよ、妾《あたしゝ》知らないわ、先生に云《いひ》いつけてあげるわ」。と云ひ捨てつゝ、結び流したる束髪*を風に靡かし、海老色*《えびいろ》繻子の袴を翻へして学校の運動場《うんどうば》を走り行く、十三四のあどなげなる少女の後《あと》を見送りて「ほゝはゝ」と笑ひを合はしたるは十六七より八九まで三四人、いづれもこの私立高等女学校の女生徒なり。
「あの娘《こ》の姉《ねえ》さんなら妾《あたし》見た事があつてよ、どこへお嫁にいくんですッて、まだ十六位よ、まア！」。「ほゝ水庭《みづには》さんが羨やましさうな顔をなすつて、貴嬢《あなた》も早くお嫁にお出遊ばせ」。「厭よ、誰がお嫁なんかに行くもんですか、厭な事よ、ねえ、綾子さん」。

己が罪　菊池幽芳　明32・8・17〜明33・5・20

94 「なるほど見た処、衣服《きもの》を来た時の姿とは違うて肉《しゝ》つきの豊《ゆたか》な、ふつくりとした膚《はだえ》。(先刻《さつき》小屋へ入つて世話をしましたので、ぬらぬらした馬の鼻息が体中へかゝつて気味が悪うござんす。丁度可うございますから私も体を拭きませう、)と*姉弟《きやうだい》が内端話《うちはばなし》をするやうな調子。手をあげて黒髪をおさへながら腋の下を手拭でぐいと拭き、あとを両手で絞りながら立つた姿、唯これ雪のやうなのを恁《かゝ》る霊水で清めた、恁う云ふ女の汗は薄紅《うすくれなゐ》になつて流れよう。
一寸《ちよい》々々《く》と櫛を入れて、
(まあ、女がこんなお転婆をいたしまして、川へ落《おッ》こちたら何うしませう、川下へ流れて出ましたら、村里の者が何といつて見ませうね。)(白桃の花だと思ひます。)と弗《ふ》と心付いて何の気もなしにいふと、顔が合うた。

93　菊池幽芳（本名清）が「大阪毎日新聞」に連載した長編小説。幽芳は明治三〇年から「大阪毎日」の文芸部主任となり、同紙の連載小説に新味を出すため、泉鏡花・小栗風葉・小杉天外らに寄稿を求める一方で、自ら執筆したのが本作であった。本作は空前の人気を博し、〈家庭小説〉の代表作となった。
束髪　鹿鳴館時代の洋装流行に伴って誕生した日本化された洋髪。明治一八年ごろから流行し、二二、三年ごろの国粋的なムードの中で一時すたれたが、三〇年以後再び流行した。女学生を象徴する髪型である。
海老色繻子の袴　海老茶袴は華族女学院に始まるが、流行色となったのは明治三二年ごろからで、束髪と同様代表的な女学生風俗。転じて女学生を海老茶式部と俗称した。
94　鏡花が「新小説」に発表した短編小説。当時鏡花は観念小説の時代を経て、ロマンティシズムに富む幻想的な作品の時代へと入っ

高野聖　鏡花小史＝泉鏡花　明33・2

95　母は独言《ひとりごと》の様に、

「分らぬものだねエ、今日斯様《かう》して此処を立たうとは夢にも思はなかつた。十三年前わたしが嫁《よめい》つて来た時も、此処に休んだが、其時は駕籠に乗つて、賑やかにして来たが――」

僕は堪らなくなつて来た。涙の顔を母の胸にすりつけて――何と云つたかよくは覚えぬが、斯《こん》な意味の言《こと》であつたと思ふ。

「阿母《おつかさん》、堪忍して下さい、屹度私が、私が勉強して、阿母《おつかさん》をまた駕籠に載せて此処に来ます」

母はひしと僕を抱《いだ》いた。新五*が突然《だしぬけ》に大きな声で、

「慎ちやま、よく云ひなさつた。何有《なあに》、何有――好《えゝ》日和ぢやござんせんか、御覧なさい、高鞍山《やま》が」

僕の眼は突《つ》と空《くう》を走つて、東の方に群山を踏《ふま》へて一峯《ぼう》昂然あたりを払つて朝空に立つ高鞍山《たかくらやま》の頂に向つた。藍よりも碧い山は、腰に流雲を帯び、背《うしろ》に朝日を負ふて泰然笑《えみ》を含んで此方《こなた》に向つて居る。

おもひ出の記　蘆花生＝徳冨蘆花　明33・3・23〜明34・3・21

96　一　汽笛一声新橋を　（新橋）――　はや我《わが》汽車は離れたり

ていた。宗朝の語りという形式の中で、見事な言文一致文が駆使されている。

姉弟が…　一つの家の女は一方で魔の恐怖とエロティシズムをたたえながら、一方では姉のような年上の女の温かさ、広い意味での母性を宗朝に対して示している。

95　「国民新聞」連載の長編小説。一の巻の末尾。個人の向日的な努力と社会の進歩が重なり合い、日本文学において数少ない「市民」を描いた作品として「明治維新が本来めざした理想の残像」（佐藤勝『日本近代文学大事典』）との評がある。

新五　慎太郎の「大好き」な炭馬引きの青年。のち九州北部有数の炭坑経営者となる〈立身出世〉の体現者。

96　大和田建樹が手がけた多くの

愛宕の山に入《い》りのこる
月を旅路の友として
二　右は高輪泉岳寺
四十七士《しじふしちし》の墓どころ
雪は消えても消えのこる
名は千載《せんざい》の後《のち》までも
三　窓より近く品川の　（品川）
台場も見えて波白く
海のあなたにうすがすむ
山は上総《かづさ》か房州《ばうしう》か
四　梅に名をえし大森を　（大森）
すぐれば早《はや》も川崎の　（川崎）
大師河原《だいしがわら》は程ちかし
急げや電気の道すぐに

地理教育　鉄道唱歌（東海道篇）　大和田建樹詞　明33・5

唱歌のなかで、もっともよく知られているのが、この『鉄道唱歌』だろう。第一集「東海道篇」、第二集「山陽・九州篇」、第三集「奥州・磐城篇」、第四集「北陸篇」、第五集「関西・参宮・南海篇」が出版され、当時の風俗、各地の風物を折り込んだ歌詞は、多梅雅の曲に乗り、広く愛唱された。

97

※私《わたくし》が世界漫遊の目的をもつて、横浜の港を出帆《ふなで》したのは、既に六年以前の事で、はじめ亜米利加《アメリカ》に渡り、それから大西洋《たいせいやう》の荒浪を横断《よこぎ》つて欧羅巴《エウロツパ》に遊び、英吉利《イギリス》、仏蘭西《フランス》、独逸《ドイツ》等音に名高き国々の名所古跡を遍歴して、其間《そのあひだ》に月を閲《けみ》すること二十有余箇月、大約《おほよそ》一万五千里の長途《ながたび》を後《あと》にして、終《つひ》に伊太利《イタリー》に入《い》り、往昔《むかし》から美術国の光誉《ほまれ》高き、其さま〴〵の奇観をも足る程眺めたれば、之《これ》より我が懐かしき日本《ふるさと》へ帰らんと、当夜《そのよ》十一時半抜錨《ばつべう》の弦月丸《げんげつまる》とて、東洋行の汽船《きせん》に乗組まんがため、国の名港ネープルスまで来たのは、今から丁度四年前、季節《せつ》は桜散る五月中旬《なかば》の或晴朗《うらゝか》な日の正午時分《じぶん》であつた。

海国冒険奇談　海底軍艦　押川春浪　明33・11

97　東京専門学校法科在学中に書いた初作品。四人の海軍軍人の「序」を付し、巌谷小波の推薦で文武堂から出版されて、一躍冒険小説家として名を上げた。続編の「英雄小説武侠の日本」や、「海国冒険奇譚新造軍艦」「英雄小説新日本島」などの連作は、日露戦争前後の国運伸長・海外雄飛の気運の中で青少年読者を熱狂させた。

私　主人公である旅行家の柳川。

98
その子二十《はたち》櫛にながるる黒髪のおごりの春のうつくしきかな
清水《きよみづ》へ祇園《ぎをん》をよぎる桜月夜《さくらづきよ》こよひ逢ふ人みなうつくしき
やは肌のあつき血汐にふれも見でさびしからずや道を説く君
臙脂紫(「みだれ髪」)　鳳晶子＝与謝野晶子　明34・8

99
嗚呼、憫むべきは餓えたる人に非ずして、※麺包の外に糧なき人のみ。人性本然の要求の満足せられたるところ、其処には乞食の生活にも帝王の羨やむべき楽地ありて存する也。悲しむべきは貧しき人に非ずして、※富貴の外に価値を解せざる人のみ。吾人は恋愛を解せずして死する人の生命《いのち》に多くの価値あるを信ずる能はざる也。傷むべきは※生命を思はずして糧を思ひ、※身体《からだ》を憂へずして衣を憂ふる人のみ。彼れは生れて其の為すべきことを知らざる也。今や世事日に匆劇を加へて人は沈思に遑無し、然れども貧しき者よ憂ふる勿れ。望を失へるものよ、悲しむ勿れ。王国は常に爾の胸に在り、而して爾をして是の福音を解せしむるものは、美的生活是也。
美的生活を論ず　樗牛生＝高山樗牛　明34・8

100
自然は自然である、善でも無い、悪でも無い、美でも無い、醜でも無い、たゞ或時代の、或国の、成人が自然の一角を捉へて、勝手に善悪美醜の名を付けるのだ。

98　与謝野晶子の第一歌集。六部構成(「臙脂紫」「蓮の花船」「白百合」「はたち妻」「舞姫」「春思」)三九九首から成る。艶やかで大胆な恋愛感情がのびやかに歌われており、「やは肌の」は、「明星」(明33・10)発表当時から話題を呼んだ作品である。

99　「太陽」所載評論の末尾部分。人生の目的は幸福すなわち本能の満足すなわち美的生活であり、道徳・智識はその実現を助成する以上の意味はないと唱えて、多くの論者を刺激。ニーチェへの賛否もからみ、坪内逍遥の長大な評論「馬骨人言」などをはじめ、さかんな〈美的生活論争〉を巻き起こした。
麺包の外に糧なき人・富貴の外に価値を解せざる人　偽り固まった「道学先生」流を指す。
生命・身体　これら自身を生かしていくのが「美的生活」であるとはじめに「序言」で提示されている。

100　『はやり唄』(春陽堂刊)の冒

小説また想界の自然である、善悪美醜の孰に対しても、叙す可し、或は叙す可からずと覊絆せらるゝ理屈は無い、たゞ読者をして、読者の官能が自然界の現象に感触するが如く、作中の現象を明瞭に空想し得せしむればそれで沢山なのだ。

読者の感動すると否とは詩人の関する所で無い、詩人は、唯その空想したる物を在のまゝに写す可きのみである、画家、肖像を描くに方り、君の鼻高きに過ぐと云つて顔に鉋を掛けたら何が出来やうぞ。

詩人また其の空想を描写するに臨んでは、其の間に一毫の私をも加へてはならぬのだ。

辛丑極月

はやり唄（叙）　小杉天外　明35・1

101

病牀六尺、これが我世界である。しかも此六尺の病牀が余には広過ぎるのである。僅かに手を延ばして畳に触れる事はあるが、蒲団の外へまで足を延ばして体をくつろぐ事も出来ない。甚しい時は極端の苦痛に苦しめられて五分も一寸も体の動けない事がある。苦痛、煩悶、号泣、麻痺剤、僅かに一条の活路を死路の内に求めて少しの安楽を貪る果敢《はか》なさ、其れでも生きて居ればいひたい事はいひたいもので、毎日見るものは新聞雑誌に限つて居れど、其れさへ読めないで苦しんで居る時も多いが、読めば腹の立つ事、癪にさはる事、たまには何となく嬉しくて為に病苦を忘るゝ様な事が無いでもない。年が年中、しかも六年の間世間も知らずに寝て居た病人の感じは先づこんなものですと前置きして

頭に掲げられた文章の全文。自然主義宣言と言われるが、ここで述べられているのは写実主義の姿勢である。『はつ姿』（明33・8）の序においても、「自然の現象の人の官能に触るゝが如く」「読者の官能が猶ほ実世間の事に感ずるが如く感ぜしむる」という方向の〝リアリティ〟を目ざしていた。

101　新聞「日本」に一二七回にわたって連載。明治二八年、日清戦争の従軍記者として帰国の折に船中で喀血して以後、病臥の身となった子規の、晩年の日録。死の二日前まで綴られた。病魔の苦痛に堪え難く、「絶叫」「号泣」の文字も見られ、壮絶さを伝える一方で、独特の軽妙な語り口は損なわれることがない。子規の、飽くことのない探究心、観察眼そして強靱な好奇心が覗かれる。

病牀六尺　規＝正岡子規　明35・5・5〜9・17

102

人類の一面は確かに動物的たるをまぬがれざるなり。此れ*其の組織せらるゝ肉体の生理的誘惑によるとなさんか。将た動物より進化し来れる*祖先の遺伝となさんか。そはともあれ、人類は自ら其の習慣と情実とによりて宗教と道徳を形造るに及び、久しく修養を経たる現在の生活に於いてはこの暗面を全き罪悪として名付るに至れり。斯く定められたる事情の上に此の暗黒なる動物性は猶如何なる進行をなさんとするか。若し其れ完全なる理想の人生を形造らんとせば、余は先づ此の暗面に向つて特別なる研究を為さゞる可からずと信ずるなり。そは実に、正義の光を得んとする法庭に於て、必ず犯罪の証跡と其の顛末とを、好んで精査するの必要あるに等しからずや。されば余は専ら、祖先の遺伝と*境遇に伴ふ暗黒なる幾多の慾情、腕力、暴行等の*事実を憚りなく活写せんと欲す。「地獄の花」の一篇、又此の目的に対して企つる所、しかも不幸にもあが芸術は全き自由を許されざるなり。加ふるに、未だ猶ほ、其の研究の極めて不完全なる、思想の甚だ浅薄なる、描写の常に未熟なる、遂に其の予期せし所の半ばをだに現す事能はざりき。然れども、同情ある読者よ、無謀なる*此の年少の作者が、其の鈍き才能の如何を顧みず、新に企てし大胆なる研究に対して、永く多大の教示を惜しむ勿からん事を、此れ著者の偏に切望する所なり。

三十五年六月

逗子海辺豆園にて

地獄の花（跋）　永井荷風　明35・9

102　『地獄の花』（金港堂刊）の末尾に付された文章。ゾライズム宣言として知られる。荷風はこの前年頃から熱心にゾラを研究し、この作に次いで『夢の女』『女優ナヽ』などを書く。

其の組織せらるゝ…誘惑　医学的生物学的方面での人間の情動・要求・本能など。

祖先の遺伝　前項と分けて示されているが、実体は同じものを指している。個人の先祖や血統を指すものではないので注意。

境遇　本文三行目以降にあるように、「習慣」「情実」「宗教」「道徳」が、人間の持つ「動物的」側面を「暗面」「全き罪悪」とみなしている現実を指す。作中では、キリスト教徒としての道義や教育者という立場ゆえに独身や寡夫の淋しさ苦しさを自ら抑圧する男たちが描かれている。

事実を…と欲す　作品はこれのみに止まらず、躓いた者を許さぬ「社会」「世間」に対する激しい反抗と挑戦が描き込まれている。

此の年少の作者　この時荷風満二

103　悠々たる哉天壌、遼々たる哉古今、五尺の小軀を以て此大をはからむとす。＊ホレーショの哲学竟《つひ》に何等のオーソリチーを価するものぞ、万有の真相は唯一言にして悉《つく》す。曰く「不可解」。我この恨を懐いて煩悶終に死を決するに至る。既に巌頭に立つに及んで、胸中何等の不安あるなし。始めて知る、大なる悲観は大なる楽観に一致するを。

巌頭之感　藤村操　明36・5

104　午前七時半、警察来れり

今や篠田《しのだ》の身は只だ一片の拘引状と交換せられんとすなり、大和《おほわ》は其の胸に取り付きて、鏡の如き涙の眼に、我師の面《かほ》を仰ぎぬ、

篠田は徐ろに其背《その》を撫《ぶ》しつ『君、忘れたのか――＊一粒の麦種《むぎたね》地に落ちて死なずば、如何で多くの麦生《お》い出《い》でん――＊沙漠の旅路にも、昼は雲の柱となり、夜は火の柱と現はれて、絶へず導き玉ふ大能《だいのう》の聖手《みて》がある、勇み進め、何を泣くのだ』

轍の迹のみ雪に残して、檻車《かんしや》は遂に彼を封して去れり、

火の柱　木下尚江　明37・1・1〜3・20

105　或は言ふかも知れん、＊露骨なる描写が何故に技巧と相伴うことが出来ぬ、と。其意は、露骨なる描写は技巧と相待つて愈々其妙を極めはせぬかといふのである。けれど自分は信ずる、露骨なる描写を敢てすれば敢てするほど、所謂文章、所謂技巧とは愈々相隫離して行くものであらうと。何故かと言ふに、事愈々俗なれば文愈々俗、想愈々

三歳。

103　明治三六年五月二二日、第一高等学校一年生、満一六歳一〇か月の藤村操が日光の華厳の滝に身を投じた時、滝の落ち口にある楢の大樹を削って墨で書きつけた辞世の文の全文。「哲学的な死」として友人安倍能成や魚住折蘆ら青年達に大きな衝撃を与えた。失恋による自殺という説も早くからあった（木下尚江『火の柱』ほか）。ホレーショの哲学　空疎な似而非哲学の意として用いられた。ホレーショはハムレットの親友で、人生観や哲学談を交わしている。

104　「毎日新聞」の記者であった木下尚江の小説第一作。同紙に連載。社会主義啓蒙活動・廃娼運動・日露非戦論などに関わって来た経験が豊かに盛り込まれ、才子佳人小説的な布置結構に拠りながら社会悪の構造を簡明に描き出す。平民社から出版されて読者の熱い共感を呼び、多数の版を重ねたが、明治四三年発禁となる。一粒の…生い出でん　新約聖書ヨハネによる福音書第一二章二四節

露骨なれば文愈々露骨なるはこれ自然の勢であるから。

露骨なる描写　田山花袋　明37・2

106

今より六七年前、私《わたくし》は*或《ある》地方に英語と数学の教師を為《し》て居たことが御座います。其《その》町に城山といふのがあつて大木暗く繁つた山で、余り高くはないが甚だ風景に富《とん》で居ましたゆゑ私は散歩がてら何時《いつ》も此《この》山に登りました。

頂上には城跡《しろあと》が残つて居ます。高い石垣に蔦葛《つたかづら》からみ附いて其《それ》が真紅に染つて居る安排《あんばい》など得《え》も言はれぬ趣《おもむき》でした。昔は天主閣の建《たつ》て居た処《ところ》が平地になつて、何時《いつ》しか姫《ひめ》小松《こまつ》疎《まばら》に生ひたち夏草隙間なく茂り、見るからに昔を偲ばす哀れな様《さま》となつて居ます。

私は草を敷いて身《み》を横たへ、数百年斧《をの》を入れたことのない鬱たる深林の上を見越しに近郊の田園を望んで楽んだことも幾度であるか解りませんほどでした。

春の鳥　国木田独歩　明37・3

107

あゝをとうと《ママ》よ君を泣く
君死にたまふことなかれ
末に生れし君なれば
親のなさけはまさりしも
親は刃《やいば》をにぎらせて
人を殺せとをしへしや
人を殺して死ねよとて
二十四までをそだてしや
堺《さかひ》の街のあきびとの

による。
沙漠の…聖手がある　旧約聖書出エジプト記第一三章二一・二二節による。
105 「太陽」所載評論。花袋は明治三四年、『野の花』の「序」をめぐる正宗白鳥との論争において「作者の些細な主観」が「自然」を害うのを戒めたが、ここではさらに、技巧・文飾・脚色等に拘泥する紅露逍鷗時代の「鍍《めつき》小説」を斥けて、「自然・真相・露骨・大胆」という文学の方向を打ち出している。
露骨　本能や肉欲の赤裸々な描写などを指すのではなく、「罪と罰」などが例示されているように、深刻・痛切な人間の内部の忌憚のない剔抉という意味である。
106 「女学世界」に発表した短編小説。「牛肉と馬鈴薯」「少年の悲哀」などと共に第二小説集『独歩集』に収録し、独歩経営の近事画報社から出版。自然性への驚異憧憬と少年性喪失の悲哀とが見事に融合して描出されている。
或地方　独歩は明治二六年から二七年にかけて大分県佐伯の鶴谷学

＊旧家をほこるあるじにて
親の名を継ぐ君なれば
君死にたまふことなかれ
旅順の城はほろぶとも
ほろびずとても何事か
君知るべきやあきびとの
家のおきてに無かりけり

君死にたまふことなかれ
すめらみことは戦ひに
おほみづからは出でまさね
かたみに人の血を流し
獣《けもの》の道に死ねよとは
死ぬるを人のほまれとは
大みこゝろの深ければ
もとよりいかで思《おぼ》されむ

あゝをとうとよ戦ひに
君死にたまふことなかれ
すぎにし秋を父ぎみに
おくれたまへる母ぎみは
なげきの中にいたましく
わが子を召され家を守《も》り
安しと聞ける大御代も
母のしら髪はまさりけり

暖簾《のれん》のかげに伏して泣く
あえかにわかき新妻を
君わするるや思へるや
十月《とつき》も添はでわかれたる
少女ごころを思ひみよ
この世ひとりの君ならで
あゝまた誰をたのむべき
君死にたまふことなかれ

君死にたまふこと勿れ　与謝野晶子　明37・9

館の教師として赴任した。

107　晶子の実弟籌三郎の、日露戦争出征に際し「明星」に発表された。題名である「君死にたまふことなかれ」というフレーズは各連でリフレインされており、晶子の思いの所在は自ずと知れる。国家と家、天皇と民との在り方が、その価値観において一体であることを強く要求された時勢を背後にしながら、両者の離反を決然と歌いあげている。各連は、「天皇」へのうらみごとを描いた第三連をはさんで、弟の出征に際しての「親」「家」「母」「妻」それぞれの嘆きを主題にしており、作品は、国家に対する個人を徹底的に主張する形となった。

旧家　晶子の実家は大阪府堺市で代代菓子商を営んできた駿河《するが》屋だった。

参　結果的に体制批判の体をとった「君死に〜」は、議論を呼ぶことになる。大町桂月は翌月の「太陽」誌上で「明治の厭戦歌」と題し、晶子の姿勢を非難した。「ひらきぶみ」は、その桂月の批判に対

参私が『君死に給ふこと勿れ』と歌ひ候こと、桂月様太相危険なる思想と仰せられ候へど、当節のやうに死ねよ〳〵と申し候こと、又なにごとにも忠君愛国などの文字や、畏おほき教育御勅語などを引きて論ずることの流行は、この方却て危険と申すものに候はずや。私よくは存ぜぬことながら、私の好きな王朝の書きもの今に残り居り候なかには、かやうに人を死ねと申すことも、畏おほく勿体なきことかまはずに書きちらしたる文章も見あたらぬやう心得候。いくさのこと多く書きたる源平時代の御本にも、さやうのことはあるまじく、いかがや。

歌は歌に候。歌よみならひ候からには、私どうぞ後の人に笑はれぬ、まことの心を歌ひおきたく候。まことの心うたはぬ歌に、何のねうちか候べき。まことの歌や文や作らぬ人に、何の見どころか候べき。長き〳〵年月《としつき》の後まで動かぬかはらぬまことのなさけ、まことの道理に私あこがれ候心もち居るかと思ひ候。この心を歌にて述べ候ことは、桂月様お許し下されたく候。

ひらきぶみ　与謝野晶子　明37・11

108

遂に、新しき詩歌の時は来りぬ。

そはうつくしき曙のごとくなりき。あるものは古の預言者の如く叫び、あるものは西の詩人のごとくに呼ばゝり、いづれも明光と新声と空想とに酔へるがごとくなりき。

うらわかき想像は長き眠りより覚めて、民俗の言葉を飾れり。

伝説はふたゝびよみがへりぬ。自然はふたゝび新しき色を帯びぬ。

する回答であり、夫鉄幹に宛てた書簡形式で「明星」に発表されたもの。桂月の批判はその後も続けられ、ついに「詩歌の骨髄」（「太陽」明38・1）で、晶子を「乱臣賊子」と烈しく非難するに及んで、事態を重く見た鉄幹が、論戦を挑むに至り、ようやく桂月の晶子批判は終止符を打たれた。

108　合本『藤村詩集』は、それまでに刊行された四冊の詩集（『若菜集』『一葉舟』『夏草』『落梅集』）を収録。『落梅集』（明34・8）を最後に、詩歌に別れを告げて小説に専心していった藤村が、最初の長編『破戒』を制作しつつあった時期に出版された。本文は「序」の前半部。

明光はまのあたりなる生と死とを照せり、過去の壮大と衰頽とを照せり。

*新しきうたびとの群の多くは、たゞ穆実なる青年なりき。その芸術は幼稚なりき、不完全なりき、されどまた偽りも飾りもなかりき。青春のいのちはかれらの口唇にあふれ、感激の涙はかれらの頬をつたひしなり。こゝろみに思へ、清新横溢なる思潮は幾多の青年をして殆ど寝食を忘れしめたるを。また思へ、近代の悲哀と煩悶とは幾多の青年をして狂せしめたるを。

われも拙き身を忘れて、この新しきうたびとの声に和しぬ。

*詩歌は静かなるところにて想ひ起したる感動なりとかや。げに、わが歌ぞおぞき苦闘の告白なる。

藤村詩集(序)　島崎藤村　明37・9

109

詩に名ある種竹山人支那に行くと歌もて送る竹の里人

夕餉したゝめ了りて仰向に寝ながら左の方を見れば机の上に藤を活けたるいとよく水をあげて花は今を盛りの有様なり。艶にもうつくしきかなとひとりごちつゝそゞろに物語の昔などしぬばるゝにつけてあやしくも歌心なん催されける。斯道には日頃うとくなりまさりたればおぼつかなくも筆を取りて

瓶にさす藤の花ふさみじかければたゝみの上にとゞかざりけり

我が思ふおふき《ママ》聖　世に出でゝわをし救はず　雨は降れども

新しき…群　おもに「文学界」同人や、詩集『抒情詩』の詩人たちと解される。

詩歌は…なりとかや　ワーズワース『抒情小曲集』再版の序をふまえた。蒲原有明宛書簡（明35・2）に「poetry is an／remembered at tranquility.／詩歌は静なるところにて想ひ起したる情緒なりとかや」とある。

109　「竹の里人」は子規の別号。明治一五～三三年の間に作られた和歌を年代順に配列した自筆稿本に、没後、明治三四、五年に作られた和歌を加えて成ったのが本書である。「瓶にさす」の歌は、明治三四年に作歌された、「藤」を題材にした一〇首の冒頭歌にあたる。それらは、病床の藤を写生的に描くところから、「物語の昔」、去年の春と自在な時空が広げられ、眼前の藤の再生で歌い収められている。

110　「帝国文学」に発表した短編小説。「吾輩は猫である」執筆の合間をぬって書かれた他の六編と併せて『漾虚集』として大倉書店から出版。

110

＊二年の留学中只一度＊倫敦《ロンドン》塔を見物した事がある。其後《そのご》再び行かうと思つた日もあるが止《や》めにした。人から誘はれた事もあるが断つた。一度で得た記憶を二辺目《へんめ》に打壊《ぶちこ》はすのは惜しい、三たび目に拭い去るのは尤も残念だ。「塔」の見物は一度に限ると思ふ。

行つたのは＊着後間もないうちの事である。其頃は方角もよく分らんし、地理抔《など》は固《もと》より知らん。丸《まる》で御殿場《ごてんば》の兎が急に日本橋の真中《まんなか》へ抛《はふ》り出された様な心持ちであつた。表へ出れば人の波にさらはれるかと思ひ、家《うち》に帰れば汽車が自分の部屋に衝突しはせぬかと疑ひ、朝夕安き心はなかつた。此響き、此群集の中に二年住んで居たら吾が神経の繊維も遂には鍋の中の麩海苔《ふのり》の如くべと／＼になるだらうと＊マクス、ノルダウの退化論を今更の如く大真理と思ふ折さへあつた。

倫敦塔　夏目金之助＝夏目漱石　明38・1

子規遺稿 第一編 竹の里歌　正岡子規　明37・11

111

吾輩は猫である。名前はまだ無い。

どこで生れたか頓《とん》と見当がつかぬ。何でも薄暗いじめ／＼した所でニャー／＼泣いて居た事丈《だけ》は記憶して居る。吾輩はこゝで始めて人間といふものを見た。然もあとで聞くとそれは書生といふ人間中で一番獰悪《だうあく》な種族であつたさうだ。此書生といふのは時々我々を捕《つかま》へて＊煮て食ふといふ話である。然し其当時は何といふ考もなかつたから別段恐しいとも思はなかつた。但《たゞ》彼の掌《てのひら》に載せられてスーと持ち上げられた時何だか

二年の留学中　漱石は文部省留学生として明治三三年一〇月二八日から三五年一二月五日までロンドンに滞在した。

倫敦塔　テームズ川北岸に建造された中世の城で、要塞や国事犯の牢獄としても用いられた。

着後間もないうち　日記によればロンドン到着三日後の一〇月三一日のこと。

マクス、ノルダウの退化論　ノルダウはブダペスト生まれのユダヤ人の医学博士・評論家。「退化論」（一八九三）は精神病理学の見地から世紀末の社会や思想・芸術を論じた、それ自身かなり病理的な書。わが国でも明治から大正にかけてかなり読まれた。

111　ロンドンから帰国後、神経衰弱に悩みながら東京帝大講師をつとめていた漱石が、高浜虚子の勧めで試みた初めての小説。一回きりの短編のつもりで「ホトトギス」に掲載したが、好評により一一回まで書き継ぎ、上・中・下の三篇に分けて服部書店・大倉書店から出版。夏目家に黒猫が迷い込んで

フハ〱した感じが有つた許《ばか》りである。掌《てのひら》の上で少し落ち付いて書生の顔を見たのが所謂《いはゆる》人間といふものゝ見始《みはじめ》であらう。

吾輩は猫である　漱石＝夏目漱石　明38・1〜明39・8

112

……………うつし世の
うつゝの歓楽今さめて、
あゝ　暁の夢に見し
常世《とこよ》の浄楽、憧《あくが》るゝかな。

朗読終つて椅子に着くと、一座三人の目は何《いづ》れも熱心に自分を見詰めて居るので、余り調子に乗つて読んだのが極《きま》りが悪く、関欽哉《※せききんや》は手に為《し》た詩稿をポケットに捩込《ねぢこ》みながら、微笑して俯く。

「好いわねえ！」と先づ此家《このや》の令嬢園枝が嘆美の声を発《はな》つた、而《さう》して隣席の繁《しげる》と云ふ女学生に、

「ねえ傑作だわ！」

「はあ、全くね！」

「全く傑作だ！」

園枝の兄の速男《はやを》、砲兵少尉で無骨《ぶこつ》一遍の男だが、新にビイルを抜いて欽哉にコップに注《つ》ぎ、自分のにも注いで、「僕にも此《こ》りや面白かつた、新体詩の妙味てものが始めて分つた。さあ、一つ君の傑作を祝して飲まう。」

来たのは明治三七年夏頃のこと。煮て食ふといふ「五」で苦沙弥先生の元書生の多々良三平がこの猫を食うとしきりに気炎をあげている。

112　「読売新聞」連載の長編小説で、「夏之巻」「秋之巻」が明治三九年一一月一二日まで書き継がれ、それぞれ春陽堂から出版される。二葉亭四迷は、「青春を読むと、歴《あり》然《あり》と明治現代の青年男女の傾向が見へて来る」（「未亡人と人道問題」明39）と述べた。

関欽哉　風葉は「『青春』物語」（明40）において、この作は「『ルーヂン』を粉本にした」が、ルーヂンと違って欽哉には人生や自己に対する「真面目が無い」と述べており、この冒頭部にも美的生活や本能満足主義の俗流の受容ぶりが描かれている。

「有難う！」と欽哉は元気好く椅子を立つて、コップを合せると、泡立つビイルを一緒にグッと小気味《こきみ》好く飲む。
園枝も繁も美しい目を輝かしながら、我事のやうに嬉しさうに二人を見戍《みまも》るのであつた。

青春（春之巻）　小栗風葉　明38・3・5〜7・15

113

一　ここは御国《おくに》を何百里《なんびやくり》
離れて遠き満州《まんしう》の
赤い夕日に照らされて
友は野末《のずゑ》の石の下

二　思へばかなし昨日《きのふ》まで
真先《まつさき》かけて突進し
敵を散々《さんざん》懲らしたる
勇士はここに眠れるか

三　ああ戦《たたかひ》の最中に
隣りに居《を》つた此の友の
俄《にわ》かにはたと倒れしを
我《われ》はおもわず駆《か》け寄《よ》つて

四　軍律《ぐんりつ》きびしい中なれど
これが見捨てて置かりようか
「しつかりせよ」と抱き起こし
仮包帯《かりはうたい》も弾丸《たま》の中

戦友（「学校及家庭用言文一致叙事唱歌」）　明38・6

114

繫縛《いましめ》人を責むとか、黒鉄《くろかね》をも
黄金《こがね》と耀やかしなば、その鎖に、
かの天《あめ》走る宮路《みやぢ》の星のごとく、
つながれて行きてぞ妙音《よきね》世をばふるふ。
身肉《しんにく》愛をさへぎる白埴《しらはに》とか、
ああ、また罪の芽やどす汚穢《けがれ》か、

113　言文一致は、国語学者物集高見の提唱により、明治二〇年前後から山田美妙、二葉亭四迷らによって実践されていった。唱歌もこの流れと無縁ではない。本作品は真下飛泉の作詞により第三集に収められている。日露戦争に材を得た哀調が受け入れられ、以降も広く愛唱された。

114　有明の第三詩集。自作三二篇と訳詩三篇から成る。「春鳥集」の意は「序」の冒頭の、「桜をばなど寝処にはせぬぞ、花にねぬ春の鳥そは、――
清きを、わかき熱きを盛《も》りなす時、
霊《れい》の手これ将た讃《ほ》むる日の高杯《たかつき》。
かかる世、かかる身をこそ、われ等二人《ふたり》、
再び保ちがたしと楽しむなれ。

大華生羽《おおはないくは》たまたま肩よりぬき、
まことや、君がかへたる口づけには
岩根《いはね》に凝りて埋みしわれ玉髄《ぎよくずゐ》
光明《ひかり》にいつしか融《と》けて流れ出でぬ。

繋縛（「春鳥集」）　蒲原有明　明38・7

115

ふるき嘆き忘られかねて幽囚《とらはれ》の身に似るわれぞ雲よ照れかし
たとふれば明くる皐月《さつき》の遠空にほのかに見えむ白鴿《しらはと》か君
雪ついばみ低くも歌ふ鳥とこそ雪深き野に生れぬる身の

まひる野　窪田通治＝窪田空穂　明37・9

116

秋の日の
ギオロンの
ためいきの
身にしみて
したぶるに《ママ》
うら悲し。
鐘のおとに
胸ふたぎ
色かへて

の心よ。／花にねぬこれもたぐひか鼠の巣。／ばせを」によって明らかにされている。象徴詩を、わが国で初めて自覚的に論じたという意味において、本書の「序」は注目される。「自然」と「われ」の関係を、「豹の斑」と「瞳子」に例え、相互の感応が「一箇の霊豹」を「詩天の宛」に送ると比喩している。

115　空穂の第一詩歌集。短歌二九三首、詩三三篇から成る。「椎がもと」「朝逍遥」「水仙」「そよ風」「あこがれ」「藤衣」「残紅」「板廂」の各章に分かれている。「たとふれば」の歌は「あこがれ」の章にふくまれており、空穂自身が「わが文学体験」の「自歌自釈」でとりあげて言及してもいる。

116　イタリア、イギリス、ドイツ、プロヴァンス、フランスの五カ国の詩人の作品五七篇から成る訳詩集。なかでもフランスの作品に比重が置かれ、蒲原有明、三木露風らに多大な影響を与えた象徴詩派の詩を、わが国にはじめて紹介し

涙ぐむ
過ぎし日の
おもひでや。
げにわれは
うらぶれて
こゝかしこ
さだめなく
とび散らふ
落葉かな。

落葉（「海潮音」）　ヱルレエヌ　上田敏訳　明38・10

117 母が永らくぶら〳〵して居たから、市川の親類で僕には縁の従妹になつて居る、民子といふ女の児が仕事の手伝やら母の看護やらに来て居つた。僕が今忘れることが出来ないといふのは、其民子と僕との関係である。其関係と云つても、僕は民子と下劣な関係をしたのではない。

僕は小学校を卒業した許で十五歳、月を数へると十三歳何ケ月といふ頃、民子は十七だけれどそれも生が晩いから、十五と少しにしかならない。痩ぎすであつたけれども顔は丸い方で、透き徹るほど白い皮膚に紅味をおんだ、誠に光沢の好い児であつた。いつでも活々として元気がよく、其癖気は弱くて憎気の少しもない児であつた。

野菊之墓　左千夫＝伊藤左千夫　明39・1

118 更に繰り返して之れを思ふ、文芸は囚はれたり。十九世紀*の後半に於いて遂に精力非

た功績は大きい。優美な詩語の選択もさることながら、それにともなう音数律や韻律の工夫も、本集のオリジナリティとしての評価が高い。本作品はヴェルレーヌの「秋の歌」を訳したものであり、全体を五音で統一している。

117 「ホトトギス」に発表した中編小説。子規に入門し、「馬酔木」編集など新短歌運動を展開していた左千夫の初めての小説。「山会」に参加して学んだ写生文の方法が基礎となっている。早速これを読んだ漱石は、「名品です。自然で、淡泊で、可哀想で、美しくて、野趣があつて…あんな小説なら何百篇よんでもよろしい。」と書き送った。

118 東京専門学校の海外留学生と

凡なる知識の為めに囚はれたり、追ひ越されたり。我れは、ミューズの壇前に霊火を焚いて、囚はれたる文芸の為めに義軍を挙ぐるものゝ意を諒とす。今の文芸は一旦、全く知識の羈約より切り放たるべし。*而して其の放浪する所は情の大海なるべし。情の海より揺れ来たる千波万波は、断えず我が胸の岸辺にそゝろの音を立つれども、彼方の岸は究むべからず。今の文芸は先づ此の海に入りて自由を得よ其の垢を洗へよ。」

囚はれたる文芸　島村抱月　明39・1

119

*蓮華寺では下宿を兼ねた。瀬川丑松が急に転宿《やどがひ》を思ひ立つて、借りることにした部屋といふのは、其蔵裏《くり》つゞきにある二階の角《かど》のところ。寺は信州下水内《しもみのち》郡飯山町二十何ケ寺の一つ、*真宗に附属する古刹で、丁度其二階の窓に倚凭《よりかゝ》つて眺めると、銀杏の大木を経《へだ》てて飯山の町の一部分も見える。さすが信州第一の仏教の地、古代を眼前《めのまへ》に見るやうな小都会、奇異な北国風の屋造《やづくり》、板葺の屋根、または冬期の雪除《ゆきよけ》として使用する特別な軒庇から、ところ〲に高く顕れた寺院と樹木の梢まで――すべて旧《ふる》めかしい町の光景《ありさま》が香の烟の中に包まれて見える。たゞ一際《ひときは》目立つて此窓から望まれるものと言へば、現に丑松が奉職して居る其小学校の白く塗つた建築物《たてもの》であつた。

破戒　藤村＝島崎藤村　明39・3

120

千鳥の話は馬喰《ばくらう》の娘のお長*で始まる。小春の日の夕方、蒼ざめたお長は軒下へ蓆《むしろ》を敷いてしよんぼりと坐つてゐる。干し列べた*平茎《ひらぐき》には、最早糸筋ほどの日影もさゝぬ。

して明治三五年三月から三八年九月までイギリスとドイツに学んだ抱月が、その成果として、復刊第一号の「早稲田文学」に発表した長文の評論。全体一六の章段にわたって西洋近代文芸思潮の既往と将来を語り、これは「第十一」の末尾部。

十九世紀の…追ひ越されたり　「文芸上の科学主義」たる自然主義の席捲を指す。

而して…究むべからず　「情緒主義」の文芸すなわち「神秘的」「標現的」（＝象徴的）文芸から「宗教的」文芸に到るみちすじが、この後に展開される。

119　藤村の最初の長編小説。六年間の小諸生活を引き上げて背水の陣の決意で上京し、信州の友人神津猛らの援助によって、「緑蔭叢書第壱篇」として自費出版。日露戦後の新文学として迎えられ、自然主義文学の出発点となる。漱石は、「明治の代に小説らしき小説が出たとすれば破戒ならんと思ふ」（森田草平宛書簡、明39）と評した。

蓮華寺　モデルは飯山の浄土真宗

洋服で丘を上《あが》つて来たのは自分である。お長は例の泣き出しさうな目もとで自分を仰ぐ。親指と小指と、そして欅がけの真似は初*やがこと。その三人ともみんな留守だと手を振る。頤《あご》で奥を指《ゆび》して手枕をするのは何のことか解らない。藁でたばねた髪の解《ほつ》れは、搔き上げても直ぐまた顔に垂れ下る。

千鳥　三重吉＝鈴木三重吉　明39・5

121
花売娘《はなうりむすめ》名はお仙
十七花を売りそめて
十八恋を知りそめて
顔もほてるや恥かしの

蝮《はび》に嚙まれて脚切《あしき》るは
山家《やまが》の子等に験《げん》あれど
恋の附子矢《ぶすや》に傷《きつゝ》かば
毒とげぬくも晩《おそ》からん

村の外《はづ》れに嫗《おば》にきく
昔も今も花売に
恋せぬものはなかりけり
花の蠱《まど》はす業《わざ》ならん

市《いち》に艶《えん》なる花売が
若き脈搏《みやくう》つ花一枝《はなひとえ》
弥生《やよひ》小窓《こまど》にあがなひて
恋の血汐《ちしほ》を味《あぢは》はん

花売り（「孔雀船」）　伊良子清白　明39・5

122
燃えつや、黄櫨《はじ》の乾反葉《ひそりば》に、また橡《つるばみ》の
爆実《はぜみ》の殻に。——今ははた、

鈍色《にびいろ》被衣《かつぎ》身ぞたゆげに、
刈野《かりの》に凭《いこ》ひ、隠《こも》り沼《ぬ》の水渋《みしぶ》に浸《ひた》り、

の寺「真宗寺」。
真宗　「江戸期以来、多くの部落民は真宗壇徒となり、そこに精神的救済を求めたが、真宗内部には隠微で根強い差別の体質があった」（高橋昌子『島崎藤村　遠いまなざし』平6）との論がある。
120　神経衰弱のため文科大学を一年間休学して広島に帰郷していた三重吉の書いた初の小説。漱石に送り、その推讃を得て「ホトトギス」に掲載された。漱石は、「かう云ふ風にかいたものは普通の小説家に到底望めない。……三重吉君万歳だ。」「千鳥のあとに万鳥でも億鳥でも大にかき給はん事を希望する。」などと励ましている。
お長　作中の点景人物の一人である啞の娘。
平茎　白茎菜《しらくきな》。白菜の一品種。
初や　「自分」が寄寓した家の下女。
121　一五〇～六〇篇あったとされる作品から一八篇が精選されて編まれた詩集。「故郷の山に眠れる母の霊に」と献辞されている。清白の浪漫的かつ写実性に富んだ詩風

伏木《ふしき》に添ひて火移りの昨日《きのふ》を夢み、
冷《ひや》かの今に涙ぐみ、
もの倦《うじ》がほにたゆたひつ、迷ひつ、廳て
木《き》の上枝《ほづえ》より細高に、い行くか烟《けむり》、
ありなし雲《ぐも》とたゞよひて、
天《あめ》のこころに溶《と》け入りぬ。

烟(「白羊宮」)　薄田淳介＝薄田泣菫　明39・5

123

今、こゝに僕の偶像を画かして貰はう——先づ、前面は胸のあたりから透明であつて、肉眼には見えないが、その顔までが霊であることを知らせるだけの用意を施し、後部は、また、獣の形であつて、如何にも剛健で、強壮なところがあるのを示めす。して、前後の連絡点をはツきりさせてはならない、どこから区別があるのか分らない様に画いて置く。寧ろ、前から見ても、後から見ても、同じ態度であらせたい。且、炎々たる火焔の羽根と残忍酷烈な足踏みとを以つて、暗黒孤寂の彩雲を駆けらしめるのである。この神秘的霊獣の主義は生命である、またその生命は直ちに実行である。この霊獣は偽聖偽賢の解脱説をあざ笑ふ。然し、これが霊と獣との二元的生物に見えては行かないので、自体を食つて自体を養ふ悲痛の相を呈し、たゞ内容がない表象の流転的刹那に現じた物でなければならない。

神秘的半獣主義　岩野泡鳴　明39・6

124

「お爺《ぢい》さん、お爺さん。」
「はあ、私《わし》けえ。」

は、横瀬夜雨、河井酔茗らとともに「文庫」派を代表したが、古語を基調とした姿勢は、当時の口語詩の波に覆われた形となった。大正に入って日夏耿之介らによって再評価を得、昭和初期には再刻本が出版されるなど、時を経るにつれて評価の高まった詩集である。

122　泣菫の第四詩集。六四篇から成る。のちに泣菫自身によって、『白羊宮』といふのは、日が春の白羊宮に位する時、天地開闢したといふ言ひ伝へによってなづけました。」(「詩集の後に」『泣菫詩集』大14・2)と、その由来が語られている。

123　国詩社集会の演説原稿を左久良書房から書き下ろし出版。『新自然主義』(明41・10)とともに、刹那的表象主義・霊肉一致・悲痛の哲理などの泡鳴の思想の中核を示した評論。二二章から成り、これは「(十八)半獣主義の神体」の一節。

僕の偶像　肉と霊とが「白熱の勢ひを以つて活動融化」するような一刹那一刹那を自ら捉え生きるこ

と一言《ひとこと》で直ぐ応じたのも、四辺《あたり》が静かで他《た》には誰も居なかつた所為であらう。然*うでないと、其の皺だらけな額《ひたひ》に、鬮巻《はちまき》を緩《ゆる》くしたのに、ほか〳〵と春の日がさして、とろりと酔つたやうな顔色《がんしよく》で、長閑《のど》かに鍬を使ふ様子が——あの又其の下の柔《やはらか》な土に、しつとりと汗ばみさうな、散りこぼれたら紅《くれなゐ》の夕陽の中に、ひら〳〵と入つて行きさうな——暖《あたゝか》い桃の花を、燃え立つばかり揺《ゆす》ぶつて頻《しきり》に囀つて居る鳥の音《ね》こそ、何か話をするやうに聞かうけれども、人の声を耳にして、それが自分を呼ぶのだとは、急に心付きさうもない、*恍惚《うつとり》とした形であつた。

春昼　泉鏡花　明39・11

125

百姓ほどみぢめなものは無い、取分け奥州《おうしう》の小百姓はそれが酷《ひど》い、襤褸《ぼろ》を着て糅飯《かてめし》を食つて、子供ばかり産んで居る。丁度、その壁土のやうに泥黒い、汚《きた》ない、光ない生涯を送つて居る。地を這《は》ふ爬蟲《むし》の一生、塵埃《ごみ》を嘗《な》めて生きて居るのにも譬《たと》ふれば譬へられる。からだは立つて歩いても、心は多く地を這つて居る。親切に思遣《おもひや》ると気の毒にもなるが、趣味に同情は無い。僕はその湿気《しめりけ》臭《くさ》い、鈍い、そしてみぢめな生活を見るたびに、毎《いつ》も、醜いものを憎むと云ふ、ある*不快と嫌悪とを心に覚える。実際、かれらの中には、『生れざりしならば』却《かへ》つて幸福であつたらうと思はれるのがある。いや、僕の目だけには、その方が多いやうに見た。

南小泉村　真山青果　明40・5

とが、人間の本然の生命の流れを現出するとして、それをシンボライズする「神体」の姿を呈示してみせた。

124　心身の健康を害して明治三八年から四年間逗子に転地療養していた鏡花が、「新小説」に発表した小説。翌月号の「春昼後刻」と併せて一編とする。逗子時代にはこの他にも「草迷宮」など、「華やかな色彩性、夢幻性をもち、…土俗の闇とかかわる幻想的な作品」(笠原伸夫『日本現代文学大事典』)が生み出されている。

然うでないと、「急に心付きさうもない」へと続く。

恍惚とした形であつた。　主語は「鍬を使ふ様子が」。

125　第二高等学校医学部を中退して仙台近郊の南小泉村で代診医をしていた経験をもとに書いた、七章から成る連作小説。「第一」「第二」を「新潮」に、以下を「中央公論」「早稲田文学」「文章世界」などに断続して発表。これによって師小栗風葉の代作者から作家としての自立を果たす。

126
机、書箱《ほんばこ》、罎、紅皿、依然として元の儘で、恋しい人は何時《いつ》もの様に学校に行つて居るのではないかと思はれる。時雄は机の抽手《ひきだし》を明けて見た。古い油の染みたリボンが其中に捨てゝあつた。時雄はそれを取つて匂を嗅いだ。暫くして立上つて襖を明けて見た。大きな柳行李《やなぎがうり》が三箇細引《ほそびき》で送るばかりに絡《から》げてあつて、其向ふに、＊芳子が常に用ゐて居た蒲団――萌黄《もえぎ》唐草の敷蒲団と、綿の厚く入つた同じ模様の夜着《よぎ》とが重ねられてあつた。時雄はそれを引出した。女のなつかしい油の匂ひと汗のにほひとが言ひも知らず時雄の胸をときめかした。夜着の襟の天鵞絨《びろうど》の際立つて汚れて居るのに顔を押付けて、心のゆくばかりなつかしい女の匂ひを嗅いだ。

性慾と悲哀と絶望とが忽ち時雄の胸を襲つた。時雄は其蒲団を敷き、夜着をかけ、冷めたい汚れた天鵞絨《びろうど》の襟に顔を埋めて泣いた。

薄暗い一室、戸外《おもて》には風が吹暴《ふきあ》れて居た。

蒲団　田山花袋　明40・9

参　此の一篇は肉の人、赤裸々の人間の大胆なる懺悔録である。此の一面に於いては、明治に小説あつて以来、早く二葉亭風葉藤村等の諸家に端緒を見んとしたものを、此の作に至つて最も明白に且意識的に露呈した趣がある。美醜矯める所なき描写が、一歩を進めて専ら醜を描くに傾いた自然派の一面は、遺憾なく此の篇に代表せられてゐる。醜といふ条、已みがたい人間の野性の声である、それに理性の半面を照らし合はせて自意識的な現代性格の見本を、正視するに堪えぬまで赤裸にして公衆に示した。之れ

不快と嫌悪　この冒頭部にはとりわけはげしい農民嫌悪の言辞が連ねられ、猪野謙二は「それはもはや新しい自然主義的な人間観への徹底などとは決していえない」「むしろ近代以前の人間差別観に連なるもの」と評している（「自然主義作家としての真山青果」昭60）。

126　「新小説」に発表した小説。自己の内面のあからさまな描出がセンセーショナルな衝撃を与え、告白的手法・私小説的性格という日本自然主義文学の方向を決定づけることとなる。ただし、匂いをかぐだけでなく蒲団を敷いて夜着をかぶって泣くというのは、滑稽だとする意見（小栗風葉・相馬御風など）も少なくなかった。

芳子　モデルは明治三七、三八年に田山家に寄寓した広島県出身の女学生岡田美知代。

参　「早稲田文学」誌上で行われた九名の評者による合評。客観的態度を唱えていたのに「作者自身の喘いでゐる様子が目に見える」ような「余裕のない」書き方をしていると衝いた片上天弦、「性慾の

が此の作の生命でまた価値である。

「蒲団」合評　島村抱月他　明40・10

127
隣の家の穀倉《こめぐら》の裏手に
臭い塵溜《はきだめ》が蒸されたにほひ、
塵塚《はきだめ》のうちにはこもる
いろ〳〵の芥《ごもく》の臭み、
梅雨《つゆ》晴れの夕をながれ漂つて
空はかつかと爛《たゞ》れてる。

塵溜の中には動く稲の虫、浮蛾《うんか》の卵、
また土を食む蚯蚓《みゝず》らが頭を擡げ、
徳利壜《とつくり》の虧片《かけら》や紙の切れはしが腐れ蒸
　されて
小さい蚊《ち》は喚きながらに飛んでゆく。
そこにも絶えぬ苦しみの世界があつて
呻くもの死するもの、秒刻に
かぎりも知れぬ生命の苦悶を現《げん》じ、
闘つてゆく悲哀《かなしみ》がさもあるらしく、
をり〳〵は悪臭《をしう》にまじる虫螻《むしけら》が
種々のをたけび、泣声もきかれる。

その泣声はどこまでも強い力で
重い空気を顫はしてまた軈《やが》て、
暗くなる夕の底に消え沈む。
惨《いたま》しい「運命」はただ悲しく
いく日いく夜もこゝにきて手辛《てがら》く襲ふ。
塵溜《はきだめ》の重い悲みを訴へて
蚊は群《むらが》つてまた喚く。

塵溜　川路柳虹　明40・9

悲み」が「人性深奥の悲哀」ではなくありふれたものになっているとする中村星湖などの中で、この抱月評は最も積極的・代表的なもの。

127　わが国の口語自由詩を語る際には看過できない作品である。「詩人」に発表され、のちに「塵塚《はきだめ》」と改題されて第一詩集『路傍の花』(明43・9)に収録された。その「序」において柳虹は、「詩の形式として口語を用ふる」ことには「内在的な要求がより多く含まれてゐた。」とし、詩壇が、「自意識的色調」を帯びた文壇と同歩調となったことをその動機にあげている。「塵溜《はきだめ》」は、題材の特異さと、それを支えることばのうねりが、従来の詩の既成概念を裏切ったところに驚きと魅力を湛えている。

128

さて、題だが……＊題は何としやう？　此奴《こいつ》には昔から附倦《つけあぐ》んだものだッけ……と思案の末、礑《はた》と膝を拊《う》つて、平凡！平凡に、限る。平凡な者が平凡な筆で平凡な半生を叙するに、平凡といふ題は動かぬ所だ、と題が極《きま》る。

次には書方だが、これは工夫するがものはない。＊近頃は自然主義とか云つて、何でも作者の経験した愚にも附かぬ事を、聊《いさゝ》か技巧を加へず、有《あり》の儘に、だら〱と、牛の涎《よだれ》のやうに書くのが流行《はや》るさうだ。好い事が流行る。私も矢張《やつぱ》り其《それ》で行く。

で、題は「平凡」、書方は牛の涎。

さあ、是からが本文だが、此処らで回を改めたが好からうと思ふ。

平凡　二葉亭四迷　明40・10・30〜12・31

129

健次はかねて頼んで置いた或社員の知せで、日暮前に月島の或下宿屋の空間《あきま》を検分した。廊下に立つと、安房上総《あはかづさ》の山々が夢のやうに、ぼんやり水煙の向うに浮び、弱い風が絶え間なく寄せて来る。隣室の話声も風に浚《さら》はれ波の音に没して聞えぬ。彼れは幼い頃讃岐の浜で、恣《ほしいまゝ》に塩風を浴びて遊んだことを朧気に思出した。その瞬間「＊新生涯を此処で始める、根岸の古屋を去つて腹一杯に塩気を吸はう。」と決し、二三日中に返事をすると約束した。で、家へ帰ると、母や妹に聞かされた一日中の大事件は猫と魚の話であつた。

何処へ　正宗白鳥　明41・1〜4

128「浮雲」以来二〇年ぶりに文壇に復帰した二葉亭が「其面影」についで「東京朝日新聞」に連載した最後の長編小説。

題は何と…題が極る　「小説の題のつけ方」（明40）参照。「文学」と「真面目」について「正面から」（「『平凡』物語」明41）問いかけようとした意図と構想を、当時流行の告白体小説の方法に便乗するといった韜晦と自己諷刺の口調で語っている。

近頃は…さうだ　後段の「性慾」をめぐる記述と併せて、自然主義への関心と距離のありようを見ることができる。

129　第一短編集『紅塵』（明40・9）刊行後、「早稲田文学」に連載してその虚無的・世紀末的な作風により〈ニヒリスト白鳥〉の呼称を定めた初期代表作。シェンケヴィッチ「クオ・ヴァディス」との関連も指摘される（平岡敏夫『日本の近代文学　作家と作品』昭53）。

新生涯を此処で始める　ニヒリズムの裏側に現実や生命への情熱を抑えがたく潜ませている〈ロマン

130
欧大陸に於ける自然主義の潮流を見よ。其の背景は沈痛なる幻滅並びに無解決の悲哀にあらずや。＊イブセンが劇、ハウプトマンが作、其の最も奥なる背景は、荒涼たる寂寥の天地にあらざるか。ニイチエが称揚したる超人の裏面には悲惨なる光景横はらざるか。モーパッサンが作の全部に通じたる背景は、灰色にも似たる幻滅の悲哀にあらざるか。＊ニイチエ、モーパッサンの愍むべき最期を生理的にのみ帰すること勿れ。現実暴露の悲哀は竟に彼れ等を狂死せしめたるなり。彼れ等自然主義の一派は、醜陋、鎖末、非理想的、非芸術的、反道徳的、肉的、性慾的を面白がりて描写するにあらず。其処に偽なき現実を認めたればこそ此れを描け、而も背景は深刻なる悲哀の苦海なり。

現実暴露の悲哀　長谷川誠也＝長谷川天渓　明41・1

131
田舎馬車のり後れたる蛍かな

闇如漆《やみうるしのごとし》　掌《てのひら》ほどの蛍とぶ

嵐山の闇に対する蛍かな

本稿　虚子句集　高浜虚子　明41・2

132
明治二十四年三月垪和《はが》三蔵は伊予尋常中学校を卒業した。三蔵は四年級迄忠実な学校科目の勉強家で試験の成績に第一位を占めることが唯一の希望であつた。それがど

チスト白鳥〉（相馬庸郎「正宗白鳥」昭54）の側面が見出される箇所。

130　最も旺盛にして且つ粗笨な自然主義論客であった天渓が、「幻滅時代の芸術」（明39・10）、「論理的遊戯を排す」（明40・10）などに続いて「太陽」に発表した評論。あらゆる幻像的理想に幻滅し解決なき現実に向き合うしかない自然主義思潮の背後には、深大なる「悲哀」が横たわっているのだとハムレットなども引きつつ説く。

イブセンが劇　前段において「野鴨」について論じている。

ニイチエ、モーパッサン…最期　二人とも精神錯乱・発狂によって死を迎えた。

131　「ホトトギス」（明36・7）に初出。翌年三月、「ホトトギス」に発表した「俳体詩論」には、《三句以上連続のものは之を俳体詩と呼ぶ》とある。この俳体詩の成立に関して、《稍連句を変化さした一新体詩を創めて見るのも善からうと思ふと漱石子にいふと、漱石子はそれも善からう、俳体詩とでもいふものか、といはれ》たと述べて

ういふものか此一年程前より学校で成績の善いのは下らぬことだと考へ始めた。試験の答案に筆記帳通りを書くのは不見識だと考へはじめた。試験前の勉強は一切止めた。この卒業試験前は近松の世《せ》話《は》浄瑠璃《じやうるり》を読破した。試験の答案は誰よりも早く出して残つた時間は控室で早稲田文学と＊柵《しがらみ》草紙《ざうし》の没理想論を反覆して精読した。

俳諧師　高浜虚子　明41・2・18〜7・28

133

汽車が白河を通り越した頃には、岸本は最早《もう》遠く都を離れたやうな気がした。寂しい降雨の音を聞きながら、何時《いつ》来るとも知れないやうな空想の世界を夢みつゝ、彼は頭を窓のところに押付けて考へた。

「＊あゝ、自分のやうなものでも、どうかして生きたい。」

斯う思つて、深い〳〵吐息を吐《つ》いた。玻璃窓《がらすまど》の外には、灰色の空、濡れて光る草木《くさき》、水煙《みづけぶり》、それからシヨンボリと農家の軒下に立つ鶏《にはとり》の群なぞが映つたり消えたりした。人々は雨中の旅に倦《う》んで、多く汽車の中で寐た。

復《ま》たザアと降つて来た。

春　島崎藤村　明42・4・7〜8・19

134

われ歌をうたへりけふも故わかぬかなしみどもにうち追はれつつ

海哀《かな》し山またかなし酔ひ痴れし恋のひとみにあめつちもなし

いる。

132「国民新聞」に発表された半自伝的な小説。作者の一七、八歳から二一歳頃までが題材とされ、作中モデルは、大体想像できる。ただし虚子の友人であり、ライバルであった河東碧梧桐は登場しない。

柵草紙の没理想論　明治二四年から「しがらみ草紙」でなされた、坪内逍遥と森鷗外の論争。逍遥がシェークスピアの論評を「没理想」と捉えたのに対して、鷗外はハルトマン美学を後ろだてとして芸術における理想を強調した。

133「東京朝日新聞」連載の長編小説。かなりの改訂を加えて「緑蔭叢書第弐篇」として自費出版。これ以後、藤村は自伝的作風へと歩を進める。同じ時期に花袋は「読売新聞」に「生」を連載し、「早稲田文学」は明治四一年中の傑作として『春』と白鳥の『何処へ』に推讃の辞を送るなど、自然主義文学の力強い山場が形づくられた。

「あゝ、自分の…生きたい。」　親友青木（北村透谷）の死を受け止め、〈家〉の重荷と向き合った後に得ら

135

※白鳥《しらとり》は哀《かな》しからずや空の青海のあをにも染まずただよふ

海の声　若山牧水　明治41・7

新吉がお作を迎へたのは、新吉が廿五、お作が二十《はたち》の時、今から丁度四年前の冬であつた。

十四の時豪商の立志伝や何かで、少年の過敏な頭脳《あたま》を刺激され、東京へ飛出してから十一年間、新川の酒問屋《さかどんや》で、傍目《わきめ》もふらず滅茶苦茶に働いた。表町《おもてちやう》で小い家を借りて、酒に醤油薪《まき》に炭、塩などの新店《しんみせ》を出した時も、飯喰ふ隙《ひま》が惜《をし》い位ゐクル〳〵と働き詰めで居た。終始襷がけの足袋跣《たびはだし》のまゝで店頭《みせさき》に腰かけて、モク〳〵と気忙《きぜは》しさうに飯を掻ツ込んでゐた。

新世帯　徳田秋声　明41・10・16～12・6

136

小島要吉は三年振りでこの停車場に立つた。今頃※故国《くに》の土を踏まうとは昨日《きのふ》迄も思つてゐなかつた。去年の夏大学を卒業した時でさへ、帰省して見ようなぞと云ふ心は起らなかつた。小さい時から都へ出たが、いろ〳〵わけがあつて、故郷へは帰らない。一生帰りたくない。天《あめ》が下《した》に自分の生国といふものがなければ可いと思ふことさへあつた。それが今度止むを得ない事情で、突然帰つて来て、早くも聞き慣れた土音《どおん》を耳にし、見慣れた風俗を眼にすると、いくら永く他国に放浪して自分だけは他所《よそ》の人間

れたこの言葉は、藤村文学のライトモチーフとなる。

134　二四歳のとき、尾上柴舟の援助を受け、自費出版した初の歌集に収録された短歌。この時期は園田小枝子への激しい恋情に心を動かされていた時期であり、それを反映して恋の悦び、不安などが素直に歌われている。白鳥は…　明治四〇年一二月「新声」に発表。初出では白鳥に〈はくちょう〉とルビがあり、また〈海の青　空のあを〉と海と空が逆に描かれている。

135　「国民新聞」文芸欄担当の高浜虚子の勧めにより同紙に連載した中編小説。これによって紅葉門下の作者から自然主義の作家へと、己れの個性の第一歩を切り拓き、生田長江によって「『生れたる自然派』（Born naturalist）」（「徳田秋声氏を論ず」明44）と評された。

136　森田草平が、その教え子で所謂〈新しい女〉の平塚明子《はる》（らいてう）との不可解な恋愛の末に塩原尾花峠へ情死行を企て、自然主義にかぶれた男女の醜行として騒

に成り済《すま》したつもりでゐても、矢張此処の土と水とで出来た人間だなと云ふ感じが俄に強くなつた。

煤烟　森田草平　明42・1・1〜5・17

137
「冷淡！　残酷！」から云ふ無言の声が僕のあたまに聴えたが、僕はひそかに之を弁解した。若し不愉快でも妻子のにほひがなほ僕の胸底にしみ込んでゐるなら、厭《いや》な菊*子のにほひも亦永久に僕の心を離れまい。この後とても、幾多の女に接し、幾度かそれから来たる苦しい味《あぢ》をあぢはふだらうが、僕は、その為めに窮屈な、型にはまつた墓を掘ることが出来ない。冷淡だか、残酷だか知れないが、衰弱した神経には過敏な注射が必要だ。僕の追窮するのは即座に効験ある注射だ。酒の如く、アブ*サントの如く、そのにほひの強い間が最もきゝめがある。そして、それが自然に圧迫して来るのが僕等の恋だ。あこがれだと。

耽溺　岩野泡鳴　明42・2

138
ひと日、わが*想《おもひ》の宝《むろ》の日もゆふべ、
光、もののね、色、にほひ——声なき沈黙《しじま》
徐《おもむろ》にとりあつめたる室《むろ》の内、いとおもむ
　ろに、
薄暮《くれがた》のタンホイゼル*の譜のしるし
ながめて人はゆめのごとほのかにならぶ。
壁はみな鈍《にぶ》き愁ゆなりいでし
象の香《か》の色まろらかに想鎖《さ》しぬれ、
その隅に瞳の色の窓ひとつ、玻璃の遠見《とほみ》に
冷えはてしこの世のほかの夢の空

がしく報道された際、漱石の擁護を得て、「東京朝日新聞」にその顛末を連載した長編小説。これが出世作となって作家として社会復帰を果たした。
故国　岐阜（草平の出身地）を指す。

137　「新小説」に発表され、翌年易風社から表題作として刊行。単行本の巻頭に「花袋君よ、君に僕の最初の小説集『耽溺』を献じたい」とあるように、「蒲団」に刺激されて書かれた自伝的長編。明治三九年の夏に旅行した、栃木県日光での体験に基づくが、舞台は神奈川県国府津に移されている。
菊子　芸者吉弥の本名。
アブサント　アブサン。アニス系の香りを持つ強いリキュール。

138　詩集序言に《予が象徴詩は情緒と諧楽と感覚の印象を主とす》とあるように、異国情緒と官能美に彩られた独創的な詩集である。この詩は薄暮の情景の中、幻聴を聴くという幻想的な象徴詩。
想いの室　物思いにふける部屋で

かはたれどきの薄明《うすあかり》ほのかにうつる。──

序楽（「邪宗門」）　北原白秋　明42・3

139 「では、平岡は貴方を愛してゐるんですか」

三千代は矢張り俯向いてゐた。代助は思ひ切つた判断を、自分の質問の上に与へやうとして、既に其言葉が口迄出掛つた時、三千代は不意に顔を上げた。其顔には今見た不安も苦痛も殆んど消えてゐた。涙さへ大抵は乾いた。頬の色は固《もと》より蒼かつたが、唇は確《しか》として、動く気色《けしき》はなかつた。其間から、低く重い言葉が、繋がらない様に、一字づゝ出た。

「仕様がない、覚悟を極めませう」

代助は脊中から水を被《かぶ》つた様に顫へた。＊社会から逐《お》ひ放たるべき二人の魂は、たゞ二人対《むか》ひ合つて、互《たがひ》を穴の明く程眺めてゐた。さうして、凡《すべ》てに逆《さか》らつて、互を一所に持ち来たした力を互と怖《おそ》れ戦《をのゝ》いた。

それから　漱石＝夏目漱石　明42・6・27〜10・14

140 四里の道は長かつた。其間に脊縞《あをじま》の市の立つ＊羽生《はにふ》の町があつた。田圃にはげんげが咲き豪家の垣《かきね》からは八重桜が散りこぼれた。赤い蹴出《けだし》を出した田舎の姐《ねえ》さんがをり〳〵通つた。

羽生からは車に乗つた。母親が徹夜して縫つて呉れた木綿の三紋の羽織に新調のメ

あるとともに、心象でもある。
タンホイゼル　ワグナーの代表的歌劇。愛による人類の救済を主題とする。「スバル」周辺の詩人に好まれた。ここでは、言葉のもつ雰囲気としての効果がある。

139 「東京朝日新聞」「大阪朝日新聞」の双方に、百十回にわたって連載、翌年一月一日春陽堂から刊行。朝日新聞入社（明40・3）後の第四作にあたる。主人公長井代助とその友人平岡の妻三千代との、いわゆる不倫関係を描いている。
社会から逐ひ放たる　代助にとって平岡から三千代を奪うことは、経済的基盤である父親との断絶を意味した。また明治四〇年四月、親告罪としての姦通罪が懲役二年以下の重罪に改定されている。

140 「明治三十四五年から七八年代の日本の青年を調べて書いてみよう思つた」（「東京の三十年」）花袋が、一青年教師の遺した実在の日記を素材に、実施踏査を重ねて

リンスの兵児帯、車夫は色の褪《あ》せた毛布《けつとう》を袴の上にかけて、梶棒を上げた。何となく胸が躍つた。

*清三の前には、新しい生活がひろげられて居た。何《ど》んな生活でも新しい生活には意味があり希望であるやうに思はれる。五年間の中学校生活、行田《ぎやうだ》から熊谷《くまがや》まで三里の路を朝早く小倉服着て通つたこともう過去になつた。

田舎教師　田山花袋　明42・10

141

「食《くら》ふべき詩」とは電車の車内広告でよく見た「食ふべきビール」といふ言葉から思ひついて、仮に名づけたまでゞある。

謂ふ心は、両足を地面《ぢべた》に喰つ付けてゐて歌ふ詩といふ事である。実人生と何等の間隔なき心持を以て歌ふ詩といふ事である。珍味乃至は御馳走ではなく、我々の日常の食事の香の物の如く、然く我々に「必要」な詩といふ事である。——斯ういふ事は詩を既定の或る地位から引下す事であるかも知れないが、私から言へば我々の生活に有つても無くても何の増減のなかつた詩を、必要な物の一つにする所以である。詩の存在の理由を肯定する唯一つの途である。

食ふべき詩（「弓町より」）　石川啄木　明42・11・30～12・7

142

彼は近頃にMouche《ムーシュ》と題するモオパツサンの短篇小説をよんだ後《あと》瀧亭《りゆうてい》鯉丈《りぢやう》の八笑人を読んで一種面白い対照を感じた。いつでも此が此世の笑ひ納めだと云ふやうに能く

執筆した長編小説。左久良書房から書き下ろし出版された。

羽生　埼玉県羽生。建福寺（作品では成願寺）で花袋の義兄、太田玉茗が住職を務めていた。

清三　主人公の林清三。モデルの小林秀三は建福寺の下宿人で、明治三七年九月二二日病没。花袋は日露戦争帰国直後に羽生の義兄を訪れ、秀三の死を知った。

141　啄木、二四歳のとき「東京毎日新聞」に発表した論文。明治四二年六月、函館から東京本郷弓町に家族を迎えて生活を始めたが、一〇月に妻節子が家出。この事件が啄木に転機をもたらし、実生活と文学の関係を考察する方向へ眼を向けさせた。《去年の秋の末に打撃をうけて以来、僕の思想は急激に変化した。僕の心は隅から隅まで、もとの僕ではなくなつた様に思はれた》（宮崎郁雨宛書簡）と述べている。

142　漱石の依頼で「東京朝日新聞」に連載。「乱雑没趣味なる明治四十

笑つて騒ぐ巴里の青年が六人寄つて、野郎ばかりでは面白くないからと、誰が捜し出して来たものか一人の女を見付け出し、其に梶取りをさせて、セエヌ河《が》をば漕いで廻る。これは江戸の泰平に永き日を暮しかねた人達が、強て空飛な事件を作り出しては笑つて見やうとした、＊清は外はつまらず内は淋しいその生涯を、どうかして斯《か》う云ふ風に笑つて見る事は出来ないものかと漫《そゞろ》に思つた。

冷笑　永井荷風　明42・12・13〜明43・2・28

二年の東京生活の外形に向つて沈重なる批評を試み（略）わが純良なる日本的特色の那辺にあるかを考究模索せんとした」（「冷笑につきて」）批評小説。明治四三年五月左久良書房刊。

清　銀行頭取の小山清。社会にも家庭にも失望した清は、八笑人のような仲間を探し始める。

第四期

1910(明43)〜1923(大12)

西暦（元号）	小説	詩歌・戯曲・評論	社会動向・文学事象
1910（明43）	歌行燈（泉鏡花・新小説）1 **うづまき**（上田敏・国民新聞）1 **家**（島崎藤村・読売新聞）1 青年（森鷗外・スバル）3 門（夏目漱石・東京、大阪朝日新聞）3 **網走まで**（志賀直哉・白樺）4 **別れたる妻に送る手紙**（近松秋江・早稲田文学）4 **普請中**（森鷗外・三田文学）6 **土**（長塚節・東京朝日新聞）6 かん〳〵虫（有島武郎・白樺）10 **刺青**（谷崎潤一郎・新思潮）11 食堂（森鷗外・三田文学）12	悲痛の哲理（岩野泡鳴・文章世界）1 NAKIWARAI（土岐哀果・ローマ字ひろめ会）4 「それから」に就て（武者小路実篤・白樺）4 二つの道（有島武郎・白樺）5 紅茶の後（永井荷風・三田文学）5 長塚節氏の小説「土」（夏目漱石・東京朝日新聞）6 遠野物語（柳田国男・聚精堂）6 **時代閉塞の現状**（石川啄木＝未発表）8 **酒ほがひ**（吉井勇・昴発行所）9 短歌滅亡私論（尾上柴舟・創作）10 **一握の砂**（石川啄木・東雲堂）12	七里ケ浜で逗子開成中学ボート部員十三名遭難死1 永井荷風、慶応大学教授に就任3 「**白樺**」創刊4 東京フヒルハルモニー会発足4 新社会劇団（中村春雨主宰）「牧師の家」公演4 ハレー彗星の出現（地球衝突の噂で人心動揺）5 大逆事件　幸徳秋水、大石誠之助ら逮捕6 韓国併合に関する日韓条約調印、朝鮮総督府を設置8 売文社（堺利彦、大杉栄ら）設立9 南極探検隊（白瀬中尉ら）出発12 ＊「中央公論」「ホトヽギス」「屋上庭園」「自然と印象」「新思潮」など発禁処分相次ぎ、政府の言論弾圧が強まる
1911（明44）	或る女のグリンプス（有島武郎・白樺）1 あきらめ（田村俊子・大阪朝日新聞）1 **お目出たき人**（武者小路実篤・洛陽堂）2 妄想（森鷗外・三田文学）3 濁った頭（志賀直哉・白樺）4 泥人形（正宗白鳥・早稲田文学）7 黴（徳田秋声・東京朝日新聞）8 **雁**（森鷗外・スバル）9	修禅寺物語（岡本綺堂・文芸倶楽部）1 善の研究（西田幾多郎・弘道館）1 桃色の室（武者小路実篤・白樺）2 **和泉屋染物店**（木下杢太郎・スバル）3 **現代日本の開化**（夏目漱石）8 **元始女性は太陽であつた**（平塚雷鳥・青鞜）9 谷崎潤一郎氏の作品（永井荷風・三田文学）11	大審院、大逆事件被告（幸徳秋水ら）に死刑判決1 徳冨蘆花、「**謀叛論**」を一高で講演、幸徳秋水らの処刑を批判2 南北朝正閏問題おこる2 「青鞜」（平塚雷鳥ら）創刊9※新しい女性運動 文芸協会研究所試演「人形の家」（松井須磨子）上演9 社会党（片山潜ら）結成10※即、禁止となる 「朱欒」（北原白秋編集）創刊11 ＊レコード、蓄音機が普及し始め、イルミネーション装飾や広告が急速に発展する
1912（明45・大元）	彼岸過迄（夏目漱石・東京、大阪朝日新聞）1 母の死と新しい母（志賀直哉・朱欒）2 哀しき父（葛西善蔵・奇蹟）9 大津順吉（志賀直哉・中央公論）9 **興津弥五右衛門の遺書**（森鷗外・中央公論）10	悲しき玩具（石川啄木・東雲堂書店）6 故郷（ズーダーマン、島村抱月訳・金尾文淵堂）6 数奇伝（田岡嶺雲・玄黄社）6 自由劇場と文芸協会（小宮豊隆・新小説）6	明治天皇死去し大正と改元7 米価急騰し貧しい民衆困窮する7 美濃部達吉・上杉慎吉の憲法学説論争7 乃木希典、夫人とともに明治天皇に殉死し、その是非をめぐり世論沸騰9 「奇蹟」（広津和郎ら）創刊9 「近代思想」（大杉栄ら）創刊10

年			
	悪魔(葛西善蔵・奇蹟)12 行人(夏目漱石・東京、大阪朝日新聞)12	千曲川のスケッチ(島崎藤村・左久良書房)12 かろきねたみ (岡本かの子・青鞜社)12	
1913 (大2)	阿部一族(森鷗外・中央公論)1 清兵衛と瓢箪(志賀直哉・読売新聞)1 死の勝利(ダヌンチオ、生田長江訳・新潮社)1 **木乃伊の口紅**(田村俊子・中央公論)4 **銀の匙**(中勘助・東京朝日新聞)4 **大菩薩峠**(中里介山・都新聞)9 疑惑(近松秋江・新小説)10	**桐の花**抒情歌集(北原白秋・東雲堂書店)1 夜叉ケ池(泉鏡花・演芸倶楽部)3 珊瑚集(永井荷風訳・籾山書店)4 馬鈴薯の花(島木赤彦、中村憲吉・東雲堂書店)7 生の拡充(大杉栄・近代思想)7 **白き手の猟人**(三木露風・東雲堂書店)9 **赤光**(斎藤茂吉・東雲堂書店)10	近代劇協会「ファウスト」上演3 「朱欒」終刊号に「**小景異情**」(室生犀星)と「**旅上**」(萩原朔太郎)、同時掲載5 文芸協会解散、島村抱月、松井須磨子らは芸術座を創立7 袁世凱、中華民国大総統就任10 巡礼詩社(北原白秋)設立11 ＊平塚らいてう「私は新らしい女である」に端を発し、〈新らしい女〉論議が高まる
1914 (大3)	**鱧の皮**(上司小剣・ホトヽギス)1 こゝろ(夏目漱石・東京、大阪朝日新聞)4 老年(芥川龍之介・新思潮)5 桜の実の熟する時(島崎藤村・文章世界)5	知識的手淫(大杉栄・近代思想)5 **鍼の如く**(長塚節・アララギ)6 **道程**(高村光太郎・抒情詩社)10 ヰリアム・ブレーク(柳宗悦・洛陽堂)12	オーストリア・セルビア戦争から第一次世界大戦始まる7 日本、ドイツに対し宣戦布告し第一次世界大戦に参加7 ＊「尋常小学校唱歌六」に「**故郷**」収録され、広く愛唱される
1915 (大4)	山椒大夫(森鷗外・中央公論)1 **あらくれ**(徳田秋声・読売新聞)1 入江のほとり(正宗白鳥・太陽)4 道草(夏目漱石・東京、大阪朝日新聞)6 宣言(有島武郎・白樺)7 **羅生門**(芥川龍之介・帝国文学)11	**歴史其儘と歴史離れ**(森鷗外・心の花)1 硝子戸の中(夏目漱石・東京朝日新聞)1 切火(島木赤彦・アララギ発行所)3 その妹(武者小路実篤・白樺)3 法成寺物語(谷崎潤一郎・中央公論)6 雲母集(北原白秋・阿蘭陀書房)8 **聖三稜玻璃**(山村暮鳥・にんぎょ詩社)12	大戦景気で株価高騰1 政府、中国に対し対華二十一か条要求1 中国で日貨排斥運動が激化3 第一回中等学校優勝野球大会開催8 第一回草土社展(岸田劉生、中川一成ら)開催10 大阪朝日、大阪毎日が夕刊を発行10 ＊ギンプラ流行する ＊情話文学(吉井勇ら)流行する 「**カチューシャの唄**」ヒットする
1916 (大5)	**渋江抽斎**(森鷗外・東京日日、大阪毎日新聞)1 坑夫(宮島資夫・近代思想社)1 鼻(芥川龍之介・新思潮)2 **明暗**(夏目漱石・東京、大阪朝日新聞)5 伊沢蘭軒(森鷗外・東京日日、大阪毎日新聞)6 腕くらべ(永井荷風・文明)8 **貧しき人々の群**(宮本百合子・中央公論)9	屋上の狂人(菊池寛・新思潮)5 チエーホフの強み(広津和郎・金尾文淵堂)5 民衆芸術の意義及び価値(本間久雄・早稲田文学)8 項羽と劉邦(長与善郎・白樺)9 **出家とその弟子**(倉田百三・生命の川)11 自然主義前派の跳梁(生田長江・新小説)11	日本著作家協会発足4 工場法(労働条件を規定)施行9 憲政会結成10※政友会との二大政党時代 大杉栄、神近市子に刺される11 ＊街頭に婦人の洋装が見られる ＊白樺派の活動さかん、「トルストイ研究」「トルストイ叢書」などトルストイのブームとなる

1917（大6）

西班牙犬の家（佐藤春夫・星座）1
一兵卒の銃殺（田山花袋・春陽堂）1
城の崎にて（志賀直哉・白樺）5
カインの末裔（有島武郎・新小説）7
異端者の悲しみ（谷崎潤一郎・中央公論）7
半七捕物帳（岡本綺堂・平和出版社）7
和解（志賀直哉・黒潮）10
神経病時代（広津和郎・中央公論）10

父帰る（菊池寛・新思潮）1
月に吠える（萩原朔太郎・感情詩社、白日社）2
怒れるトルストイ（広津和郎・トルストイ研究）2
貧乏物語（河上肇・弘文堂書房）3
惜しみなく愛は奪ふ（有島武郎・新潮）6
東京の三十年（田山花袋・博文館）6
天守物語（泉鏡花・新小説）9

「星座」（佐藤春夫ら）創刊1
ロシアで二月革命おきる3
「主婦の友」創刊3
「思潮」（阿部次郎編集）創刊5
芥川「羅生門」の出版記念会が「星座」「新思潮」同人らにより開催6
孫文、広東に軍政府設立9
十月革命でソヴィエト政権樹立11
＊大戦の好景気からインフレが進行する
＊芥川、里見弴らの作風が〈新技巧派〉とよばれ、是非が論議される

1918（大7）

子をつれて（葛西善蔵・早稲田文学）3
生れ出づる悩み（有島武郎・大阪毎日、東京日日新聞）3
憑き物（岩野泡鳴・新潮）5
新生（島崎藤村・東京朝日新聞）5
地獄変（芥川龍之介・大阪毎日、東京日日新聞）5
無名作家の日記（菊池寛・中央公論）7
奉教人の死（芥川龍之介・三田文学）9
田園の憂鬱（佐藤春夫・中外）9
恩讐の彼方に（菊池寛・中央公論）1

愛の詩集（室生犀星・感情詩社）1
義時の最期（坪内逍遙・中央公論）5
古寺巡礼（和辻哲郎・思潮）8
新しき村の生活（武者小路実篤・新潮社）8
抒情小曲集（室生犀星・感情詩社）9
現代将来の小説的発想を一新すべき僕の描写論（岩野泡鳴・新潮）10
文学に現はれたる我が国民思想の研究（津田左右吉・洛陽堂）10
偶像再興（和辻哲郎・岩波書店）12

歌話会（白秋・牧水ら）創立3
武者小路実篤らの〈新しき村〉建設をめぐり、有島武郎、堺利彦らの発言6
「赤い鳥」（鈴木三重吉主宰）創刊7
米価高騰から米騒動全国に波及8
政府、シベリヤ出兵を宣言8
第一次世界大戦終結11
〈新しき村〉宮崎県木城村に建設11
新人会（東京帝大学生ら）結成12
＊岩野泡鳴の一元的描写論に対し、前田晁、長谷川天渓、中村星湖らが反論

1919（大8）

母を恋ふる記（谷崎潤一郎・東京日日、大阪毎日新聞）1
或る女（前編）（有島武郎・叢文閣）3 ※後編は6
運命（幸田露伴・改造）4
蔵の中（宇野浩二・文章世界）4
幼年時代（室生犀星・中央公論）8
性に眼覚める頃（室生犀星・中央公論）10
友情（武者小路実篤・大阪毎日新聞）10

月光とピエロ（堀口大学・自家版）1
「新しき村」に対する疑義（加藤一夫・時事新報）3
砂金（西条八十・尚文堂書店）6
紅玉（木下利玄・玄文社）7
食後の唄（木下杢太郎・アララギ発行所）12
花火（永井荷風・改造）12

松井須磨子自殺、芸術座解散1
普選運動全国に広がる2
大阪毎日新聞、社説に口語体を使用2
万歳事件、朝鮮独立運動広まる3
モスクワでコミンテルン創立大会開催3
宝塚新歌劇場落成3
中国で五・四運動おこる5
菊池寛「藤十郎の恋」大阪で上演10
＊「社会問題研究」「我等」「労働文学」など労働関係雑誌の刊行と、「中央公論」労働問題号、「改造」階級闘争号などで労働問題が表面化する
＊ホイットマンの翻訳・紹介が盛んとなる

小僧の神様（志賀直哉・白樺）1

白孔雀（西条八十訳・尚文堂書店）1

「新青年」（森下雨村編集）創刊1

1920 (大９)	1921 (大10)	1922 (大11)	1923 (大12)
舞踏会(芥川龍之介・新潮)1 死線を越えて(賀川豊彦・改造)1 苦の世界(宇野浩二・聚英閣)5 真珠夫人(菊池寛・東京日日、大阪毎日新聞)6 杜子春(芥川龍之介・赤い鳥)7	**冥途**(内田百閒・新小説)1 蘭学事始(菊池寛・中央公論)1 **暗夜行路**(志賀直哉・改造)1 招魂祭一景(川端康成・新思潮)4 **三等船客**(前田河広一郎・中外)8	黒髪(近松秋江・改造)1 都会の憂鬱(佐藤春夫・婦人公論)1 破船(久米正雄・主婦之友)1 一房の葡萄(有島武郎・叢文閣)6 山恋ひ(宇野浩二・中央公論)9 **海神丸**(野上弥生子・中央公論)9 **多情仏心**(里見弴・時事新報)12	**青銅の基督**(長与善郎・改造)1 子を貸し屋(宇野浩二・太陽)3 **二銭銅貨**(江戸川乱歩・新青年)4 日輪(横光利一・新小説)5 蠅(横光利一・文芸春秋)5 **無限抱擁**(滝井孝作・改造)6 **幽閉**(井伏鱒二・世紀)8
大仏開眼(長田秀雄・人間)4 芸術一家言(谷崎潤一郎・改造)4 **短歌に於ける写生の説**(斎藤茂吉・アララギ)4 **氷魚**(島木赤彦・岩波書店)6 第四階級の文学(中野秀人・文章世界)9	あらたま(斎藤茂吉・春陽堂)1 愛と認識との出発(倉田百三・岩波書店)3 黒衣聖母(日夏耿之介・アルス)6 **殉情詩集**(佐藤春夫・新潮社)7 民衆芸術の理論と実際(平林初之輔・新潮)8 ホヰットマン詩集(有島武郎訳・叢文閣)11 二重国籍者の死(野口米次郎・玄文社)12	**宣言一つ**(有島武郎・改造)1 阿部次郎氏の人格主義を難ず(竹内仁・新潮)2 人格主義(阿部次郎・岩波書店)5 人間万歳(武者小路実篤・中央公論)9 ドモ又の死(有島武郎・泉)10 近代の恋愛観(厨川白村・改造社)11	**一千一秒物語**(稲垣足穂・金星堂)1 青猫(萩原朔太郎・新潮社)1 侏儒の言葉(芥川龍之介・文芸春秋)1 **ダダイスト新吉の詩**(高橋新吉、辻潤編・中央美術社)2 藪柑子集(寺田寅彦・岩波書店)2 同志の人々(山本有三・改造)4 水墨集(北原白秋・アルス)6 **こがね虫**(金子光晴・新潮社)7
東京帝国大学、女子の聴講を許可2 新婦人協会(らいてう、市川房枝ら)結成3 日本最初のメーデー(一万人参加)5 日本社会主義同盟(大杉栄、堺利彦、山川均ら)結成12	社会主義婦人団体「赤瀾会」(伊藤野枝ら)結成4 自由学園(羽仁もと子)、文化学院(西村伊作)が創立4 小説家協会(菊池寛、徳田秋声)創立7 「**種蒔く人**」(東京版)創刊10 首相原敬、暗殺される11 ワシントン軍縮会議開催11 ＊不況による休業、倒産相次ぎ労働争議頻発する ＊「**十五夜お月さん**」ヒットする	全国水平社創立大会(京都)開催3 日本共産党(非合法)結成7 有島武郎、自家農場を小作人に解放7 日本労働組合総連合結成9※大杉栄らアナーキストと堺利彦・山川均・荒畑寒村らのマルキストの対立頂点 帝国ホテル(ライト設計)開館9 イタリア、ファシスト政権成立10 ソヴィエト社会主義共和国連邦成立12	「文芸春秋」(菊池寛編集)創刊1 北一輝「日本改造法案大綱」刊行5※のちのファシズムに大きな影響を与えた 第一次共産党事件(堺利彦ら党員検挙)6 有島武郎、波多野秋子と情死6※のち多くの新聞・雑誌で追悼特集 「白樺」廃刊8 関東大震災起こる9※戒厳令発令 ＊右震災の世情不安の中で、朝鮮人の虐殺、労働運動指導者の逮捕、殺害がおこる。朴烈事件、亀戸事件 ＊谷崎潤一郎、小山内薫ら関西に移住する

143
生を楽まう、生活を豊富にしようといふのが、*春雄の絶えず熱望する所である。時と処との堅く取囲んだ牢獄を脱して、思想感情感覚を、飽くまでも多く味ひたい。人間は永遠の一瞬間である。而も其瞬間の裡《うち》に、不変不死の何物かが在つて、個人は只ほんの暫らくの間、其収益権を賦与されたに過ぎないと考へた。人間の命は焔のやうだ、刹那々々に繰返される種々の勢力の会合に因《よ》つて、辛《か》らく燈火は消えずにゐるが、是等の勢力も、いづれは早晩離散する。人間の心は渦巻のやうだ。経験が刻付ける印象の為に、感覚と感情と思想の波は、眩《めくら》むばかりの回転をしてゐる。此世に真の現実と言へる物は、只一瞬間、一刹那の鋭い知覚であるが、はつと思ふ間に、其知覚は消えて、過去の闇に没して了ふ。人間の意味ある生活は、此消え易い刻々の知覚を、充分に翫味《ぐわんみ》し利用するにある。

うづまき　上田敏　明43・1・1〜3・2

144
*橋本の家の台所では昼飯《ひる》の支度に忙しかつた。平素《ふだん》ですら男の奉公人だけでも、大番頭から小僧まで入れて、都合六人のものが口を預けて居る。そこへ東京からの客がある。家族を合せると、十三人の食ふ物は作らねばならぬ。三度三度斯《こ》の仕度をするのは、主婦のお種に取つて、一仕事であつた。とはいへ、斯ういふ生活に慣れて来たお種は、娘や下婢《をんな》を相手にして、まめまめしく働いた。

家　島崎藤村　明43・1・1〜5・4

143　欧州外遊（明40・10〜41・10）後、京都帝大文科大学教授に迎えられた（明42・5）上田敏が、「国民新聞」に四六回にわたって連載した生涯唯一の小説。作者の精神的自叙伝と言ってよい。明治四三年六月大倉書店刊。
春雄　「享楽主義」を唱える主人公の牧春雄。作品は三人称の春雄を視点人物に、彼の回想思索の形をとって綴られる。

144　「春」に続く第二の自伝的長編小説。上巻は正宗白鳥の推薦で「読売新聞」に連載され、下巻は「犠牲」の題で「中央公論」（明44・1、4）に分載された。『緑蔭叢書』第三編（明44・11）として自費出版の折、最終章が加筆されて完成をみた。作者二六歳の夏（明31・7）から三八歳（明43・6）までの一二年が描かれている。

145

白樺は自分達の小なる力でつくつた小なる畑である。自分達*はこゝに互の許せる範囲で自分勝手なものを値ゑたいと思つてゐる。さうして出来るだけこの畑をうまく利用しやうと思つてゐる。

しかし自分達が今後この畑に如何なるものを植ゑるか、如何にこの畑を利用するかは自分達にもわからない、読者以上の好奇心を持つて白樺の未来を見たいと思つてゐる。

だから今は自分達のこの畑を出来るだけ活用しやうと思つてゐることときり公言することは出来ない、さうしてその結果は今後の白樺によつて見て戴くより仕方がない。

しかし自分達の腹の底を打ちあけると可なりの自惚がある。「十年後を見よ」と云ふ気がある、しかしそれは内証である。

「白樺」（創刊の言）　武者小路実篤　明43・4

146

宇都宮の友に、「日光の帰途《かへり》には是非お邪魔する」と云つてやつたら、「誘つて呉れ、僕も行くから」と云ふ返事を受け取つた。

それは八月も酷く暑い時分の事で、自分は特に午後四時二十分の汽車を選んで、兎に角その友の所まで行く事にした。汽車*は青森行である。自分が上野へ着いた時には、もう大勢の人が改札口へ集つて居た。自分も直ぐ其仲間へ入つて立つた。

網走まで　志賀直哉　明43・4

橋本の家　製薬を家業とする大所帯の旧家。藤村の長姉その（作品ではお種）が嫁いだ高瀬家がモデル。

145　学習院出身の文学グループ白樺派の理論的リーダーであった当時二六歳の実篤が、「白樺」創刊号の目次の裏に、無題・無署名で掲げた一文。回覧雑誌「望野」時代から、実篤は文壇的権威に甘んじず、自らの素人ぶりを是認し、肯定的に打ち出そうとした。なお、創刊号の巻頭には彼の評論「『それから』に就て」が掲載されている。

自分達　学習院出身者の回覧雑誌「望野」「麦」「桃園」の同人が集合し、有島武郎・生馬等が加わった。

146　回覧雑誌時代の草稿（明41・8）を刈り込み、「白樺」創刊号に掲載された短編小説。『白樺の森』（新潮社、大7）、『荒絹』（春陽堂、大10）に収録。「創作余談」（「改造」昭3・7）には、「或時東北線を一人で帰つて来る列車の中で前に乗り合してゐた女とその子等から、勝手に想像して書いたものである。（略）「帝国文学」に投稿したが、

147
拝啓
お前——分《わか》れて了《しま》つたから、もう私《わたし》*がお前と呼び掛ける権利は無い。それのみならず、風の音信《たより》に聞けば、お前はもう疾《とつく》に嫁《かたづ》いてゐるらしくもある。もしさうだとすれば、お前はもう取返しの附かぬ人の妻だ。その人にこんな手紙を上げるのは道理《すぢみち》から言つても私が間違つてゐる。けれども私はまだお前と呼ばずにはゐられない。どうぞ此の手紙だけではお前と呼ばしてくれ。また斯様《こん》な手紙を送つたと知れたら大変だ。私はもう何《ど》うでも可《い》いが、お前がさぞ迷惑するであらうから、申すまでもないが、読んで了《しま》つたら直ぐ焼くなり何《ど》うなりしてくれ。

別れたる妻に送る手紙　徳田秋江＝近松秋江　明43・4～7

148
「アメリカへ行くの。日本は駄目だつて、*ウラヂオで聞いて来たのだから、当《あて》にはしなくつてよ。」

「それが好い。ロシアの次はアメリカが好からう。日本はまだそんなに進んでゐないからなあ。日本はまだ*普請中だ。」

「あら。そんな事を仰《おつし》やると、日本の紳士がかう云つたと、アメリカで話してよ。日本の官吏がと云ひませうか。あなた官吏でせう。」

（中略）

「キスをして上げても好くつて。」

渡辺はわざとらしく顔を蹙《しか》めた。「ここは日本だ。」


没書された」とある。汽車は青森行　列車の方向が体験とは逆向きに設定されている。

147　評論家として出発した秋江（本名徳田浩司）の、文壇的初作。創刊直後の一時期（明39～49）編集員を務めたこともある「早稲田文学」に発表して脚光を浴び、大正二年南北社から刊行の作品集『別れたる妻に送る手紙』に収録された。主人公は作者自身。
お前　前妻の「スマ」。明治三六年から同棲した内縁の妻の大貫ますがモデル。

148　「三田文学」に発表。主人公渡辺参事官は、「舞姫」（明23）の太田豊太郎の後身とも言え、渡辺の発言は当時の鷗外の認識の代弁とみてよい。舞台の「精養軒ホテル」は当時京橋区采女橋の角にあり、小金井喜美子「次ぎの兄」によれば、明治二一年鷗外を追って来日した女性は精養軒に宿泊し、鷗外はここで彼女に会見したという。
ウラヂオ　ウラヂオストック。ロシアの日本海側の港町で、敦賀との間に航路があった。

叩《たゝ》かずに戸を開けて、給仕が出て来た。
「お食事が宜《よろ》しうございます。」
「ここは日本だ」と繰り返しながら渡辺は起つて、女を食卓のある室へ案内した。丁度電燈がぱつと附いた。

普請中　鷗外＝森鷗外　明43・6

149
烈しい西風が目に見えぬ大きな塊をごうつと打ちつけては又ごうつと打ちつけて皆痩こけた落葉木の林を一日苛《いぢ》め通した。木の枝は時々ひうひうと悲痛の響を立てて泣いた。短い冬の日はもう落ちかけて黄色な光を放射しつつ目叩《またた》いた。さうして西風はどうかするとぱつたり止んで終つたかと思ふ程静かになつた。泥を拗切《ちぎ》つて投げたやうな雲が不規則に林の上に凝然《じつ》とひつついて居て空はまだ騒がしいことを示して居る。それで時々は思ひ出したやうに、木の枝がざわざわと鳴る。世間が俄に心ぼそくなつた。

土　長塚節　明43・6・13～11・17

150
斯くて今や我々青年は、此自滅の状態から脱出する為に、遂に其「敵」の存在を意識しなければならぬ時期に到達してゐるのである。それは我々の希望や乃至其他の理由によるのではない、実に必至である。我々は一斉に起つて先づ此時代閉塞の現状に宣戦しなければならぬ。自然主義を捨て、＊盲目的反抗と元禄の回顧とを罷《や》めて全精神

普請中　精養軒が改築中であったことに重ねて、日本国家が建設中であったことを意味している。

149　漱石の推薦で「朝日新聞」連載の依頼を受けた節が、初めて取り組んだ長編小説。漱石の序文を添えて単行出版（春陽堂、明45・5）された。舞台は作者の郷里茨城県結城郡国生を思わせる鬼怒川西岸の寒村。豪農の長男に生まれた節は、その小作人一家をモデルに、貧農の姿を自然の風物や農村の年中行事とともに描いた。

150　土岐哀果によって編集された『啄木遺稿』（大2・5）に発表された。執筆時期は明治四三年八月と推定される。副題に「強権、純粋社会主義の最後及び明日の考察」とある。強権としての国家こ

を明日の考察——我々自身の時代に対する組織的考察に傾注しなければならぬのである。

時代閉塞の現状　石川啄木　明43・8

151 悲しみぬ恋ふべからざる人を恋ひ在《あ》りける我とおもひ知る時

胸のはてほのかに青くその夜半の海辺のごとく悔《くい》の月出づ

＊少女言ふこの人なりき酒甕《さけがめ》に凭りて眠るを常なりしひと

酒ほがひ　吉井勇　明43・9

152 其れはまだ人々が「愚《おろか》」と云ふ貴い徳を持つて居て、世の中が今のやうに激しく軋《きし》み合はない時分であつた。殿様や若旦那の長閑《のどか》な顔が曇らぬやうに、御殿女中や華魁《おいらん》の笑ひの種が尽きぬやうにと、饒舌を売るお茶坊主だの幇間《はうかん》だのと云ふ職業が、立派に存在して行けた程、世間がのんびりして居た時分であつた。＊女定九郎、＊女自雷也《じらいや》、女鳴神《なるかみ》、——当時の芝居でも草双紙《くさざうし》でも、すべて美しい者は強者であり、醜い者は弱者であつた。誰も彼も挙《こぞ》つて美しからむと努めた揚句は、天稟の体へ絵の具を注ぎ込む迄になつた。芳烈な、或は絢爛な、線と色とが其の頃の人々の肌に躍つた。

刺青　谷崎潤一郎　明43・11

そが時代閉塞の根源であり、そこへの直視と明日の社会への考察を主張した論文。魚住折蘆が「東京朝日新聞」に発表（明43・8・22、23）した「自己主張の思想としての自然主義」に対する反論として執筆された。

盲目的反抗　幸徳事件を念頭に置いた語句。啄木は実態を知るまでは幸徳事件に非同情的であった。

151　歌集『酒ほがひ』は「明星」「スバル」などに発表した歌七一九首を収める。主題別に一三章に分けて配列されている。装丁高村光太郎、口絵木下杢太郎。解放された情念を平明に歌いあげ、恋の遍歴の姿が描かれている。情痴の歌人の名を高めた。

少女言ふ…　平出修は《何れも恋の破裂を悲しんで、仮にその苦痛を忘れぬとする酔中の放言であるから、その酒には悲痛、冷笑の涙がまじって居る》と述べている。

152　第二次「新思潮」に発表され、短編集『刺青』（籾山書店、明45・2）に収録。作者の解説（『明治大正文学全集』昭3）によれば、戯

153

＊東海の小島の磯の白砂に
われ泣きぬれて
蟹とたはむる
＊頬につたふ
なみだのごはず

一握の砂を示しし人を忘れず
＊いのちなき砂のかなしさよ
さらさらと
握れば指のあひだより落つ

一握の砂　石川啄木　明43・12

154

一月二十九日の朝、丸善＊に行つていろ〳〵の本を捜した末、ムンチ＊と云ふ人の書いた「文明と教育」と云ふ本を買つて丸善を出た。出て右に曲つて少し来て、四つ角の処へ来た時、右に折れようか、真直ぐ行かうかと思ひながら一寸右の道を見る。二三十間先に美しい華《はなやか》な着物を着た若い二人の女が立ちどまつて、誰か待つてゐるやうだつた。自分の足は右に向いた。その時自分はその女を芸者だらうと思つた。お白粉を濃くぬつた円い顔した、華な着物を着てゐる女を見ると自分は芸者にきめてしまふ。

お目出たき人　武者小路実篤　明44・2

155

諸君、幸徳＊君等は時の政府に謀叛人と見做されて殺された。が、謀叛を恐れてはならぬ。謀叛人を恐れてはならぬ。自ら謀叛人となるを恐れてはならぬ。新しいものは常に謀叛である。「身を殺して魂《たましひ》を殺す能はざる者を恐るゝ勿《なか》れ」。肉体の死は何でも

曲「誕生」（「新思潮」明43・9）以前に完成していた事実上の初作品で、荷風に「三田文学」（明44・11）で激賞された。
女定九郎　「忠臣蔵後日建前」の五幕目。蝮のお市が強請りを働く。
自雷也　蝦蟇の妖術を使う怪盗。
153　三行分かち書きのスタイルは歌集収録時になされた。歌集全作品が東京時代の作歌である。
東海の…　初出は明治四一年七月「明星」。この砂浜は、函館の大森浜のイメージであろうが、架空の場所とする解釈が一般的。

頬につたふ…　初出同前。〈一握の砂〉とは自分の作る歌のことであり、悲しくはかないものだという自己認識が根底にある。

いのちなき…　初出は明治四三年一一月「スバル」。
154　「白樺」創刊の直前（明43・2）に脱稿していたが、スペースの都合で掲載をみず、翌年洛陽堂から単行出版された。『荒野《こうや》』（明41）に続く二冊目の著書で、有島生馬の装丁で、クリンゲルのエッチングを口絵に掲げた。

無い。恐るべきは霊魂の死である。人が教へられたる信条のまゝに執着《しふちやく》し、言はせらるゝ如く言ひ、為《さ》せらるゝ如くふるまひ、型《かた》から鋳出《いだ》した人形の如く形式的に生活の安を偸《ぬす》んで、一切の自立自信、自化自発を失ふ時、即ち是れ霊魂《れいこん》の死である。我等は生きねばならぬ。生きる為に謀叛しなければならぬ。

謀叛論（講演）　徳冨蘆花　明44・2

参　明治四十四年慶応義塾*に通勤する頃、わたしはその道すがら折々市ヶ谷の通で囚人馬車が五六台も引続いて日比谷の裁判所の方へ走つて行くのを見た。わたしはこれ迄見聞した世上の事件の中で、この折程云ふに云はれない厭な心持のした事はなかつた。わたしは文学者たる以上この思想問題について黙してゐてはならない。小説家ゾラはドレフユー事件について正義を叫んだ為め国外に亡命したではないか。然しわたしは世の文学者と共に何も言はなかつた。私は何となく良心の苦痛に堪へられぬやうな気がした。わたしは自ら文学者たる事について甚しき羞恥を感じた。以来わたしは自分の芸術の品位を江戸戯作者のなした程度まで引下げるに如くはないと思案した。その頃からわたしは煙草入をさげ浮世絵を集め三味線をひきはじめた。

花火　永井荷風　大8・12

156　*おけん。（二十六歳。小造り。場所風の意気なる身態《みなり》をして居る。髪は*やや崩れたる廂髪。気さくなれども涙もろき質《たち》。）ほほほ。もう之れぎりなのですよ。もう後《あと》は知らないの。

丸善　明治二年東京日本橋創業の洋品・洋書を中心とした書店。
ムンチ　ドイツの教育学者ミュンヒ・ウィルヘルム（一八四三〜一九一二）か。
155　一高弁論部の依頼を受けて行った講演。草稿は一月二八日に執筆、『蘆花全集』に初めて公開された。弁論部員河上丈太郎の回想談によると（神崎清『明治文学全集』「解題」）、演題を隠し、当日「演題未定」の貼紙をはがして始まった講演は大盛況で、会場の空気は咳一つなく緊張したという。これによって校長新渡戸稲造は責任処分を受けた。
幸徳君等　大逆事件で検挙された幸徳秋水は、一月八日大審院で死刑判決を下され、二四日に死刑執行された。
参　「改造」に発表され、のち春陽堂刊の作品集『麻布襍記』（大13・9）に収録された随筆。大正八年七月、路地の奥（京橋区築地二丁目の家）で押入の壁紙を張っている作者が、第一次世界大戦講和記念祭の花火の音を聞きながら、明

*おさい。（四十六歳。大きなる姿勢《かつぷく》。同じく寛濶なる性。粗末なる着物をきてゐる。落ち付かざるさまに坐る。）さあ、私は往かう。かう道草を食つては居《ゐ》られない。——それでもまあ能くそれまでに仕込んだねぇ。もうお前位の歳になつては覚えられるものぢや無いのに。（立ち上る。）

おけん。まあをばさん可《い》いぢやありませんか。御緩《ごゆつく》り御話しなさいな。——でも小さい時に少しでもかぢつて置くと違ひますわ。——をばさん、まあ貴女《あなた》はゆくのですか。

おさい。もう嚮《さつき》つから使が幾度家《うち》へ来たか知れはしない。その上また、もうここに小一時間も居たのだよ。もう事によると鬮《くじ》は引いてしまつたかも知れない。それでもまあ往《いつ》て見よう。今度は取らなくても可《い》いのだから。ぢやねえさん、さよなら。早かつたらまた帰りによりますよ。——ぢやおけんさん、お前さんもまた遊びにお出でなさいよ。

和泉屋染物店　木下杢太郎　明44・3

157 是は開化ぢやない、開化の一端とも云へない程の些細な事であるが、さう云ふ些細な事に至るまで、我々の遣《や》つてゐる事は内発的でない、外発的である。是を一言にして云へば現代日本の開化は皮相上滑《うはすべ》りの開化であると云ふ事に帰着するのである。無論一から十まで何から何までとは言はない。複雑な問題に対してさう過激の言葉は慎まなければ悪いが我々の開化の一部分、或は大部分はいくら己惚れて見ても上滑りと評

治・大正の社会事件について述懐するという設定。

慶応義塾に　荷風が鷗外の推薦で慶大教授となった明治四三年の五月に大逆事件の検挙が始まり、一二月から公判が開かれた。

156　北原白秋らとパンの会を創始した杢太郎が、東京帝大医学科卒業の年に、「昴《すばる》」に掲載した戯曲。他数編とともに、戯曲集『和泉屋染物店』（東雲堂書店、明45・7）に収録された。老舗の光景は杢太郎の生家米惣を思わせ、幸一の関わっている事件として、大逆事件が暗示される。新時代劇協会により初演（大3）。

おけん　東京から戻ってくる和泉屋長男幸一の従妹。かつて幸一を慕っていたが、現在は他家に嫁いでいる。

やや崩れたる廂髪　明治末頃の女学生に流行した髪型。初版では「ややあだなる丸髷」と改稿。丸髷は既婚女性の髪型。

おさい　幸一の叔母。

157　大阪朝日新聞社が企画した連続講演会の第二回として、八月一

するより致し方がない。併しそれが悪いからお止《よ》しなさいと云ふのではない。事実已むを得ない、涙を呑んで上滑りに滑つて行かなければならないと云ふのです。

現代日本の開化　夏目漱石　明44・8

158

古い話である。僕は偶然それが明治十三年の出来事だと云ふことを記憶してゐる。どうして年をはつきり覚えてゐるかと云ふと、其頃僕は東京大学の鉄門の真向ひにあつた、＊上条《かみでう》と云ふ下宿屋に、此話の主人公と壁一つ隔てた隣同士になつて住んでゐたからである。その上条が明治十四年に自火で焼けた時、僕も焼け出された一人《いちにん》であつた。その火事のあつた前年の出来事だと云ふことを、僕は覚えてゐるからである。

雁　鷗外＝森鷗外　明44・9〜大2・5

159

元始、女性は実に太陽であつた。真正の人であつた。

今、女性は月である。他に依つて生き、他の光によつて輝く病人のやうな蒼白い顔の月である。

私共は隠されて仕舞つた我が太陽を今や取戻さねばならぬ。

「隠れたる我が太陽を、潜める天才を発現せよ、」こは私共の内に向つての不断の叫声、押へがたく消しがたき渇望、一切の雑多な部分的本能の統一せられたる最終の全人格の唯一本能である。

此叫声、此渇望、此最終本能こそ熱烈なる精神集注とはなるのだ。


五日和歌山市で行われた。改稿して『朝日講演集』（朝日新聞合資会社、明44・11）に掲載され、講演集『社会の自分』（実業之日本社大2・2）に収録された。修善寺の大患（明43・8）復帰直後の仕事であり、真夏の講演が災いし、再入院することになった。

158　「昴」に連載され一時中断。最後三章がのちに書き継がれ、初版『雁』（籾山書店、大4・5）に掲載されて完成をみる。本名で出された初版は横山大観挿絵の豪華美本。モデルは特定できないが、お玉は「ヰタ・セクスアリス」の「秋貞の女」とも、妾の児玉せきともいわれる。

上条と云ふ下宿屋　東大医学部本科生時代の明治一三年から一四年にかけて実際に下宿した所。

159　当時二五歳の雷鳥が、「青鞜」創刊号の「発刊の辞」として執筆。内容は、雷鳥自伝によれば、五名の発起人間であらかじめ話し合ったわけでも、相談役の生田長江にはかったわけでもなく、蒸し暑い八月中旬の深夜独り、「そのころの

そしてその極るところ、そこに天才の高き王座は輝く。

元始女性は太陽であつた　らいてう＝平塚雷鳥　明44・9

160

最早《もはや》三十余年の昔に相成候事に候。寛永元年五月安南船《あんなんせん》長崎に到着候節、当時松向寺殿は御薙髪《ごていはつ》被遊候《あそばされそろ》てより三年目なりしが、御茶事《ちやじ》に御用《おんもち》被成候《ひなされそろ》珍らしき品買求め候様被仰含《おほせふくめられ》、相役《あひやく》と両人にて、長崎へ出向候。幸なる事には異なる*伽羅《きやら》の大木渡来致居候。然処《しかるところ》其伽羅に本木《もとき》と末木《うらき》との二つありて、遥々《はるぐ》仙台より被差下《さしくだされ》候伊達《だて》権中納言《ごんちゆうなごん》殿の役人是非共《ぜひとも》本木の方を取らんとし、某も同じ本木に望を掛け、互にせり合ひ、次第に値段を附上《つけあ》げ候。

興津弥五右衛門の遺書　鷗外＝森鷗外　大元・10

161

*春の鳥な鳴きそ鳴きそあかあかと外《と》の面《も》の草に日の入る夕

人妻のすこし汗ばみ乳をしぼる硝子杯《コップ》のふちのなつかしきかな

あまつさへ夾竹桃の花あかく咲きにけらずやわかき男よ

桐の花抒情歌集　北原白秋　大2・1

162

その晩*みのるは不思議な夢を見た。それは木乃伊《ミイラ》の夢であつた。

わたくしのはりつめた魂の息吹き」を一気に書き上げたものだという。

160　乃木希典の殉死（明45・9・3）に衝撃を受けた鷗外が『翁草』を主材料に執筆し、殉死の五日後に「中央公論」に寄稿した歴史小説の第一作（初稿）。その後入手した『興津家由緒書』『細川家記』等の史料をとり入れ、大幅に改稿されて定稿となり、『意地』（大2・6）に収録された。

伽羅　弥五右衛門は、伊達家に競り勝って高価な伽羅の本木を入手するため、反対する相方の横田を斬って君命絶対を貫く。

161　第一歌集『桐の花』に収められた短歌。『桐の花』は明治四一年から明治末までの作を収める。白秋は明治四五年七月に人妻松下俊子との恋愛事件で夫から訴えられ、市ケ谷の未決監に二週間収監された。巻末の「哀傷篇」は、この恋の苦悩を歌ったもので、それまでの遊戯的な詩風から人間の真実を描くように歌風の転換が示されている。

春の鳥…啄木の日記から観潮楼歌

男の木乃伊と女の木乃伊が、お精霊様《しやうりやうさま》の茄子《なすび》の馬の様な恰好をして、上と下とに重なり合つてゐた。その色が鼠色だつた。さうして木偶《でく》見たいな、眼ばかりの女の顔が上に向いてゐた。その唇がまざ〳〵と真つ紅な色をしてゐた。それが大きな硝子箱の中に入つてゐるのを傍に立つてみのるが眺めてゐた夢であつた。自分はそれが何なのか知らなかつたのだが、誰れだか木乃伊だと教へた様な気がした。

木乃伊の口紅　田村俊子　大2・4

163

私の書斎のいろいろながらくた物などいれた本箱の抽匣《ひきだし》に昔からのひとつの小箱がしまつてある。それはコルク質の木で、板の合せめごとに牡丹の花の模様のついた絵紙をはつてあるが、もとは舶来の粉煙草でもはひつてゐたものらしい。なにもとりたてて美しいのではないけれど、木の色合がくすんで手触りの柔いこと、蓋をするときぱん　とふつくらした音のすることなどのために、今でもお気にいりの物のひとつになつてゐる。なかには子安貝や、椿の実や、小さいときの玩《もてあそ》びであつたこまこました物がいつぱいつめてあるが、そのうちにひとつ珍しい*形の銀の小匙のあることをかつて忘れたことはない。

銀の匙　那迦＝中勘助　大2・4・8〜6・4

164

ふるさとは遠きにありて思ふもの
そして悲しくうたふもの
よしや
うらぶれて異土の乞食《かたい》となるとても

会（明41・7・4）における詠草であることがわかる。白秋の「明星」脱退後の作。視覚と聴覚が交錯した浪漫的な歌いぶりで、〈銀笛哀慕調〉と詞書が付されている。

162　大阪朝日の懸賞に小説で一等当選を果たし、俊子の出世作となる「あきらめ」（明44・1）執筆当時の夫婦生活を描いた私小説。「中央公論」に発表され、翌年六月牧民社から朝倉文夫の挿画入りで出版された。夫の側から俊子を描いた作品に「日常生活と交遊」（大3・8「中央公論」）がある。

みのる　作者自身をモデルとする女主人公。彼女がこの夢を夫義男に告げるところで結末となる。

163　近衛志願兵を除隊となった作者が、明治四四年の夏に仮寓先の信州野尻湖畔で執筆した幼少時を素材とする自伝的小説。恩師夏目漱石の推挙で「東京朝日新聞」に連載され、大正三年比叡山で執筆された青少年期を素材にする後編二二章も、「つむりまがり」の原題で同紙（大4・4・17〜6・2）に掲載された。大正一〇年岩波書

帰るところにあるまじや
ひとり都のゆう（ママ）ぐれに
ふるさと思ひなみだぐむ
そのこころもて*遠き都にかへらばや
とほき都にかへらばや

小景異情　室生犀星　大2・5

165
ふらんすへ行きたしと思へども
ふらんすはあまりに遠し
せめては新らしき背広をきて
きまゝなる旅にいでゝみん
*汽車が山みちを行くとき
みづいろの窓によりかゝりて
われ一人うれしきことを思はん
五月の朝のしのゝめ
*うら若草のもえいづる心まかせに

（初出発表時には表題なし）　萩原朔太郎　大2・5

166
*大菩薩峠は江戸を西に距《さ》る三十里、甲州裏街道が甲斐の国は東山梨郡《ごほり》萩原村に入つて、その最も高く最も険しきところ、上下八里に跨がる難所がそれです。
標高六千四百尺、昔、貴き聖《ひじり》が、この嶺の頂きに立つて、東に落つる水も清かれ、西に落つる水も清かれと祈つて、菩薩の像を埋《うづ》めて置いた、それから東に落つる水は多摩川となり、西に流るゝは笛吹川となり、いづれも流れの末永く人を湿《うる》ほし田を実らすと申《まをし》伝へられてあります。

大菩薩峠　中里生＝中里介山　大2・9・12〜大3・2・9

店刊。
銀の小匙　病弱の主人公に薬を含ませるため伯母が探してきたもの。
164　雑誌「朱欒」終刊号に初出。萩原朔太郎の目にとまり、終生変わらない友情のきっかけとなった。
遠き都　従来から、現在いる場所が故郷なのか東京なのか、という二通りの解釈があるが、朔太郎は都会で歌っているとした。犀星自身《この作は、私が都会にゐて、ときをり窓のところに佇つて街の騒音をききながら「美しい懐かしい故郷」を考へてうたつた詩である》（大7・4）『新らしい詩とその作り方』）と述べている。
165　「朱欒」終刊号に発表した最初の詩篇。習作集第八巻（愛憐詩篇ノート）では題名「五月」、制作時期〈一九一三、四〉とされている。第四詩集『純情小曲集』（大14）の前半部を構成する「愛憐詩篇」の冒頭近くに置かれるにおよび、「旅上」と命名された。
汽車…ゆくとき　《ここでも汽車は地方をさ迷っているが、それは田舎というよりは、「山道」が暗示

167
太陽は、かがやく絹につゝまれ
終《をはり》のほゝゑみは白く熱したり。
そは我らの上、
草木と恋との上に。

身は深き憂《うれひ》の中につゝまれて
すゝり泣く風景の、
光の陰をさまよひたり。
あゝ君が白き手の猟人《かりうど》よ、
君が手は何か探りし。
優しき胸のみだれたる草叢《くさむら》に、
黄金なす草叢に。

君が手はかくも告げなん、
「百合がつくりし塒《ねぐら》の中
宝石の胸やぶれて
傷きし小鳥はそこに死したり」と。

かくて今、太陽は終りに呼吸《いき》す。
われらが野よりの小逕《こみち》に、
日は美はしき霊魂の如くにまた。

白き手の猟人　三木露風　大2・9

168
*みちのくの母のいのちを一目《ひとめ》見ん一目みんとぞいそぐなりけれ

*死に近き母に添寝《そひね》のしんしんと遠田《とほた》のかはづ天《てん》に聞《きこ》ゆる

*のど赤き玄鳥《つばくらめ》ふたつ屋梁《はり》にゐて足乳《たらち》ねの母は死にたまふなり

赤光　斎藤茂吉　大2・10

する自然により近い》（清岡卓行「萩原朔太郎『猫街』私論」）という指摘がある。
うら若草　〈うら〉とは先の意。萌え出たばかりの草。
166　明治三九年入社の「都新聞」に連載後、「東京日日新聞」「大阪朝日新聞」「隣人之友」「国民新聞」「読売新聞」と断続掲載され、昭和一三年以降は大菩薩峠刊行会から書き下ろし出版、作者の死（昭19）を以て未完に終わった大長編。
大菩薩峠　山梨県北東部の峠。ここに主人公机竜之助が登場し、山頂の神社で老巡礼を斬殺する。
167　自分と〈君〉と〈太陽〉との一体感からくる官能的な情緒と亡我の陶酔感が歌われている詩篇。露風の詩は、神秘主義的な汎神論的自然観に基づく象徴美を成したと言われるが、朔太郎は《無理に語法を転倒したり、わざと内容を不鮮明にしたり、感情を正直に宣叙することを避けたりして、極めて曖昧不得要領に中途半端な物の言ひ方をする工夫である》（「三木露風一派の詩を放追せよ」大6・

169
日本橋の詰で、叔父を終夜運転の電車に乗せて、子供の多い上町《うへまち》の家へ帰してから、*お文は道頓堀でまだ起きてゐた蒲鉾《かまぼこ》屋に寄つて、鱧《はも》の皮を一円買ひ、眠さうにしてゐる丁稚《でっち》に小包郵便の荷作《にづくり》をさして、それを提げると、急ぎ足に家へ帰つた。
三畳では母のお梶がまだ寝付かずにゐるらしいので、鱧の皮の小包を窃《そっ》と銀場の下へ押し込んで、下の便所へ行つて、電燈の栓を捻ると、パツとした光の下に、男女二人の雇人の立つてゐる影を見出した。
「また留吉にお鶴やないか。……今から出ていとくれ。この月の給金を上げるよつて。……お前らのやうなもんがゐると、家中の示しが付かん。」

鱧の皮　上司小剣　大3・1

170
一　兎追《うさぎお》ひしかの山、
小鮒《こぶな》釣りしかの川、
夢は今もめぐりて、
忘れがたき故郷《ふるさと》。
二　如何《いか》にいます父母《ちちはは》、
恙《つつが》なしや友がき、
雨に風につけても、
思ひいづる故郷。
三　こころざしをはたして、
いつの日にか帰らん、
山はあをき故郷。
水は清き故郷。

故郷（尋常小学校唱歌六）　大3

171
秋海棠の画に

5）として否定した。
168　歌集『赤光』の「死にたまふ母」《其の一》から《其の四》の連作五九首からの短歌。
みちのくの…　連作《其の一》。母の危篤を知り、岩手県の上山停車場に着くまでの不安を歌ったもの。
死に近き…　《其の一》。母の傍らにいての看護を詠んだもの。
のど赤き…　《其の一》。自解に〈私の慈母が現世を去ろうといふ時、のどの赤い玄鳥のつがいが来ていたのも、何となく仏教的に感銘が深かった〉（『作歌四十年』）と宗教的な感銘を示す。
169　「ホトトギス」に掲載され、田山花袋・近松秋江・中村星湖らに評価された作者の出世作。大阪道頓堀の鰻屋を舞台に展開するこの短編は、小剣（本名上司延貴）が小学校卒業後に預けられた大阪の母方の叔父叔母をモデルとしたもの。『現代文芸叢書第四一篇　鱧の皮』（春陽堂、大3）所収。
お文　鰻屋讃岐屋の女将。久々に連絡のあった道楽者の福造に好物の鱧の皮を送ろうとする。

＊白埴《しらはに》の瓶こそよけれ霧ながら朝はつめたき水くみにけり

りんだうの画に

曳き入れて栗毛繋《くりげつな》げどわかぬまで櫟林《くぬぎばやし》はいろづきにけり

夜半ふとおどろきめざめて

無花果に干したる足袋や忘れけむと心もとなき雨あわただし

鍼の如く　長塚節　大3・6〜9、大4・1

172
頬骨が出て、唇が厚くて、眼が三角で、名人三五郎の彫つた根付＊の様な顔をして
魂をぬかれた様にぽかんとして
自分を知らない、こせこせした
命のやすい
見栄坊な
小さく固まつて、納まり返つた
猿の様な、狐の様な、ももんがあの様な、だぼはぜの様な、麦魚《めだか》の様な、鬼瓦の様な、
茶碗のかけらの様な日本人

根付の国（「道程」）　高村光太郎　大3・10

173
＊お島が養親《やしなひおや》の口から、近いうちに自分に入婿の来るよしをほのめかされた時に、彼女の頭脳《あたま》には、まだ何等の分明《はつきり》した考へも起つて来なかつた。

170　作詩は高野辰之、作曲は岡野貞一。文部省音楽取調掛による官製の歌。多くの日本人の、故郷を愛する懐かしさを刺激し人気を博した。しかし文部省唱歌全体にいえることだが、この歌でも「純正雅美」「高尚優美」の教育倫理に基づく人間観が教化を目的に打ち出され、その結果非個性的、類型的、模範的、平凡な歌となっている。

171　「鍼の如く」は其の一から其の四として、雑誌「アララギ」（大3・6〜4・1）に合計二三二首発表した。節は明治四四年に黒田てる子と婚約したが、その直後に結核と宣告され、婚約解消。その後再び交際をはじめるが、兄の医師黒田昌恵の反対により関係を清算。「鍼の如く」一連の作は、入院中から死の直前まで心境を示す。

白埴の…　アララギ同人の日本画家平福百穂の描いた秋海棠の絵に添えた画讃の歌。歌人でもあった医師久保猪之吉博士に治癒のお礼として絵とともに送ったもの。〈海棠〉はばら科の落葉低木で、春、淡紅色の花がたれ下がるように咲

十八になつたお島は、その頃その界隈で男嫌ひといふ評判を立てられてゐた。そんなことをしずとも、町屋の娘と同じに、裁縫やお琴の稽古でもしてゐれば、立派に年頃の綺麗な娘で通して行かれる養家の家柄ではあつたが、手頭《てさき》などの器用に産れついてゐない彼女は、じつと部屋のなかに坐つてゐるやうなことは余り好まなかつたので、稚《ちひき》いをりから善く外へ出て田畑の土を弄《いぢ》つたり、若い男達と一緒に、田植に出たり、稲刈に働いたりした。而《そう》してそんな荒仕事が如何《どう》かすると寧ろ彼女に適してゐるやうにすら思はれた。

あらくれ　徳田秋声　大4・1・12〜7・24

174

わたくしは歴史の「自然」を変更することを嫌つて、知らず識らず歴史に縛られた。わたくしは此縛の下に喘ぎ苦んだ。そしてこれを脱せようと思つた。

まだ弟篤二郎*の生きてゐた頃、わたくしは種々の流派の短い語物を集めて見たことがある。其中に粟の鳥を逐ふ女の事があつた。わたくしはそれを一幕物に書きたいと弟に言つた。弟は出来たら成田屋にさせると云つた。まだ団十郎*も生きてゐたのである。

粟の鳥を逐ふ女の事は、山椒大夫伝説*の一節である。わたくしは昔手に取つた儘で棄てた一幕物の企を、今単篇小説に蘇らせようと思ひ立つた。山椒大夫のやうな伝説は、書いて行く途中で、想像が道草を食つて迷子にならぬ位の程度に筋が立つてゐると云ふだけで、わたくしの辿つて行く糸には人を縛る強さはない。わたくしは伝説其

く。

172　第一詩集『道程』は明治四三年から大正三年に至るまでの詩七五篇と小曲三二篇からなる。配列は凡そ制作年代順だが、「泥七宝」を境にして、前期のデカダンスの詩篇と後期の人道主義的な詩篇とに分けられる。本篇は前期。外遊後の光太郎には、封建的な父光雲、祖国日本への反発があり、また日本人としてそこから逃れられない苛立ちが根深く存在していた。根付け　印籠、煙草入れなどの帯から下げる小工芸品。ここでは日本的なるものの象徴。

173　「読売新聞」に連載され、同年九月新潮社から刊行された。作者によれば（「新潮」大4・10）、初め「野獣の如く」の題で構想し、「世間の義理人情と云ふやうなことには少しの頓着もなく、絶えず活動して行く人間」に対する憧憬をモデルに当て嵌めて書こうとしたが「余りに事実に即き過ぎ」、当初の構想は実現しなかったという。お島　女主人公。モデルは秋声の妻の実弟（作品の最後に若い職人

物をも、余り精しく探らずに、夢のやうな物語を夢のやうに思ひ浮べて見た。

（中略）

兎に角わたくしは歴史離れがしたさに山椒大夫を書いたのだが、さて書き上げた所を見れば、なんだか歴史離れがし足りないやうである。これはわたくしの正直な告白である。

歴史其儘と歴史離れ　森林太郎＝森鷗外　大4・1

175

「きつと、さうか。」

＊老婆の話が完ると、下人は嘲《あざけ》るやうな声で念《ねん》を押した。さうして、一足前《あしまへ》へ出ると、不意《ふい》に右の手を面皰から離して、老婆の襟上《えりがみ》をつかみながら、噛みつくやうにかう云つた。

「では、己が引剝《ひはぎ》をしようと恨むまいな。己もさうしなければ、饑死をする体なのだ。」

下人は、すばやく、老婆の着物《きもの》を剝ぎとつた。それから、足にしがみつかうとする老婆を、手荒《てあら》く屍骸の上へ蹴倒《けたほ》した。梯子の口までは、僅《わづか》に五歩を数へるばかりである。下人は、剝《は》ぎとつた檜皮色の着物をわきにかゝへて、またゝく間に急な梯子を夜の底へかけ下りた。

羅生門　柳川隆之介＝芥川龍之介　大4・11

として登場）の妻。

174　乃木将軍の殉死を契機に、「阿部一族」「大塩平八郎」「堺事件」「栗山大善」など、歴史上の人物を取り扱った作品を発表し続けてきた鷗外が、近作の「山椒大夫」（大4・1）を例にあげて、自らの創作理念・創作方法を具体的に語った文芸評論。短歌雑誌「心の花」に掲載された。

篤二郎　三木竹二の筆名で劇評執筆。『歌舞伎』創刊など明治劇壇に遺した功績は大きい。喉頭腫瘍で病没（明41）

団十郎　九代目市川団十郎。屋号成田屋。新史劇を創始した明治の名優。

山椒大夫伝説　浄瑠璃、歌舞伎など種々の形で伝わるが、鷗外が典拠としたのは説教節正本「さんせう大夫」と目される。

175　「帝国文学」に掲載され、大正六年五月「夏目漱石先生の霊前に献ず」の辞を添えて、阿蘭陀書房から表題作として刊行され、大正七年新興文芸叢書『鼻』に収録の際、末尾が「…京都の町に強盗を

176

*窃盗金魚
強盗喇叭
恐喝胡弓
賭博ねこ
詐欺更紗
瀆職天鵞絨《びろうど》
姦淫林檎

傷害雲雀《ひばり》
殺人ちゆりつぷ
堕胎陰影
騒擾ゆき
放火まるめろ
誘拐かすてえら。

囈語（「聖三稜玻璃」）　山村暮鳥　大4・12

177

一カチユーシヤかはいや
わかれのつらさ
せめて淡雪とけぬ間と
神に願いを　ララ　かけましよか
二カチユーシヤかはいや
わかれのつらさ
今宵ひと夜にふる雪の
明日は野山の　ララ　路かくせ

三カチユーシヤかはいや
別れのつらさ
せめてまた逢ふそれまでは
おなじ姿で　ララ　いておくれ
四カチユーシヤかはいや
別れのつらさ
広い野原をとぼとぼと
独り出て行く　ララ　あすの旅

カチユーシヤの唄　歌＝松井須磨子　大4

働きに急ぎつゝあつた」から「下人の行方は、誰も知らない」と改稿された。
老婆の話　自分が髪を抜くのは、蛇を干魚と偽って商った女の死体であり、女のした事も自分のする事も飢死しないために「仕方なくする事」だから許されると言う。
176　「囈語」とはたわごとの意。詩篇の上半分は抽象名詞で、下半分は具体的なものを表す名詞である。各行とも各種犯罪のイメージで、モンタージュ的な連結によってそれらを重ねあわせるという構成を持つ。これらの犯罪は旧約聖書「出エジプト記」や新約聖書「マタイ伝第五章」などが踏まえられている。
窃盗金魚　金銭や高価な物品を盗む〈窃盗〉に、〈金魚〉のイメージが連結されている。以下のつながりも同様である。
177　作詩は島村抱月、相馬御風。作曲は中山晋平の歌曲。大正三年三月、帝国劇場で芸術座によって上演された、トルストイ原作の『復活』の劇中歌として、カチューシ

178

わたくしは又かう云ふ事を思つた。抽斎は医者であつた。そして官吏であつた。そして経書や諸子のやうな哲学方面の書をも読み、歴史をも読み、詩文集のやうな文芸方面の書をも読んだ。其迹が頗るわたくしと相似てゐる。只その相殊なる所は、古今時を異にして、生の相及ばざるのみである。いや。さうではない。今一つ大きい差別《しやべつ》がある。それは抽斎が哲学文芸に於いて、考証家として樹立することを得るだけの地位に達してゐたのに、わたくしは雑駁なるヂレツタンチスムの境界を脱することが出来ない。わたくしは抽斎に視て忸怩《ぢくぢ》たらざることを得ない。

抽斎は曾《かつ》てわたくしと同じ道を歩いた人である。しかし其健脚はわたくしの比《たぐひ》ではなかった。迥《はるか》にわたくしに優つた済勝《せいしよう》の具を有してゐた。抽斎はわたくしのためには畏敬すべき人である。

渋江抽斎　森林太郎＝森鷗外　大5・1・13〜5・20

179

*医者は探《さぐ》りを入れた後《あと》で、手術台の上から津田を下した。

「矢張《やつぱり》穴が腸迄《まで》続いてゐるんでした。此前《このまへ》探つた時は、途中に瘢痕《はんこん》の隆起があつたので、つい其所が行《い》き留《どま》りだとばかり思つて、あゝ云つたんですが、今日疎通を好くする為に、其奴《そいつ》をがり〳〵掻き落して見ると、まだ奥があるんです」

「さうして夫《それ》が腸迄続いてゐるんですか」

「さうです。五分位だと思つてゐたのが約一寸程あるんです」

津田の顔には苦笑の裡《うち》に淡く盛り上げられた失望の色が見えた。医者は白いだぶ〳〵

ャに扮する松井須磨子が歌った歌。それまでなかった洋風の旋律による流行歌で、爆発的な人気を博した。須磨子は二度の結婚歴があったが抱月と恋に落ち、大正二年の文芸協会解散後に二人で芸術座を興し、新劇の普及に務めた。しかし大正七年の抱月の死後、須磨子も後を追い、芸術座も終わりを告げた。

178　大正四年一〇月、「東京日々新聞」客員となった鷗外が翌年一月から連載を開始した史伝ものの代表作。引用本文は「その六」からのもの。作品は津軽藩御典医渋江抽斎の述志の詩に始まり、大正五年の現在までその事跡、思想、交友、趣味、性格、家族などを克明に考証し描いている。

179　漱石最後の作品。連載一八八回をもって未完に終わる。引用本文は作品冒頭部。医者は津田に「本式に癒」すために、「根本的の手術」をすすめるのであるが、「根本的の治療」が必要なのは現実に津田の患う「痔」という病のみならず、津田の内面に存在する〈闇〉の部

した上着の前に両手を組み合はせた儘、一寸首を傾けた。其様子が「御気の毒ですが事実だから仕方がありません。医者は自分の職業に対して虚言《うそ》を吐《つ》く訳に行かないんですから」といふ意味に受取れた。

明暗　漱石＝夏目漱石　大5・5・26〜12・14

180 考へて見れば、私が今日までしてゐたことの大部分は人を恵むといふことに餓ゑてゐる心を満たしてゐたのぢやあないか？　私は彼等に衣服をやり、金をやり、食物をやり、同情したが、それ等は、彼等の一生に対してどんな意味があるのか？

もし私がほんたうに、大きな愛で彼等をつつみ、深い同情で引きあげようとしたのなら、新さんを死なせずに済んだらう！

善馬鹿を酒のみにしないで済んだのだらうに。——

けれども二人は、私がどうも出来ないうちに死んで埋められようとしてゐる。ほんたうに、私がどうもしないうちに、なるだけのことはちやんちやんとなつてしまつたのである。

新さんが、自分の命の尊さを知るまでに私が力づけることは思ひもよらないことであつた。

私はどうしても、彼等を真に愛してはゐない。また愛せない！　どうしたら好いのだらう。

貧しき人々の群　中条百合子＝宮本百合子　大5・9

分であることを暗示する箇所である。

医者　〈小林医院〉のモデルで神田錦町一丁目一〇番地の佐藤診療所の佐藤恆祐のこと。

180　「中央公論」に発表された宮本百合子の文壇デビュー作。父方の祖母の住む福島県安積郡桑野村開成山の農村を舞台にした作品。大正四年に『農村』、翌五年一月に『お久美さんと其の周辺』、そして五月初めに『貧しき人々の群』を脱稿する。この作品の発表を機に、作家生活に入る。引用本文は最終章一九からのもの。

181 人間　(地上をあゆみつゝ)わしは産れた。そして太陽の光を浴び、大気を呼吸して生きてゐる。ほんとに私は生きてゐる。見よ。あのいゝ色の弓なりの空を。そしてわしのこの素足がしつかりと踏みしめてゐる黒土を。生えしげる草木、飛び廻る禽獣、さては女のめでたさ、子供の愛らしさ、あゝわしは生きたい生きたい。(間)わしは今日までさま〴〵の悲しみを知つて来た。しかし悲しめば悲しむだけ此世が好きになる。あゝ不思議な世界よ。わしはお前に執着する。愛すべき娑婆《しゃば》よ、わしは煩悩の林に遊びたい。千年も万年も生きてゐたい。いつまでも。いつまでも。

出家とその弟子　倉田百三　大5・11〜大6・3

182 賢一郎　おたあさん、おたねは何処へ行つたの。

母　仕立物を届けに行た。

賢一郎　まだ仕立物をしとるの、もう人の家の仕事やこし、せんでもええのに。

母　さうやけど嫁入の時に、一枚でも余計ええ着物を持つて行きたいのだらうわい。

賢一郎　(新聞の裏を返しながら)此間云うとつた口は何うなつたの。

母　たねが、ちいと相手が気に入らんのだらうわい、向こうは呉れ〳〵云うてせがんどつたんやけれどものう。

賢一郎　財産があると云ふ人やけに、ええ口やがなあ。

母　けんど、一万や、二万の財産は使ひ出したら何の益《やく》にもたたんけえな。家でもおたあさんが来た時には公債や地所で、二、三万円はあつたんやけど、お父さんが道

181　初出は大正五年一二月から翌三月まで「生命の川」。大正期宗教文学の代表作。大正六年に出版され一躍文名を得るが、宿痾の結核を病み、病臥にあった。引用本文においては、人間が生きるということ自体が、様々な煩悩を抱え込むことであり、その煩悩こそがまた生きる喜びに不可欠であることを語っている。

182　大正五年二月第四次「新思潮」に加わり、翌六年『父帰る』を発表する。発表当時は世評にのぼらなかった。引用本文は、妹たねの縁談の話から、二〇年前妻子を捨てて出奔した父のために、辛酸をなめたはずの母が、屈託なく父のことを話頭にのぼらせたことに対して、不愉快の念を隠せない長男賢一郎の姿を描写する部分。

楽して使ひ出したら、笹につけて振る如しぢや。
賢一郎　(不快なる記憶を呼び起したる如く黙して居る)……。

父帰る　菊池寛　大6・1

183

地面の底の病気の顔

地面の底に顔があらはれ、
さみしい病人の顔があらはれ。

地面の底のくらやみに、
*うらうら草の茎が萌えそめ、
鼠の巣が萌えそめ、
巣にこんがらかつてゐる、
かずしれぬ髪の毛がふるへ出し、
冬至のころの、
さびしい病気の地面から、
ほそい青竹の根が生えそめ、
生えそめ、
それがじつにあはれふかくみえ、
けぶれるごとくに視え、
じつに、じつに、あはれふかげに視え。

地面の底のくらやみに、
さみしい病人の顔があらはれ。

竹とその哀傷(「月に吠える」)　萩原朔太郎　大6・2

184

山の手線の電車に跳飛《はねと》ばされて怪我をした、其後《あと》養生に、一人で但馬の城崎《きのさき》温泉へ出掛けた。背中の傷が脊椎カリエスになれば致命傷になりかねないが、そんな事はあるまいと医者に云はれた。二三年で出なければ後は心配はいらない、兎に角要心は肝

183　第一詩集『月に吠える』の冒頭の章「竹とその哀傷」の初めにおかれた。白秋宛の書簡に《昨日久しぶりにて詩が出来候。あひかはらず竹の根がくつついて居るので情けなくなり候。どこまでも執念深い竹の奴かな。早く縁が切りたい》(大4・2・7)とある。うらうら草　麗らかに萌える草。木俣修によれば〈この『麗らか』は白秋の詩集『白金の独楽』のなかの詩で使はれた言葉で、当時の文学青年の間に一つの熱狂を呼んだ〉という。

184　初出は「白樺」。後バーナード・リーチ装丁の『夜の光』に収められた。大正二年八月に山手線の事故で怪我をし、その予後のため城

心だからといはれて、それで来た。三週間以上——我慢出来たら五週間位居たいものだと考へて来た。

城の崎にて　志賀直哉　大6・5

185

長い影を地にひいて、痩馬の手綱《たづな》を取りながら、彼は黙りこくつて歩いた。大きな汚い風呂敷包みと一緒に、章魚《たこ》のやうに頭ばかり大きい赤坊をおぶつた彼の妻は、少し跛脚《ちんば》をひきながら三四間も離れてその跡からとぼ〱とついて行つた。

北海道の冬は空まで逼《せま》つてゐた。蝦夷《えぞ》富士と云はれるマツカリヌプリの麓に続く胆《ゐ》振《ぶり》の大草原を、日本海から内浦湾《うちうらわん》に吹きぬける西風が、打寄せる紆濤《うねり》のやうに跡から跡から吹き払つて行つた。寒い風だ。見上げると八合目まで雪になつたマツカリヌプリは少し頭を前にこゞめて風に刃向ひながら黙つたまゝ突つ立つて居た。

カインの末裔　有島武郎　大6・7

186

わたしの叔父は江戸の末期に生れたので、その時代に最も多く行はれた化物屋敷の不入《いらず》の間《ま》や、嫉妬《ねたみ》深い女の生霊や、執念ぶかい男の死霊や、さうした類の陰惨な幽怪な伝説を沢山に知つてゐた。しかも叔父は「武士たる者が妖怪などを信ずべきものでない。」といふ武士的教育の感化から、一切これを否認しようと努めてゐたらしい。その気風は明治以後になつても失せなかつた。私達が子供のときに何か取留めのない化物話などを始めると、叔父はいつでも苦い顔をして碌々に相手にもなつて呉れなかつ

崎に逗留した際に見聞したことをもとに書き綴った作品。描かれる状況や心境がそのまま一つの思想となっている。

185　「新小説」に発表。発表された前年の大正五年は、有島にとって一つの転機ともいうべき年であった。まず八月に妻安子が三人の子供を残して結核で亡くなり、また暮れには父武が胃癌のために世を去る。この二つの死を契機として、有島は作家活動に専念することとなる。引用本文は作品冒頭部分の自然描写。

186　「文芸倶楽部」から「講談倶楽部」まで、断続しながら二〇年にわたって書かれた六八編の連作。外編が一編。引用本文は『お文の魂』から。父敬之助は御家人、母幾野は町娘で、徳川時代に関する学殖と造詣が深く、彼が描く江戸は考証的にみても正しいもので、その知識をもとにして書かれた作

た。

その叔父が唯一度こんなことを云つた。

「併し世の中には解らないことがある。あのおふみの一件なぞは……。」

おふみの一件が何であるかは誰も知らなかった。叔父も自己の主張を裏切るやうな、この不可解の事実を発表するのが如何にも残念であつたらしく、それ以上には何にも秘密を洩さなかつた。

半七捕物帳　岡本綺堂　大6・7〜昭12・2

187

若い新聞記者の鈴本定吉は近頃憂鬱に苦しめられ始めた。その憂鬱が彼にはいろいろの方面から一時に押し寄せて来るやうに思はれた。彼には周囲の何も彼もがつまらなくて、淋しくて、味気なくて、苦しかつた。第一には彼の家庭である。彼は今から半年ほど前に一人の若い女と同棲した。同棲前に彼と彼女との間には既に一人の男の子が生れてゐた。二人の生活はうまく行かなかつた。……けれども、これはもつと後で説く事にしよう。

神経病時代　広津和郎　大6・10

188

おれがいつも詩をかいてゐると
永遠がやつて来て
ひたひに何かしらなすつて行く
手をやつて見るけれど
すこしのあとも残さない素早い奴だ
おれはいつもそいつを見ようとして

品。

187　正宗白鳥の推薦で、「中央公論」に発表する。これによって文壇的地位を固めた。引用本文は作品の冒頭部。時代の病弊を、一人の「性格破産者」によって体現しようとした作品。

188　第一詩集『愛の詩集』は四つの章からなり（掲出は第一章）、第一章は《故郷にて作れる詩》で以下、《我永く都会にあらん》、《愛あ

あせつて手を焼いてゐる
時がだんだん進んで行く
おれの心にしみを遺して
おれのひたひをいつもひりひりさせて行く
けれどもおれは詩をやめない
おれはやはり街から街をあるいたり
深い泥濘にはまつたりしてゐる

はる(「愛の詩集」)　室生犀星　大7・1

189

掃除をしたり、お菜《さい》を煮たり、糠味噌を出したりして、子供等に晩飯を済まさせ、彼はやうやく西日の引いた縁側近くへお膳を据ゑて、淋しい気持で晩酌の盃を嘗めてゐた。すると御免とも云はずに表の格子戸をそうつと開けて、例の立退《たちの》き請求の三百が、玄関の開いてた障子の間から、ぬうつと顔を突出した。

「まあお入りなさい」彼は少し酒の気の廻つてゐた処なので、坐つたなり元気好く声をかけた。

「否《いや》もうこゝで結構です。一寸そこまで散歩に来たものですからな。……それで何ですかな、家が定《き》まりましたでせうな？　もう定まつたでせうな？」

子をつれて　葛西善蔵　大7・3

190

犬どもは声を揃へて吠えて居る。その自分の山彦に怯《おび》えて、犬どもは一層はげしく吠える。山彦は一層に激しくなる。犬は一層に吠え立てる……彼の心持が犬の声になり、犬の声が彼の心持になる。暗い台所には、妻が竈《かまど》へ火を焚きつける。妻が東京へ

るところに》、《幸福を求めて》と犀星の精神的生活史が描かれる。全五一篇。自己の暗い生い立ちから脱却して愛の世界に身を置くことを願い、そして結婚を契機に幸福な生活へ踏み出そうとする願いがみられる。詩集刊行の翌年に浅川とみ子と結婚。

189　葛西善蔵の第二期（三五、六歳頃まで）の代表作。家賃の滞納から立ち退きを命ぜられている男が、妻に去られ、なすすべもなく子供二人を連れて街をさまよう。葛西の作品に共通することではあるが、ここでも主人公は徹底的に、自らを無力な被害者として位置づけ、ひたすら援助してくれる者を待つという姿勢をとっている。

190　当初、前半を『病める薔薇』と題して大正六年六月に「黒潮」に、さらに作品完成後は『田園の憂鬱』と題して「中外」に発表す

引き上げたいといふ気持は、たしかにこんな時に彼処で養はれるに違ひない。何処かから帰つて来た猫が、夕飯の催促をしてしきりと鳴く。ぱつと火が燃え立つと、妻の顔は半面だけ真赤に、醜く浮び出す。その台所の片隅では、薔薇のコツプが、暗《やみ》のなかでぽつりと浮び出して来る。その薔薇は、蝕《むしく》ひの薔薇は煙がつて居る！
彼はランプへ火をともさうと、マッチを擦る、ぱつと、手元が明るくなつた刹那に、
「おお、薔薇、汝病めり！」

田園の憂鬱　佐藤春夫　大7・9

191

月の光の照る辻に
ピエロさびしく立ちにけり。
ピエロの姿白ければ
月の光に濡れにけり。

あたりしみじみ見まはせど
*コロンビイヌの影もなし。
あまりに事のかなしさに
ピエロは涙ながしけり。

月夜（「月光とピエロ」）　堀口大学　大8・1

192

葉子は木部が魂を打ちこんだ初恋の的だつた。それは丁度日清戦争が終局を告げて、国民一般は誰れ彼れの差別なく、この戦争に関係のあつた事柄や人物やに事実以上の好奇心をそゝられてゐた頃であつたが、木部は二十五といふ若い齢《とし》で、或る大新聞社の従軍記者になつて支那に渡り、月並みな通信文の多い中に、際立つて観察の飛び離

る。都会を離れ、田園に生活する青年が、憂鬱と倦怠感に悩まされながらも、自らの心理と生理とを自らをとりまく自然に投影させつつ、研ぎ澄まされた感性によって克明に記録するかたちで書かれている。

191　第一詩集『月光とピエロ』は一一章、七九篇の詩から成る。大学は一九歳から海外で過ごし、大正一四年、三三歳の時に日本に帰国。グールモンをはじめとするフランス象徴詩人に傾倒し、詩篇にその影響が見られる。吉田精一は詩集『月光とピエロ』について、《高村光太郎、北原白秋、三木露風等の感化というより模擬の痕も見え、ヴェルレエヌの無造作な摂取もある》（『日本近代詩鑑賞』）と指摘している。
コロンビイヌ　パントマイムなどで道化役（アルルカン）の相手をする恋人の名。

192　初出は『或る女のグリンプス』

れた心力のゆらいだ文章を発表して、天才記者といふ名を博して目出度く凱旋したのであつた。その頃女流基督教徒の先覚者として、基督教婦人同盟の副会長をしてゐた葉子の母は、木部の属してゐた新聞社の社長と親しい交際のあつた関係から、或る日その社の従軍記者を自宅に招いて慰労の会食を催した。その席で、小柄で白皙で、詩吟の声の悲壮な、感情の熱烈なこの少壮従軍記者は始めて葉子を見たのだつた。

或る女　有島武郎　大8・3

193
古《いにしへ》より今に至るまで、成敗の跡、禍福の運、人をして思《おもひ》を潜めしめ歎《たん》を発せしむるに足るもの固《もと》より多し。されども人の奇を好むや、猶以て足れりとせず、是《こゝ》に於て才子は才を馳せ、妄人は妄を恣《ほしいまゝ》にして、空中に楼閣を築き、夢裏《むり》に悲喜を画《ゑが》き、意設筆《いせつひつ》綴《てつ》して、烏有《うゆう》の談を為《つく》る。或は微《すこ》しく本《もと》づくところあり、或は全く拠るところ無し。小説といひ、稗史《はいし》といひ、戯曲といひ、寓言といふもの即ち是なり。作者の心おもへらく、奇を極め妙を極むと。豈図《あにはか》らんや造物の脚色は、綺語の奇より奇にして、狂言の妙より妙に、才子の才も敵する能はざるの巧緻あり、妄人の妄も及ぶ可からざるの警抜《けいばつ》あらんとは。吾が言をば信ぜざる者は、試《こゝろみ》に看よ建文永楽の事を。

運命　幸田露伴　大8・4

194
そして私は質屋に行かうと思ひ立ちました。私が質屋に行かうといふのは、質物を出しに行かうといふのではありません。私には少しもそんな余裕の金はないのです。

と題して明治四四年一月から大正二年三月まで「白樺」に一六回にわたって発表された。さらに補筆改題され『或女』前編として『有島武郎著作集』第八集に収められた。後編は書き下ろしで、大正八年六月『有島武郎著作集』第九集として叢文閣から刊行。国木田独歩の先妻だった佐々城信子と武井勘三郎との「鎌倉丸の醜聞」が、作品の素材とされている。

193　初出は「改造」創刊号。『明朝紀事本末』を中心に中国の歴史に取材した史伝。明の太祖没後、孫の建文帝と太祖の子燕王（後の永楽帝）との抗争と、二人のたどる運命とを壮大なスケールで描いた叙事詩といえる。引用部は人間の現実や運命の図り難さというものが、作家の虚構や想像、あるいは人知を越えたものであることを述べた部分。

194　「文章世界」に発表。引用は作品冒頭。「そして」という接続詞か

といつて、質物を入れに行くのでもありません。私は今質に入れる一枚の著物も一つの品物も持たないのです。そればかりか、現に今私が身につけてゐる著物まで質物になつてゐるのです。それはどういふ訳かといふと、私はこの著物で既に質屋から幾らかの金を借りてゐるのです。したがつて、私は、外《ほか》の私の質屋にはひつてゐるもののために、六ケ月に一度づつの利息を払つてゐるほかに、現在身につけてゐるこの著物のためにさへ、これは一月に一度づつ、自分の著物でありながら、損料賃として質屋の定めの利息の三倍を持つて行かねばならぬ身の上なのです。

蔵の中　宇野浩二　大8・4

195
唄を忘れた金糸雀《かなりや》は　後《うしろ》の山に棄て
　ましよか。
いえ　いえ　それはなりませぬ。
唄を忘れた金糸雀は　背戸《せど》の小藪に
　埋《い》けましよか。
いえ　いえ　それもなりませぬ。

唄を忘れた金糸雀は柳の鞭でぶちま
　しよか。
いえ　いえ　それはかはいさう。
唄を忘れた金糸雀は
象牙の船に、銀の櫂《かい》
月夜の海に浮かべれば
忘れた唄をおもひだす。

カナリヤ（「砂金」）　西条八十　大8・6

ら作品が語り始められているのが注目される。語り手は、徹頭徹尾自らの質屋と着物にまつわる個人的な思い入れを語るのであるが、それが同時に普遍的な人間の愚かさや滑稽さを余すところなく描き出す結果になっている。

195　鈴木三重吉の依頼を受けて「赤い鳥」（大7・11）に発表した日本で初めての童謡。前出【170】の文部省唱歌とは異なり、雑誌「赤い鳥」を中心とした子供向けの歌は、詩情を満たし新鮮な感動をもたらし、「唱歌」とは別の「童謡」という名称が与えられた。本篇の収められた詩集の浪漫的幻想的な詩風に対して、白鳥省吾は《感動の必然性に乏しく、稀薄さを感じさせる》（『現代詩の研究』）と指摘している。

196
「でも何か考へていらつしやるやうでございますわ。」

「何だか当てて御覧なさい。」

その時露台に集つてゐた人々の間には、又一しきり風のやうなざわめく音が起り出した。明子と海軍将校とは云ひ合せたやうに話をやめて、庭園の針葉樹を圧してゐる夜空の方へ眼をやつた。其処には丁度赤と青との花火が、蜘蛛手に闇を弾きながら、将《まさ》に消えようとする所であつた。明子には何故《なぜ》かその花火が、殆《ほとんど》悲しい気を起させる程それ程美しく思はれた。

「私は花火の事を考へてゐたのです。我々の生《ヴィ》のやうな花火の事を。」

暫くして仏蘭西の海軍将校は、優しく明子の顔を見下しながら、教へるやうな調子でかう云つた。

舞踏会　芥川龍之介　大9・1

197
実相に観入して自然・自己一元の生を写す。これが短歌上の写生である。ここの実相は、西洋語で云へば、例へばdas Realeぐらゐに取ればいい。現実の相などと砕いて云つてもいい。自然はロダンなどが生涯遜つてそして力強く云つたあの意味でもいい。この自然の大体の意味を味ふのに和辻氏の文章が有益である。『私はここで自然の語を限定して置く必要を感ずる。ここに用ひる自然は人生と対立せしめた意味の、或は精神・文化などに対立せしめた意味の哲学的用語ではない。むしろ生《せい》と同義にさへ解せらる所のロダンが好んで用ふる所の人生自然全体を包括した、我我の対象の世界の名である。我々の省察の対象となる限り我

196　「新潮」に発表。第五創作集『夜来の花』に収められる際に、二の最終部に手が加えられ、明子が、ジュリアン・ヴィオがロチであることを知らない人物に改められている。引用部は、ワットーの絵を知らなかった明子と仏蘭西の海軍将校との間に微妙なずれが生じていた折りに、花火を見るために露台に出た場面である。

197　茂吉は長塚節の主張する、直接自然を写生することを批判し、伊藤左千夫の、主観のありのままの表出である「さけび」の主張を受けた、《実相》に作者の心を自然に流露させること、即ち《観入》を主張した。子規の写生論は、ここに主観と結び付いた認識論として発展継承された。本林勝夫は《〈赤光〉時代の生命主義的作歌観

々自身をも含んでゐるそれは吾々の感覚に訴へる総ての要素を含むと共に、またその奥に活躍してゐる生《せい》そのものをも含んでゐる』かう和辻氏は云ふ。予の謂ふ意味の自然もそれでいい。「生《せい》」は造化不窮の生気、天地万物生々の「生」で「いのち」の義である。「写」の字は東洋画論では細微の点にまでわたつて論じてゐるが、ここでは表現もしくは実現位でいい。

短歌に於ける写生の説　斎藤茂吉　大9・4〜11

198

病むこと十日。十二月十八日午前零時半小石川病院に逝く。

幼きより生みの母親を知らずしていゆくこの子の顔をながめつ

ふたつの歳眼をやみしかば手をひき歩み思ひは永くこの子にのこらむ

枕べに幾夜をとほし疲れたる心やすまり今日涙出づ

逝く子（「氷魚」）　島木赤彦　大9・6

199

高い、大きな、暗い土手が、何処から何処へ行くのか解らない、静かに、冷たく、夜の中を走つてゐる。その土手の下に、小屋掛けの一ぜんめし屋が一軒あつた。カンテラの光りが土手の黒い腹にうるんだ様な暈《かさ》を浮かしてゐる。私は一ぜんめし屋の白ら白らした腰掛に、腰を掛けてゐた。何も食つてはゐなかつた。ただ何となく、人の

を中軸とし、それと観照的契機との繋合をはかるところに新しい写生概念の形成があった》としている。

198　赤彦は大正六年に長男を喪う。長男の生母は長男を生んで二年後に没する。赤彦は『氷魚』巻末で《予は或る事に遭遇してその感銘を歌に現す場合に可なり多くの時間を用ひることがある。（略）自分の技巧が自分の感銘を現すに足らないために同じものを何時までもついて居らねばならぬのである。》と述べている。赤彦の主張した、歌の境地を究める「鍛練道」の実践といえる。

199　初出は大正九年一月「新小説」。「花火」「山東京伝」「盡頭子」「烏」「件」「木霊」「流木」「蜥蜴」「道連」「柳藻」「支那人」「短夜」「石畳」「疱瘡神」「白子」「波止場」

なつかしさが身に沁むやうな心持でゐた。卓子の上にはなんにも乗つてゐない。淋しい板の光が私の顔を冷たくする。

冥途　内田百閒　大10・1

200

＊静かな夜で、夜鳥《よどり》の声も聴えなかつた。そして下には薄い靄《もや》がかかり、村々の灯《ひ》も全く見えず、見えるものといへば星と、その下に何か大きな動物の背のやうな感じのする此山の姿が薄く仰がれるだけで、彼は今、自分が一歩、永遠に通ずる路に踏出したといふやうな事を考へてゐた。彼は少しも死の恐怖を感じなかつた。然し、若し死ぬなら此儘死んでも少しも憾《うら》むところはないと思つた。然し永遠に通ずるとは死ぬ事だといふ風にも考へてゐなかつた。

　彼は膝に臂《ひじ》を突いたまま、どれだけの間か眠つたらしく、不図、眼を開《あ》いた時には何時か、四辺《あたり》は青味勝ちの夜明けになつてゐた。星はまだ姿を隠さず、数だけが少くなつてゐた。空が柔かい青味を帯びてゐた。それを彼は慈愛を含んだ色だと云ふ風に感じた。

暗夜行路　志賀直哉　大10・1～8

201

十五夜お月さん
御機嫌さん
婆やは　お暇《いとま》　とりました

十五夜お月さん
妹は

「豹」「冥途」の一八作からなる。引用部は「冥途」の冒頭。夏目漱石の『夢十夜』の質的あるいは個性的継承が指摘されている（水谷昭夫『漱石文芸の世界』）。

200　前編（大10・1～8）、後編（大11・1～昭12・4）とも「改造」に断続掲載。志賀直哉三〇歳から五五歳まで書き継がれた作品である。作品成立の背景が複雑であることはしばしば指摘されるところであるが、いずれにしても当初の構想を大きく離れ、作品細部の描写の卓抜さによって評価を得ている。

静かな…　後編二〇章中の第一九章で、鳥取の大山に未明の登山途中、脱落した主人公謙作が一人で山を背に腰を下ろしている場面。ここでの自然と調和して救済されていく感覚は〈心境小説の白眉〉とされてきた。

201　作曲、本居長世。雨情は自らの童謡観を〈童謡はどこどこまでも芸術的にはゆかねばいけませんが、唱歌にはそれがありません。（略）童謡の作家は、静かさの中に

田舎へ　＊貰《も》られて　ゆきました
十五夜お月さん

母《かか》さんに
も一度　わたしは　逢ひたいな。

十五夜お月さん　野口雨情　大10・6

202

せつなき恋をするゆゑに
月かげさむく身にぞ沁む。
もののあはれを知るゆゑに
水のひかりぞなげかる。

身をうたかたとおもふとも
うたかたならじわが思ひ。
げに＊いやしかるわれながら
うれひは清し、君ゆゑに。

水辺月夜の歌（「殉情詩集」）　佐藤春夫　大10・7

203

「あれ、擽《くすぐ》つたい。」
はねのけるやうに癇高《かんだか》な、鼻のひくい、中年期の女のみが発し得る声が、総体にゆらゆらと傾いた船室の一隅からひびいた。女の姿は何かの蔭になつて見えなかつたが、男は前のめりに動いた姿だけ、汚らしい壁の上に、不自然な暴動の影を投げて、崩れるやうに暗い方へ消えてしまつた。
「畜生、ふざけやアがる。」
　かなりな距離ではあつたが、さつきからその暗隅を見すかしてゐた偏目《かため》の男は、巻煙草の端を上のベッドから床へ投ると同時に、もうぢつとして見ては居られぬと云ふ

美しさを見出してゆくことが大切です〉と述べている。
貰られて　この表現についてサトウハチローは〈もらわれてだということは、田舎へという前にある言葉で誰にでもすぐわかりますが、ボクはこんな勝手につくったような言葉を使うのはきらいです。〉と批判する。雨情は他にも「人買船」で〈みなさんさよなと〉と〈ら〉を消した語を用いている。
202　大正八年頃から谷崎潤一郎夫人、千代と恋愛感情が生じ、谷崎は一旦許すつもりであったが、一〇年三月に絶交。この後六年ほど谷崎夫妻から遠ざかったが、しかし千代に対する慕情は消えず、それが『殉情詩集』の一連の詩を生むこととなった。昭和五年に協議の結果、千代が谷崎から離れて春夫のもとへ行くこととなり、文壇、世間から驚かれた。
いやしかる　相手を高貴な女性と見なし、我身を〈いやし〉く見る。
203　「中外」に発表。引用は作品冒頭部。サンフランシスコから日本へ向かう太平洋航路の三等船室を

風な性急な言葉を吐いた。

三等船客　前田河広一郎　大10・8

204 嘗て人間は神を造つた。今や人間は神を殺した。造られたもの〻運命は知るべきである。

現代に神はゐない。しかも神の変形はいたるところに充満する。神は殺されるべきである。殺すものは僕たちである。是認するものは敵である。二つの陣営が相対するこの状態の続く限り人間は人間の敵である。この間に妥協の道はない。然りか否かである。真理か否かである。

真理は絶対的である。故に僕たちは他人のいない真理をいふ。人間は人間に対して狼である。国土と人種とはその問ふところでない。真理の光の下に、結合と分離とが生ずる。

見よ。僕たちは現代の真理のために戦ふ。僕たちは生活の主である。生活を否定するものは遂に現代の人間でない。僕たちは生活のために革命の真理を擁護する。種蒔く人はこゝに於て起つ――世界の同志と共に！

種蒔き社

種蒔く人（創刊の言）　大10・10

205 兎も角も第四階級が自分自身の間に於て考へ、動かうとし出して来たといふ現象は、思想家や学者に熟慮すべき一つの大きな問題を提供してゐる。それを十分に考へて見

舞台に繰り広げられる人間模様を克明に記している。「日本へ帰る」という一点において共通の目的を持つ人々の様々なエピソードや思いを描く。

204 「種蒔く人」は文芸雑誌。大正一〇年一〇月から大正一二年一〇月まで種蒔き社発行。全一二冊。別冊「種蒔き雑記」（大13・1）、号外リーフレット「飛びゆく種」五冊、「種蒔き少年」などの付録四冊。また大正一〇年二月から四月まで同じ種蒔き社から発行された三冊（土崎版）がある。小牧近江がバルビュスのクラルテ運動の影響を受けフランスから帰国し、同人を募って刊行した雑誌。プロレタリア文学史上画期的な意味を持つ。

205 「改造」に発表された有島の評論。ロシア革命の進行と第一次世

ることなしに、自ら指導者、啓発者、煽動家、頭領《とうりやう》を以て任ずる人々は多少笑止《せうし》な立場に身を置かねばなるまい。第四階級は他階級からの憐憫《れんびん》、同情、好意を返却し始めた。かゝる態度を拒否するのも促進するのも一に繫《かゝ》つて第四階級自身の意志にある。
私は第四階級以外の階級に生れ、育ち、教育を受けた。だから私は第四階級に対しては無縁の衆生《しゆじやう》の一人である。

宣言一つ　有島武郎　大11・1

206
十二月二十五日の午前五時、メイン・トップ・スクウナ型六十五噸の海神丸は、東九州の海岸に臨むK港を出帆した。目的地は其処から約九十海里の、日向《ひうが》寄りの海に散在してゐる二三の島々であつた。島からは、木炭と木材と、それから黒人《くろうと》仲間で五《ご》島《たう》以上だと云はれる非常に見事な鯣《するめ》が出る。その他、何か知ら海産物は一年ぢゆう絶えない上に、往復に日数がとれないから、割のよい点では、これ位割のよい航海はなかつた。海神丸の若い船長はそれをよく知つてゐた。彼は阪神方面や中国筋を一と廻りして来た後では、屹度《きつと》この島の方へ舵《かぢ》を向けた。——島で丁度な積荷がなければ、進んで大隅《おほすみ》あたりへのすまでであつた。

海神丸　野上弥生子　大11・9

207
信之の一生の仕事……？
それは、云ふまでもなく、弁護士の職を指すわけではなかつた。

界大戦の終結を受けて、労働者の階級的自覚が高まり、知識人リーダーの排除が進む中で書かれた、有島の思想生活の総決算であり、全人格をかけた態度表明であった。

206　初出は「中央公論」。船長以下三人の船乗りを乗せて九州の港を出た船が難破し、五九日間の漂流という極限状況の中で企てられた人肉食の問題を描いた作品。引用は作品冒頭。

207　「時事新報」に掲載された。ただし関東大震災のため一時中断さ

女に惚れることだつた。本気で惚れ、女にも本気で惚れさせることだつた……。

これはもう少し上品に云ふならば、真心に、人生の一番高い位置を与えてゐる信之だつた。むしろ、最聖処《いときよきところ》に祭りあがめてゐた。とでも云つたなら、一層適切かも知れないほど、それに対する随喜渇仰の念は深かつた。

多情仏心　里見弴　大11・12・26～大12・12・31

208

月から出た人

夜景画の黄いろい窓からもれるギターをきいてゐると　時計のネヂがとける音がし
て　向うから*キネオラマの大きなお月様が昇り出した
地から一メートル離れた所に止ると　その中から*オペラハットをかむつた人が出て
きて　ひらりと飛び下りた　オヤ！　と見てゐるうちに　タバコに火をつけて　その
まま並木道をすすんで行く　ついてゆくと路上に落ちてゐる木木の影がたいそう面白
い形をしてゐた　そのはうに気を取られたすきに　すぐ先を歩いてゐた人がなくなつ
た　耳をすましたが　靴音らしいものはいつかうにきこえなかつた　元の場所へ引き
かへしてくると　お月様はいつのまにか空高く昇つて　静かな夜風に風車がハタハタ
と廻つてゐた

一千一秒物語　稲垣足穂　大12・1

れた。「女に惚れること、本気で女に惚れ、女にも本気で惚れさせること」を一生の仕事と考える男の物語。「まごころ」が存在すれば何をしても許されることを標榜して憚らない。この論理によって少しも傷つかない男と、その蔭で沈黙する女たちを詳細に描いている。

208　『一千一秒物語』の二百篇の即興小品の一篇。これらは皆、月と星を題材とした小品である。足穂は〈モザイクであり、（略）その工芸美術的な文学こそ自分が常に狙い、且つ憧れている所〉であると述べている。

キネオラマ　パノラマの点景や背景に色彩、光線をあてて景色を変化させる装置。明治末から大正にかけて東京浅草の「三友館」などに常設興行されていた。語源は〈キネマ〉と〈パノラマ〉の合成語。

オペラハット　観劇に用いる男子の略礼装の用の帽子。シルクハットと同型だが、中にスプリングの仕掛があり、折り畳めるようになっている。

209 父秀忠と祖父家康の素志を継いで、一つにはまだ徳川の天下が織田や豊臣のやうに栄枯盛衰の例に洩れず、一時的で、三代目あたりからそろそろくづれ出すのではないかと云ふ諸侯の肝を冷やす為めに、又自分自らも内心実はその危険を少からず感じてゐた処から、さし当り切支丹《きりしたん》を槍玉に挙げて、凡そ残虐の限りを尽した家光が死んで家綱が四代将軍となつてゐた頃の事である。

青銅の基督　長与善郎　大12・1

210

皿皿皿皿皿皿皿皿皿皿皿皿皿皿皿皿
　倦怠
　　額に蚯蚓這ふ情熱
白米色のエプロンで
　皿を拭くな
鼻の巣の黒い女
　其処にも諧謔が燻すぶつてゐる
　　人生を水に溶かせ
　冷めたシチューの鍋に
退屈が浮く
　皿を割れ
皿を割れば

209　「改造」に発表。「一名南蛮鋳物師の死」という副題と、「史材にヒントを得た余の創作」だという作者の「附記」が末尾に添えられている。「たゞ作る事それ自身の為めに」青銅の基督像の製作に取り組んだ遊佐の芸術家としての無償の行為の中に、意識を越えた「信」の力がはたらいていたと読むこともできる。

210　高橋はこの詩篇について次のように述べている。〈これは私が毎日新聞の前身、日日新聞の調理部に一二ケ月勤めたことがあるんだが、（略）朝の八時から夜の八時（?）まで立ち続けで、その内に皿を何百枚とか洗い飯を何百杯とか盛らなければならないからぐったりする〉（「私の詩」）。佐藤春夫はこの詩集に〈アスデミシャンの様子ぶった芸術に対する又、平俗的幸福のなまぬくい生活に対する徹底的の反抗と挑戦〉を見、〈見せびらかさない真実感〉が存在しているとした。
倦怠　生活の事実がもたらす感情。

*倦怠の響が出る。

49（「ダダイスト新吉の詩」）　高橋新吉　大12・2

211 『あの泥坊《どろぼう》が羨《うらや》ましい。』二人の間にこんな言葉が交される程、其頃《そのころ》は窮迫《きうはく》してゐた。場末の貧弱な下駄屋の二階の、たゞ一間しかない六畳に、一閑張《かんば》りの破れ机を二つ並べて、松村武《まつむらたけし》とこの私とが、変な空想ばかり逞しうして、ゴロ〳〵してゐた頃のお話である。もう何もかも行詰《いきづま》つて了《しま》つて、動きの取れなかつた二人は、丁度その頃《ころ》世間を騒がせた大泥坊の、巧みなやり口を羨《うらや》む様な、さもしい心持になつてゐた。

二銭銅貨　江戸川乱歩　大12・4

212 浅川駅よりトンネルもなくなり空は夜明であつた。車室の窓ぎはで一人、信一は、靄《もや》の間から麦の穂の赤むで居る有様に向いて、

「もう麦が赤む」

と呟いた。麦畠は知らぬ間に色づいて居る。暫時心ひかれた。彼はまた

「戻つて来たなあ」

と自分に云うた。上の電気の点《とも》つて居る、網棚に被り笠、糸立《いとだて》、岳樺《だけじろ》の杖、（案内者が山刀《なた》で伐取《きりと》り拵へて呉れた）其が脇に置いてある。

彼は温泉で錆びた銀蓋の懐中時計を、セルの袴の上へ引出した。新宿へ到着までにまだ一時間の余ある故、体は窓ぎはへもたれ彼は寝不足の頭を束《つか》ねた糸立へおし当て

211 「新青年」初出。引用は作品冒頭部。筆名は推理小説の始祖エドガー・アラン・ポーにもとづく。作品は、六つの点の組み合わせで構成される点字を暗号として用い、また語り手であり同時に視点人物が実は犯人であったという仕掛けも、当時としては斬新であった。

212 初出は第二章『竹内信一』（「新小説」大10・8）、第三章『無限抱擁』（「改造」大12・6）、『沼辺通信』（「新潮」（大12・8）、『信一の恋』（「改造」大13・9）。竹内信一という青年が松子という娼妓を一人の人間として愛し、正式に結婚した後、その死まで看取るという物語。引用は作品冒頭。信一が松子との仲を先生に報告するために上京する車中の描写である。

た。

無限抱擁　滝井孝作　大12・6

213
A
往来の生籬に沿うて、春の淋しい詩《うた》がのぼる。
月日は、私の生涯から、閲歴を奪ひ、桃色の羞恥を奪ひ
カメレオンの官能を奪ふ。
あゝ、厭ふべき老年は、虱の如く集まる。
月日は今日を昨日とし、少女を寡婦とする。

章句（「こがね虫」）　金子光晴　大12・7

214
山椒魚は悲んだ。
――たうたう出られなくなつてしまつた。斯うなりはしまいかと思つて、僕は前から心配してゐたのだが、冷い冬を過して、春を迎へてみればこの態だ！　だが何時かは、出られる時が来るかもしれないだらう。
この山椒魚は、此の通り彼の岩屋に閉ぢ込められてしまつたのである。元来、彼が

213　大正八年、ベルギー・ブリュッセルに滞在し、そこでヴェルハーレン、ボードレールの詩を研究する傍ら精力的に創作した詩篇群の一つ。のち第二詩集『こがね虫』に収められた。西欧の詩人らの影響から生まれた象徴主義的手法による美意識の表現、また西欧的デモクラシーの思想とヒューマニズムとがこの詩集に現れており、吉田一穂はこれを高く評価した。

214　「世紀」に発表。後に『山椒魚』と改題加筆して「文芸都市」（昭4・5）に掲載。『山椒魚』として再発表する際に、殆ど原型をとどめぬまでに改稿しながら、「岩屋に幽閉された山椒魚」というモチーフを残したことは興味深い。

この岩屋に入つて来るやうになつたのは一昨年の秋のことであつたのだが、ほんとに思はず知らずのうちに二年半の年月が過ぎてしまつたのだ。そして二年半の倦怠の限りの毎日が過ぎた今日、この岩屋から何気なく鳥渡出てみようと思へばこの始末である。出る口が小さくて外にぬけ出ることが出来ない。何うしても駄目だ。さゝいのことであるのだが、ほんの少し体が大きくなつてゐる。仕様のないことゝ言はなければならない。

幽閉　井伏鱒二　大12・8

第五期

1924(大13)〜1945・8(昭20)

西暦（元号）	小説	詩歌・戯曲・評論	社会動向・文学事象
1924（大13）	痴人の愛（谷崎潤一郎・大阪朝日新聞）3 竹沢先生の顔（長与善郎・不二）4 眉かくしの霊（泉鏡花・苦楽）5 一つの脳髄（小林秀雄・青銅時代）6 **富士に立つ影**（白井喬二・報知新聞）7 夜ひらく（ポール・モーラン、堀口大学訳・新潮社）7 **聴き分けられぬ跫音**（宮本百合子・改造）9 寂しければ（久保田万太郎・中央公論）9 **頭ならびに腹**（横光利一・文芸時代）10 **注文の多い料理店**（宮沢賢治・東京光原社）12	種蒔き雑記（種蒔く人増刊）1 心象スケッチ**春と修羅**（宮沢賢治・関根書店）4 玄朴と長英（真山青果・中央公論）9 **チロルの秋**（岸田国士・演劇新潮）9 散文芸術の位置（広津和郎・新潮）9 太虚集（島木赤彦・古今書院）11 **新感覚派の誕生**（千葉亀雄・世紀）11 **南京新唱**（会津八一・春陽堂）12 若き読者に訴ふ（片岡鉄兵・文芸時代）12	「苦楽」創刊1 「演劇新潮」（新潮社）1 第一次日本共産党、解党を決議3 築地小劇場創立6 「文芸戦線」（金子洋文ら）創刊6 メートル法実施7 「文芸時代」（川端康成ら）創刊10 ＊広津和郎、生田長江らの新感覚派批判に端を発し、新感覚派の評価が問題となる ＊中村武羅夫、生田長江らの心境小説批判に対し、久米正雄、宇野浩二らが反論、私小説論議が活発となる ＊白井「富士に立つ影」、国枝史郎「蔦葛木曽桟」、大仏次郎「幕末秘史鞍馬天狗」など大衆小説が盛んとなる
1925（大14）	大導寺信輔の半生（芥川龍之介・中央公論）1 **檸檬**（梶井基次郎・青空）1 濠端の住ひ（志賀直哉・不二）1 旅順入城式（内田百閒・女性）7 屋根裏の散歩者（江戸川乱歩・新青年）8 十七歳の日記（川端康成・文芸春秋）8 **大阪の宿**（水上滝太郎・女性）10 淫売婦（葉山嘉樹・文芸戦線）11	平将門（真山青果・中央公論）1 新進作家の新傾向解説（川端康成・文芸時代）1 **「私」小説と「心境」小説**（久米正雄・文芸講座）1 感覚活動（横光利一・文芸時代）2 **海やまのあひだ**（釈迢空・改造社）5 純情小曲集（萩原朔太郎・新潮社）8 月下の一群（堀口大学訳・第一書房）9 **死刑宣告**（萩原恭次郎・長隆舎書店）10	「キング」創刊1 「青空」（梶井基次郎ら）創刊1 治安維持法公布4※発禁相次ぐ 普通選挙法公布5 日本労働組合評議会結成5 東京放送局がラジオの本放送開始7 「不同調」（中村武羅夫主宰）創刊7 「朱門」（阿部知二ら）創刊10 日本プロレタリア文芸連盟結成12 ＊久米正雄「私小説と心境小説」をめぐり、両小説の是非論が再然する
1926（大15・昭元）	**銅貨二銭**（黒島伝治・文芸戦線）1 **セメント樽の中の手紙**（葉山嘉樹・文芸戦線）1 ナポレオンと田虫（横光利一・文芸時代）1 オツベルと象（宮沢賢治・月曜）1 **伊豆の踊子**（川端康成・文芸時代）1 鳴門秘帖（吉川英治・大阪毎日新聞）8 元の枝へ（徳田秋声・改造）9	愛慾（武者小路実篤・改造）1 下谷叢話（永井荷風・春陽堂）3 柿蔭集（島木赤彦・岩波書店）7 自然成長と目的意識（青野季吉・文芸戦線）9 **検温器と花**（北川冬彦・ミスマル社）10 郷土望景詩に現れた憤怒について（中野重治・驢馬）10	文芸家協会創立1 「大衆文芸」（長谷川伸ら）創刊1 共同印刷ストライキ1 マルクス主義芸術研究会（中野重治ら）結成2 「槻の木」（窪田空穂主宰）創刊2 「驢馬」（中野重治ら）創刊4 文相、学生の社会科学研究を禁止5 「椎の木」（百田宗治編集）創刊10 改造社「現代日本文学全集」刊行開始11※円本時代 大正天皇死去、昭和と改元12

海に生くる人々(葉山嘉樹・改造社)10
豚群(黒島伝治・文芸戦線)11

退屈読本(佐藤春夫・新潮社)11
雪明りの路(伊藤整・椎の木社)12

日本共産党再組織12
社会民衆党、日本労働党結成12

1927(昭2)

春は馬車に乗つて(横光利一・改造社)1
ルウベンスの偽画(堀辰雄・山繭)2
冬の日(梶井基次郎・青空)2
安城家の兄弟(里見弴・改造)2
百夜(田山花袋・福岡日日新聞)2
河童(芥川龍之介・改造)3
施療室にて(平林たい子・文芸戦線)9
或阿呆の一生(芥川龍之介・改造)10
歯車(芥川龍之介・文芸春秋)10

何が彼女をさうさせたか(藤森成吉・改造)1
大寺学校(久保田万太郎・女性)1
饒舌録(谷崎潤一郎・改造)2
落葉日記(岸田国士・中央公論)4
文芸的な、余りに文芸的な(芥川龍之介・改造)4
富永太郎詩集(富永次郎編刊)8
スカートをはいたネロ(村山知義・演劇新潮)5
西方の人(芥川龍之介・改造)8
沓掛にて(志賀直哉・中央公論)9

金融恐慌おこり、銀行で取付け騒ぎ相次ぐ3
第一次山東出兵5
日本プロレタリア文芸連盟が分裂、労農芸術家連盟創立6
岩波文庫創刊7
芥川龍之介自殺7
労農芸術家連盟分裂し、前衛芸術家同盟結成11
浅草、上野間に最初の地下鉄開業12
*「世界文学全集」(新潮社)、「世界大思想全集」(春秋社)、「近代劇全集」(第一書房)など、各種円本が刊行されブームとなる
*日本ポリドール、日本ビクターなどレコード会社が設立される

1928(昭3)

渦巻ける烏の群(黒島伝治・改造)2
キャラメル工場から(佐多稲子・プロレタリア芸術)2
鯉(井伏鱒二・三田文学)3
右門捕物帖(佐々木味津三・富士)3
冬の蠅(梶井基次郎・創作月刊)5
村のストア派(牧野信一・新潮)6
波(山本有三・東京、大阪朝日新聞)7
真知子(野上弥生子・改造)8
秋が来たんだ―放浪記(林芙美子・女人芸術)10

プロレタリヤ・レアリズムへの道(蔵原惟人・戦旗)5
誰だ?花園を荒らす者は!(中村武羅夫・新潮)6
いはゆる芸術の大衆化論の誤りについて(中野重治・戦旗)6
第百階級(草野心平・銅鑼社)11
詩の原理(萩原朔太郎・第一書房)12

「前衛」(前衛芸術家同盟)創刊1
第一回普通選挙実施2
「赤旗」(日本共産党)創刊2
共産党員らの大検挙(三・一五事件)3
全日本無産者芸術連盟(ナップ)結成3
「戦旗」(ナップ)創刊5
特別高等警察(特高)設置7
アムステルダム・オリンピックで織田幹雄・人見絹枝らが活躍7
「馬酔木」創刊7
「詩と詩論」創刊9
ナップ再編成され、日本無産者芸術団体協議会結成12

1929(昭4)

朽助のゐる谷間(井伏鱒二・創作月刊)3
夜明け前(島崎藤村・中央公論)4
蟹工船(小林多喜二・戦旗)5
太陽のない街(徳永直・戦旗)6
山高帽子(内田百閒・中央公論)6
西部戦線異状なし(ルマルク、秦豊吉訳・中央

豊旗雲(佐佐木信綱・実業之日本社)1
軍艦茉莉(安西冬衛・厚生閣書店)4
政治的価値と芸術的価値(平林初之輔・新潮)4
白のアルバム(北園克衛・厚生閣書店)6
わが心を語る(広津和郎・改造)6
「敗北」の文学(宮本顕治・改造)8

「文芸レビュー」(伊藤整ら)創刊3
日本共産党員の一斉検挙(四・一六事件)4
築地小劇場分裂し新築地劇団を結成4
「近代生活」(竜胆寺雄ら)創刊4
「白痴群」(中原中也ら)創刊4
「**東京行進曲**」(ビクター)発売5
ニューヨーク株式大暴落、世界恐慌始まる10
「文学」(第一書房、堀辰雄ら)創刊10

	公論社)10 不在地主(小林多喜二・中央公論)11 屋根の上のサワン(井伏鱒二・文学)11 浅草紅団(川端康成・東京朝日新聞)12	**様々なる意匠**(小林秀雄・改造)9 芸術に関する走り書的覚え書(中野重治・改造社)9 虚妄の正義(萩原朔太郎・第一書房)10	＊「改造」の創刊十周年記念懸賞評論で、宮本「敗北の文学」が一席、小林「様々なる意匠」が二席となったことに、時代の動向が強く反映されている
1930 (昭5)	**敵中横断三百里**(山中峯太郎・少年倶楽部)4 夜ふけと梅の花(井伏鱒二・新潮社)4 **機械**(横光利一・改造)9 **聖家族**(堀辰雄・改造)11 寝園(横光利一・東京日日、大阪毎日新聞)11	春のことぶれ(釈迢空・梓書房)1 **葛飾**(水原秋桜子・馬酔木発行所)4 地獄の季節(ランボー、小林秀雄訳・白水社)10 夜明け前のさよなら(中野重治・改造社)11 **測量船**(三好達治・第一書房)12	ロンドン海軍軍縮会議開催1 新興芸術派倶楽部、第一回総会開催4 「作品」(堀辰雄ら)創刊5 谷崎潤一郎・千代・佐藤春夫が連名で声明書発表8 **「影を慕ひて」**(ビクター)発売12
1931 (昭6)	右門捕物帖(佐々木味津三・朝日)2 風琴と魚の町(林芙美子・改造)4 銭形平次捕物控(野村胡堂・文春オール読物号)4 風博士(坂口安吾・青い鳥)6 **ゼーロン**(牧野信一・改造)10 清貧の書(林芙美子・改造)11	カジーフォーリーレヴュー脚本集(内外社)9	河原崎長十郎ら前進座を結成5 「セルパン」(第一書房、福田清人編集)創刊5 満州事変おこる9 「文科」(春陽堂、牧野信一ら)創刊10 日本プロレタリア文化連盟(コップ)結成11 「プロレタリア文化」創刊11 浅草オペラ館、新宿ムーラン・ルージュ開場12
1932 (昭7)	**日本三文オペラ**(武田麟太郎・中央公論)6 青年(林房雄・中央公論)8 生物祭(伊藤整・金星堂)10 女の一生(山本有三・東京、大阪朝日新聞)10 蘆刈(谷崎潤一郎・改造)11	**凍港**(山口誓子・素人社書屋)5 文壇人物評論(正宗白鳥・中央公論社)7 南窗集(三好達治・椎の木社)8 水源地帯(前田夕暮・白日社)9 **帆・ランプ・鷗**(丸山薫・第一書房)12 山廬集(飯田蛇笏・雲母社)12	上海事変おこる1 「プロレタリア文学」(江口渙編集)創刊1 満州国建国3※国際連盟は承認せず **「コギト」**(保田与重郎ら)創刊3 五・一五事件おこる5 コミンテルン「三十二年テーゼ」発表、天皇制打倒など指示5 「日本資本主義発達史講座」全七巻(岩波書店)刊行開始5
1933 (昭8)	**神前結婚**(嘉村礒多・改造)1 **人生劇場**青春篇(尾崎士郎・都新聞)3 転換時代(小林多喜二・中央公論)4※のち「党生活者」と改題 禽獣(川端康成・改造)7 **色ざんげ**(宇野千代・中央公論)9 暢気眼鏡(尾崎一雄・人物評論)12	**おふくろ**(田中千禾夫・劇作)3 五陵郭血書(久保栄・日本プロレタリア演劇同盟)6 **Ambarvalia**(西脇順三郎・椎の木社)9	「文芸首都」(保高徳蔵編集)創刊1 小林多喜二、検挙後築地署内で虐殺される2 日本、国際連盟を脱退3 京大で滝川事件おこる5 「四季」(第一次、堀辰雄編集)創刊5 佐野学、鍋山貞親、獄中から転向声明6 「文学界」創刊10 ＊**「銀河鉄道の夜」**(宮沢賢治)完成※推定
	紋章(横光利一・改造)1	**悲劇の哲学**(シェストフ、河上徹太郎、阿部六	日本プロレタリア作家同盟が解散声明3

1934
(昭9)

丹下左膳(林不忘・読売新聞)1
白夜(村山知義・中央公論)5
贅肉(丹羽文雄・中央公論増刊)7
あにいもうと(室生犀星・文芸春秋)7
鬼涙村(牧野信一・文芸春秋)12

郎訳・芝書店)1
氷島(萩原朔太郎・第一書房)6
日本プロレタリア文学運動方向転換のために(鹿地亘・日本プロ作家同盟出版部)2
「白痴」について(小林秀雄・文芸)9
転形期の文学(亀井勝一郎・ナウカ社)9
文章読本(谷崎潤一郎・中央公論社)11
山羊の歌(中原中也・野々上慶一)12
冬を越す蕾(宮本百合子・文芸)12
芸術論覚え書(中原中也)

中国文学研究会(竹内好ら)結成4
「現実」(亀井勝一郎ら)創刊4
藤原歌劇団第一回公演6
新協劇団(村山知義)結成9
フランス、スペインで人民戦線運動おこる10
「四季」(第二次、堀辰雄ら)創刊10
丹那トンネル開通12
日本初のプロ野球チーム結成12
＊シェストフの影響で不安の文学論議おきる
＊行動主義文学の主張高まる
＊村山知義、窪川鶴次郎ら、転向文学が盛んとなる

1935
(昭10)

夕景色の鏡(川端康成・文芸春秋)1 ※のち「雪国」
蒼氓(石川達三・星座)4
道化の華(太宰治・日本浪曼派)5
村の家(中野重治・経済往来)5
集金旅行(井伏鱒二・文芸春秋)5
仮装人物(徳田秋声・経済往来)7
家族会議(横光利一・東京日日、大阪毎日新聞)8
宮本武蔵(吉川英治・東京、大阪朝日新聞)8
勲章(徳田秋声・中央公論)10

ドストエフスキイの生活(小林秀雄・文学界)1
純粋小説論(横光利一・改造)4
小熊秀雄詩集(小熊秀雄・耕進社)5
私小説論(小林秀雄・経済往来)5
華々しき一族(森本薫・劇作)7
風土(和辻哲郎・岩波書店)9
わがひとに与ふる哀歌(伊東静雄・コギト発行所)10
絶望の逃走(萩原朔太郎・第一書房)10
鼬(真船豊・双雅房)12

天皇機関説(美濃部達吉)問題となる2
衆議院で国体明徴決議案可決3
袴田里見逮捕で日本共産党中央委員会壊滅3
「日本浪曼派」(亀井勝一郎ら)創刊3
「歴程」(草野心平ら)5
フランス人民戦線結成6
多磨短歌会(北原白秋ら)結成6
芥川龍之介賞・直木三十五賞(文芸春秋社)を設定9
イタリア、エチオピアに侵攻10
日本ペンクラブ(会長島崎藤村)設立11
大本教、出口王仁三郎ら逮捕12
＊文学の行きづまり打開をはかった横光の「純粋小説論」をめぐり論争おきる

1936
(昭11)

くれなゐ(佐多稲子・婦人公論)1
冬の宿(阿部知二・文学界)1
いのちの初夜(北条民雄・文学界)2
鶴は病みき(岡本かの子・文学界)6
普賢(石川淳・作品)6
落葉日記(岸田国士・婦人公論)6
晩年(太宰治・砂子屋書房)6
虚構の春(太宰治・文学界)7

トルストイについて(正宗白鳥・読売新聞)1
いやらしい神(北川冬彦・蒲田書房)4
描写のうしろに寝てゐられない(高見順・新潮)5
暖流(五島美代子・三省堂)7
散文精神について(広津和郎・東京日日新聞)10
長子(中村草田男・沙羅書店)11

二・二六事件おきる2
「人民文庫」(武田麟太郎ら)創刊3
メーデー禁止5
阿部定、情夫を殺害し逃亡5
スペイン内乱始まる7
「批評」(山室静ら)創刊7
ベルリンオリンピックで前畑秀子ら活躍8
中国大陸、東南アジア方面への進出を定めた「国策の基準」を五相会議で決定8
日本民芸館(柳宗悦館長)開館10
日独防共協定調印11
＊小林秀雄と正宗白鳥らが思想と実生活をめぐって論争

	（前年より）	1937（昭12）	1938（昭13）	1939（昭14）
	故旧忘れ得べき（高見順・人民社）10 黒い行列（野上弥生子・中央公論）11	母子叙情（岡本かの子・文学界）3 暗夜行路（志賀直哉・改造）4※終章 旅愁（横光利一・東京日日、大阪毎日新聞）4 **濹東綺譚**（永井荷風・東京、大阪朝日新聞）4 **雪国**（川端康成・創元社）6 幽鬼の街（伊藤整・文芸）8 生活の探究（島木健作・河出書房）10 **ジョン万次郎漂流記**（井伏鱒二・河出書房）11 かげろふの日記（堀辰雄・改造）12	マルスの歌（石川淳・文学界）1 天の夕顔（中河与一・日本評論臨時号）1 **子供の四季**（坪田譲治・都新聞）1 生きてゐる兵隊（石川達三・中央公論）3 暖流（岸田国士・東京、大阪朝日新聞）4 **風立ちぬ**（堀辰雄・野田書房）4 **麦と兵隊**（火野葦平・改造）8 **老妓抄**（岡本かの子・中央公論）11 結婚の生態（石川達三・新潮社）11 土と兵隊（火野葦平・改造社）11	**死者の書**（釈迢空・日本評論）1 如何なる星の下に（高見順・文芸）1 富嶽百景（太宰治・文体）2 白描（石川淳・長篇文庫）3 河明り（岡本かの子・中央公論）4 **歌のわかれ**（中野重治・革新）4 **生々流転**（岡本かの子・文学界）4
	藍色の蟇（大手拓次・アルス）12	北東の風（久板栄二郎・文芸）4 **萱草に寄す**（立原道造・風信子叢書刊行所）5 ギュスタフ・フロオベル（中村光夫・文学界）5 道理の感覚（天野貞祐・岩波書店）7 鮫（金子光晴・人民社）8 ランボオ詩集（中原中也訳・野田書房）9 **火山灰地**（久保栄・新潮）12 暁と夕の詩（立原道造・風信子詩社）12	笑（ベルグソン、林達夫訳・岩波書店）2 **日本への回帰**（萩原朔太郎・白水社）3 在りし日の歌（中原中也・創元社）4 **落下傘**（金子光晴・中央公論）6 **戴冠詩人の御一人者**（保田与重郎・東京堂）9 黙歩七十年（星野天知・聖文閣）10 歴史について（小林秀雄・文学界）10 歴史文学論（ルカーチ、山村房次訳・三笠書房）11 **蛙**（草野心平・三和書房）12	艸千里（三好達治・四季社）7 ドストエフスキイの生活（小林秀雄・創元社）5 構想力の論理（三木清・岩波書店）7 **鶴の眼**（石田波郷・沙羅書店）8 後鳥羽院（保田与重郎・思潮社）10 **体操詩集**（村野四郎・アオイ書房）12
		「新女苑」創刊1 「日本読書新聞」創刊3 第一回文化勲章授与式4※幸田露伴ら 第一次近衛文麿内閣成立6 蘆溝橋で日中両軍衝突（日中戦争の発端）7 新日本文化の会（松本学、林房雄ら）結成7 「鶴」（石田波郷ら）創刊9 吉川英治、吉屋信子ら特派員で戦地視察8 文学座（久保田万太郎ら）結成9 国民精神総動員中央連盟結成10 日独伊防共協定成立11 出版懇談会（版元・検閲当局）発足10 日本軍、南京占領時に大虐殺事件おこす12 山川均ら労農派、多数検挙（人民戦線事件）12	岡田嘉子、杉本良吉樺太国境からソ連に亡命1 大内兵衛ら学者多数検挙（第二次人民戦線事件2 石川達三「生きてゐる兵隊」で「中央公論」発禁処分3 国家総動員法公布4 「知性」（河出書房）創刊5 「槐」（小熊秀雄ら）創刊6 日本ペンクラブ、国際ペンクラブを脱退7 従軍作家部隊（久米正雄、丹羽文雄、菊池寛、吉川英治ら）出発9 岩波新書（赤版）刊行開始11	大陸開拓文芸懇話会結成2 「荒地」（第一次、鮎川信夫ら）創刊3 日本軍と外蒙軍、ノモンハンで衝突5 国民徴用令公布7 「輝ク部隊」（長谷川時雨ら）発足7 ドイツのポーランド進攻により第二次世界大戦に突入9 「構想」（埴谷雄高ら）創刊10 「こをろ」（島尾敏雄ら）創刊10 「現代文学」創刊12 「**海ゆかば**」※発売日未詳

	石狩川（本庄陸男・大観堂）5		
1940（昭15）	**夫婦善哉**（織田作之助・海風）4 走れメロス（太宰治・新潮）5 **得能五郎の生活と意見**（伊藤整・知性）8 **オリンポスの果実**（田中英光・文学界）9	**夏花**（伊東静雄・子文書房）3 寒雲（斎藤茂吉・古今書院）3 錯乱の論理（花田清輝・文化組織）3 **草木塔**（種田山頭火・八雲書林）4 鹿鳴集（会津八一・創元社）5 斎藤茂吉ノオト（中野重治・日本短歌）7	「文化組織」（花田清輝ら）創刊1 津田左右吉「古事記及日本書紀の研究」など発禁、出版法違反で起訴3 新聞雑誌用紙統制委員会設置5 「新風」（新風社、丹羽文雄ら）創刊7 日独伊三国同盟調印9※六月にイタリア参戦 大政翼賛会発足10 紀元二六〇〇年記念式典開催11
1941（昭16）	東京八景（太宰治・文学界）1 菜穂子（堀辰雄・中央公論）3 悉皆屋康吉（舟橋聖一・公論）4 花ざかりの森（三島由紀夫・文芸文化）9 **青果の市**（芝木好子・文芸首都）10	無車詩集（武者小路実篤・甲鳥書林）4 **智恵子抄**（高村光太郎・龍星閣）8 人生論ノート（三木清・創元社）8 森鷗外（石川淳・三笠書房）12	国民学校令公布3 日ソ中立条約調印4 尾崎秀実ら、スパイ容疑で検挙（ゾルゲ事件）10 東条英機内閣成立10 日本軍、ハワイ真珠湾を攻撃し太平洋戦争に突入12
1942（昭17）	巴里に死す（芹沢光治良・婦人公論）1 **古譚**（中島敦・文学界）2※「山月記」収録 光と風と夢（中島敦・文学界）5 海軍（獅子文六・朝日新聞）7 得能物語（伊藤整・河出書房）12	日本文化私観（坂口安吾・現代文学）3 歴史文学論（岩上順一・中央公論社）3 **無常といふ事**（小林秀雄・文学界）6 **捷報いたる**（三好達治・スタイル社）7 高志（木俣修・黒水書房）7 近代の超克—文化総合会議（小林秀雄他・文学界）10	日本軍、シンガポール占領2※英軍降伏 日本少国民文化協会設立2 日本出版文化協会、用紙統制をうけ出版企画の承認制を決定3 文芸家協会解散、日本文学報告会結成5 日本軍、ミッドウェー海戦で潰滅的打撃受ける6 第一回大東亜文学者会議開催11
1943（昭18）	**細雪**（谷崎潤一郎・中央公論）1 東方の門（島崎藤村・中央公論）1 日本婦道記（山本周五郎・婦人倶楽部）1 弟子（中島敦・中央公論）2 李陵（中島敦・文学界）7 鶴の恩がへし（坪田譲治・新潮社）7 右大臣実朝（太宰治・錦城出版社）9	**司馬遷**（武田泰淳・日本評論社）4 近代自我の日本的形成（矢崎弾・鎌倉書房）7 ラブレー覚書（渡辺一夫・白水社）8 私小説作家論（山本健吉・実業之日本社）8 春のいそぎ（伊東静雄・弘文堂書房）9 鷗外の精神（唐木順三・筑摩書房）9	日本軍、ガダルカナル島で敗退2 独軍、スターリングラードで敗退2 学徒戦時動員体制確立要綱決定6 「文学報国」（日本文学報国会）創刊8 イタリア降伏9 学徒出陣壮行会挙行10
1944（昭19）	**津軽**（太宰治・小山書店）11	花筐（三好達治・青磁社）6	日本軍、サイパン島で全滅7 米軍機、東京を初めて空襲11
1945（昭20・8まで）	新釈諸国噺（太宰治・生活社）1	**琉球決戦**（高村光太郎・朝日新聞）4	米軍機、東京大空襲3 ドイツ、連合国に無条件降伏5 広島、長崎に核爆弾投下される8 日本、ポツダム宣言を受諾、太平洋戦争終結8

215 わたくしといふ現象は
仮定された有機交流電燈の
ひとつの青い照明です
(あらゆる透明な幽霊の複合体)
風景やみんなといつしよに
せはしくせはしく明滅しながら
いかにもたしかにともりつづける
因果交流電燈の
ひとつの青い照明です
(ひかりはたもち　その電燈は失はれ)

これらは二十二箇月の
過去とかんずる方角から
紙と鉱質インクをつらね
(すべてわたくしと明滅し
みんなが同時に感ずるもの)
ここまでたもちつゞけられた
かげとひかりのひとくさりづつ
そのとほりの心象スケツチです

これらについて人や銀河や修羅や海胆は
*宇宙塵をたべ　または空気や塩水を呼吸しながら
それぞれ新鮮な本体論もかんがへませうが
それらも畢竟こゝろのひとつの風物です
たゞたしかに記録されたこれらのけしきは
記録されたそのとほりのこのけしきで
それが虚無ならば虚無自身がこのとほりで
ある程度まではみんなに共通いたします
(すべてがわたくしの中のみんなであるやうにみんなのおのおののなかのすべてですから)

心象スケッチ春と修羅　宮沢賢治　大13・4

216 富士の裾野のひと目に見わたせる愛鷹山《あしたかやま》の頂きは海抜千百八十尺、江戸からざつと

215 関根書店を発行所として、部数一千部自費出版された、作者生前の唯一の詩集。掲載詩は、集の巻頭に「序」と題し置かれているもの。賢治自身は、所収の作品群を一般的な詩とは異なる「心象スケッチ」と規定している。この語は、童話集『注文の多い料理店』の自作紹介文にも、「この童話集の一列は実に作者の心象スケッチの一部である」と用いられている。自己の存在を外界との交感・交流の中で生成変化して止まない現象としてとらえているがゆえに、表現は畢竟「そのとほりの心象スケッチ」となるのであろう。
宇宙塵　銀河面に沿って分布する固体ちり状の微小な星間物質。

216 「報知新聞」に連載。築城家赤

三十里だが、この山懐には猿がゐた、猪がゐた、高さのわりあひに嶮岨で見た目より谷間が深かつた。これを連れ立つて裾野の方へ迫つて越前《ゑちぜん》ケ岳《たけ》、呼子《よぶこ》ケ岳《たけ》、鋸《のこぎり》ケ岳《たけ》、位牌《いはい》ケ岳《たけ》、黒《くろ》ケ岳《たけ》などの友峰が折からの晩春の霞雲の中に鼎をおいたやうな恰好に駿《すん》東《とう》の空高々とそびえてゐたのである。

富士に立つ影　白井喬二　大13・7・20～昭2・7・2

217

伸子《のぶこ》は両手を後にまはし、半分明け放した窓枠によりかかりながら室内の光景を眺めてゐた。

部屋の中央に長方形の大テーブルがあつた。シャンデリヤの明りが、そのテーブルの上に散らかつてゐる書類――タイプライタアの紫インクがぼやけた乱暴な厚い綴込《とぢこみ》、隅を止めたピンがキラキラ光る何かの覚え書――の雑然とした堆積《たいせき》と、それらを挟んで相対し熱心に読み合せをしてゐる二人の男とをくつきり照して、鼠色の絨氈《じゆうたん》の上へ落ちてゐる。

聴き分けられぬ跫音　中条百合子＝宮本百合子　大13・9

218

ホテル・パンシヨンの食堂。午後七時。
ストーブの火が燃えてゐる。
ステラ、喪服、ヴエールで眼を覆つてゐる。
珈琲《コーヒー》を飲みながら、書物の頁を繰る。

針流熊木家と賛四流佐藤家の三代にわたる対立抗争をえがいた長編時代小説。昭和三年三月から七月にかけて全六巻を平凡社より刊行。掲載部分は作品冒頭部。

217「伸子」の第一回原題として「改造」に発表。以降大正一五年九月までの三年間、断続的に十回にわたり同誌上に連載されたのち、入念に推敲の上、昭和三年三月、改造社より単行本が刊行された。掲載部分は作品冒頭部。作者自身の実体験が作品化されたもの。

218「演劇新潮」に発表。登場人物の三人の一幕ものの戯曲。作者の滞欧経験（大8～11）に基づく、帰国後の第一作。岸田が療養生活を送った山岳地帯チロルの、冬季閉鎖を前にした晩秋のあるホテル

エリザ、珈琲注ぎを持ちたるまま、傍らに立つ。
ほかに誰もゐない。
エリザ　明日《あした》はあなたがおたち、明後日《あさって》はアマノさん……。
　さうすると……
あとは、このホテルも空つぽ……。
　沈黙。

チロルの秋　岸田国士　大13・9

219 *真昼である。特別急行列車は満員のまま全速力で馳けてゐた。沿線の小駅は石のやうに黙殺された。
とにかく、かう云ふ現象の中で、その詰み込まれた列車の乗客中に一人の横着さうな子僧が混つてゐた。彼はいかにも一人前の顔をして一席を占めると、手拭で鉢巻をし始めた。それから、窓枠を両手で叩きながら大声で唄ひ出した。
「うちの嬶ア
福ぢやア
ヨイヨイ、
福は福ぢやが、お多福ぢや
ヨイヨイ。」
人々は笑ひ出した。

を舞台とし、行きずりの日本人男性アマノと日本人と西洋人との混血女性ステラとが、空想の恋を語り合う。リズム感のある瀟洒な会話が、心理のひだを明らかに照らし出している。掲載部分は作品冒頭。

219　横光が満二六歳の時に「文芸時代」創刊号に発表した小説。「文芸時代」は、川端康成、今東光、中河与一、片岡鉄兵ら一三人の新進作家らとともに金星堂より刊行された。ここに新感覚派文学運動が起こった。掲出は作品冒頭。真昼である…黙殺された　擬人法と比喩がくみこまれた文体は、当時の文壇の話題となり、雑誌の存在が認知されたと言える。また今なお新感覚派の表現の一つの達成と見られている。

220 頭ならびに腹　横光利一　大13・10

また一方に、人生における直接官能の働らきを、ことに鋭どく重く視る作家があつた。*室生犀星氏の創作が、一時の文壇に、一種の悚動を与へたのがそれである。が、いはゆる*新技巧派と云はれた芸術家の芸術も、有りやうは要するに、表現する場合の語彙の清新や、観照の様式の潑溂さに主力が集められて、その技巧を、脚色や態度までに延長されるには不充分であつた。また室生氏の創作は、官能の享受においては異常な敏感があつたが、それを感覚として発表するには、まだ醇化しきらない混濁と古さとがあつたと云ふが「文芸時代」に現はれた傾向で見ると、それはその二つの未成長に了つたものを更に発育さして、先づ一つの合成の域までに達したものであるといへる。われ等は仮りにそれを名づけて、「新感覚時代」だといひたい。

新感覚派の誕生　千葉亀雄　大13・11

221

ほゝゑみてうつゝごゝろにありたゝす百濟ぼとけにしくものぞなき

ふぢはらのおほききさきをうつしみにあひみるごとくあかきくちびる

くわんおんのしろきひたひに*瓔珞のかげうごかしてかぜわたるみゆ

南京新唱　秋草道人＝会津八一　大13・12

220　「世紀」一二号に発表。川端、横光らによって前月創刊された雑誌「文芸時代」のもつ斬新さを著者はたかく評価し、同人たちの作品に見られる感覚的な文章表現の新しさを称揚、「新感覚派」という名称を与えた。「文芸時代」同人の片岡鉄兵は「若き読者に訴ふ」（大13・12）で「感覚の新発見」という語を用い、横光も「感覚活動」（大14・2）で自ら「新感覚派」を名乗っている。いわば外部者である著者の用いた呼称をうけいれたのである。掲出は作品中央部。

室生犀星氏の創作　大正八年、「幼年時代」「性に眼覚める頃」「或る少女の死まで」を発表。新進作家の地位を確立した。

新技巧派　この派は取材が多方面で、技巧の変化に富んでいることを特色とする。芥川龍之介ら第三次「新思潮」の人々を考えている。

221　集名と同じ「南京新唱」九三首を中心に、「山中高歌」、「放浪唫

222
「料理はもうすぐできます。
十五分とお待たせはいたしません。
すぐたべられます。
早くあなたの頭に瓶の中の香水をよく振りかけてください。」
そして戸の前には金ぴかの香水の瓶が置いてありました。
二人はその香水を、頭へぱちやぱちや振りかけました。
ところがその香水は、どうも酢のやうな匂がするのでした。

注文の多い料理店　宮沢賢治　大13・12

223
生活がまだ蝕まれてゐなかつた以前私の好きであつた所は、例へば丸善*であつた。赤や黄のオードコロンやオードキニン。洒落た切子細工や典雅なロココ趣味の浮模様を持つた琥珀色や翡翠色の香水壜。煙管、小刀、石鹸、煙草。私はそんなものを見るのに小一時間も費すことがあつた。そして結局一等いい鉛筆を一本買ふ位の贅沢をするのだつた。然し此処ももう其頃の私にとつては重くるしい場所に過ぎなかつた。書籍、学生、勘定台、これらはみな借金取の亡霊のやうに私には見えるのだつた。

檸檬　梶井基次郎　大14・1

224
「心境小説」と云ふのは、実はかく云ふ私が、仮りに命名したところのもので、其の深い趣意に就いては、いづれ章を改めて述べるが、只茲に一言で云へば、作者が対象

草」、「村荘雑事」を収録した八一の第一歌集。春陽堂刊。「南京新唱」は、明治四一年以来の南京（奈良）方面への見学旅行、仏教美術の研究旅行の経験に基づく。歌集全体は万葉調の雄渾を基調としつつ、掲載三首には、「エロチク」な「抒情素」（歌集跋文、桜井天壇）が湛えられている。
瓔珞　宝石などでできた、仏像の頭部、胸部の飾り。
222　『注文の多い料理店』は、『心象スケッチ・春と修羅』と同年に東京光原社から刊行された、作者生前の唯一の童話集。集と同名の「注文の多い料理店」を含めて九作の童話が収録されている。賢治は「注文の……」について、「二人の青年紳士が猟に出て路を迷ひ『注文の多い料理店』に入りその途方もない経営者から却つて注文されてゐたはなし。糧に乏しい村のこどもらが都会文明と放恣な階級とに対する止むに止まれない反感です」と新刊案内に書いている。
223　同人誌「青空」創刊号に発表。同人には他に、中谷孝雄、外村茂、

を描写する際に、其の対象を如実に浮ばせるよりも、いや、如実に浮ばせてもいゝが、それと共に、平易に云へば其の時の「心持」、六ケ敷く云へばそれを眺むる人世観的感想を、主として表はさうとした小説である。心境と云ふのは、実は私*が俳句を作つてゐた時分、俳人の間で使はれた言葉で、作を成す際の心的境地と、云ふ程の意味に当るであらう。

それに対して、「本格小説」の大旆*を真つ向に振り翳して居るのは、中村武羅夫*君なぞで、「本格」小説なぞと言ひ出したのも、氏の命名なのであるが、つまり本当の格式を保つた、所謂小説らしい小説、と云ふ程の意味であらう。

「私」小説と「心境」小説　久米正雄　大14・1、5

225

葛の花　踏みしだかれて、色あたらし。　この山道を行きし人あり

人も　馬も　道ゆきつかれ死にゝけり。　旅寝かさなるほどのかそけさ*

常磐木のみどりたゆたに、わたつみの太秦寺《ウツマサデラ》の画の　しづけさ

海やまのあひだ　釈迢空　大14・5

226

一篇の詩は、われ自身の函の中の音楽を聴くと共に、都会の雑音にまじる高架鉄道の轟音を聞く。輪転機の音と側のペンの走る音と、一匹の虫の音とを聞く。歓喜と哄

三好達治、北川冬彦、淀野隆三らがいた。短篇だが、二年にわたり習作「瀬山の話」など五稿を要して完成したと考えられる。後、既発表小説一八編を集めた創作集『檸檬』（武蔵野書院、昭6・5）に収められた。尚、これにより「中央公論」より執筆依頼があり、「のんきな患者」を掲載。最初で最後の原稿料を得た。

丸善　洋書をはじめとする外国品の輸入、販売会社。明治二年創業。梶井は舶来のもので身のまわりを飾る自らを「貧乏なディレッタント」と称したという。

224　「文芸講座」第七号と第一四号に分載。「創作指導講座」のための執筆。私小説、心境小説があらわれてきた文壇の流れに対し批判的だった中村武羅夫や生田長江らに対し、対蹠的な立場に立っている。

私が俳句を作つてゐた時分　中学時代から河東碧梧桐に師事した。

大旆　中国で天子や将軍が用いた旗をさす。

中村武羅夫…あらう　「本格小説」とは武羅夫の「本格小説と心境小

笑と憤怒と泣訴と叫号と打撃は、一時の落下によつて、爆発し、甦生し、誕生し、疾走する。真つ黄ろの噴煙は盛なる排出する心臓を圧搾する。

詩句を、一行を、散文の如く重荷を背にして疲れしむ勿れ！

次行まで叮嚀に運搬せしむ役を放棄せしめよ！　各行各自に独立せしめよ！　独特なる強烈なる哄笑であらしめよ！　また絶叫であらしめよ！　強き、強き感覚を齎らしめよ！

しからざる限りにおいては、一行自身が未だ全部露出しきらない間に、はや次の行に回転する急速なるテンポを一行に齎らしめよ！　不発の精神は爆煙を引きつゝ転変して回転してゆくであらう。

いとまなき新事実、いとまなき戦ひ！　いとまなき変化——それが発狂に及ぶまでの最高の興奮と陶酔に至るまでの過程！

死刑宣告(序文)　萩原恭次郎　大14・10

227

夥《おびただ》しい煤煙の為めに、年中どんよりした感じのする大阪の空も、初夏《はつなつ》の頃は藍の色を濃くして、浮雲も白く光り始めた。

泥臭い水ではあるが、その空の色をありありと映す川は、水嵩《みづかさ》も増して、躍るやうなさゞ波を立てて流れて居る。

川岸の御旅館酔月《すゐげつ》の二階の縁側の籐椅子に腰かけて、三田は上り下りの舟を、見迎へ見送つて居た。目新しい景色は、何時迄見て居てもあきなかつた。此の宿に引越し

説と」(大13・1「新小説」)における造語。私小説、心境小説の対立概念として使用。

225　六九一首を収録する第一歌集。改造社刊。明治三七年から大正一四年までの作品を、新しい作品から順に配列している。また、最後に長文のあとがきがある。「葛の花……」は代表歌の一つ。

かそけさ　「さびしさ」「ひそけさ」とともに歌集の中心的境地を示す。

226　長隆舎書店刊。多数の写真、挿画を用い、活字の大きさや種類にも変化をもたせて、立体的、構成的な世界を狙った恭次郎の第一詩集。序文は一〇頁程度の文章で、「馴養されたる一切のアカデミーの非力への虐殺」をはじめ、既成の価値観への反逆が過激な表現で叫ばれている。掲載部分に「転変」「回転」「変化」の語があるように、力動的な状況として詩をとらえようとしている。

227　雑誌「女性」に発表した長編小説。のち友善堂より刊行(大15・9)。滝太郎は、明治生命保険相互会社社員として大正六年から八年

て来て二日目の、それが幸《さいはひ》なる日曜だつた。

大阪の宿　水上滝太郎　大14・10～15・6

228

独楽《こま》が流行《はや》つてゐる時分だつた。弟の藤二がどこからか健吉が使ひ古した古独楽を探し出して来て、左右の掌《てのひら》の間に三寸釘の頭をひしやいで通した心棒を挟んでまわした。まだ、手に力がないので一生懸命にひねつても、独楽は少しの間立つて廻《ま》ふのみで、すぐみそすつてしまう。子供の時から健吉は凝り性だつた。独楽に磨きをかけ、買つた時には、細い針金のやうな心棒だつたのを三寸釘に挿しかへた。その方がよく廻つて勝負をすると強いのだ。もう十二三年も前に使つてゐたものだが、ひびきも入つてゐず、黒光りがして、重く、如何にも木質が堅さうだつた。油をしませたり、蠟を塗つたりしたものだ。今、店頭で売つてゐるものとは木質からして異《ちが》ふ。

銅貨二銭　黒島伝治　大15・1

229

松戸与三はセメントあけをやつてゐた。外の部分は大して目立たなかつたけれど、頭の毛と、鼻の下は、セメントで灰色に蔽はれてゐた。彼は鼻の穴に指を突つ込んで、鉄筋コンクリートのやうに、鼻毛をしやちこばらせてゐる、コンクリートを除《と》りたかつたのだが、一分間に十才づゝ吐き出す、コンクリートミキサーに、間に合はせるためには、とても指を鼻の穴に持つて行く間はなかつた。

まで大阪で過ごした。この時の体験から創作された。「大阪毎日新聞」に大正一一年七月から翌年二月まで連載された「大阪」は姉妹編。

228「文芸戦線」に発表した短篇小説。後に『二銭銅貨』と改題された。この作品は同郷（香川県小豆島）の壺井繁治から山田清三郎を介して発表され好評を博し、同年一一月に「豚群」を同誌に発表後、同人となった。掲出は作品冒頭部。

229「文芸戦線」に発表。同年七月第一創作集『淫売婦』（春陽堂刊）に収録。葉山は、作品発表後、すぐに才能のある有力新人が登場したとして、その存在を注目された。広津和郎、久米正雄、宇野浩二ら既成作家たちにも認められた。短

セメント樽の中の手紙　葉山嘉樹　大15・1

230

道がつづら折りになつて、いよいよ天城峠に近づいたと思ふ頃、雨脚が杉の密林を白く染めながら、すさまじい早さで麓から私を追つて来た。

私は二十歳、高等学校の制帽をかぶり、紺飛白《こんがすり》の着物に袴をはき、学生カバンを肩にかけてゐた。一人伊豆の旅に出てから四日目のことだつた。修善寺温泉に一夜泊り、湯ケ島温泉に二夜泊り、そして朴歯の高下駄で天城を登つて来たのだつた。重なり合つた山々や原生林や深い渓谷の秋に見惚《みと》れながらも、私は一つの期待に胸をときめかして道を急いでゐるのだつた。そのうちに大粒の雨が私を打ち始めた。折れ曲つた急な坂道を駆け登つた。やうやく峠の北口の茶屋に辿りついてほつとすると同時に、私はその入口で立ちすくんでしまつた。余りに期待がみごとに的中したからである。そこで旅芸人の一行が休んでゐたのだ。

伊豆の踊子　川端康成　大15・1、2

231

馬

軍港を内蔵してゐる。

爪

石の上の搔痕。

検温器と花　北川冬彦　大15・10

編小説の傑作の一つ。掲出は作品冒頭部。

230　「文芸時代」に連載された短篇小説。のち第二短篇集『伊豆の踊子』（金星堂、昭2・3）に収録。著者川端の初期の代表作である。著者は、大正六年、第一高等学校に入学、翌大正七年の秋、伊豆を初めて訪れ、旅芸人一行と道連れとなつた。この時の体験が作品として昇華された。掲出は作品冒頭部。

231　『検温器と花』は、自費出版『三半規管喪失』に次ぐ第二詩集だが、文壇的には初の詩集とも言われる。ミスマル社刊。掲載詩のような一行詩をはじめ、短詩を中心に、計四九篇を収録。作者は短詩について、「表現の単純化欲求として必然的に詩型を短化してきた詩」であ

232

雪が家根でなつてゐる。
みんなはよく寝入つてゐたが
末の男の子が
小さくしくしく泣いてゐる様だつた。
父親は鼾をかき
母は赤子を抱いてふと長い溜息をした。

夜は更けおちたが
風が出て　裸の枝と軒をならしてゐる。
雪は深く家を囲み
家ぢゆうの眠りのそとを
さあと　吹き渡り　うづまいて
朝までの寂しい音を続けてゐた。

雪の夜（「雪明りの路」）　伊藤整　大15・12

233

大寺学校の教場。――といつても、町中の、あたりまへのうちを二三げんつぶして無理からさうした恰好にした古い建物の一部。十月上旬の曇つた午後。――退《ひ》けてもうみんなかへつたあと。

――当番のものだけ三四人残つて掃除をしてゐる。
間。

峰、階下から上つて来る。

峰　出来たか、掃除？

生徒の一人　もう少しです。

峰　遊んでないで早くやんなさい。

峰、そのまゝそこに立つ。――黒板の悪戯《いたづら》がきをみつけて消したりする……

やゝ長き間。

って、「所謂短詩のための短詩」でないことを「後記」で述べている。

232　「十五・六の年から」（自序）書いてきた詩を、二一歳の時自費出版した伊藤の第一詩集。作者には他に詩集『冬庭』（昭12）があるが、以後詩からは離れ、小説・評論などの世界で活躍する。本詩集は、青春の哀歓を北方の風土（小樽近郊）の中に平易な表現でうたったものである。

233　明治末期の浅草を舞台とする四幕五場の戯曲。掲出は一幕一場冒頭。「女性」に連載。大正一二年二月から四月に「東京日日新聞」に連載した小説「黄昏」（後に「くづれやな」と改題）とほぼ同じ素材を取り扱っている本作品は、「黄昏」を改作し、別個の作品として成立させたと言える。昭和三年一一月、青山杉作の演出で上演された。

……掃除、すむ。

峰　すんだら帰つていゝ。

生徒たち、箒《はうき》や払塵《はたき》をしまつしたり開けツぴろげたはう〳〵の窓を閉めたりする。

光長　（階下から上つて来る）峰先生……

峰　…………？　（ふり返る）

光長　何とも昨日は。——相済みません、毎度……

峰　何でしたつけか？

光長　いゝえ、わたくしが早くもどつたので。——あとの稽古《けいこ》をまたあなたに……

峰　あゝ。——いゝえ、お易《やす》い御用です。（わらふ）

大寺学校　久保田万太郎　昭2・1〜4

234

母親は煎薬を煎じに行つた
枯れた葦の葉が短かいので。
ひかりが掛布の皺を打つたとき
寝台はあまりに金の唸きであつた
寝台は
いきれたつ犬の巣箱の罪をのり超え
大空の堅い眼の下に
幅びろの青葉をあつめ

棄てられた藁の熱を吸ひ
たちのぼる巷の中に
青ぐろい額の上に
むらがる蠅のうなりの中に
寝台はのど渇き
求めたのに求めたのに
枯れた葦の葉が短いので
母親は煎薬を煎じに行つた。

234　友人村井康男の編集によって家蔵版として作られた遺稿詩集。全体は三部に分かれ、翻訳一一篇を含んで計三五篇が収録されている。戦前は知られることが少なかったが、のちに小林秀雄や中原中也に対する研究の進展にともない注目されるようになった。「硬質の文体による抒情は、大正末期には例がなかった」（大岡昇平『富永太郎』昭52）と評価されている。

焦燥（「富永太郎詩集」）　富永太郎　昭2・8

235
憲兵隊から病院へ戻つて来ると、もう日暮れだつた。客にあぶれた馬車が、手綱《たづな》をたるめて、広場へ向つて傾斜した舗道をカラカラと走つて行く。
「哀乎小銭没有——」
私を乗せて来た俥屋《くるまや》は、迷惑さうにさう言つて、鮮銀の青い紙幣をひろげて私の掌《てのひら》に戻した。門前の中国人の小売店で、明日差入れるための白い塵紙を二帖買ふと、小さな銀貨が四枚戻つて来た。十銭銀貨を受取ると、俥屋は「シエーシエー」と言つて、前に自転車を引いて行く少年にラツパを高く鳴らして走り去つた。

施療室にて　平林たい子　昭2・9

236
レエン・コオトを着た男は僕のT君と別れる時にはいつかそこにゐなくなつてゐた。僕は省線電車の或停車場からやはり鞄をぶら下げたまま、或ホテルへ歩いて行つた。往来の両側に立つてゐるのは大抵大きいビルデイングだつた。僕はそこを歩いてゐるうちにふと松林を思ひ出した。のみならず僕の視野のうちに妙なものを見つけ出した。妙なものを?——と云ふのは絶えずまはつてゐる半透明の歯車だつた。僕はかう云ふ経験を前にも何度か持ち合せてゐた。歯車は次第に数を殖やし、半ば僕の視野を塞いでしまふ、が、それも長いことではない、暫らくの後には消え失せる代りに今度は頭痛を感じはじめる、——それはいつも同じことだつた。眼科の医者はこの錯覚（?）

235 「文芸戦線」に発表した短篇小説。翌年九月文芸戦線社刊の短篇集『施療室にて』に収録。大正一三年、平林は当時同棲していた山本虎三（のち敏雄）と朝鮮、満州を放浪。山本は大連で不敬罪で逮捕される。平林はその時、女児を出産したが一年後に死亡。本作品はその時の悲痛な体験を作品化したもの。掲出は作品冒頭部。

236 昭和二年六月、同題で「一 レエン・コオト」のみを雑誌「大調和」に発表。自殺後の同年一〇月発行「文芸春秋」に『歯車』の表題で「一 レエン・コオト」を含め全文が発表された。昭和四年一二月、岩波書店刊の短篇小説集「西方の人」に収録。芥川晩年の傑作であるとする佐藤春夫や堀辰雄の評がある。

の為に度々僕に節煙を命じた。しかしかう云ふ歯車は僕の煙草に親まない二十前にも見えないことはなかつた。僕は又はじまつたなと思ひ、左の目の視力をためす為に片手に右の目を塞いで見た。左の目は果して何ともなかつた。しかし右の目の瞼《まぶた》の裏には歯車が幾つもまはつてゐた。僕は右側のビルデイングの次第に消えてしまふのを見ながら、せつせと往来を歩いて行つた。

歯車　芥川龍之介　昭2・10

237

ひろ子はいつものやうに弟の寝てゐる布団の裾をまくり上げた隙間で、朝飯を食べ始めた。あを黒い小さな顔がまだ眠さうに腫れてゐた。台所では祖母がお釜を前に、明かりにすかすようにして弁当を詰めていた。明けがたの寒さが手を動かしても身体中にしみた。どこかで朝の仕度をする音が時たま聞えた。

　ひろ子は眉の間を吊りあげてやけに御飯をふう〳〵吹いてゐたが、やがて一膳終るとそゝくさと立ち上つた。

キャラメル工場から　窪川いね子＝佐多稲子　昭3・2

238

我々に取つて重要なのは、現実を我々の主観によつて、ゆがめたり粉飾することではなくして、我々の主観――プロレタリアートの階級的主観――に相応するものを現実の中に発見することにあるのだ。――かくしてのみ初めて我々は我々の文学をして真実にプロレタリアートの階級闘争に役だたせ得る。

237　「プロレタリア芸術」に発表した短篇小説。昭和五年四月、戦旗社より刊行された短篇集『キャラメル工場から』に収録。大正四年、一家をあげて上京したが貧しさのため著者は小学校への通学をやめキャラメル工場へ働きに出た。その時の様子を随筆にまとめたが、中野重治の勧めで小説化したもの。掲出は作品冒頭部。

238　「戦旗」創刊号に発表。後、第一評論集『芸術と無産階級』（昭4・9、改造社）に収録。「生活組織としての芸術と無産階級」（昭3・4）の後をうけて、プロレタ

即ち、第一に、プロレタリヤ前衛の「眼をもつて」世界を見ること、第二に、厳正なるレアリストの態度をもつてそれを描くこと――これがプロレタリヤ・レ*アリズムへの唯一の道である。

プロレタリヤ・レアリズムへの道　蔵原惟人　昭3・5

239

芸術は「美」に立脚する。いろ〳〵複雑な意味を含んだ「美」に立脚する。人間の感情と文化の上に開く花である。赤い花もあれば、黒い花もあり、紫の花もあれば、白い花もあるだらう。よく咲いた花は、皆それ〴〵に美しい。

誰だ？　この花園に入つて来て、虫喰ひの汚ならしい赤い花ばかり残して、その他の美しい花を、汚ない泥靴で、荒して歩かうとするのは！

誰だ？花園を荒らす者は！　中村武羅夫　昭3・6

240

芸術に取つてその面白さは芸術的価値そのものゝ中にある。それ以外のものは附け焼刃でテズマに過ぎない。芸術的価値は、その芸術の人間生活の真への喰ひ込みの深浅(生活の真は階級関係から離れてはない)、それの表現の素朴さとこちたさによつて決定される。心がけのいゝプロレタリアの芸術家はそこへ進めばいゝ。彼の芸術を大衆が面白がらないなら、面白さを人真似するのでなしに芸術の源泉である大衆の生活を探ればいゝ。彼がそれをせず、その人真似の面白さに安物の裏打ちをするなら、それは彼が、さうするより外になす術を知らないことだけを示すものだ。若し彼がこの

リア文学の方法論を示したもの。掲出部分は、階級的主観による現実描写を提唱する作品末尾で、小林多喜二らプロレタリア文学者に大きな影響を与え、また、中野重治、鹿地亘らとの間に「芸術大衆化論争」を展開することになる。

レアリズム　realism（英）、写実主義。一九世紀の自然科学、実証主義の伸展により、フランスで起こる。

239「新潮」に発表。後『誰だ？花園を荒らす者は！』（新潮社、昭5・6）に収録。ジャーナリスト的で、常識的な見解だが、政治的目的のあるマルキシズム文学を指向する一派に対し、イデオロギーにより芸術の自由を画一化することを非難、攻撃した。反プロレタリア意識を有する当時の作家たちの力となった評論。掲出は末尾近く。

240「戦旗」に発表。蔵原惟人の「プロレタリア・レアリズムへの道」が示したプロレタリア文学理論に対して、著者自身の芸術の純粋性、また芸術至上主義的な立場から否定的見解を示した。プロレタリア

ことを理解しないなら、彼は終に骨の髄まで代診であり、そして牛太郎と同様の代診であり、大衆を大衆の名でぶら〳〵するプチブルの通行人根性に売り渡すものである。

いはゆる芸術の大衆化論の誤りについて　中野重治　昭3・6

241

行介《かうすけ》はいつもの停留所でおりた。おりる時帽子に手をやらなくつてはならないほど、風が強かつた。

彼は赤つ茶けた風に押されて歩いて行つた。とき〴〵、紙屑や、木《こ》つ端《ぱ》なぞが、とんぼ返りをしながら、彼のズボンの間をすり抜けて転つて行つた。

行介は外套の襟を立ててゐたけれども、それでも、カラーの下まで冷い空気が流れ込んできた。その上どうかすると、釘でも投げつけられるやうに、大粒の砂がぱら〳〵と、彼の領首《えり》に落ちて来た。

波　山本有三　昭3・7・20～11・22

242

十月×日

一尺四方の四角な天窓を眺めて、始めて紫色に澄んだ空を見た。

秋が来たんだ。コック部屋で御飯を食べながら、私は遠い田舎の秋をどんなにか恋ひしく懐しく思つた。

秋はいゝな……。

今日も一人の女が来た。マシマロのやうに白つぽい一寸面白さうな女、厭になつて

文学が労働者や農民などの〈大衆〉との関係を持つ以上、大衆化は必然的な問題だが、要はその方法論である。著者は〈大衆〉に対し追随的、通俗的傾向に批判的な立場に立ち、蔵原と応酬した。ここにいわゆる「芸術大衆化論争」が起こる。掲出は末尾近く。

241　「東京朝日新聞」「大阪朝日新聞」に連載された著者二作目の長篇小説。「妻」「子」「父」の三部からなる成長小説としての構成をもつ。新聞小説の新基軸をうちだしたものとして、小説家としての評価を確定的なものとした代表作。掲出は冒頭部。

242　「女人芸術」に断続的に連載（昭3・10～5・10）。さらに「九州炭鉱街放浪記」（「改造」昭4・10）を加えて、改造社刊「新鋭文学叢書」の一冊として『放浪記』を刊行（昭5・7）。これがベストセラーとなり『続放浪記』を同一一月に同叢書により刊行しさらに、

しまふ、なぜか人が恋ひしい。
そのくせ、どの客の顔も一つの商品に見えて、どの客の顔も疲れてゐる。なんでもい〻私は雑誌を読む真似をして、ぢつと色んな事を考へてゐた。やり切れない。
なんとかしなくては、全く自分で自分を朽ちさせてしまふやうだ。

秋が来たんだ—放浪記— 林芙美子 昭3・10

243
木曾路《きそじ》はすべて山の中である。あるところは岨《そば》づたいに行く崖の道であり、あるところは数十間の深さに臨む木曾川の岸であり、あるところは山の尾をめぐる谷の入口である。一筋の街道はこの深い森林地帯を貫いていた。

夜明け前 島崎藤村 昭4・4〜昭10・10

244
—
「茉莉」と読まれた軍艦が、北支那の月の出の碇泊場に今夜も錨を投《い》れてゐる。岩塩のやうにひつそりと白く。
私は艦長で大尉だつた。娉嫂《すらり》とした白皙な麒麟のやうな姿態は、われ乍ら麗はしく婦人のやうに思はれた。私は艦長公室のモロッコ革のディヴンに、夜となく昼となくうつうつと阿片に憑かれてただ崩れてゐた。さういふ私の裾には一匹の雪白なコリー種の犬が、私を見張りして駐つてゐた。私はいつからかもう起居《たちゐ》の自由をさへ喪つてゐ

和田芳恵編集の「日本小説」(昭22・4〜23・10)に連載。これは『放浪記』第三部として留女書店より刊行(昭24・1)された。前二者は『放浪記』第一部・第二部となった。掲出は第一部の中央付近。

243 昭和四年から一〇年まで「中央公論」にほぼ年に四回の割合で断続的に連載。その後、昭和七年一月に第一部を、同一〇年一一月に第二部を、ともに新潮社より刊行した。藤村の父、島崎正樹をモデルに父の生きた時代を把握するため、馬籠宿に残っていた「大黒屋日誌」を丹念に調べあげた。豊かな史料を活用し成立した歴史小説である。

244 厚生閣書店の「現代の芸術と批判叢書」第二冊として刊行された、安西の第一詩集。一行詩から短篇小説ふうの長篇散文詩まで、あわせて八六篇を収録。掲載詩は、詩集巻頭を飾るタイトル・ポエム四章のうちはじめの二章で、安西

た。私は監禁されてゐた。

二

月の出がかすかに、私に妹のことを憶はせた。私はたつたひとりの妹が、其後どうなつてゐるかといふことをうすうす知つてゐた。妹はノルマンディ産れの質のよくないこの艦の機関長に夙うから犯されてゐた。しかしそれをどうすることも今の私には出来なかつた。それに「茉莉」も今では夜陰から夜陰の港へと錨地を変へてゆく、極悪な黄色賊艦隊の麾下の一隻になつてゐる——悲しいことに、私は又いつか眠りともつかない眠りに、他愛もなくおちてゐた。

軍艦茉莉　安西冬衛　昭4・4

参　てふてふが一匹韃靼海峡を渡つて行つた。

春(「軍艦茉莉」)　安西冬衛　昭4・4

245　「おい地獄さ行《え》ぐんだで！」

二人はデッキの手すりに寄りかかつて、蝸牛が背のびをしたやうに延びて、海を抱へ込んでゐる函館の街を見てゐた。——漁夫は指元まで吸ひつくした煙草を唾と一緒に捨てた。巻煙草はおどけたやうに色々にひつくりかへつて、高い船腹《サイド》をすれ〴〵に落ちて行つた。彼は身体《からだ》一杯酒臭かつた。

蟹工船　小林多喜二　昭4・5、6

が過ごした大連を背景に、シージャックされた軍艦茉莉号内の残酷劇を幻想的に描いたもの。

参「春」は昭和初期の「新詩」を代表する有名な短詩。巨視的イメージ（韃靼海峡）と微視的イメージ（蝶）の出会いに「春」という時間軸が加わり、凝縮した詩空間が成立する。後にこのモチーフを展開して編んだ第五詩集『韃靼海峡と蝶』（昭20）の序文に自ら「詩人としての自分の位置を決定した記念の古典である」と記す。

245「戦旗」に発表した中編小説。後半部の六月号は発禁となる。結末部分の天皇への献上用の蟹缶詰を作る場面が不敬罪の対象となった。後に、戦旗社刊日本プロレタリア作家叢書第二編『蟹工船』に収められるが、これもまた発禁となる。だが、配付網を通じて、元版・改訂版など半年程で三万部以上が売れたという。その後、平林浩介保存の原稿に基づき『小林多喜二全集』第四巻（昭43、新日本出版社）が出、これが定本となる。

246
一、昔恋しい銀座の柳
仇な年増を誰が知ろ
ジヤヅでをどつてリキユルで更けて
明かりやダンサアのなみだあめ。
二、恋の丸ビルあの窓あたり
泣いて文《ふみ》かく人もある
ラツシユアワーに拾つた薔薇を
せめてあの娘《こ》の思ひ出に。

三、広い東京恋故せまい
いきな浅草忍び逢ひ
あなた地下鉄わたしはバスよ
恋のストツプまゝならぬ。
四、シネマ見ませうかお茶のみませうか
いつそ小田急で逃げませうか
変る新宿あの武蔵野の
月もデパートの屋根に出る。

東京行進曲　西条八十　昭4・5

247
電車が停つた。自動車が停つた。——自転車も、トラックも、サイドカアも、まつしぐらに飛んで来ては、次から、次へと繋がつて停つた。

——どうした?

——何だ、何が起つたんだ?

密集した人々の、至極単純な顔と顔を、黄色つぽい十月の太陽が、ひどい砂埃りの中から、粗《あら》つぽくつまみ出してゐた。

人波は、水溜りのお玉じやくしの群のやうに、後から後から押して来ては揺れうごいた。

太陽のない街　徳永直　昭和4・6〜11

246　八十の詞に中山晋平の曲、佐藤千夜子の唄でビクターよりレコード化され、二五万枚の驚異的な売行をみせた。詞の中には、当時の新風俗が、その土地のもつ意味あいとともにぎっしりと織り込まれている。第四連は、原詞では「長い髪してマルクスボーイ／きょうもかかえた赤い恋」となっていたが、当局の忌避に触れたため現行のように変えられた(磯田光一『思想としての東京』昭53)。

247　「戦旗」に発表され、同年一二月、最終章「旗影暗し」と「附記」を加え、「日本プロレタリア作家叢書4」として戦旗社より刊行。だが、昭和一二年、作家自身により絶版とされた。プロレタリア作家として小林多喜二と並ぶ大きな存在であった著者のこの行為は、後に批判をまねくことにもなった。昭和二一年一二月、新日本文学会より再刊された。掲出は冒頭部。

248　厚生閣書店より「現代の芸術と批判叢書」の第六冊として刊行された、北園の第一詩集。集中には、より実験性の強い「白い食器／

春の美しい夕暮れであつた　私は三角な窓のかたはらに黄金の書物をとぢて　ひじやうにはばのひろいモオゼを想つた　薔薇や矢車草の咲いてゐる楽園の泉のそばで青銅のモオゼが青銅の林檎を憂鬱に食べてゐた
薔薇や矢車草の花を　その青銅の胸や青銅の頬に映したまま

青銅の林檎　（「白のアルバム」）　北園克衛　昭4・6

なるほど我々は最後の凄まじい情熱をたゝえた*氏の遺稿等に無関心になり得ない。だが、それは芥川氏の文学が、我々を内容的には退嬰的なニヒルへ誘ひ、形式的には*瑰麗《かいれい》な肌ざはりを持つてゐると云ふことより、次の事実によるものでなくてはならぬ。ブルジョア芸術家の多くが無為で怠惰な一切のものへの無関心主義の泥沼に沈んでゐる時、とまれ芥川氏は自己の苦悶をギリ〱に嚙みしめた。また他の遁世的な作家達に、風流的安住が無力であるのみならず、究極において自己を滅ぼすものであることを、氏自身の必死的な羽搏きによつて警告した。また氏は多大の小ブルジョア的狭隘性を内包しつゝも、尚他のブルジョア・イデオローグに比して、広汎な社会的関心を持つてゐた――凡そ、これ等の事実においてでなくてはならぬ。「後世の士は我我の謬《あやま》りを咎めるよりも、むしろ我々の情熱を諒としてくれるであらう。」かう云ふ言葉に息苦しい闘《たたか》ひの楯を求めた芥川氏の姿は、なにか惻々として我々を打つではないか。だが、我々はいかなる時も、芥川氏の文学を批判し切る野蛮な情熱を持たねばならない。我々は我々を逞しくする為に、氏の文学の「敗北」的行程を究明して来たのでは

花／スプウン／春の午後3時／白い／白い／赤」（「記号説」部分）といった表現があり、作者は後年「私は新しいカンバスの上にブラッシで絵を描くように、原稿紙の上に単純で鮮明なイメジをもった文字を選んで、（略）言わば言葉を色や線や点のシムボルとして使用した」と述べている（『黄いろい楕円』昭28）。

249　「改造」に発表した評論。後に、第一評論集『レーニン主義文学闘争への道』（昭8・3、木星社書院）に収録。「改造」が新人発掘のために募った懸賞作品の評論分野で第一席に入賞した作品で著者の文芸評論家としての道が開けた。またマルキシズムの立場から芥川否定の代表的論文である。掲出は作品末尾。

氏の遺稿　「文芸春秋」（昭2・10・12）に遺稿として連載された芥川龍之介の「侏儒の言葉」をさす。

瑰麗　非常に美しいこと。

なかつたか。

「敗北」の文学を――そしてその階級的土壌を我々は踏み越えて往かなければならない。

「敗北」の文学―芥川龍之介氏の文学について　宮本顕治　昭4・8

250 或る人の観念学は常にその人の全存在にかゝつてゐる。その人の宿命にかゝつてゐる。怠惰も人間のある種の権利であるから、或る小説家が観念学に無関心である事は何等差支へない。然し、観念学を支持するものは、常に理論ではなく人間の生活の意力である限り、それは一つの現実である。或る現実に無関心でゐる事は許されるが、現実を嘲笑する事は誰にも許されてはゐない。

若し、卓れたプロレタリヤ作者の作品にあるプロレタリヤの観念学が、人を動かすとすれば、それはあらゆる卓れた作品が有する観念学と同様に、作品と絶対関係に於いてあるからだ、作者の血液をもつて染色されてゐるからだ。若しもこの血液を洗ひ去つたものに動かされるものがあるとすれば、それは「粉飾した心のみが粉飾に動かされる」といふ自然の狡猾なる理法に依るのである。

様々なる意匠　小林秀雄　昭4・9

251 『どうだ？　*コサックの奴、そろ〳〵動きだした様じやないか？』

『ウム、来るかな。来たら一泡吹かしてやるさ。今日は第一線の様子が、妙に騒がし

250 「改造」に発表した評論。のち第一評論集『文芸評論』（昭6・7、白水社）に収録。「改造」の懸賞評論に応募し、第一席に入選したのが本作品。第二席になったのは宮本顕治「『敗北』の文学」だった。著者の批評家としての出発をつげる評論である。掲出は第三章。

251 「少年倶楽部」に掲載された少年軍団実話。昭和六年三月、大日

かつたぞ』
『来ると好いなあ。己《おれ》はもう、対陣は飽きてしまつたぜ』
『なあに、乃木《のぎ》軍来らば直ちに総攻撃だ。コサツクの手並を一つ拝見と行くさ。いまに見ろ！　もうすぐだ』
腕が鳴る。実に腕が鳴る。秋山騎兵団の中の騎兵第九連隊、その青年将校たちが、今しも第一線から交代して帰つて来ると、支那家屋の中で、――敵のコサツク来らば来れ！　日本刀の切味をお見舞ひ申さう！　と、今日の第一線の敵の様子が怪しいのを、とても嬉しがつて話し初めた。騎兵の戦闘は襲撃と襲撃の衝突だ。馬上の白刃《はくじん》戦だ。小銃を持つてゐるが、射撃する時は少い。世界に名高い敵のコサツクに、三尺の秋水日本刀の冴えを見せたいのだ。

敵中横断三百里　山中峯太郎　昭5・4〜9

252

梨咲くと葛飾の野はとの曇り*
青春のすぎにしこころ苺喰ふ
馭者若し麦笛嚙んで来りけり

葛飾　水原秋桜子　昭5・4

本雄弁会講談社より刊行。日露戦争における日本陸軍の勇猛さに加え、軍人の上下関係のうるわしさなどが、情感豊かに描かれ、少年向きに扇動的に記されている。太平洋戦争以前の代表的な少年向けの読み物であり、ベストセラーとなった。掲出は第二章にあたる「おたけびする全身の熱血」の冒頭。
コサツク　ロシア黒海の北方に住みついた野武士的集団。乗馬がうまく騎兵として活躍した。

252　『葛飾』は、大正八年からの作五三九句をまとめた句集。馬酔木発行所刊。標題は郊外写生の地として親しんだ葛飾の野による。自序に「自然を尊びつつも尚お自己の心に愛着をもつ態度」をとって、「如何にして心を調の上に表はさんかといふことに苦心し」、「私の探しはじめたものはもう少し静かな心であつた。然し静かに暗いもの

253

初めの間は私は私の家の主人が狂人ではないのかとときどき思つた。観察してゐるとまだ三つにもならない彼の子供が彼をいやがるからと云つて親父をいやがる法があるかと云つて怒つてゐる。畳の上をよちよち歩いてゐるその子供がばつたり倒れるといきなり自分の細君を殴りつけながらお前が番をしてゐて子供を倒すと云ふことがあるかと云ふ。見てゐるとまるで喜劇だが本人がそれで正気だから反対にこれは狂人ではないのかと思ふのだ。

機械　横光利一　昭5・9

254

死があたかも一つの季節を開いたかのやうだつた。

死人の家への道には、自動車の混雑が次第に増加して行つた。そしてそれは、その道幅が狭いために、各々の車は動いてゐる間よりも、停止してゐる間の方が長いくらゐにまでなつてゐた。

それは三月だつた。空気はまだ冷たかつたが、もうそんなに呼吸しにくくはなかつた。いつのまにか、もの好きな群集がそれらの自動車を取り囲んで、そのなかの人達をよく見ようとしながら、硝子窓《ガラスまど》に鼻をくつつけた。それが硝子窓を白く曇らせた。そしてそのなかでは、その持主等《ら》が不安さうな、しかし舞踏会にでも行くときのやうな微笑を浮べて、彼等を見かへしてゐた。クツシヨンに凭《もた》せながら、死人のやうになつてゐるのを見ると、

「あれは誰だらう？」

ではいけない。静かで而も明るいものであった」と記している。

との曇り　すっかり曇ったようす。

253「改造」に発表した短篇小説。後に白水社より刊行（昭6・4）された小説集『機械』に収録。プロレタリア文学に反撥し、いわゆる形式主義論争に関わるなど、旺盛な文学活動を展開したこの時期、人間の心理描写やその表現をあらわす文体を生みだす。本作品はその実験的なものであり、プルースト、ジョイス、シェストフ、谷崎潤一郎らの影響も認められる。

254「改造」に発表された短篇小説。神西清は「実際それは（＝聖家族）世の驚嘆に十分あたひするだけの光量計算のゆきとどいた一種の数理小説として完成された」（「堀辰雄文学入門」）として、著者の意図した文学表現の方法論の完成を指摘している。横光利一『機械』と並ぶ心理小説の傑作として、昭和初期を代表する作品。掲出は冒頭部。

さう人々は囁《ささや》き合つた。

聖家族　堀辰雄　昭5・11

255
母よ——
淡くかなしきもののふるなり
紫陽花いろのもののふるなり
はてしなき並樹のかげを
＊そうそうと風のふくなり

時はたそがれ
母よ　私の乳母車を押せ
泣きぬれる夕陽にむかつて
＊轔々と私の乳母車を押せ

赤い総《ふさ》ある天鵞絨の帽子を
つめたき額にかむらせよ
旅いそぐ鳥の列にも
季節は空を渡るなり

淡くかなしきもののふる
紫陽花いろのもののふる道
母よ　私は知つてゐる
この道は遠く遠くはてしない道

乳母車（「測量船」）　三好達治　昭5・12

256
一、まぼろしの
影を慕ひて　雨に日に
月にやるせぬ　我が想ひ
つつめば燃ゆる　胸の火に
身は焦がれつつ　しのび泣く

二、わびしさよ
せめて傷心《いたみ》の　なぐさめに
ギターをとりて　爪びけば

255　大正一五年から昭和五年までの作三九篇を収録した第一詩集。第一書房刊。文語を用いた叙情詩、機知を利かしたスナップショットの短詩、長篇の散文詩などいくつかの要素・傾向をあわせもっている。掲載詩は「甃《いし》の上」などとともに親しまれている、伝統的な抒情を豊かに湛えた作品。
そうそうと　仮名書きであることに注意したい。辞書的な意味は決定しがたい。
轔々と　車が走ってきしんだ音をたてたり、地面を轟かしたりするさま。

256　古賀の作詞・作曲による歌謡曲で、作曲家としてのデビュー作。はじめ、昭和五年一二月発売の佐藤千夜子盤（ビクター）はヒットせず、七年一月臨時発売の藤山一郎盤（コロムビア）によって、全

どこまで時雨《しぐれ》　ゆく秋ぞ
トレモロ淋し　身は悲し
三、君故に
永き人生《ひとよ》を　霜枯れて
永遠《とわ》に春見ぬ　我がさだめ
永らふべきか　空蝉《うつせみ》の
儚なき影よ　我が恋よ

影を慕ひて　古賀政男　昭5・12

257
「こいつは——」
不図私は吾にかへつて、背中の重荷を、子守りがするやうに急にゆすりあげながら呟いた。——「鬼涙沼《きなだぬま》の底へ投げ込んでしまふより他に手段《てだて》はないぞ。」
絶え間もない突撃をゼーロンの臀部に加へながら、沼の底に似た森にさしかかつた。樹々の梢が水底の藻に見え、「水面」を仰ぐと塒《ねぐら》へ帰る鳥の群が魚に見え、ゼーロンにも私にも鰓があるらしかつた。——それにしても重荷のために背中の皮膚が破れて、ビリビリと焼かるるやうに水がしみる！　血でも流れてゐはしないか？　と私は思つた。

ゼーロン　牧野信一　昭6・10

258
私らは「何の為に」「なにを」書くかと、新しい角度から問ふ以前に、つまり文学の効用をいふが、それ以前に「なぜ文学をする」、「文学をしだした」、とその生の意識を問はうとする情熱を感じる。明らかにこの二者の微細な区別の確立を看過し得ない。こ

国を風靡するに至った。当時のことを古賀は、「僕は上京して牛乳や新聞配達で苦学していた頃、石川啄木の歌に傾倒していた。だから働けど楽にならざり、ジッと手を見た頃の、灰色の青春を表現したのが『影を慕いて』なのだ」と回想した（『別冊太陽』一九八五・九）。

257　「改造」に発表、のち昭和一一年二月、芝書房刊行の小説集『鬼涙《きなだ》村』所収。著者は、昭和六年一一月、季刊誌「文科」を創刊し、その責任編集者となる。この時期、著者は、「ギリシャ牧野」と言われ、自らの故郷を幻想化しそこを舞台に、奔放、快活な作品を残した。本作は、この時期の、神秘的、幻想的な物語の代表作。掲出は作品末尾。

258　「コギト」は、保田を中心に昭和七年三月から一九年九月まで、一四六冊を出した文芸雑誌。編集後記は、ほとんど保田が執筆した。

の原罪的な過去の宿命観を追求してゆきたい。そこから私の文学はそれの多彩と豊穣を得るであらう。

「コギト」（創刊号編輯後記）　保田与重郎　昭7・3

259

夜を帰る枯野や*北斗鉾立ちに
凍港や旧露の街はありとのみ
昼ながら天の闇なり菖蒲園

凍港　山口誓子　昭7・5

260

白い雲。ぽつかり広告軽気球が二つ三つ空中に浮いてゐる。――東京の高層な石造建築の角度のうちに見られて、これらが陽の工合でキラキラと銀鼠色に光つてゐる有様は、近代的な都市風景だと人は云つてゐる。よろしい。我々はその「*天勝大奇術」又は「何々カフェー何日開店」とならべられた四角い赤や青の広告文字をたどつて下りて行かう。歩いてゐる人々には見えないが、その下には一本の綱が垂れさがつてゐて、風に大様に揺れてゐる。これが我々を導いてくれるだらう。すると、我々は思ひがけない――もちろん、広告軽気球がどこから昇つてゐるかなぞと考へて見たりする暇は誰にもないが――それでも、ハイカラな球とは似つかない、汚い雨ざらしの物干

上掲後記は、「私らは最も深く古典を愛する。私らはこの国の省みられぬ古典を愛する。私らは古典を殻として愛する。それから私らは殻を破る意志を愛する」と結ばれている。

259　大正一三年から昭和七年までの作、二九七句を収録した第一句集。素人社書屋刊。タイトルは掲載第二句にみられるように、少年時代を過ごした樺太方面の風景に基づく。集中には、例えば「七月の青嶺まぢかく熔鉱炉」のように、「索道、捕鯨船、起重機、船渠」といった大型の人工素材のある風景がよく表現されていて、主知的な構成の手法とともに「現代詩と同次元の質感」（松井利彦「山口誓子」昭52）を見せている。

北斗鉾立ちに　北斗七星が鉾を立てたようにまっすぐに見えているさま。

260　「中央公論」に発表。題はドイツの劇作家ブレヒトの『三文オペラ』を意識したものとされる。作者はそれまでの新感覚派的手法に拠るプロレタリア作家として活躍

台に到着する。

日本三文オペラ　武田麟太郎　昭7・6

261
暗い海の空が羽搏いてゐる鷗の羽根は、肩を廻せば肩に触れさうだ。
暗い海の空に啼いてゐる鷗の声は、手を伸せば掌に摑めさうだ。
摑めさうで、だが姿の見えないのは、首に吊したランプの瞬いてゐるせゐだらう。
私はランプを吹き消さう。
そして消されたランプの燃殻のうへに鷗が来てとまるのを待たう。

帆の歌（「帆・ランプ・鷗」）　丸山薫　昭7・12

262
芋の露連山影を正しうす

餅花＊に髪結ひはえぬ山家妻

をりとりてはらりとおもきすすきかな

山廬集　飯田蛇笏　昭7・12

263
只ならぬ事変が父の運命に落ちたと思つたのか、子供は跣足で土間に下り「母ちゃん、母ちゃん！」と二タ声、鼓膜を劈くやうな鋭い異様な声を発した。途端、向うに

していたが、この年あたりより市井事ものと呼ばれる一連の作品を発表し始めた。この作風転換の背景には、大阪出身の作者の庶民的リアリズムへの回帰が認められる。天勝大奇術　初世松旭斎天勝（明19〜昭19）一座の奇術興行のこと。

261　昭和三年から七年の間の作品三四篇を収録する第一詩集。第一書房刊。作者は、船乗りにあこがれ商船学校に入るが病気のために退学、三高に転じ三好達治、梶井基次郎らと交わる。本詩集では、標題のとおり海洋へのなつかしさが主知的に歌われているとともに、都市の風景の中に自己現実の苦悩が投影されてもいる。

262　明治二七年以前の句から昭和六年までの作一七七六句を収録した、作者四七歳の時の第一句集。雲母社刊。掲載句は、順に大正三年、四年、昭和五年の作。年譜の明治四二年に、「一切学術を捨て、所蔵の書籍全部を売払つて家郷に帰り、田園生活に入る」とあり、以後、山梨県境川村での自然との交渉の中で句作をつづけた。

見える納屋の横側の下便所からユキが飛び出し、「父ちゃんが、どうしたの」と消魂しく叫んで駈け寄つて来て台所に上ると、私は、「これを見い」とハガキをユキの眼先に突き附けた。――御作「松声＊」二月号の××雑誌に掲載する事にしました、御安心下さい――といふ文面と、差出人の雑誌社の社長のゴム印とを今一度たしかめた刹那、忽然、私は自分の外に全世界に何物もまた何人も存在せぬもののやうな気がした。私は「日本一になつた！」とか何んとか、そんなことを確かに叫んだと思ふと、そのハガキを持つたままぐらぐらツと逆上して板の間の上に舞ひ倒れてしまつた。

神前結婚　嘉村礒多　昭8・1

264
「三州吉《き》良港《らみなと》」

一口にさう言はれてゐるが、吉良上野《かうづけ》の本拠は三州横須賀村である。後年、伊勢の荒神山で、勇ましい喧嘩があつて、それが今は、はなやかな伝説になつた。そのときの若い博徒が、此処から一里ほどさきにある吉田港から船をだしたといふので、港の方だけが有名になつてゐるが、しかし吉良といふ地名が現在何処にも残つてゐるわけではない。

人生劇場（青春篇）　尾崎士郎　昭8・3・18〜8・30

265
英一郎　論文論文。（立ち上る）おい、お茶持つて来い。
峰子　自分で持つといで。

餅花　正月、小正月などに家庭で行う予祝行事。木の枝に餅をちぎってつけ、花が咲いたように見せたもの。

263　既に私小説が再検討される時期にあって、私小説を突き詰めた作品。作者は文壇進出を目指し大正一四年三月末に故郷を出奔、上京したが、文壇生活の困難から昭和七年一月に山口県吉敷郡に帰郷していた。その失意の思いが背景にある。この作品が「改造」に発表された年、数え年三七歳で作者は亡くなっている。

「松声」　「中央公論」昭和七年二月号に発表の「途上」にあたる。

264　「都新聞」に連載。掲出は青春篇序章の冒頭。「人生劇場」は、この後「愛慾篇」「残侠篇」「風雲篇」「遠征篇」（のちに「離愁篇」と改題）「夢現篇」「望郷篇」「蕩子篇」と、作者晩年に至るまで書き継がれ昭和一〇年三月、挿絵を担当した中川一政の尽力で竹村書房より刊行。同年四月一六日、川端康成が「読売新聞」の時評で絶賛した。

265　前年に創刊された岸田国士門

英一郎　はい、つてつて立つたためしないぞ、お前。
峰子　自分立つてるんだから、次手《ついで》に呑んでくれやいいぢやないか。足があるだらう。
英一郎　云ふことがいちいち……。
峰子　やるか、来い。
　両人争ふ。坂は見向きもしない。峰子が傍に逃げてきたのにも無関心である。更に、
　峰子擦り寄る。
坂　（矢庭に平手で峰子の頬を烈しく打つ）止めろて云ふとに。
峰子　（初め、啞然として母の顔を見つめてゐたが、ぷいと立ち上つて隣室に行き、長火鉢の傍に坐る。かすかに啜りあげてゐる）
英一郎　それ見ろ。
坂　（椅子にかけようとする彼を見上げて）英一郎さん……（自分の悲しみを見せまいと穏かににこにこしながら）お前、それで名古屋に行くて云ふとですか？……仕方のなか、おつ母さんも諦めた。行きまつせ。行きまつせ。おつ母さんも決心したと。
　峰子は、襖際ににじり寄る。
坂　（殆んど含羞を以て）みねちやんは寄宿舎に入れといて、おつ母さんも一緒に名古屋に行くわ。

幕

おふくろ　田中千禾夫　昭8・3

下の若い作家たちが集まる雑誌「劇作」に先ず発表され、六月に築地座で初演された戯曲。小倉家の冬の夜を舞台とする一幕物。戸板康二の『演劇五十年』によると、「劇作」の若い作家たち同様、数え年二九歳の作者もこの作品により初めて認められた。また『物言う術』（昭24、世界文学社）という俳優術の書がある。

266

天　気

（覆《くつがへ》された宝石）のやうな朝
何人か戸口にて誰かとさゝやく
それは神の生誕の日。

眼

白い波が頭へとびかゝつてくる七月に
南方の綺麗な町をすぎる。
静かな庭が旅人のために眠つてゐる。
薔薇に砂に水
薔薇に霞む心
石に刻まれた髪
石に刻まれた音
石に刻まれた眼は永遠に開く。

Ambarvalia　西脇順三郎　昭8・9

267

どこから話したら好いかな、と暫く考へてから彼はゆつくりと語りはじめた。外国から帰つて間もなく蒲田に二階二間階下《した》三間くらゐの小さな家を借りて、僕は二階、女房と子供は階下とまるで別々の生活を始めた。もうその頃は別れ話もだいぶん進行してゐてただ具体的な問題の片附くのを待つてゐるといふだけだつた。何しろ僕は十年振りに見る日本の女がきれいできれいで眼がさめると家を飛びだし街をほつき歩いたり夜はおそくまでダンスホールやカフエーを漁り歩いたりして帰つて来るといふ風で幾日も女房の顔を見ないことの方が多かつた。

色ざんげ　宇野千代　昭8・9、昭9・2、9、昭10・3

268

「おっかさんは、ぼくをゆるして下さるだらうか。」

266　『Ambarvalia』は日本語による西脇の第一詩集（これに先だって自費出版した英文詩集やフランス語による詩集の出版計画があった）。椎の木社刊。詩集名は、「穀物祭」の意のギリシャ語で、ペイターの『快楽主義者マリウス』の記述を踏まえている。「Le Monde Ancien（古代世界）」と「Le Monde Moderne（現代世界）」の二部から成り、序詩を含めて三一篇が収録されている。昭和二二年には改作版が出され、大きな詩情の変化をみせている。

267　「中央公論」に四回にわたり分載。主人公である巴里帰りの若い画家のモデルは、当時作者が一緒に暮らしていた東郷青児とされる。発表を始めたのは作者数え年三七歳の年で、翌昭和九年、作品の完成と前後して東郷青児と別れる。中央公論社から同名の単行本を刊行（昭10・4）している。掲出は作品冒頭。

268　生前は未発表で、賢治の没（昭

いきなり、カムパネルラが、思ひ切ったといふやうに、少しどもりながら、急きこんで云ひました。

ジョバンニは、

(あゝ、さうだ、ぼくのおっかさんは、あの遠い一つのちりのやうに見える橙いろの三角標のあたりにゐらっしゃって、いまぼくのことを考へてゐるんだった。)と思ひながら、ぼんやりしてだまってゐました。

「ぼくはおっかさんが、ほんたうに幸になるなら、どんなことでもする。けれども、いったいどんなことが、おっかさんのいちばんの幸なんだらう。」カムパネルラは、なんだか、泣きだしたいのを、一生けん命こらえてゐるやうでした。

「きみのおっかさんは、なんにもひどいことないぢゃないの。」ジョバンニはびっくりして叫びました。

「ぼくわからない。けれども、誰だって、ほんたうにいいことをしたら、いちばん幸なんだねえ。だから、おっかさんは、ぼくをゆるして下さると思ふ。」カムパネルラは、なにかほんたうに決心してゐるやうに見えました。

銀河鉄道の夜　宮沢賢治　昭8(完成推定)

269

もはやわれわれは、実証主義者や理想主義者の教義や、哲学体系や、科学的学説に用はない。人は、悲劇の主人公の運命を思い浮かべながら、理性の声を聞くことも出来るし、哲学者や倫理学者を体系上の綜合の内に捕えることも出来る。しかし人生に

8)後、昭和九年文圃堂版全集が初出。第一稿は大正一三年に書かれ、その後三度の大幅な書き直しがなされ、最終形(第四次稿)で「一、午後の授業」から「三、家」までの三章がはじめて書かれた。『校本宮沢賢治全集』(筑摩書房)で第三次稿と第四次稿とを分けてそれぞれ別の本文として収録して以来、他の刊本でもそのかたちをとることが多くなったが、まだ両者を混合した本文も多くみられる。掲出は「七、北十字とプリオシン海岸」冒頭。

269　芝書店より刊行。原書は一九〇三年に発表された。原題「ドストエフスキーとニイチエ」。「訳者序」と作者の「序」に続いて、「ド

直面して如何に行動すればいいのか？　ラスコルニコフやカラマゾフのような存在と如何なる取引をすればいいのか？　かれらに欠けているものは汚辱であり良心である。かかる存在こそ人間の悲劇や喜劇を無関心な態度で眺めるものである。

この問題はわれわれをドストエフスキーの哲学からその後継者のニイチェに移らしめる。ニイチェこそ「残虐性の神化《アポテオーズ》」という恐ろしいことばをその旗印に記した最初の人である。

悲劇の哲学　シェストフ　河上徹太郎・阿部六郎訳　昭9・1

270

労働者の子供たちに読んでもらふ小さい雑誌の五月号の編輯会議が、或る晩、吉祥寺の薄田《すすきだ》一平のうちで開かれた。鹿野のり子は、編輯長にえらばれて最初の成果だつた四月号が、やれなんの、やれかんのと、いたるところでいろんな難癖を指摘されたので、ちくしやうめ、自分の腕の本当のところを見てをれと、負けずぎらひの気持が、寝てもさめても、時をえらばず、たけりたつので、食器を取りおとして割つたり、編物の目を間違へて、何度となくほどきかえたりしなければならなかつた。

白夜　村山知義　昭9・5

271

わが故郷に帰れる日
汽車は烈風の中を突き行けり。
ひとり車窓に目醒むれば
汽笛は闇に吠え叫び
火焔《ほのほ》は平野を明るくせり。
まだ上州の山は見えずや。

ストエフスキー」と「ニイチエ」の二部構成になっており、前者を河上徹太郎、後者を阿部六郎が担当した。引用は「ドストエフスキー」の最末尾で河上の訳。

270　いわゆる転向文学の嚆矢とされる小説。作者は前衛演劇から出発し、プロレタリア演劇活動の旗手であったが、昭和七年四月に検挙され獄中転向し、翌八年末に保釈出獄していた。昭和九年三月、懲役二年、執行猶予三年の判決を受けた作者が、その二ヵ月後に「中央公論」に発表したのがこの小説である。掲出は作品冒頭。

271　第一書房から刊行された第六詩集。再録四篇を含め、二五篇が収録されている。それまでの口語中心に代って文語が用いられ、「非

夜汽車の仄暗き車燈の影に
母なき子供等は眠り泣き
ひそかに皆わが憂愁を探《さぐ》れるなり。
嗚呼また都を逃れ来て
何所《いづこ》の家郷に行かむとするぞ。
過去は寂寥の谷に連なり
未来は絶望の岸に向へり。
※砂礫《されき》のごとき人生かな！

272

汚れつちまつた悲しみに
今日も小雪の降りかかる
汚れつちまつた悲しみに
今日も風さへ吹きすぎる

汚れつちまつた悲しみは
たとへば狐の革裘《かはごろも》
汚れつちまつた悲しみは
小雪のかかつてちぢこまる

われ既に勇気おとろへ
暗澹として長《とこし》なへに生きるに倦みたり。
いかんぞ故郷に独り帰り
さびしくまた利根川の岸に立たんや。
汽車は曠野を走り行き
自然の荒寥たる意志の彼岸に
人の憤怒《いきどおり》を烈しくせり。

帰郷（「氷島」）　萩原朔太郎　昭9・6

汚れつちまつた悲しみは
なにのぞむなくねがふなく
汚れつちまつた悲しみは
倦怠《けだい》のうちに死を夢む

汚れつちまつた悲しみに
いたいたしくも怖気《おぢけ》づき
汚れつちまつた悲しみに
なすところもなく日は暮れる……

憤慷慨調」と呼ばれる激しい口調が特徴となっている。自序に「すべての詩篇は『朗吟』であり、朗吟の情感で歌はれて居る。読者は声に出して読むべきであり、決して黙読すべきではない。これは『歌《うた》ふための詩』なのである」とある。
砂礫　砂や小石。

272　編集後二年経って、小林秀雄の紹介で文圃堂から出版された中原の第一詩集。「初期詩篇」（二二篇）、「少年期」（九篇）、「みちこ」（五篇）、「秋」（五篇）、「羊の歌」（三篇）の五章から成り、計四四篇を収録。掲載詩にみられる歌謡調は、中原の詩風の一角を構成する。この詩の初出は『白痴群』（昭5・4）、のち『紀元』（昭9・1）に再発表されている。

汚れつちまつた悲しみに…（「山羊の歌」）　中原中也　昭9・12

参

芸術といふのは名辞以前の世界の作業で、生活とは諸名辞間の交渉である。そこで生活で敏活な人が芸術で敏活とはいかないし、芸術で敏活な人が生活では頓馬であることもある得る。謂はば芸術とは「樵夫《きこり》山を見ず」のその樵夫にして、而も山のことを語れば何かと面白く語れることにて、「あれが『山（名辞）』であの山はこの山よりどうだ」なぞいふことが謂はば生活である。ましては「この山は防風上はかの山より一層重大な役目をなす」なぞといふのはいよいよ以て生活である。そこで例へば謂ふ所の問題劇を書いたイブセンだつて、自身を云つた通り慥《たし》かに「人生《ライフ》のために書いたのではない」のであつて、偶々人生で問題になり勝な素材を用ゐたに過ぎぬ。即ちその素材の上で夢みるといふ純粋消費作用を営んだに過ぎぬ。

芸術論覚え書　中原中也　昭9

273

一九三〇年三月八日。

神戸港は雨である。細々とけぶる春雨である。海は灰色に霞み、街も朝から夕暮どきの様に暗い。

三ノ宮駅から山ノ手に向ふ赤土の坂道はどろどろのぬかるみである。此の道を朝早くから幾台となく自動車が駆け上つて行く。それは殆んど絶え間も無く後から後からと続く行列である。この道が丘につき当つて行き詰つたところに黄色い無装飾の大き

参　全集本（角川書店）で一五頁の分量の、中原の最もまとまった詩論。箇条書きの三三の章段から成り、冒頭はよく引用されることのある「『これが手だ』と、『手』といふ名辞を口にする前に感じてゐる手、その手が深く感じられてゐればよい」の一文で、ここに論の起点があり、また帰結点がある。掲載箇所は一二番めの章段の後半部で、この詩論のキーワード「名辞以前の世界」を比喩的に説明している。

273　昭和五年三月、国民時論社を形式的に退職し、その退職金でブラジル移民の一行に加わった作者は、結婚を口実に同年八月には帰国し、同社に戻った。この体験をもとに「改造」第七回懸賞創作に応募し、選外佳作となった。これをさらに書き改め、同人誌「星座」

なビルデイングが建つてゐる。後に赤松の丘を負、右手は贅沢な尖塔をもつたトア・ホテルに続き、左は黒く汚い細民街に連なる此の丘の上の是が「国立海外移民収容所」である。

蒼氓　石川達三　昭10・4

274

今の文学の種類には、純文学と、芸術文学と、純粋小説と大衆文学と、通俗小説と、およそ五つの概念が巴となつて乱れてゐるが、最も高級な文学は、純文学でもなければ、芸術文学でもない。それは純粋小説である。しかし、日本の文壇には、その一番高級な純粋小説といふものは、諸家の言のごとく、殆ど一つも現れてないと思ふ。純粋小説の一つも現れてゐない純文学や芸術文学が、いかに盛んにならうと、衰滅しようと、実はどうでも良いのであつて、激しく云ふなら、純粋小説が現れないやうな純文学や芸術文学なら、むしろ滅んでしまふ方が良いであらうと云はれても、何とも返答に困る方が、真実のことである。

純粋小説論　横光利一　昭10・4

275

がらんとした畳敷きの土蔵のなかで息子の勉次が褌《ふんどし》一つで翻訳をしてゐる。涼しいうちにと思つてつとめたのが、ひと所へひつかかつて、昼も大分すぎて一向捗《はか》どらない。やせた脇腹を掻いたり、途中まで吸つた煙草を指でもみ消したり、仰向けにひつくり返つて見たりしたあげく、諦めて、単衣《ひとえ》ものを着直して納戸へ出て行つた。家中

創刊号に発表したのが本作品。第一回芥川賞受賞。掲出は作品冒頭。

274　「改造」に発表。純粋小説とは、アンドレ・ジイドに学んだ概念であるが、作者は「純文学にして通俗小説」と規定を加えている。鈴木貞美の概念の解読によると、純文学＝私小説・心境小説、芸術文学＝新興芸術派、大衆文学＝時代小説、通俗小説＝現代風俗小説（『日本の「文学」を考える』平6、角川選書）となる。

275　昭和六年の夏頃、作者は当時非合法であった日本共産党に入党し、その活動により、翌七年四月に逮捕された。昭和九年五月、日本共産党員であったことを認定し、

あけつ放しで、板の間のまつ黒い竹組天井から煤だらけの太鼓が下がつてゐる。やはりまつ黒な框《かまち》に沢瀉紋《さわだかもん》の提灯箱《ちやうちんばこ》、紅殻塗《べにがらぬり》の中柱に分銅のとまつた古ぼけた柱時計が掛かつてゐる。父や母も見えない。

村の家　中野重治　昭10・5

276

わが死せむ美しき日のために
連嶺の夢想よ！　汝《な》が白雪を
消さずあれ
息ぐるしい稀薄のこれの曠野に
ひと知れぬ泉をすぎ
非時《ときじく》の木の実熟《う》るる
隠れたる場しよを過ぎ
われの播種《ま》く花のしるし
近づく日わが屍骸《なきがら》を曳かむ馬を
この道標《しめ》はいざなひ還さむ
あゝかくてわが永久《とは》の帰郷を
高貴なる汝《な》が白き光見送り
木の実照り　泉はわらひ……
わが痛き夢よこの時ぞ遂に
休らはむもの！

曠野の歌（「わがひとに与ふる哀歌」）　伊東静雄　昭10・10

277

「苦悩、それは死ぬまでつきまとつて来るでせう。でも誰かが言つたではありませんか、苦しむためには才能が要るつて。苦しみ得ないものもあるのです。」

そして佐柄木は一つ大きく呼吸すると、足どりまでも一歩々々大地を踏みしめて行く、ゆるぎのない若々しさに満ちてゐた。

転向を宣言して、懲役二年執行猶予五年の判決を受け、収容中の豊多摩刑務所から出所した。そのちょうど一年後に「経済往来」に発表したのが本作品である。掲出は冒頭部。

276　三百部限定でコギト発行所から刊行された伊東の第一詩集。「音楽性と思想性の均衡と整合のために、詩人は細心に幾度もその詩編の配列を組み改め、現行のような二十五編と短詩『読人不知』の二編を含む」（小川和祐「わがひとに与ふる哀歌」昭62）かたちとなっている。掲載詩は代表作の一つで、屍骸《なきがら》となって帰郷する者の回りに豊かな風景が展開するという痛切なアイロニーを示している。

277　「文学界」発表。昭和九年五月、東村山の療養所全生病院にハンセン氏病で入院した作者が、短篇『間木老人』（昭10・11、「文学界」）によって川端康成に認めら

あたりの暗がりが徐々に大地にしみ込んで行くと、やがて燦然たる太陽が林の彼方に現はれ、縞目を作つて梢を流れて行く光線が、強靱な樹幹へもさし込み始めた。佐柄木の世界へ到達し得るかどうか、尾田にはまだ不安が色濃く残つてゐたが、やはり生きて見ることだ、と強く思ひながら、光りの縞目を眺め続けた。

いのちの初夜　北条民雄　昭11・2

278 作家は黒白をつけるのが与へられた任務であるが、その任務の遂行は、客観性のうしろに作家が安心して隠れられる描写だけをもつてしては既に果し得ないのではないか。白いといふことを説き物語る為だけにも、作家も登場せねばならぬのではないか。作家は作品のうしろに、枕を高くして寝てゐるといふ訳にもういかなくなつた。作品中を右往左往して、奔命につとめねばならなくなつた。十九世紀的小説形式そのものへの懐疑がすでに擡頭《たいとう》してきてゐるのも、かうした事情からであらう。十九世紀的な客観小説の伝統なり約束なりに不満が生じた以上は、小説といふものの核心である描写も平和を失つたのである。つまり文学以前の分裂が、文学をちぢにひきさいてゐるのだ。

描写のうしろに寝てゐられない　高見順　昭11・5

279 疼痛。からだがしびれるほど重かつた。ついであのくさい呼吸を聞いた。
「阿呆。」

れ、その励ましで完成させたのが本作品。初題の『最初の一夜』も川端により改められた。本名等詳しい経歴については公表されていない（当時、ハンセン氏病患者は極端に差別され、病院のしきたりにより、患者は外部に対し、一切身許を秘した）。

278「新潮」所載、田山花袋一派の描写万能主義、およびその前提としての「客観的共感性」への不信を、今日の文学が危機的状況に置かれているとする前提のもとに述べたもの。饒舌体のもつ物語る「熱ツぽさ」を強調することともなった。賛同と反対の両面において、大きな反響を呼んだ。掲出は作品末尾。

279 昭和八年三月、「海豹」創刊号が初出。その後、砂子屋書房から

スワは短く叫んだ。

ものもわからず外へはしつて出た。

吹雪！　それがどつと顔をぶつた。思はずめためた坐つて了つた。みるみる髪も着物もまつしろになつた。

スワは起きあがつて肩であらく息をしながら、むしむし歩き出した。着物が烈風で揉みくちやにされてゐた。どこまでも歩いた。

滝の音がだんだんと大きく聞えて来た。ずんずん歩いた。てのひらで水洟を何度も拭つた。ほとんど足の真下で滝の音がした。

狂ひ唸る冬木立の、細いすきまから、

「おど！」

とひくく言つて飛び込んだ。

魚服記（「晩年」）　太宰治　昭11・6

280
酔払つた小関は沢村追想の意味で「故旧忘れ得べき」を歌はうぢやないかと言つた。――コキュー？　篠原が言つた。*cocuの意味に間違えたのだ。――コキュー忘れ得べきとはなんだ。――古い友達を忘れることができようか。Should Auld Acquaintance Be Forgot……。小関が小声で歌ひ出した。――*「蛍の光」ぢやないか。――さうだよ、日本語にすれば「蛍の光」。――よし、沢村と離別する意味で、ひとつやらうか。
「蛍の光」がしめやかに歌ひ出された。そしてそれは、次第に座の全体にひろがつて

出された初の創作集『晩年』に収められた。『太宰治全集』第一巻（筑摩書房、平元・6）に山内祥史の詳細な解題がある。執筆は昭和七年、数え年二四歳で、東京帝国大学に在学中であり、実質的にはこの作品により作家生活が開始されたと見られている。掲出は第三章末尾。

280　「日暦」に昭和一〇年二月より五月、七月に連載。第一回の芥川賞候補作。これに、翌年三月より五月、七月より一〇月まで「人民文庫」に連載されたものを加えて完結した。掲出は作品末尾。

cocu　フランス語。妻を寝取られた男のこと。

いつた。どういふ訳で「蛍の光」を歌ふのか、皆は解せぬのであつたが、やはり歌ひたい気持があつた。歌ふといふより口をあけて胸のモダモダを吐き出すやうな侘《わび》しいヤケな歌声であつた。

故旧忘れ得べき　高見順　昭11・10

281

森の宝庫の寝間《ねま》に
藍色の蟇は黄色い息をはいて
陰湿の暗い暖炉のなかにひとつの絵模様をかく。
太陽の隠《かく》し子のやうにひよわの少年は
美しい葡萄のやうな眼をもつて、
行くよ、行くよ、いさましげに、
空想の狩人《かりうど》はやはらかいカンガルウの編靴《あみぐつ》に。

藍色の蟇　大手拓次　昭11・12

282

わたくしは殆ど活動写真を見に行つたことがない。

おぼろ気な記憶をたどれば、明治三十年頃でもあらう。神田錦町《にしきちやう》に在つた貸席錦輝《きんき》館で、サンフランシスコ市街の光景を写したものを見たことがあつた。活動写真といふ言葉のできたのも恐らくはその時分からであらう。それから四十余年を過ぎた今日《こんにち》では、活動という語《ことば》は既にすたれて他のものに代《かへ》られてゐるらしいが、初めて耳にし

蛍の光　原曲はイギリスの田園詩人Robert Burnsが一七七八年に作った〝Auld Lang Syne〟という詩に曲がつけられ、送別歌として普及したスコットランド民謡。明治一四年には「蛍」の題で文部省唱歌に選定された。「故旧忘れ得べき」は、〝Auld Lang Syne〟が訳されたものであろう。

281　作者の没後、友人の逸見享が編集、装幀した詩集。アルス刊。大正初期から昭和八年まで散文詩一六篇を含めた二五五篇が収録されている。掲載詩は集の巻頭に置かれたタイトル・ポエム。萩原朔太郎に「彼のエロチシズムと恋愛詩は、いつも阿片の夢の中で、夢魔の月光のやうに縹渺して居た。それは全く常識の理解ができない、不思議な妖気にみちたポエジイである」（「大手拓次君の詩と人物」昭11）ということばがある。

282　昭和一一年、作者は数え年五八歳で、日記には健康上の理由から長編小説執筆の困難を書き付けていた（七月七日）が、玉の井の私娼街見物の興の持続から、九月

たものゝ方が口馴れて言ひやすいから、わたくしは依然としてむかしの廃語をこゝに用ひる。

濹東綺譚　永井荷風　昭12・4・16〜6・15

283

ささやかな地異は　そのかたみに
灰を降らした　この村に　ひとしきり
灰はかなしい追憶のやうに　音立てて
樹木の梢に　家々の屋根に　降りしきつた

その夜　月は明かつたが　私はひとと
窓に凭れて語りあつた（その窓からは山の姿が見えた）
部屋の隅々に　峡谷のやうに　光と
よくひびく笑ひ声が溢れてゐた

――人の心を知ることは……人の心とは……
私は　そのひとが蛾を追ふ手つきを　あれは蛾を
把へようとするのだらうか　何かいぶかしかつた

いかな日にみねに灰の煙の立ち初めたか
火の山の物語と……また幾夜さかは　果して夢に
その夜習つたエリーザベトの物語を織つた

はじめてのものに（「萱草に寄す」）　立原道造　昭12・5

284

国境の長いトンネルを抜けると雪国であつた。夜の底が白くなつた。信号所に汽車

二〇日より一〇月二五日にかけてこれを執筆した。朝日新聞社の日高基裕の再三の要請もあり、翌年この原稿を「朝日新聞」に全三五回の連載小説として発表した。掲出は作品冒頭。

283　「風信子《ヒヤシンス》叢書」第一編と名付けられて自費出版された立原の第一詩集。一四行詩《ソネット》一〇篇で構成された楽譜型の大判の詩集。愛の誕生からその喪失までの過程が、物語風に緻密に構成されている。掲載詩はその発端の詩。第三連第一行は、同じ四季派詩人津村信夫の「花樹」の一節「人の心を知ることは、その心を把へることは……」によっており、第四連第一行は、藤原定家の「今日ぞ思ふいかなる月日ふじの根の峰に煙の立ち初めにけむ」を踏まえている。さらに、「エリーザベトの物語」とはシュトルムの悲恋小説「みづうみ」を示している。

284　昭和一〇年一月に発表された

が止まつた。
向側の座席から娘が立つて来て、島村の前のガラス窓を落した。雪の冷気が流れこんだ。娘は窓いつぱいに乗り出して、遠くへ叫ぶやうに、
「駅長さあん、駅長さあん。」
明りをさげてゆつくり雪を踏んで来た男は、襟巻《えりまき》で鼻の上まで包み、耳に帽子の毛皮を垂れてゐた。

雪国　川端康成　昭12・6

285

ジョン万次郎の生れ故郷は、土佐の国幡多《はた》郡中の浜といふ漁村である。文政十(丁亥《ひのとゐ》)年の生れといふことだが、生れた正確な月日はわからない。父親は悦介といひ、万次郎九歳のとき亡くなつた。母親の名をシヲといひ、寡婦《やもめ》になつてからは万次郎等兄妹五人のものを、女ひとりの手で養育した。もちろん赤貧洗ふが如《ごと》き有様で、子供たちに読み書きを仕込む余裕などあらうわけがない。

ジョン万次郎漂流記　井伏鱒二　昭12・11

286

静寂のなかに、雨の音……
玄関におとなふ声。
声　――ご免くださへ――ご免くださへ……
玲子　（窓から半身のり出して）どなた？

「夕景色の鏡」（「文芸春秋」）と「白い朝の鏡」（「改造」）に、続編を種々の雑誌に書き継ぎ、その上新稿を加えて創元社から刊行されたもの。同年七月、文芸懇話会賞を受賞した。さらに戦後に到るまで書き継がれ、完結版『雪国』が同じ創元社より刊行されたのは、昭和二三年一二月のことであった。掲出は有名な作品冒頭。

285　書き下ろしで河出書房より「記録文学叢書」の一冊として刊行され、直木賞受賞作となった。その表紙には、「風来漂民奇譚」と書かれてある。作者には他にも、『日本漂民』（「作品」、昭7・8）や『漂民宇三郎』（「群像」、昭29・4〜30・12）といった、漂流を扱った作品がある。掲出は作品冒頭。

286　第一部四幕と第二部三幕に分けて「新潮」に発表された社会主義リアリズム戯曲。北海道十勝が舞台。社会主義リアリズムとは、昭和九年のソ連の作家連盟第一回

声　――こちらに、逸見庄作ちふもん、あがつてゐねいすか？
玲子　――もう、とつくに帰りましたけど……
声　――さうか――行き違ひさなつたかな。
玲子　なんか、御用？
声　――いやあ――わし、留守さ行き合せたつけ――お産あつたんですつてえ……
玲子　あら――しのやさんの赤ちやん、うまれたの？
声　――あゝ、さうさう、ここのうちにも関係あつたつけな……
　言ひながら、窓外に顔を見せたのは、傘もささない市橋達二である。
市橋　したら、みなさんさ伝へてくださへ――愛《め》んこい男の子だつてな――泉の治郎さ、そつくりでねいすか。

――幕、下りる。――

火山灰地　久保栄　昭12・12、昭13・7

287

「気を付けえツ。前へ―おいツ。」

　子供達は三平の家の前門で列び、三平の号令で出発した。銀チヤンが先頭でラツパを吹いた。四月中ば、朝七時、方々の山の上の畑には桃の花が咲いてゐた。

「プツプツプ――、プツプツプ――」

　兵隊さんが一人街道を馬でやつて来て、河原の方に下りてつたといふので、今、子供達は勇ましく行進してゆくのである。部隊総員五名、竹の鉄砲をかついだり、腰に

大会でも提唱された、文学や芸術の創作方法に関する基本的理念。衰退したプロレタリア演劇運動に代わる演劇運動の理論的支柱とされた。本作はその典型作品とされる。掲出は戯曲末尾。

287　「都新聞」に連載。作者数え年四九歳の作品で、のち新潮社より刊行（昭13・8）。『お化けの世界』（「改造」昭10・3）、『風の中の子供』（「東京朝日新聞」昭11・9・5～同11・6）と三部作を構成する。作者は家業である島田製織所の取締役であったが、内紛からそ

さしたり、軍刀のやうに肩にあてゝゐるものもある。

子供の四季　坪田譲治　昭13・1・1〜6・16

288 現実は虚無である。今の日本には何物もない。一切の文化は喪失されてる。だが僕等の知性人は、かかる虚妄の中に抗争しながら、未来の建設に向つて這ひあがつてくる。僕等は絶対者の意志である。悩みつつ、嘆きつつ、悲しみつつ、そして尚、最も絶望的に失望しながら、しかも尚前進への意志を捨てないのだ。過去に僕等は、知性人である故に孤独であり、西洋的である故にエトランゼだつた。そして今日、祖国への批判と関心とを持つことから、一層また切実なヂレンマに逢着して、二重に救ひがたく悩んでゐるのだ。孤独と寂寥とは、この国に生れた知性人の、永遠に避けがたい運命なのだ。

日本的なものへの回帰！　それは僕等の詩人にとつて、よるべなき魂の悲しい漂泊者の歌を意味するのだ。誰れか軍隊の凱歌と共に、勇ましい進軍喇叭で歌はれようか。かの声を大きくして、僕等に国粋主義の号令をかけるものよ。暫らく我が静かなる周囲を去れ。

日本への回帰　萩原朔太郎　昭13・3

289 それらの夏の日々、一面に薄《すすき》の生ひ茂つた草原の中で、お前が立つたまま熱心に絵を描いてゐると、私はいつもその傍らの一本の白樺の木陰に身を横たへてゐたものだ

の地位を追われ、作家専念の生活に入った。

288 『日本への回帰』は、同名の評論（初出、昭12・12）を巻頭に置いた、四〇篇の文章からなる評論集。白水社刊。掲載箇所は、評論「日本への回帰」の結末部分。その前段に「今や再度我々は、西洋からの知性によって、日本の失はれた青春を回復し、古の大唐に代わるべき、日本の世界的新文化を建設しようと意志している」とあるものの、全体は「悲しい漂泊者の歌」という情緒におおわれている。

289 昭和一一年一二月より一三年三月まで、「改造」「文芸春秋」「新

つた。さうして夕方になつて、お前が仕事をすませて私のそばに来ると、それからしばらく私たちは肩に手をかけ合つたまま、遙か彼方の、縁だけ茜色《あかねいろ》を帯びた入道雲のむくむくした塊りに覆はれてゐる地平線の方を眺めやつてゐたものだつた。やうやく暮れようとしかけてゐるその地平線から、反対に何物かが生れて来つつあるかのやうに……

風立ちぬ　堀辰雄　昭13・4

290

一

落下傘《らくかさん》がひらく。
じゆつなげに、
旋花《ひるがほ》のやうに、しをれもつれて。
青天にひとり泛《うか》びただよふ
なんといふこの淋《さみ》しさだ。
雹《ひよう》や
雷の
かたまる雲。
月や虹《にじ》の映る天体を
ながれるパラソルの
なんといふたよりなさだ。
だが、どこへゆくのだ。
どこへゆきつくのだ。
おちこんでゆくこの速さは
なにごとだ。
なんのあやまちだ。

二

この足のしたにあるのはどこだ。
……わたしの祖国！

女苑」「新潮」に分載された。その間の一二年六月、新潮社よりいったん刊行され、翌年、終章を加えて野田書房より決定版が刊行された。昭和一〇年七月、作者は婚約者矢野綾子とともに信州の富士見高原療養所に入院するが、綾子だけが病状が悪化し、一二月に亡くなる。本作はこの出来事を主題とする。

290　四二歳の金子光晴が「中央公論」に発表、後に詩集『落下傘』(昭23)に収録した詩。自ら「反戦詩であるにかかわらず、当局の目をぬけて、公器に発表されたのは、詩の表面のイミが、うら返しにしてあるからである」(『現代詩入門』)と言い、また「ただ一つ、どこかに鍵をつけて」(同)その鍵をわかる人にだけ意図が伝わるように工夫した、と言う。ここでは「なんのあやまちだ。」がその「鍵」の一つ。

さいはひなるかな。わたしはあそこで生れた。
戦捷《せんせふ》の国。
——父祖のむかしから
女たちの貞淑な国。

落下傘　金子光晴　昭13・6

291

五月四日

晴れわたつたよい天気である。

出発の武装をして馬淵中佐の部屋に行く。班長は、私が入つて行くと、高橋少佐宛の書面と、任務に関する訓令書とを書いてくれ、蚌埠《ばうふ》報道部の状態、前線に出てゐる報道部の区署など丁寧に指示してくれた上、給仕辻嬢に命じて麦酒《ビール》を取り寄せ、元気でひとつやつて来てくれたまへ、と麦酒を抜いて注いでくれた。私はコツプを取り上げ、溢《あふ》れ立つ泡を大事なもののように嚙みながら、先達来《せんだつてらい》より馬淵班長から示された限りなき深き理解の心に思ひいたり、それだけに一層何かしら軽からぬ荷物が私の肩に載せられたやうな感懐を持つた。私が不動の姿勢を取つて敬礼をし、扉《ドア》を排して出ようとすると、君は拳銃《ピストル》を持つて居ないね、僕のを持つて行きたまへ、と、モオゼル十連発の拳銃を貸してくれた。

麦と兵隊　火野葦平　昭13・8

292

日本武尊を戴冠の詩人*と云ふはあるひは不当かもしれない。さらに御一人者といふのは比較の後のやうに恐惶を感ぜられる。たゞ尊の片歌を愛誦し、この薄命の貴人の

291　日記形式を採り、作者の戦争体験をかなり直截的に提示した作品。昭和一二年九月に日支事変のため伍長として応召した作者は、翌一三年三月、出征先の杭州で出征前に書き上げた『糞尿譚』により芥川賞を受けた。その後、受賞第一作として「改造」に発表した本作品により、兵隊作家としてたちまち人気を得た。

292　『戴冠詩人の御一人者』は、『日本の橋』（昭11・11）、『英雄と詩人』

生涯の美しさにむしろ感傷に似た憬《あこが》れを感じてきた少年の日を思つたからである。だから紀の皇子東征にあたつての詔勅を見て、さらに常陸国《ひたちのくに》風土記の中に、「倭武のすめらみこと」なる言葉が古老によつて語られてゐたと録されてゐるのもなつかしいのである。さてすでにこゝにあげた帝室の詩人たちの作品にもみるごとく、上代日本の文芸が剣舞詩のやうに粗野でなく、民芸のやうに第二級的素朴でなく、心情のあらはれのおだやかで繊細な、文様のうつり心にいたましい程に美しかつたことは、実例をあげる繁をさけるゆゑに、上記の方たちの遺品について思ひ起すべきである。日本武尊は日本の最も上代の一人の武人の典型であつたから、又日本の詩人の典型であらせられた。詩人であつたから意味がある、といふだけでなく、武人であつたから同時に思つて意義がある。この壮大な二つの調和は、おそらく僕らの環境と教育の中で与へられなかつた。現代の若者が今日になつて武人としての尊の詩人を論じねばならぬことを、僕は日本新文学に於ける宇宙精神の欠如と歎き、新文学に於ける国際の心の欠乏と嘆じるのである。

戴冠詩人の御一人者　保田与重郎　昭13・9

293

平出園子といふのが老妓《ろうぎ》の本名だが、これは歌舞伎俳優の戸籍名のやうに当人の感じになずまないところがある。さうかといつて職業上の名の小そのとだけでは、だんだん素人の素朴な気持ちに還らうとしてゐる今日の彼女の気品にそぐはない。

こゝではたゞ何となく老妓といつて置く方がよからうと思ふ。

（同）につづく保田の第三評論集で、掲載の同名評論（初出、昭11・7〜8）を巻頭に、「大津皇子の像」、「白鳳天平の精神」や「明治の精神」など、計一〇篇を収録。集の「諸言」には、「現代の文芸批評家の当面の任務は、（略）その『日本』の体系を文芸によって闡明し、より高き『日本』の血統を文芸史によって系譜づけることである」とある。掲出は第一章より。

恐惶　おそれかしこまること。

293　作者の死の前年、「中央公論」女流短篇特集号に発表された。「男を飼う」ことが作品のモチーフであるが、これは『花は勁し』（「文芸春秋」、昭12・6）などでも見ら

人々は真昼の百貨店でよく彼女を見かける。
目立たない洋髪に結び、*市楽《いちらく》の着物を堅気風につけ、小女一人連れて、憂鬱な顔をして店内を歩き廻る。恰幅のよい長身に両手をだらりと垂らし、投げ出して行くやうな足取りで、一つところを何度も廻り返す。さうかと思ふと、紙凧《たこ》の糸のやうにすつとのして行つて、思ひがけないやうな遠い売場に佇む。彼女は真昼の寂しさ以外、何も意識してゐない。

老妓抄　岡本かの子　昭13・11

294

空と沼と。
十日の月は二つ浮び。
そのセロファンの水底の。
もやもやの藻も透えてみえる。
ふとそよ風がどこかで沸けば。
水《み》のもの月はちりめんにゆれ。
おほばこ・すかんぽ
しだれ花火のまんだらげ。

光にぐしよ濡れの草をくぐり。
草を跳び。
ゲツゲゲたかく鳴きながら。
強いぐりまがやつてくる。
蒲の根元でさつきから。
いくぶんすねてたるりだはその時。
なみうつ胸の楽器をしづめ。
そしらぬ風に息をのんだ。

月夜（「蛙」）　草野心平　昭13・12

れたものである。芥川賞候補作。作者はこの年教え年五〇歳であった。掲出は作品冒頭。

市楽　絹織物で、綾織（斜紋織）の一種。精巧な模様で知られる。一楽織。

294　草野心平が三五歳の時の全一八篇の詩集中の一。三和書房刊。「可憐な恋愛詩」（伊藤信吉『日本の詩歌21』「鑑賞」）であるが、グロテスクな幻想性にも注目したい。「ぐりま」「るりだ」は蛙の名前。他にも「るりる」「ガビラ」といった名前が蛙の世界に奇妙なリアリティを与えている。先の詩集『第百階級』（昭3）に「ぐりまの死」という詩篇があり、「るりだ」が死んだ「ぐりま」の口に菫の花を挿してやる、という印象的な情景が描かれている。

295

彼《カ》の人の眠りは、徐《シツ》かに覚めて行つた。まつ黒い夜の中に、更に冷え圧するものゝ澱んでゐるなかに、目のあいて来るのを、覚えたのである。

した　した　した。耳に伝ふやうに来るのは、水の垂れる音か。たゞ凍りつくやうな暗闇の中で、おのづと睫と睫とが離れて来る。

膝が、肱が、徐ろに埋れてゐた感覚をとり戻して来るらしく、彼の人の頭に響いて居るもの――。全身にこはゞつた筋が、僅かな響きを立てゝ、掌・足の裏に到るまで、ひきつれを起しかけてゐるのだ。

さうして、なほ深い闇。ぽつちりと目をあいて見回す瞳に、まづ圧しかゝる黒い巌の天井を意識した。次いで、氷になつた岩牀《ドコ》。両脇に垂れさがる荒石の壁。した〳〵と、岩伝ふ雫の音。

死者の書　釈迢空　昭14・1〜3

296

彼は袖を振るやうにしてうつむいて急ぎながら、なんとなくこれで短歌ともお別れだといふ気がして来てならなかつた。短歌とのお別れといふことは、この際彼には短歌的なものとの別れといふことでもあつた。それが何を意味するかは彼にもわからなかつた。とにかく彼には、短歌の世界といふものが、もうはやある距離をおいたものに感じられ出してゐた。頼子につながつてゐた長い間の気持ちもどこかへ溶けてなくなつて行くやうであつた。

彼は手で頬を撫でた。長い間彼をなやまして来たニキビがいつの間にか消えてしま

295　「日本評論」に連載され、昭和一八年青磁社より刊行された際、大幅な改訂が加えられた。「彼の人」こと滋賀津彦とは大津皇子のことであり、その墓のある二上山周辺が作品の舞台。作者は古代研究を主とする国文学者折口信夫。昭和一九年七月に「八雲」に発表された「山越しの阿弥陀像の画因」という自家解説がある。

296　「革新」に四月、五月、七月、八月と連載。初出時は、それぞれ「鑿」「手――長篇第二部」「歌のわかれ――長篇第三部」「歌のわかれ――長篇第四部」と題する短篇であった。翌一五年八月に、「彼は手で頬を撫でた。」以下を加筆し、新潮社から刊行された。主人公は、第四高等学校から東京帝国大学時代の作者自身がモデル。

つて、今ではそこが一面の孔だらけになつてゐた。いつから孔だらけになつたか彼は知らなかつた。しかし今となつてはその孔だらけの顔の皮膚をさらして行くほかはなかつた。彼は兇暴なものに立ちむかつて行きたいと思ひはじめてゐた。

歌のわかれ　中野重治　昭14・4〜8

297

遁《のが》れて都を出ました。鉄道線路のガードの下を潜《くぐ》り橋を渡りました。わたくしは尚《なほ》それまで、振り払ふやうにして来たわたくしの袂《たもと》の端を摑む二本の重い男の腕を感じてをりましたが、ガードを抜けて急に泥のにほひのする水つぽい闇に向き合ふころからその袂はだん〳〵軽くなりました。代りに自分で自分の体重を支へなくてはならない妙な気怠《けだ》るさを感じ出しました。これが物事に醒めるとか冷静になつたとかいふことでせうか。

生々流転　岡本かの子　昭14・4〜12

298

ひるがほのほとりによべの渚あり

あえかなる薔薇撰りをれば春の雷

バスを待ち大路《おほぢ》の春をうたがはず

鶴の眼　石田波郷　昭和14・8

297　夫岡本一平の手により「文学界」に連載された遺稿。数少ない長篇小説の一つ。その長さについて、石川淳に「作者がおさへがたい情熱に浮かされ、手製の調子に乗りつつ、われを忘れて書きまくつてゐるのだ」という指摘がある（「岡本かの子」『近代日本文学研究昭和文学作家論(上)』所収、小学館、昭19）。掲出は作品冒頭。

298　石田波郷（本名哲大）二六歳の時の第一句集。沙羅書店刊。横光利一が「古への美と競い立とうと希う青春の美が、沈着な豊かさで、しかも柔らぎを含み、微妙繊細な華やかさの中に幽情をさえ失わず」との序文を寄せている。「あえかなる」「バスを待ち」は昭和七年に上京してからの作。都市生活の情感をのびのびと詠った作風が

299

僕は地平線に飛びつく
僅に指さきが引つかかつた
僕は世界にぶら下がつた
筋肉だけが僕の頼みだ
僕は赤くなる　僕は収縮する
足が上つてゆく
おお　僕は何処へ行く
大きく世界が一回転して
僕が上になる
高くからの俯瞰
ああ　両肩に柔軟な雲

鉄棒(二)(「体操詩集」)　村野四郎　昭14・12

300

海行かば
水漬《みづ》くかばね
山行かば
草むすかばね
大君の
辺《へ》にこそ死なめ
かえりみはせじ

海ゆかば　信時潔(作曲)　昭14

301

今歳《ことし》水無月《みなづき》のなどかくは美しき。
軒端《のきば》を見れば息吹《いぶき》のごとく
萌えいでにける釣《つり》しのぶ。
忍ぶべき昔はなくて

この時期の特徴。

299　スポーツをテーマにした詩一九篇と自序、北園克衛の序文、それにスポーツ写真一五枚から成る詩集（アオイ書房刊）中の一篇。他に「体操」「飛込」「槍投」等。二篇の「鉄棒」は空間把握の表現に独自性をもつ。自ら「在来の憂悶詩に対抗することになれば、また望外のよろこびである」（自序）と言うように、健康な肉体感覚による動的な美を基調とする。

300　万葉集巻一八・四〇九四長歌。「天平感宝元年五月一二日、守大伴家持、越中の国の館に、陸奥より金をだせる詔書を賀く歌一首並に短歌」の一部。昭和一三年に日本放送協会の委嘱によって信時潔が作曲し、壮行会、集会等の折に歌われた。日本音階による唱歌調の調べに乗って戦争後半期には特攻隊の葬送曲として愛唱され、戦争末期の「見事な愛国心のイメージをつくった」（鶴見俊輔「わたしのアンソロジー」『現代詩論体系2』）との指摘がある。

301　「日本浪漫派」に発表後、第二

何をか吾の嘆きてあらむ。
六月の夜《よ》と昼のあはひに
万象のこれは自ら光る明るさの時刻《とき》。
遂《つ》ひ逢はざりし人の面影
一茎《いつけい》の葵《あふひ》の花の前に立て。

堪へがたければわれ空に投げうつ水中花。
金魚の影もそこに閃《ひらめ》きつ。
すべてのものは吾にむかひて
死ねといふ、
わが水無月《みなづき》のなどかくはうつくしき。

水中花（「夏花」） 伊東静雄 昭15・3

302 柳吉は「どや、なんぞ、う、う、うまいもん食ひに行こか」と蝶子を誘つた。法善寺境内の「めをとぜんざい」へ行つた。道頓堀からの通路と千日前からの通路の角に当つてゐるところに古びた阿多福《おたふく》人形が据ゑられ、その前に「めをとぜんざい」と書いた赤い大《おお》提灯がぶら下つてゐるのを見ると、しみ〴〵と夫婦で行く店らしかつた。おまけに、ぜんざいを註文すると、女夫《めをと》の意味で、一人に二杯づつ持つて来た。碁盤の目の敷畳に腰をかけ、スウスウと高い音を立てゝ啜りながら柳吉は言つた。「こ、こ、こゝの善哉《ぜんざい》はなんで、二、二、二杯づつ持つて来よるか知つてるか、知らんやろ。こら昔何とか太夫ちふ浄瑠璃のお師匠はんがひらいた店でな、一杯山盛りにするより、ちよつとづつ二杯にする方が沢山《ぎやうさん》はいつてるやうに見えるやろ、そこをうまいこと考へよつたのや」蝶子は「一人より女夫の方が良《え》えいうことでつしやろ」ぽんと襟を突き上げると肩が大きく揺れた。蝶子はめつきり肥えて、そこの座蒲団が尻にかくされるくらいであつた。

詩集『夏花』（昭15、子文書房）に収録。日華事変を背景に、死に直面して「亡びの美」を体得していく過程が窺える。浪漫派美学の真骨頂をなす作品。大阪の夏の夜店に見られる水中花や金魚を題材に、民族の血の高揚を歌う。上田敏や永井荷風の訳詩を思わせる文語体が音楽的情緒を醸し出す。最後の三行には、フランスの詩人ノワイユ夫人の「ロマンチックの夕」（永井荷風訳『珊瑚集』）の影響が指摘される。

302 同人誌「海風」に発表。第一回「文芸推薦」受賞作。同年七月の「改造」に「文芸推薦作品審査会」の模様と「『文芸推薦』審査後記」および作者の受賞の感想とともに再掲された。審査員は青野季吉・川端康成・宇野浩二・武田麟太郎で、特に武田は「眼と才能は、現在の文学のレベルを超えてゐる。」と強く支持した。

夫婦善哉　織田作之助　昭15・4

303　分*け入つても分け入つても青い山

へうへうとして水を味ふ

*おちついて死ねさうな草枯るる

草木塔　種田山頭火　昭15・4

304　得能五郎は、隣の室で食事をする二人の子供の物音で眼が覚める。ほら、エプロンをしないで食べてゐる人はだあれ、とか、おみおつけを残してはいけません、などいふ里子の声に混つて、茶碗の音がし、やがて、忘れものはありませんか、といふ声に送られて、行つて参りまあす、と玄関の硝子戸をぴしやんとはげしく閉める。そして玄関から三尺ほどしか離れてゐない門のそとの敷石をわたつてゆく二年生の一郎と一年生の二郎の、かたことかたことといふ小さな靴音が耳に入るやうなときは、寝足りた気持で次第に眼が覚めて来てゐる。

得能五郎の生活と意見　伊藤整　昭15・8～昭16・3

305　秋*ちん。

303　「漂泊の詩人」種田山頭火（本名正一）五七歳時の集成。八雲書林刊。早くから荻原井泉水主宰の「層雲」に投句し、無季・自由律の句調に親しんだ。

分け入つても…　「大正一五年四月、解くすべもない惑いを背負うて、行乞流転の旅に出た」（前書）。

おちついて…　昭和一四年の作。「死ぬことは生まれることよりもむつかしいと、老来しみじみ感じないではゐられない」との自注あり。

304　「知性」連載。昭和一六年四月には河出書房より刊行された。『得能物語』『鳴海仙吉』さらには『伊藤整氏の生活と意見』に連なる作品。篠田一士はこの作品を評して「ここに文学の新しい空間がひらけた」とし、それを名付けるには「ロマネスクという限定語」が最もふさわしいとしている（「三つの小説」「すばる」秋号、昭46）。

305　雑誌「文学界」に発表。原題

と呼ぶのも、もう可笑しいやうになりました。熊本秋子さん。あなたも、たしか、三十に間近い筈だ。ぼくも同じく、二十八歳。すでに女房を貰ひ、子供も一人できた。あなたは、九州で、女学校の体操教師をしてゐると、近頃風の便りにきゝました。時間といふのは、変なものです。十年近い歳月が、当時あれほど、あなたの事とふと興奮して、こうした追憶をするのさへ、苦しかつたぼくを、今では冷静におししづめ、あゝした愛情は一体なんであつたらうかと、考へてみるやうにさせました。

オリンポスの果実　田中英光　昭15・9

306

私達の最後が餓死であらうといふ予言は、
しとしとと雪の上に降る霙まじりの夜の雨の言つた事です。
智恵子は人並はづれた覚悟のよい女だけれど
まだ餓死よりは火あぶりの方をのぞむ中世期の夢を持つてゐます。
私達はすつかり黙つてもう一度雨をきかうと耳をすましました。
少し風が出たと見えて薔薇の枝が窓硝子に爪を立てます。

夜の二人（「智恵子抄」）　高村光太郎　昭16・8

307

どんよりした曇空でまだ明けきらないやうな朝あけに、風が立ちはじめた。戸を開けた家の一軒もない霜を含んだ小路を抜けて行くと、流石馴れきつてゐる筈の八重にも寒さが足の先からじいんと応へてくる。思はず毛糸のショールを掻込み、前屈みの姿

「杏の実」。早稲田大学在学中にボート選手として活躍した田中英光は昭和七年のロサンゼルスオリンピックにエイトクルーの日本代表選手として参加した。遠征中の女子選手との恋愛体験を回想形式で描いた青春小説。秋ちん　主人公の「ぼく」とロサンゼルスオリンピックに参加した女子選手。モデルは走り高飛び選手相良八重。

306　作者五八歳の時の第二詩集（詩二九篇、短歌六首）より。龍星閣刊。妻智恵子との愛、生活、葛藤、哀傷を多様に歌う。「夜の二人」は、貧しい生活の中で餓死より火あぶりを望む智恵子の脱俗性を描く。「中世期の夢」という表現に、世俗的な生き方を拒むモラルと、それ故の悲劇の気配がこめられている。「智恵子の半生」に「金銭には実に淡白で、貧乏の恐ろしさを知らなかった」とあり、芸術に全生活をかけた二人の生き方を彷彿させる。

307　昭和一三年から同人であった

勢で足は自然と早くなつた。

青果の市　芝木好子　昭16・10

308

何故こんな運命になつたか判らぬと、先刻は言つたが、しかし、考へやうに依れば、思ひ当ることが全然ないでもない。人間であつた時、己《おれ》は努めて人との交を避けた。人々は己を倨傲だ、尊大だといつた。実は、それが殆ど羞恥心に近いものであることを、人々は知らなかつた。勿論、曾ての郷党の鬼才といはれた自分に、自尊心が無かつたとは云はない。しかし、それは臆病な自尊心とでもいふべきものであつた。己は詩によつて名を成さうと思ひながら、進んで師に就いたり、求めて詩友と交つて切磋琢磨に努めたりすることをしなかつた。かといつて、又、己は俗物の間に伍することも潔しとしなかつた。共に、我が臆病な自尊心と、尊大な羞恥心との所為《せゐ》である。

山月記（「古譚」）　中島敦　昭17・2

309

歴史の新しい見方とか新しい解釈とかいふ思想からはつきりと逃れるのが、以前には大変難かしく思へたものだ。さういふ思想は、一見魅力ある様々な手管めいたものを備へて、僕を襲つたから。一方歴史といふものは、見れば見るほど動かし難い形と映つて来るばかりであつた。新しい解釈なぞでびくともするものではない、そんなものにしてやられる様な脆弱なものではない、さういふ事をいよいよ合点して、歴史はいよいよ美しく感じられた。晩年の鷗外が考証家に堕したといふ様な説は取るに足らぬ。

「文芸首都」に発表され、第一四回芥川賞を受賞した短編小説。芥川賞選考委員会の要望により経済警察のでる場面などを中心に補筆修正し、受賞作品として一七年三月「文芸春秋」に再掲された。掲出は冒頭部。

308　「文学界」に発表された短編小説。中国唐代の伝奇『人虎伝』を素材としている。中島敦は一六年六月南洋庁の国語教科書編集の仕事でパラオ赴任したが、赴任前に深田久彌に『古譚』と題する四篇の原稿を預けていた。そのうち『文学禍』と『山月記』の二篇が深田に推薦されて『古譚』として「文学界」に掲載された。

309　河上徹太郎が責任編集者であつた「文学界」に四月の『当麻』につづき掲載された日本古典についてのエッセイ。のち『平家物語』『徒然草』『西行』『実朝』という古典論を一八年六月まで連載。二一年二月、この六編を『無常といふ事』として創元社より刊行。

あの厖大な考証を始めるに至つて、彼は恐らくやつと歴史の魂に推参したのである。「古事記伝」を読んだ時も、同じ様なものを感じた。解釈を拒絶して動じないものだけが美しい、これが宣長の抱いた一番強い思想だ。解釈だらけの現代には一番秘められた思想だ。

無常といふ事　小林秀雄　昭17・6

310

捷報いたる
捷報いたる
冬まだき空玲瓏と
かげりなき大和島根に
捷報いたる
真珠湾頭に米艦くつがへり
馬来沖合に英艦覆滅せり
東亜百歳の賊
ああ紅毛碧眼の賤商ら
何ぞ汝らの物慾と恫喝との逞しくして
何ぞ汝らの艨艟の他愛もなく脆弱なるや
而して明日香港落ち
而して明後日フイリツピンは降らん

シンガポールまた次の日に第三の白旗を揚げんとせるなり
ああ東亜百歳の蠹毒
皺だみ腰くぐまれる老賊ら
己にして汝らの巨砲と城塞とのものものしきも
空し
そは汝らが手だれの稼業の
い、い、い、
ゆすりかたりを終ひに支へざらんとせるなり
かくて東半球の海の上に
我らの聖理想圏は夜明《よるぁ》け
黎明のすずしき微風は動かんとせり

310　三好達治四一歳の時の詩集。スタイル社刊。三好は戦争詩集を三冊出したが、並行して『一点鐘』(昭16)、『朝菜集』(昭18)、『花筐』(昭19)という抒情詩集も刊行した。吉田熈生(「大いなる日に」『現代詩物語』)は、「敵に対する憎悪と嘲笑を主題としている」彼の戦争詩の特徴は「己れの正しさを強調し、『未来の勝利』に向かって勇気を鼓舞するという煽動的な性格が欠けている」と述べ、ここに「完了した生という彼のモティーフ」の不変性が見られる、と言う。

捷報いたる　三好達治　昭17・7

311

「こいさん、頼むわ。——」

鏡の中で、廊下からうしろへ這入つて来た妙子《たえこ》を見ると、自分で襟を塗りかけてゐた刷毛を渡して、其方《そちら》は見ずに、眼の前に映つてゐる長襦袢姿の、抜き衣紋《えもん》の顔を他人の顔のやうに見据ゑながら、

「雪子ちやん下で何してる」

と、幸子《さちこ》はきいた。

「悦ちやんのピアノ見たげてるらしい」

——なるほど、階下で練習曲の音がしてゐるのは、雪子が先に身支度をしてしまつたところで悦子に摑まつて、稽古を見てやつてゐるのであらう。悦子は母が外出する時でも雪子さへ家にゐてくれゝば大人しく留守番をする児であるのに、今日は母と雪子と妙子と、三人が揃つて出かけると云ふので少し機嫌が悪いのであるが、二時に始まる演奏会が済みさへしたら雪子だけ一と足先に、夕飯までには帰つて来て上げると云ふことでどうやら納得はしてゐるのであつた。

細雪　谷崎潤一郎　昭18・1〜3

312

司馬遷は生き恥さらした男である。士人として普通なら生きながらへる筈のない場合に、この男は生き残つた。口惜しい、残念至極、情なや、進退谷《きわ》まつた、と知りな

311　長編小説。昭和一八年一月から三月まで「中央公論」に一部発表されたが、時勢に反するとして連載が中止となる。昭和一九年上巻を私家版として刊行。昭和二二年三月〜二三年一〇月「婦人公論」に下巻連載。中央公論社より上巻(昭21)、中巻(昭22)、下巻(昭23)に分け刊行。昭和一一年から一六年にかけての大阪船場の蒔岡家の四人姉妹の物語。潤一郎の再々婚相手松子夫人と妹を素材に描かれたといわれている。掲出は作品冒頭。

312　日本評論社刊の評伝。昭和二三年『史記の世界』と改題された後、ふたたび、『司馬遷』となる。

がら、おめ〳〵と生きてゐた。腐刑と言ひ宮刑と言ふ、耳にするだにけがらはしい、性格まで変るとされた刑罰を受けた後、日中夜中身にしみるやるせなさを嚙みしめるやうにして、生き続けたのである。そして執念深く「史記」を書いてゐた。「史記」を書くのは恥づかしさを消すためではあるが、書くにつれかへつて恥づかしさは増してゐたと思はれる。

司馬遷　武田泰淳　昭18・4

313

「や！　富士。いいなあ。」と私は叫んだ。富士ではなかつた。津軽富士と呼ばれてゐる一千六百二十五メートルの岩木山が、満目の水田の尽きるところに、ふわりと浮んでゐる。実際、軽く浮んでゐる感じなのである。したたるほど真蒼で、富士山よりもつと女らしく、十二単衣の裾を、銀杏《いてふ》の葉をさかさに立てたやうにぱらりとひらいて左右の均斉も正しく、静かに青空に浮んでゐる。決して高い山ではないが、けれども、なかなか、透きとほるくらゐに嬋娟たる美女ではある。

「*金木も、どうも、わるくないぢやないか。」私は、あわてたやうな口調で言つた。「わるくないよ。」口をとがらせて言つてゐる。

「いいですな。」*お婿さんは落ちついて言つた。

私はこの旅行で、さまざまの方面からこの津軽富士を眺めたが、弘前から見るといかにも重くどつしりして、岩木山はやはり弘前のものかも知れないと思ふ一方、また津軽平野の金木、五所川原、木造あたりから眺めた岩木山の端正で華奢な姿も忘れら

作者は昭和一二年日中戦争勃発に伴い出征した。このころから『史記』について考え始め、一四年に帰還してから『史記』を題材にしたメモをとることにしたという。自序に「『史記』を個別的考証の対象としたり、古代史研究の資料として置きたくなかった。／史記的世界を眼前に据え、その世界のざわめきで、私の精神を試みたかったのである」とある。掲出は冒頭部。

313　小山書店から新風土記叢書の一冊として執筆を依頼された紀行文。序編と本編とからなり、本編はさらに一から五に分けられている。昭和一九年五月一二日から六月五日にかけ、生まれ故郷の津軽地方を旅行し、この作品を完成させた。津軽について様々な書物を参考にし引用していることが特色である。太宰は序編で「津軽の現在生きている姿をそのまま読者に伝へる事ができたならば」という。掲出部分（四、津軽平野）は生家を訪問した著者が姪夫婦と近郊の小さな山に遊びに行ったときの様

れなかつた。

津軽　太宰治　昭19・11

314

神聖オモロ草子の国琉球、
つひに大東亜戦最大の決戦場となる。
敵は獅子の一撃を期して総力を集め、
この珠玉の島うるはしの山原谷茶《さんばるたんちゃ》、
万座毛《まんざまう》の緑野《りよくや》、梯梧《でいご》の花の紅《くれなゐ》に、
あらゆる暴力を傾け注がんずる。
琉球やまことに日本の頸動脈、
万事ここにかかり万端ここに経絡す。
琉球を守れ、琉球に於て勝て。
全日本の全日本人よ、
琉球のために全力をあげよ。
敵すでに犠牲を惜しまず、
これ吾が神機の到来なり。
全日本の全日本人よ、
起つて琉球に血液を送れ。
ああ恩納《おんな》ナビの末孫熱血の同胞等よ、
蒲葵《くば》の葉かげに身を伏して
弾雨を凌ぎ兵火を抑へ、
猛然出でて賊敵を誅戮し尽せよ。

琉球決戦　高村光太郎　昭20・4

子。
金木　太宰の生まれた青森県の町。生家には兄が住む。
お婿さん　姪陽子の夫。
314　米軍の琉球慶良間列島上陸直後「朝日新聞」に発表。高村の戦争詩は日米開戦の日「危急の日に」から敗戦時の「一億の号泣」まで百数十篇に上る。彼はこれらを「一箇の人間の抑へがたい感動の記録」（『記録』序）と呼んだ。吉本隆明（『高村光太郎』）はこの詩を彼の「思想的転機」とし、「徹底した庶民的な意識から庶民の指導者としての意識にかわった」と述べ、「この一元的な精神主義はほとんど日本的近代意識がたどりつく徹底した一極を示している」と指摘する。

第六期

1945・9（昭20）〜1970（昭45）

西暦(元号)	小説	詩歌・戯曲・評論	社会動向・文学事象
1945 (昭20・9から)	パンドラの匣(太宰治・河北新報)10 お伽草紙(太宰治・筑摩書房)10	**歌声よおこれ**(宮本百合子・新日本文学 創刊準備号)12	マッカーサー、厚木に到着8 三木清、獄死9 新日本文学会(蔵原惟人ら)創立大会12
1946 (昭21)	灰色の月(志賀直哉・世界)1 踊子(永井荷風・展望)1 **赤蛙**(島木健作・人間)1 **死霊**(埴谷雄高・近代文学)1※未完 黄金伝説(石川淳・中央公論)3 播州平野(宮本百合子・新日本文学)3 **私の東京地図**(佐多稲子・人間)3 妻よねむれ(徳永直・新日本文学)3 世相(織田作之助・人間)4 **暗い絵**(野間宏・黄蜂)4 聖ヨハネ病院にて(上林暁・人間)5 **白痴**(坂口安吾・新潮)6 死の影の下に(中村真一郎・高原)8 **桜島**(梅崎春生・素直)9 **焼跡のイエス**(石川淳・新潮)10	芸術 歴史 人間(本多秋五・近代文学)1 第二の青春(荒正人・近代文学)2 失はれた青春(竹山道雄・新潮)3 民衆とはたれか(荒正人・近代文学)3 **堕落論**(坂口安吾・新潮)4 なよたけ(加藤道夫・三田文学)5 ひとつの反措定(平野謙・新生活)5 漱石山脈(本多顕彰・新潮)5 冬の花火(太宰治・展望)6 **復興期の精神**(花田清輝・我観社)10 **第二芸術—現代俳句について**(桑原武夫・世界)11 可能性の文学(織田作之助・改造)12 モオツァルト(小林秀雄・創元)12	GHQ、軍国主義者の公職追放と超国家主義団体の解散を命令1 「世界」「人間」「展望」「近代文学」創刊1 第一次農地改革始まる2 「新日本文学」創刊3 新選挙法による総選挙実施4※初の女性参政 メーデー復活5 極東国際軍事裁判所開廷5 「思想の科学」創刊5 日本文学協会結成6 荒正人・平野謙と中野重治の間に政治と文学論争起こる8 「群像」創刊10 日本国憲法公布11 現代かなづかい、当用漢字決定11 ＊「近代文学」同人を中心に文学者の戦争責任論活発化
1947 (昭22)	5勺の酒(中野重治・展望)1 二つの庭(宮本百合子・中央公論)1 **深夜の酒宴**(椎名麟三・展望)2 厭がらせの年齢(丹羽文雄・改造)2 **ノンちゃん雲に乗る**(石井桃子・大地書房)2 **肉体の門**(田村泰次郎・群像)3 ヴィヨンの妻(太宰治・展望)3 **ビルマの竪琴**(竹山道雄・赤とんぼ)3 重き流れのなかに(椎名麟三・展望)6	戯作者文学論(坂口安吾・近代文学)1 人間の名において(福田恆存・新潮)2 優しき歌(立原道造・角川書店)3 古代感愛集(釈迢空・青磁社)3 女房的文学論(平野謙・文芸)4 1946・文学的考察(加藤周一、福永武彦、中村真一郎・真善美社)5 暗愚小伝(高村光太郎・展望)7 旅人かへらず(西脇順三郎・東京出版)8	GHQ、〈2・1ゼネスト〉の中止を命令1 日本ペンクラブ再建大会2 社会党が総選挙で第一党となる4 日本国憲法施行5 「文学界」復刊6 「日本未来派」(池田克己ら)創刊6 民芸(滝沢修、宇野重吉ら)結成7 「総合文化」(中野達彦編集)創刊7 パキスタン、インド両国が独立8 「詩学」創刊8 コミンフォルム設置10 ＊天皇、前年の人間宣言に続き、全国巡幸

夏の花(原民喜・三田文学)6
青い山脈(石坂洋次郎・朝日新聞)6
斜陽(太宰治・新潮)7
蝮のすゑ(武田泰淳・進路)8
道標(宮本百合子・展望)10
おはん(宇野千代・文体)12

「戦争と平和」論(本多秋五・鎌倉文庫)9
婦人と文学(宮本百合子・実業之日本社)10
近代の宿命(福田恆存・東西文庫)11

＊太宰治、坂口安吾、石川淳ら戦後派作家が活躍、〈斜陽族〉などの流行語生れる
＊政治と文学論争が拡大し、知識人論盛ん
＊「日本小説」「小説新潮」など創刊、中間小説・風俗小説が盛んとなる
＊「**青い山脈**」映画化され、主題歌(コロンビア)も大ヒット

1948
(昭23)

虫のいろいろ(尾崎一雄・新潮)1
深尾正治の手記(椎名麟三・個性)1
崩解感覚(野間宏・世界評論)1
石中先生行状記(石坂洋次郎・小説新潮)1
俘虜記(大岡昇平・文学界)2
終りし道の標べに(安部公房・個性)2
夢の中での日常(島尾敏雄・綜合文化)5
帰郷(大仏次郎・毎日新聞)5
人間失格(太宰治・展望)6
風土(福永武彦・方舟、文学51)7
てんやわんや(獅子文六・毎日新聞)11
野火(大岡昇平・文体)12

早春歌(近藤芳美・四季書房)2
如是我聞(太宰治・新潮)3
自然主義盛衰史(正宗白鳥・風雪)3
プロレタリア文学再検討の一視点—転向をめぐって(小田切秀雄・人間)5
マチネ・ポエティク詩集(福永武彦、中村真一郎他・真善美社)7
逃亡奴隷と仮面紳士(伊藤整・新文学)8
主体的知識人(荒正人・近代文学)9
文学と現実(加藤周一・中央公論)9
小説の方法(伊藤整・河出書房)12

ベルリン封鎖始まる1
「個性」(片山修三)創刊1
戦争協力の文筆家二七〇名追放3
森田草平、日本共産党に入党5
太宰治、玉川上水で山崎富栄と入水自殺6
大韓民国樹立7
「心」(武者小路実篤ら)創刊7
「方舟」(中村真一郎ら)創刊7
朝鮮民主主義人民共和国樹立9
全学連結成9
極東軍事裁判の判決出る11
「序曲」(野間宏、三島由紀夫ら)創刊12※戦後派作家の結集を図るが、失敗し一号で廃刊
＊大岡昇平、武田泰淳、島尾敏雄、三島由紀夫、安部公房ら第二次戦後派が活躍

1949
(昭24)

細川ガラシャ夫人(森田草平・日本評論)1
真理先生(武者小路実篤・心)1
風にそよぐ葦前篇(石川達三・毎日新聞)4
千羽鶴(川端康成・時事読物別冊)5
宗方姉妹(大仏次郎・朝日新聞)6
仮面の告白(三島由紀夫・河出書房)7
本日休診(井伏鱒二・別冊文芸春秋)8
猟銃(井上靖・文学界)10
少将滋幹の母(谷崎潤一郎・毎日新聞)11
浮雲(林芙美子・風雪、文学界)11

夕鶴(木下順二・婦人公論)1
エリオットの芸術論(深瀬基寛・比叡書房)1
中原中也の思い出(大岡昇平・新文学)2
小園(斎藤茂吉・岩波書店)4
囚人(三好豊一郎・岩谷書店)5
女たちへのエレジー(金子光晴・創元社)5
芸術と実生活(平野謙・人間)5
パンの会(野田宇太郎・六興出版)7
白き山(斎藤茂吉・岩波書店)8
きけわだつみの声—日本戦歿学生の手記(東京

ドイツ連邦共和国成立5
芥川賞、直木賞復活6
下山事件、三鷹事件おこる7
松川事件おこる8
丹羽文雄と中村光夫の間で風俗小説論争おこる8
毛沢東による中華人民共和国の成立宣言10
ドイツ民主共和国成立10
湯川秀樹、ノーベル賞受賞11
田中英光、太宰治の墓前で自殺11

女坂（円地文子・小説山脈他）11
闘牛（井上靖・文学界）12

大学共同組合出版部）10
共産主義的人間（小田切秀雄・人間）12

1950
（昭25）

薔薇販売人（吉行淳之介・真実）1
武蔵野夫人（大岡昇平・群像）1
鳴海仙吉（伊藤整・細川書店）3
新・平家物語（吉川英治・週刊朝日）4
チャタレイ夫人の恋人（ロレンス、伊藤整訳・小山書店）4
虚空（埴谷雄高・群像）5
絵本（田宮虎彦・世界）6
書かれざる一章（井上光晴・新日本文学）7
赤い繭（安部公房・人間）12

キティ台風（福田恆存・人間）1
風俗小説論（中村光夫・文芸）2
魔の宴―前五十年文学生活の回想（木村荘太・朝日新聞社）5
十二年の手紙その一（宮本顕治、宮本百合子・筑摩書房）6
典型（高村光太郎・中央公論社）10
近代日本文学の展望（佐藤春夫・講談社）7
暗い夜の記念に（杉浦明平・私家版）10

コミンフォルム、日本共産党を批判1
「芸術新潮」創刊1
朝鮮戦争始まる6
マッカーサー、日本共産党中央委員の追放を指令6
伊藤整訳「チャタレイ夫人の恋人」が発禁処分、訳者・版元がわいせつ文書頒布で起訴6
警察予備隊創設7
金閣寺、放火により焼失7
レッドパージ始まる7
映画「羅生門」（黒沢明）、ベニス映画祭でグランプリを受賞8
「人民文学」創刊11

1951
（昭26）

特別阿房列車（内田百閒・小説新潮）1
野火（大岡昇平・展望）1
禁色（三島由紀夫・群像）1
壁―S・カルマ氏の犯罪（安部公房・近代文学）2
ガラスの靴（安岡章太郎・三田文学）6
異邦人（カミュ、窪田啓作訳・新潮）6
三等重役（源氏鶏太・サンデー毎日）8
広場の孤独（堀田善衛・中央公論文芸特集）9
原色の街（吉行淳之介・世代）12

「白樺」派の文学（本多秋五・群像）2
共産主義的人間（林達夫・文芸春秋）4
伊藤整氏の生活と意見（伊藤整・新潮）5
蛙昇天（木下順二・世界）6
荒地詩集（荒地同人・早川書房）8
水葬物語（塚本邦雄・メトード社）8
原爆詩集（峠三吉・われらの詩の会）9
炎の人―ゴオホ伝（三好十郎・群像）9
近代主義と民族の問題（竹内好・文学）9

「新日本文学」と「人民文学」の対立激化2
原民喜自殺3
連合国最高司令官マッカーサー罷免4
チャタレイ裁判始まる5
カミュ「異邦人」の評価をめぐり、広津和郎と中村光夫の間で論争おこる7
サンフランシスコ講和条約調印9
日米安全保障条約調印9
「言語生活」（筑摩書房）創刊10
＊国民文学論が提唱される

1952
（昭27）

玄界灘（金達寿・新日本文学）1
二十四の瞳（壺井栄・ニューエイジ）2
真空地帯（野間宏・河出書房）2
変身（カフカ、高橋義孝訳・新潮）6
ノリソダ騒動（杉浦明平・近代文学）7
或る「小倉日記」伝（松本清張・三田文学）9
鶴（長谷川四郎・近代文学）9

龍を撫でた男（福田恆存・演劇）1
日本文壇史（伊藤整・群像）1
駱駝の瘤にまたがって（三好達治・創元社）3
歴史と民族の発見（石母田正・東大出版会）3
二十億光年の孤独（谷川俊太郎・創元社）6
固有時との対話（吉本隆明・私家版）8
国民文学の問題点（竹内好・改造）8

チャタレイ裁判一審判決（訳者無罪、版元有罪）出る1
東京大学ポポロ事件おきる2
血のメーデー事件おこる5
「俳句」（角川書店）創刊6
破壊活動防止法成立7
＊日本学術会議、日本文芸家協会、日本ペンクラブなど破防法案に反対声明を出す
＊竹内・伊藤「新しき国民文学への道」から国民文学論議さかんとなり、山本健吉、臼井吉見、野間宏、小田切秀雄らが発言

小銃(小島信夫・新潮)12
喪神(五味康祐・新潮)12

昭和文学盛衰史(高見順・文学界)8

＊野間宏「真空地帯」の評価をめぐり、佐々木基一、大西巨人、窪川鶴次郎らの論争となる

1953
(昭28)

R62号の発明(安部公房・文学界)3
自由の彼方で(椎名麟三・新潮)5
悪い仲間(安岡章太郎・群像)6
風林火山(井上靖・小説新潮)10

第三の新人(山本健吉・文学界)1
近代日本人の発想の諸形式(伊藤整・思想)2
転位のための十篇(吉本隆明・私家版)9
組織と人間(伊藤整・改造)12

NHK、テレビジョン放送開始2
松川事件に関し広津和郎ら文学者が公正判決要求書を仙台地方裁判所に提出10
岩波講座「文学」発刊11※国民文学を推進

1954
(昭29)

むらぎも(中野重治・群像)1
みずうみ(川端康成・新潮)1
驟雨(吉行淳之介・文学界)2
ひかりごけ(武田泰淳・新潮)3
草の花(福永武彦・新潮社)4
山の音(川端康成・筑摩書房)4
潮騒(三島由紀夫・新潮社)6
樅の木は残った(山本周五郎・日本経済新聞)7
ボロ家の春秋(梅崎春生・新潮)8
アメリカン・スクール(小島信夫・文学界)9
プールサイド小景(庄野潤三・群像)12

国民文学論(竹内好・東大出版会)1
松川事件(宇野浩二・文芸春秋)3
近代絵画(小林秀雄・新潮)3
リアリズムと国民文学(佐々木基一・群像)4
松川裁判(広津和郎・中央公論)4
マチウ書試論(吉本隆明・現代評論)6
乳房喪失(中城ふみ子・作品社)7
A感覚とV感覚(稲垣足穂・群像)7
歩行者の祈りの唄(山本太郎・書肆ユリイカ)10
大地の商人(谷川雁・母音社)11

「短歌」(角川書店)創刊1
政府が米国とMSA(相互防衛援助)協定を結ぶ3
第五福竜丸、米国の水爆実験で放射能被曝3
「新劇」(白水社)創刊4
自衛隊法成立6
「現代評論」(奥野健男ら)創刊6
「知性」創刊8
＊〈第三の新人〉の活躍目立つ
＊伊藤整「文学入門」(光文社カッパブックス)がベストセラーとなり、軽装の新書判がブームとなる

1955
(昭30)

流れる(幸田文・新潮)1
荷車の歌(山代巴・平和婦人新聞)1
白い人(遠藤周作・近代文学)5
太陽の季節(石原慎太郎・文学界)7
朱を奪ふもの(円地文子・文芸)8
森と湖のまつり(武田泰淳・世界)8
若い詩人の肖像(伊藤整・中央公論)9
四十八歳の抵抗(石川達三・読売新聞)11
金閣寺(三島由紀夫・新潮)1
女坂(円地文子・別冊小説新潮)1
梨の花(中野重治・新潮)1

日本文化の雑種性(加藤周一・思想)6
われらにとって美は存在するか(服部達・群像)6
どれい狩り(安部公房・新日本文学)7
少年(金子兜太・風発行所)10
鮎川信夫詩集(鮎川信夫・荒地出版社)11
夏目漱石論(江藤淳・三田文学)11
もはや「戦後」ではない(中野好夫・文芸春秋)2
四千の日と夜(田村隆一・東京創元社)3
戦後の戦争責任と民主主義文学(武井昭夫・現

「改造」休刊2
アジア・アフリカ会議(バンドン)開催4
砂川闘争始まる5※全国の米軍基地闘争激化
第一回原水爆禁止世界大会(広島)開催8
W・フォークナー来日8
吉本隆明が詩人の戦争責任を問う11
＊石原「太陽の季節」が芥川賞を受賞し、その評価に賛否あり話題となる
日本、万国著作権条約に正式加盟1
「週刊新潮」創刊2
「ユリイカ」(伊藤得夫編集)創刊10
ハンガリー事件でソ連が軍事介入11

1956
(昭31)

おとうと(幸田文・婦人公論)1
鍵(谷崎潤一郎・中央公論)1
眠狂四郎無頼控(柴田錬三郎・週刊新潮)5
人間の条件(五味川純平・三一書房)7
楢山節考(深沢七郎・中央公論)11
氷壁(井上靖・朝日新聞)11
氾濫(伊藤整・新潮)11
挽歌(原田康子・東都書房)12

代詩)3
永久革命者の悲哀(埴谷雄高・群像)5
実行と芸術(平野謙・群像)6
記憶と現在(大岡信・書肆ユリイカ)7
チャタレイ裁判の意味(伊藤整・中央公論)8
ドストエフスキィ(小林秀雄・文学界)8
文学者の戦争責任(吉本隆明、武井昭夫・淡路書房)9

日本、国際連合に加入12
＊亀井勝一郎が昭和史論争のなかで進歩主義的歴史観を批判3
＊水俣で奇病多発し問題となる、のち水俣病と認定

1957
(昭32)

けものたちは故郷をめざす(安部公房・群像)1
点と線(松本清張・旅)2
天平の甍(井上靖・中央公論)3
美徳のよろめき(三島由紀夫・群像)4
アポロンの島(小川国夫・青銅時代)6
海と毒薬(遠藤周作・文学界)6
死者の奢り(大江健三郎・文学界)8
人間の壁(石川達三・朝日新聞)8
裸の王様(開高健・文学界)12

われに五月を(寺山修司・西東社)1
大衆のエネルギー(花田清輝・群像)1
鹹湖(会田綱雄・緑書房)2
文明の生態史観序説(梅棹忠夫・中央公論)2
おんにょろ盛衰記(木下順二・群像)5
戦後文学は何処へ行ったか(吉本隆明・群像)8
転向文学論(本多秋五・未来社)8
奴隷の思想を排す(江藤淳・文学界)11

日本、南極に昭和基地を建設1
チャタレイ裁判で、最高裁が上告棄却し、有罪確定3
学術会議・文芸家協会が世界の科学者に向け原水爆実験の禁止を訴える4
初の電力用原子炉(実験炉)点火8
第二九回国際ペン大会(東京)開催9
ソ連が世界初の人工衛生の打ち上げに成功10
日教組、勤務評定反対闘争11
＊石川達三「自由の敵」(東京新聞)で言論表現の自由について問題提起し論議となる
＊原田康子「挽歌」が大ベストセラーとなる

1958
(昭33)

飼育(大江健三郎・文学界)1
花のれん(山崎豊子・中央公論)1
さいころの空(野間宏・文学界)2
笛吹川(深沢七郎・中央公論社)4
芽むしり仔撃ち(大江健三郎・群像)6
楼蘭(井上靖・文芸春秋)7
野獣死すべし(大藪春彦・宝石)7
第四間氷期(安部公房・世界)7
かげろふの日記遺文(室生犀星・婦人之友)7
花影(大岡昇平・中央公論)8
娼婦の部屋(吉行淳之介・中央公論)10

北国(井上靖・創元社)3
空には本(寺山修司・的場書房)6
幽霊はここにいる(安部公房・新劇)8
日本のアウトサイダー(河上徹太郎・中央公論)8
物語戦後文学史(本多秋五・週刊読書人)10
僧侶(吉岡実・書肆ユリイカ)11
松川裁判(広津和郎・中央公論社)11
長い墓標の列(福田善之・新劇)12
転向論(吉本隆明・現代批評)12
朝の歌―中原中也伝(大岡昇平・角川書房)12

アメリカ、人工衛生の打ち上げに成功1
ソ連首相にフルシチョフ就任3
久保栄が自殺3
売春防止法施行4
石川達三ら教員の勤評反対を声明5
「週刊読書人」創刊5
警職法改正反対闘争が激化10
文芸家協会、ペンクラブが警職法改正に反対声明10
「声」(大岡昇平ら)創刊10
「現代芸術」(記録芸術の会)創刊10
江藤淳、石原慎太郎、大江健三郎ら若い日本の会結成11
東京タワー完成12
＊フラフープ、ロカビリー流行する

喪失(庄司薫・中央公論)11

原点が存在する(谷川雁・弘文堂)12

1959
(昭34)

敦煌(井上靖・群像)1
紀ノ川(有吉佐和子・婦人公論)1
日本三文オペラ(開高健・文学界)1
小説帝銀事件(松本清張・文芸春秋)5
われらの時代(大江健三郎・中央公論社)7
鏡子の家(三島由紀夫・新潮社)9
海辺の光景(安岡章太郎・群像)11

作家は行動する(江藤淳・講談社)1
氷った焔(清岡卓行・書肆ユリイカ)2
芸術的抵抗と挫折(吉本隆明・未来社)2
マリアの首(田中千禾夫・新劇)4
ふたたび政治小説を(中村光夫・中央公論)5
亡羊記(村野四郎・無限社)11
不安と遊撃(黒田喜夫・飯塚書店)12

青野季吉ら二八名、日米新安保条約に反対を声明3
キューバ革命でカストロ政権樹立1
「朝日ジャーナル」創刊3
永井荷風死去4※ジャーナリズムで反響を呼ぶ
皇太子結婚4
「現代詩手帖」(思潮社)創刊6
最高裁が松川事件高裁判決を破棄し差戻す8
＊いわゆる岩戸景色でTV受像機普及する
＊週刊誌の創刊あい次ぐ

1960
(昭35)

宴のあと(三島由紀夫・中央公論)1
眠れる美女(川端康成・新潮)1
パルタイ(倉橋由美子・明治大学新聞)1
どくとるマンボウ航海記(北杜夫・中央公論)3
静物(庄野潤三・群像)6
死の棘(島尾敏雄・群像)9
微笑(壇一雄・新潮)10 ※のち「火宅の人」に収録
忍ぶ川(三浦哲郎・新潮)10
神聖喜劇(大西巨人・新日本文学)10
わが塔はそこに立つ(野間宏・群像)11
風流夢譚(深沢七郎・中央公論)12

小林秀雄論(江藤淳・声)1
幻視のなかの政治(埴谷雄高・中央公論社)1
無用者の系譜(唐木順三・筑摩書房)2
日本浪曼派批判序説(橋川文三・未来社)2
谷川雁詩集(谷川雁・国文社)3
アルベール・カミュの人と作品(河上徹太郎他・文学界)3
文学・昭和十年前後(平野謙・文学界)3
狼生きろ豚は死ね(石原慎太郎・中央公論)5
虎(長谷川龍生・飯塚書店)7
求道者と認識者(伊藤整・新潮)9

三池炭鉱争議おこる1
倉橋「パルタイ」の評価で論争1
サド「悪徳の栄え・続」(渋沢龍彦訳、現代思潮社)がわいせつ文書として押収、訳者ら起訴される4
野間宏、大江健三郎ら中国訪問5
新安保条約批准書交換・発効6
新安保条約の批准をめぐり、強行採決反対の国民的運動盛り上がる6
池田首相が所得倍増政策を発表9
TVカラー本放送開始9
社会党委員長浅沼稲次郎、右翼に刺殺さる10
＊深沢「風流夢譚」、社会に波紋をよぶ
＊第三の新人活躍、私小説的「家庭小説」の傑作生れる

1961
(昭36)

憂国(三島由紀夫・小説中央公論)1
セヴンティーン(大江健三郎・文学界)1
雁の寺(水上勉・別冊文芸春秋)3
恋人たちの森(森茉莉・新潮)8
パリ燃ゆ(大仏次郎・朝日ジャーナル)10
瘋癲老人日記(谷崎潤一郎・中央公論)11

水銀伝説(塚本邦雄・白玉書房)2
朝の河(天沢退二郎・国文社)3
単独者の愛の唄(山本太郎・東京創元社)3
おまへの敵はおまへだ(石川淳・群像)9
言語にとって美とはなにか(吉本隆明・試行)10

三島由紀夫「宴のあと」がプライバシーの侵害で告訴される2
大江健三郎「セヴンティーン」が右翼の反発をうけ掲載誌「文学界」が謝罪3
「思想の科学」(中央公論社)の〈天皇制特集号〉が右翼の圧力で発売を中止12
＊右のほか「風流夢譚」事件などおこり天皇制タブーがマスコミに定着していく

楡家の人びと(北杜夫・新潮)1
秀吉と利休(野上弥生子・中央公論)1
砂の女(安部公房・新潮社)6

純文学への抗議(高見順・群像)1
実感的文学論(十返肇・文学界)1
頭脳の戦争(岩田宏・思潮社)7

日本共産党、安部公房、花田清輝ら除名2
東京都人口一千万人を突破2
TV受信契約者数一千万人を突破3
キューバ危機10
＊佐々木基一の〈戦後文学幻影〉説を端緒

年	小説	評論	事項
1962 (昭37)	古都(川端康成・新潮社)6 かの子撩乱(瀬戸内晴美・婦人画報)7 出発は遂に訪れず(島尾敏雄・群像)9 **悲の器**(高橋和巳・河出書房新社)11	オットーと呼ばれる日本人(木下順二・世界)7 戦後文学は幻影か(本多秋五・群像)9 言葉のない世界(田村隆一・昭森社)12 爆烈弾記(花田清輝・群像)12	キューバ危機10 ＊佐々木基一の〈戦後文学幻影〉説を端緒に戦後文学論争がはじまる ＊安部「砂の女」、高橋「悲の器」など大きな反響をよび文壇活況を呈す ＊谷崎、三島らの作品海外で出版盛ん
1963 (昭38)	**砂の上の植物群**(吉行淳之介・文学界)1 火宅(壇一雄・新潮)2 **忘却の河**(福永武彦・文芸)3 **蟹**(河野多恵子・文学界)6 ソクラテスの妻(佐藤愛子・文学界)6 エロ事師たち(野坂昭如・小説中央公論)11 闇のなかの黒い馬(埴谷雄高・文芸)12	明治の柩(宮本研・新劇)1 有効性の上にあるもの(本多秋五・未来社)7 大東亜戦争肯定論(林房雄・中央公論)9 世阿弥(山崎正和・文芸)10 **サンチョ・パンサの帰郷**(石原吉郎・思潮社)12	芥川比呂志らが文学座を退団し福田恆存を中心に劇団「雲」を結成7 日本SF作家クラブ(小松左京ら)結成3 奥野健男、武井昭夫の〈政治と文学〉論争5 第九回原水禁世界大会分裂8 松川事件、最高裁が無罪の確定判決出す9 ケネディ米大統領暗殺11 三島由紀夫、戯曲「喜びの琴」上演中止問題で文学座を退団11
1964 (昭39)	他人の顔(安部公房・群像)1 榎本武揚(安部公房・中央公論)1 感傷旅行《センチメンタル・ジャーニー》(田辺聖子・文芸春秋)3 **されどわれらが日々ー**(柴田翔・文学界)4 安曇野(臼井吉見・中央公論)7 **個人的な体験**(大江健三郎・新潮社)8 **夕べの雲**(庄野潤三・日本経済新聞)9 **氷点**(三浦綾子・朝日新聞)12	ものみな歌でおわる(花田清輝・新日本文学)1 無常(唐木順三・筑摩書房)2 袴垂れはどこだ(福田善之・新劇)7 死の淵より(高見順・講談社)10 冬の時(木下順二・展望)10 常陸坊海尊(秋元松代・私家版)11 殉教の美学(磯田光一・冬樹社)12	勅使河原宏監督作品「砂の女」上映2 「近代文学」終刊8 東海道新幹線開業9 東京で第一八回オリンピック開催10 サルトル、ノーベル賞辞退10 日本共産党、中野重治、神山茂夫、佐多稲子、野間宏らを除名10 フルシチョフ、ソ連首相を解任され失脚10 開高健、ベトナム戦争取材に赴く11 ＊三浦「氷点」、柴田「されどわれらが日々」話題となる
1965 (昭40)	邪宗門(高橋和巳・朝日ジャーナル)1 幻化(梅崎春生・新潮)6 **抱擁家族**(小島信夫・群像)7 **春の雪**(三島由紀夫・新潮)9 憂鬱なる党派(高橋和巳・河出書房新社)11	IL(金子光晴・勁草書房)5 **音楽**(那珂太郎・思潮社)7 **田園に死す**(寺山修司・白玉書房)8 砂漠の思想(安部公房・講談社)10 サド侯爵夫人(三島由紀夫・文芸)11	米国、北ベトナムへの空爆を開始2 筑摩書房、明治文学全集一〇〇巻配本開始2 三島由紀夫の自作映画「憂国」制作4 家永三郎が教科書検定で国を告訴6 ＊ベトナム戦争の激化にともない〈べ平連〉のデモ、文学者の反戦活動が活発となる
1966 (昭41)	死の島(福永武彦・文芸)1 星と月は天の穴(吉行淳之介・群像)1 **天上の花**(萩原葉子・新潮)3 **沈黙**(遠藤周作・新潮社)3	遥かなノートルダム(森有正・筑摩書房)4 孤立無援の思想(高橋和巳・河出書房新社)5 成熟と喪失ー〝母〟の崩壊について(江藤淳・文芸)8	建国記念日、敬老の日、体育の日が新たな祝日として制定される6 ザ・ビートルズ来日公演6 サルトル、ボーヴォワール来日9 ＊中国で文化大革命激化する

	華岡青洲の妻(有吉佐和子・新潮)11 **蒼ざめた馬を見よ**(五木寛之・別冊文芸春秋)12	共同幻想論(吉本隆明・文芸)11	
1967 (昭42)	**万延元年のフットボール**(大江健三郎・群像)1 レイテ戦記(大岡昇平・中央公論)1 カクテル・パーティー(大城立裕・新沖縄文学)2 箱庭(三浦朱門・文学界)2 徳山道助の帰郷(柏原兵三・新潮)7 **空気頭**(藤枝静男・群像)8 燃えつきた地図(安部公房・新潮社)10 **火垂るの墓**(野坂昭如・オール読物)10	友達(安部公房・文芸)3 糾問者の惑いの唄(山本太郎・思潮社)2 美の終焉(水尾比呂志・筑摩書房)4 地の底の笑い話(上野英信・岩波書店)5 作品論の試み(三好行雄・至文堂)6 朱雀家の滅亡(三島由紀夫・文芸)10 **滝口修造の詩的実験1927–1937**(滝口修造・思潮社)12	川端、石川、安部、三島が中国文化大革命に抗議し声明2 日本近代文学館(東京駒場)開館4 三島由紀夫、自衛隊に体験入隊、話題となる4 内田百閒、芸術院会員を辞退12 ＊寺山修司、劇団天井桟敷を結成
1968 (昭43)	**安土往還記**(辻邦生・展望)1 **年の残り**(丸谷才一・文学界)3 坂の上の雲(司馬遼太郎・産経新聞)4 **輝ける闇**(開高健・新潮社)4 **三匹の蟹**(大庭みな子、群像)6	宮沢賢治の彼方へ(天沢退二郎・思潮社)1 小説への序章(辻邦生・河出書房新社)2 美しきものの伝説(宮本研・展望)4 近代の奈落(桶谷秀昭・国文社)4 蘆花徳富健次郎(中野好夫・展望)10 **表札など**(石垣りん・思潮社)12	江藤淳と大江健三郎、対談・現代をどう生きるか(「群像」1)で激しく対立し絶交1 日大、東大で学生闘争激化6 石原慎太郎、今東光、参議院に自民党から出馬し当選7 ソ連、チェコに軍事侵攻8 ソ連のチェコ侵攻に対して、中野重治、小田実、新日本文学会などが抗議声明8 川端康成、ノーベル賞を受賞10
1969 (昭44)	**時間**(黒井千次・文芸)2 **笑い地獄**(後藤明生・早稲田文学)2 **赤頭巾ちゃん気をつけて**(庄司薫・中央公論)5 またふたたびの道(李恢成・群像)6 円陣を組む女たち(古井由吉・海)8 **アカシヤの大連**(清岡卓行・群像)12	狂人なおもて往生をとぐ(清水邦夫・テアトロ)3 不思議の国のアリス(別役実・新劇)4 **かさぶた式部考**(秋元松代・文芸)6 わが解体(高橋和巳・文芸)6 **少女仮面**(唐十郎・新劇)11	野間宏、堀田善衛、野坂昭如ら、東大全共闘支持声明1 「海」(中央公論社)創刊7 米国月探索船アポロ11号が、人類史上初の月面着陸に成功7 ソルジェニツィンがソ連作家同盟を除名され、井上光晴、大江健三郎らが抗議声明11
1970 (昭45)	**夢の時間**(金井美恵子・新潮)2 **無明長夜**(吉田知子・新潮)4 **双面**(高橋たか子・文芸)5 天人五衰(三島由紀夫・新潮)7 **杳子**(古井由吉・文芸)8	北一輝論(村上一郎・三一書房)2 蓮田善明とその死(小高根二郎・筑摩書房)3 日本人とユダヤ人(山本七平訳・山本書店)5 方丈記私記(堀田善衛・展望)7	創価学会による言論弾圧問題で五木寛之らが学会系雑誌への執筆を拒否2 大阪で万国博覧会開催3 日航機「よど号」赤軍派にハイジャックされる3 「すばる」(集英社)創刊5 三島由紀夫、市ヶ谷自衛隊に乱入し自殺11

315　作家たちは、自分たちの生きてゐる意義として、今日、真率な情熱で、自分がかつてとり逃したおぼえがあるならば、その人生的モメントをふたたび捉へなほし、抑圧されてきた人民の苦き諸経験の一つとしてしつかり社会の歴史の上につかみ、そのことで生活と文学との一歩前進した再出発を可能としなければならない。民主なる文学といふことは、私たち一人一人が、社会と自分との歴史のより事理にかなつた発展のために献身し、世界歴史の必然な働きをごまかすことなく映しかへして生きてゆくその歌声といふ以外の意味ではないと思ふ。
そして、初めはなんとなく弱く、あるひは数も少いその歌声が、やがてもつと多くの、まつたく新しい社会各面の人々の心の声々を誘ひだし、その各様の発声を錬磨し、諸音正しく思ひを披瀝し、新しい日本の豊富にして雄大な人民の合唱としてゆかなければならない。

歌声よおこれ　宮本百合子　昭20・12

316　赤蛙は一生懸命に泳いで行く。彼は向う岸に渡らうとしてゐるのだ。川幅はさほどでもないのだが、しかし先に言つたやうに流れは速い。その流れに逆らふやうにして頭を突つ込んで泳いで行く赤蛙はまん中頃の水勢の一番強いらしい所まで行くと、見る見る押し流されてしまつた。流されながらちよつともがくやうに身振りをしたかと思ふと、それは一瞬、私の視野から消えてしまつた。波に呑まれてしまつたのだ。私ははツと思つて目をこらした。するとやがてそれは不意に、思ひがけないところに、

315　新日本文学会の機関誌「新日本文学」の創刊準備号の巻頭に掲げられた宮本百合子の戦後最初の文章。明治以降の歴史と文学の関わりを踏まえつつ新日本文学会創立の意義について述べている。掲出は末尾近く。

316　島木健作の死後、川端康成らの尽力により雑誌「人間」に発表された短編小説。最晩年、作者が修善寺に逗留した時、桂川沿いを散歩しながら目に止まった赤蛙のようすを描いている。太平洋戦争にはいって結核が再発した作者は亡くなるまで三年間ほとんど病床

ぽつかりと浮いて、姿をあらはした。中洲の一番の端——中洲が再び水のなかに没し去らうとするその突端に辛うじて這ひ上がつたともいふやうな恰好で、取り附いてゐるのだつた。

赤蛙　島木健作　昭21・1

317　最近の記録には嘗て存在しなかつたといはれるほどの激しい、不気味な暑気がつづき、そのため、自然的にも社会的にも不吉な事件が相次いで起つた或る夏も終りの或る曇つた、蒸暑い日の午前、××風癲病院の古風な正門を、一人の痩せぎすな長身の青年が通り過ぎた。

　青年は、広い柱廊風な玄関の敷石を昇りかけて、ふと立ち止つた。人影もなく静謐な寂寥たる構内へ澄んだ響きをたてて、高い塔の頂上にある古風な大時計が時を打ちはじめた。青年は凝つと塔を眺めあげた。その大時計はかなり風変りなものであつた。石造の四角な枠に囲まれた大時計の文字盤には、ラテン数字でなく、一種の絵模様が描かれてゐた。注意深く観察してみるならば、それは東洋に於ける優れた時の象徴——十二支の獣の形をとつてゐることが明らかになつた。青年は暫くその異風な大時計を眺めたのち、玄関から廊下へすり抜けて行つた。

死霊　埴谷雄高　昭21・1〜

318　私の東京地図は、三十年の長きに亘つて歩いてきた道の順に、心の紙に写されてい

にあった。

317　自らが結成に参加した「近代文学」創刊号から連載をはじめた長編小説。第一章「癲狂院にて」から第四章「霧の中で」は昭和二四年までに発表されたがその後中絶。昭和五〇年に第五章「夢魔の世界」を発表し再開。現在、八章まで講談社より刊行、九章を「群像」（平7・11）に発表。未完。冒頭部で時間的、空間的に確定できない世界であることが示されている。作者は自序で非現実の場所を選んだ理由について「nowhere. nobodyの場所から出発したかった」ためだという。掲出は冒頭部。

318　「人間」に『版画』として最初

つたものだ。だから歳月とともに街の姿そのものが変つてゆき、私の心の地図は、名所案内の版画のやうに古めかしい景色であつたり、白と黒とに光沢をもたせた芸術写真といつたやうな風景であつたりする。

　この移りゆく風景の中を私が歩いてゐる。まだ肉のつかぬ細い足で、東西も知らず歩き出してゐる。次第に勝手がわかつてきたときは、もう辺りはおもしろくなくて、うつむきがちに惰性の足を引きずつて通つた。その惰性に堪えかねて、知らぬ道にも踏みいり、袋小路に迷ひぬいたこともある。ある時は、人に連れ立たれて、歩調を揃へて気負つて歩いた道。

　それらの東京の街は、あらかた焼け崩れた。焼けた東京の街に立つて、私は私の地図を展げる。私の中に染みついてしまつた地図は、私自身の姿だ。

私の東京地図　佐多稲子　昭21・3〜昭23・5

319

　草もなく木もなく実りもなく吹きすさぶ雪風が荒涼として吹き過ぎる。はるか高い丘の辺りは雲にかくれた黒い日に焦げ、暗く輝く地平線を附けた大地のところどころに黒い漏斗《じやうご》形の穴がぽつりぽつりと開いてゐる。その穴の口の辺りは生命の過度に充ちた唇のやうな光沢を放ち、堆《うづたか》い土饅頭《どまんぢゆう》の真中に開いてゐるその穴が、繰り返される、鈍重で淫らな触感を待ち受けて、まるで軟体動物に属する生きもののやうに幾つも大地に口を開けてゐる。そこには股のない、性器ばかりの不思議な女の体が幾重にも埋め込まれてゐると思へる。

の章が発表されたのをはじめ、『表と裏』『道まで』まで一二回にわたり「展望」「芸術」など九雑誌に書かれたものをまとめ、二四年三月新日本文学会から刊行。革命への参加と戦争協力的行為の体験という彼女の文学と人生にとって決定的な体験をふりかえっている。作者は空襲で焼け野原になった東京への哀惜の念が戦災以前の東京の面影を記憶に呼び起こしたという。掲出は作品冒頭。

319　三回にわたり「黄蜂」に連載された小説。掲出部分はブリューゲルの画集から主人公深見進介が得た印象を記した冒頭である。野間宏は京大学生時代、友人で美学の学生だった下村正夫の愛蔵のブリューゲル画集に眺めいっていたという。昭和一四、五年ころブリューゲルの絵に刺激されたイメージを三枚ほどの原稿に残していて、

暗い絵　野間宏　昭21・4～10

320

戦争に負けたから堕ちるのではないのだ。人間だから堕ちるのであり、生きてゐるから堕ちるだけだ。だが人間は永遠に堕ちぬくことはできないだらう。なぜなら人間の心は苦難に対して鋼鉄の如くでは有り得ない。人間は可憐であり脆弱であり、それ故愚かなものであるが、堕ちぬくためには弱すぎる。人間は結局処女を刺殺せずにはゐられず、武士道をあみださずにはゐられず、天皇を担ぎださずにはゐられなくなるであらう。だが他人の処女でなしに自分自身の処女を刺殺し、自分自身の武士道、自分自身の天皇をあみだすためには、人は正《まさ》しく堕ちる道を堕ちきることが必要なのだ。そして人の如くに日本も亦堕ちることが必要であらう。*堕ちる道を堕ちきることによつて、自分自身を発見し、救はなければならない。政治による救ひなどは上皮だけの愚にもつかない物である。

堕落論　坂口安吾　昭21・4

321

その家には人間と豚と犬と鶏と家鴨《あひる》が住んでゐたが、まつたく、住む建物も各々の食物も殆ど変つてゐやしない。物置のやうなひん曲つた建物があつて、階下には主人夫婦、天井裏には母と娘が間借りしてゐて、この娘は相手の分らぬ子どもを孕《はら》んでゐる。

白痴　坂口安吾　昭21・6

それをもとに敗戦後この作品を書き上げた。

320「新潮」に発表。彼をスターダムにのしあげた評論。二二年六月第二評論集『堕落論』の後記によれば、安吾は「日本文化私観」によって生き方を確立しそれを発展させて青春論へ、さらに堕落論へとつなげていったという。作者は日本の崩壊という歴史事件を目のあたりにしようと戦時中疎開せず、東京に踏みとどまっていた。

堕ちる道を…救はなければならない　当時の若者の倫理観をいっさい否定し主体的生き方を示すものとして影響を与えた。この作品が当時いかに影響力をもっていたか、奥野健男が「日本文学全集71」(昭43、集英社)解説でふれている。

321「新潮」に発表された短編小説。戦争末期、人間も家畜も区別ない原初的な状況を描いている。『堕落論』の小説化として大きな衝撃を与えた。掲出は作品冒頭。

322

壕を出ると、夕焼が明るく海に映つてゐた。道は色褪せかけた黄昏《たそがれ》を貫いてゐた。吉良兵曹長が先に立つた。崖の上に、落日に染められた桜島岳があつた。私が歩くに従つて、樹々に見え隠れした、赤と青との濃淡に染められた山肌は、天上の美しさであつた。石塊道《いしころみち》を、吉良兵曹長に遅れまいと急ぎながら、突然瞼を焼くやうな熱い涙が、私の眼から流れ出た。拭いても拭いても、それは止度《とめど》なくしたたり落ちた。風景が涙の中で、歪みながら分裂した。私は歯を食ひしばり、こみあげて来る嗚咽を押へながら歩いた。頭の中に色んなものが入り乱れて、何が何だかはつきり判らなかつた。悲しいのか、それも判らなかつた。ただ涙だけが、次から次へ、瞼にあふれた。掌で顔をおほひ、私はよろめきながら、坂道を一歩一歩下つて行つた。

桜島　梅崎春生　昭21・9

322　「素直」創刊号に発表された短編小説。作者の戦争体験にもとづき、復員後（昭20・12）この小説の構想がまとまったという。昭和二一年には戦争を題材とする様々な小説が発表されたが、戦争という異常事態のなかでの死ととなりあわせた日常生活が淡々とえがかれている。「近代文学」（昭23・11）に「日本文壇の待望していた小説の型」という伊藤整の評がある。掲出は作品末尾。

323

炎天の下、むせかへる土ほこりの中に、雑草のはびこるやうに一かたまり、葭簀《よしず》がこひをひしとならべた店の、地べたになにやら雑貨をあきなふのもあり、衣料などひろげたのもあるが、おほむね食ひものを売る屋台店で、これも主食をおほつぴらにもち出して、売手は照りつける日ざしで顔をまつかに、あぶら汗をたぎらせながら、「さあ、けふつきりだよ。けふ一日だよ。あしたからはだめだよ。」と、をんなの金切声もまじつて、やけにわめきたててゐるのは、殺気立つほどすさまじいけしきであつた。

焼跡のイエス　石川淳　昭21・10

323　「新潮」に発表。戦後日本の原質部に迫った記念碑的な作品。江戸文学から得た「見立て」という趣法を使う一連の作品の一つ。戦後の闇市で見かけたボロとウミとデキモノのかたまりの少年をイエスにみたてている。掲出は作品冒頭。

324
三十歳になるまで女のほんたうの顔を描きだすことはできない、といつたのは、たしかバルザックであり、この言葉はしばしば人びとによつて引用され、長い間、うごかしがたい真実を語つてゐるやうに思はれてきたのだが、はたしてこれは今後なほ生きつづける値うちのある言葉であらうか。人間の半分以上をしめてゐる女のほんたうの顔がかけないで、男のほんたうの顔がかける筈はない。バルザックはこの言葉によつて三十歳になるまで小説をかくなと忠告してゐるのであらうか。それとも男の正体は簡単につかまへることができるが、女の内奥の秘密をあばくためには多くの経験が必要であり、若さのうむさまざまな欲望が、作家の対象をみる眼をくもらすといふ点を強調してゐるのであらうか。おそらく多くの人びとは、さういふ意味にこの言葉をとり、至極もつともだと同感するのであらう。まことにおめでたい。

復興期の精神　花田清輝　昭21・10

325
かゝるものは、他に職業を有する老人や病人が余技とし、消閑の具とするにふさはしい。しかし、かゝる慰戯を現代人が心魂を打ち込むべき芸術と考へうるだらうか。小説や近代劇と同じやうにこれにも「芸術」といふ言葉を用ひるのは言葉の濫用ではなからうか。（さきに引用した文章で、秋桜子が「芸術」といふ言葉を用ひず、いつも「芸」といつてゐるのは興味ふかい。）もつともいかなる時世にも人は慰みをもつことを許される。老人が余暇に菊作りや盆栽に専念し、ときには品評会のごときを催し、また菊の雑誌を一二種（三十種は多すぎる）出すのを、誰も咎めようとは思ふまい。

324 「女の論理」「鏡のなかの言葉」「天体図」「変形譚」ほか戦争中おもに「文化組織」に発表された二一編からなる評論集。我観社（現、真善美社）刊。のち「笑う男」を増補したものが刊行されている（未来社、昭34）。掲出は作品冒頭。

325 「世界」に発表された評論。現代俳句一五句を例に俳句の感覚や用語が俳壇という狭い中でしか通用しないことを指摘しながら、普遍的な享受を前提とする「第一芸術」ではなく「第二芸術」とされるべきだと主張。この評論は日本近代文学そのものの評価に関わるものとして反響を呼んだ。表題は「第二芸術」であるにも関わらず、

現代的意義といふやうなものを求めさへしなければ、菊作りにはそれとしての苦心も楽しさもある。それを誰も否定はしない。

句を玉とあたゝめてをる炬燵哉　虚子

しかし、菊作りを芸術といふことは躊躇される。「芸」といふがよい。しひて芸術の名を要求するならば、私は現代俳句を「第二芸術」と呼んで、他と区別するがよいと思ふ。第二芸術たる限り、もはや何のむづかしい理窟もいらぬ訳である。俳句はかつての第一芸術であつた芭蕉にかへれなどといはずに、むしろ卒直にその慰戯性を自覚し、宗因にこそかへるべきである。それが現状にも即した正直な道であらう――

第二芸術――現代俳句について　桑原武夫　昭21・11

326

朝、僕は雨でも降っているような音で眼が覚めるのだ。雨はたしかに大降りなのである。それはスレートの屋根から、朝の鈍《にぶ》い光線を含みながら素早く樋《とい》へすべり落ち、そして樋の破れた端から滝となって大地の石の上に音高く跳《は》ねかえって沫《しぶき》をあげているように感じられる。しかもその水の単調な連続音はいつ果てるともなく続いているのだ。ただこの雨だれの音にはどこか空虚なところがある。僕が三十年間経験し親しんで来た雨だれの音には、微妙な軽やかな限りない変化があり、それがかえって何か*重い実質的なものを感じさせるのだが、この雨だれの音はただ単調で暗いのだ。それはそれが当然なのであって、この雨だれの音は、このアパートの炊事場から流れ出した下水が運河の石崖《いしがけ》へ跳ねかえりながら落ちて行く音なのだ。

「第二芸術論」として一般化して、流布するようになった。掲出は後半部分より。

326　『黒い運河』と題して執筆したものを改作して、「展望」に送り、掲載された小説。昭和二〇年、椎名麟三は友人船山馨に「人間存在そのものに問いかける仕事」をしたいと語ったという。翌年、船山とともに、椎名夫人の故郷富山県大牧温泉にでかけ原型『黒い運河』ができた。掲出は作品冒頭。

重い　「観念には重量がない。小説とは観念の重量化でなければならぬ」と彼の昭和一七年のノートに記されている。

深夜の酒宴　椎名麟三　昭22・2

327
いまから何十年かまえの、ある晴れた春の朝のできごとでした。いまでいえば東京都、そのころでは東京府のずっとずっと片すみにあたる菖蒲《しょうぶ》町《まち》という小さい町の、またずっとずっと町はずれにある氷《ひ》川様《かわさま》というお社《やしろ》の、昼なお暗い境内《けいだい》を、ノンちゃんという八つになる女の子がただひとり、わあわあ泣きながら、つうつうはなをすすりながら、ひょうたん池のほうへむかって歩いておりました。

ノンちゃん雲に乗る　石井桃子　昭22・2

328
ジャズのかきたてるような音が、河岸のキャバレからひびいてくる。水の上をいくものうい船の蒸汽の音が、それにまじって聞える。マヤはたとい地獄へおちても、はじめて知ったこの肉体のよろこびを離すまいと、心に誓った。だんだんうすれていく意識のなかで、マヤは、いま自分の新生がはじまりつつあるのを感じていた。

地下の闇に、宙吊りのボルネオ・マヤの肉体は、ほの白い光の暈につつまれて、十字架の上の予言者のように荘厳だった。

肉体の門　田村泰次郎　昭22・3

329
しかし、ビルマ僧は凝然《ぎょうぜん》と立ちつくしたまま、顔色をすこしもうごかしませんでした。ただ、彼の片方の肩の上の鸚哥がのびあがって、かんだかい声で、その耳にせわ

327　大地書房から出版。二五年光文社から再び出版され爆発的な人気を得、芸術選奨文部大臣賞を受けた。作品は戦争中、東京荻窪で書かれたという。角川文庫版のあとがきに「私は心屈していたので、酸素不足の金魚のように、空をあおいで、あっぷあっぷした」「そのうち、ある時、私は、兵隊になっている友だちや、ほかの二、三の、やはり心屈している友人のため、お話を書こうと思いついた」とある。掲出は作品冒頭。

328　「群像」に発表。終戦直後の東京有楽町界隈を根城とする売春グループを描き、爆発的な人気を呼んだ小説。作者は中国の戦場で「寝て、食って、闘うことしか知らない生活」をおくった結果、肉体こそすべてであり、思想や観念の無力さを知ったという。『肉体が人間である』というエッセイを「群像」五月号に書いている。掲出は末尾。

329　学徒出陣した教え子を悼む思

しく囁《ささや》いています。「おーい、水島。おーい、水島。一しょに日本にかえろう！」

そういっているのがはっきりときこえます。

それでも、ビルマ僧は身うごきもしません。

あれは水島なのだろうか――？　そうではないのだろうか――？　みなわが目をうたがってあやしみました。ビルマ僧は面のようなこりかたまった顔をして、凹んだ目でじっとこちらを見ています。色はそんなに日に焼けてはいません。むしろ青白くさえみえます。そして、口はびんろう子で赤く、それが唇のわきにながれでて染めています。ゆったりとした衣をまとって立っているところは、あくまでも静かで、まるで立像のようです。顔立ちこそは水島にそっくりですが、むしろ柔和です。じっと考えこんでいるような、いつも自分の心の中を見つめているような様子です。

「おーい、水島――」と隊の者が遠慮しながらよびました。

ビルマ僧はまるできこえないかのようでした。

ビルマの竪琴　竹山道雄　昭22・3～昭23・3

330

馬車はそれから国泰寺の方へ出、住吉橋を越して己斐の方へ出たので、私は殆ど目抜の焼跡を一覧することが出来た。ギラギラと炎天の下に横はつてゐる銀色の虚無のひろがりの中に、路があり、川があり、橋があつた。そして、赤むけの膨れ上つた屍体がところどころに配置されてゐた。これは精密巧緻な方法で実現された新地獄に違ひなく、ここではすべて人間的なものは抹殺され、たとへば屍体の表情にしたところ

いを込めて児童雑誌「赤とんぼ」に連載した小説。掲出は全三話中の第二「青い鸚哥」の末尾付近。子ども向けの読物として書かれたが、戦争の中から生まれたヒューマニズム文学の代表作として、昭和二四年毎日出版文化賞、二五年芸術選奨文部大臣賞をうけ、のちに映画化された。

330　「三田文学」に掲載された短編小説。原民喜は昭和二〇年、空襲の激しくなった千葉を離れて郷里広島の兄の家に疎開した。八月、原爆投下にあい、広島練兵場で二日すごしたのち、次兄とともに広島市郊外に転居した。原は八月七

で、何か模型的な機械的なものに置換へられてゐるのであつた。苦悶の一瞬足掻いて硬直したらしい肢体は一種の怪しいリズムを含んでゐる。電線の乱れ落ちた線や、おびただしい破片で、虚無の中に痙攣的の図案が感じられる。だが、さつと転覆してしまつたらしい電車や、巨大な胴を投出して転倒してゐる馬を見ると、どうも、超現実派の画の世界ではないかと思へるのである。

夏の花　原民喜　昭22・6

331

六月の、ある、晴れた日曜日の午前であつた。

駅前通りの丸十商店の店の中では、息子の六助が、往来に背中を向け、二つ並べたイスの上にふんぞりかえつて、ドイツ語の教科書を音読《おんどく》していた。恐ろしくふきげんそうな様子である。

折から、どの線かの列車が入つたと見えて、陽ざしの明るい往来を、一としきり人の波がゾヨ〳〵と流れて行つた。

「今日は――」

店先きで、若い女の声がした。

見ると、紺の短いセーラー服を着て、浅ぐろい、よく伸びたすねをむき出し、赤い緒のげたをつつかけた、農村の者らしい、丈夫そうな女学生が立つていた。

青い山脈　石坂洋次郎　昭22・6・9～10・4

日の夜、野宿をしながら最初のペンをとったという。第一回水上滝太郎賞受賞。

331　朝日新聞に連載された石坂洋次郎の初めての新聞小説。「国民に健康な娯楽と、出来れば民主主義を理解させるような小説」をという依頼で描いたという。モデルはないが、作者の次女が疎開、通学していた女学校で、卒業式が終わってから有志が生意気な下級生を呼び出してひっぱたくという習慣があることがヒントになったらしい。作品の中にもこの挿話は生かされている。掲出は作品冒頭。参　二四年、今井正演出により映画化され、藤山一郎の歌う主題歌「青い山脈」が大ヒットした。

参

一、(男)若くあかるい　歌声に
雪崩《なだれ》は消える　花も咲く
青い山脈　雪割桜
空のはて
今日もわれらの　夢を呼ぶ

二、(女)古い上衣《うわぎ》よ　さようなら
さみしい夢よ　さようなら
青い山脈　バラ色雲へ
あこがれの
旅の乙女に　鳥も啼く

青い山脈(映画主題歌)　西条八十　昭24・4

332

朝、食堂でスウプを一さじ、すつと吸つてお母さまが、

「あ。」

と幽かな叫び声をお挙げになつた。

「髪の毛?」

スウプに何か、イヤなものでも入つてゐたのかしら、と思つた。

「いいえ。」

お母さまは、何事も無かつたやうに、またひらりと一さじ、スウプをお口に流し込み、すましてお顔を横に向け、お勝手の窓の、満開の山桜に視線を送り、さうしてお顔を横に向けたまま、またひらりと一さじ、スウプを小さなお唇のあひだに滑り込ませた。ヒラリ、といふ形容は、お母さまの場合、決して誇張では無い。婦人雑誌などに出てゐるお食事のいただき方などとは、てんでまるで、違つていらつしやる。

斜陽　太宰治　昭22・7〜9

332　「新潮」に四回にわたって連載された女性の独白体の小説。没落貴族の姉弟の対照的な生きざまを描いている。亀井勝一郎によると生家の没落を『桜の園』風の仕立てで書きたいと洩らしていたという。また生家の没落を『桜の園』にたとえる記述が書簡にも見られる。昭和一六年から知り合った太田静子と当時深い関係にあり、二二年一月彼女にあてた手紙に「あなたの日記からヒントを得た長篇を書きはじめるつもりでをります。」と書いている。「斜陽族」という流行語を生む。掲出は作品冒頭。

333
あれは去年の夏、盆も間近かの或る晩のことでござりました。
町の寄合いのくずれで、よそのお人と二三人あの臥竜橋《がりようばし》の橋の上でええ心持になって風にふかれていてたのでござります。すると誰やら、白い浴衣《ゆかた》きた女がすうっと私のすぐ傍《ねき》をすりよって通るのでござります。この広い橋の上をあなに近うに人の傍《ねき》を通らいでもと、そう思うて顔みますと、別れた女房のおはんでござります。思わずあと追いそうになりながら、お人の手前もござりますけに、わざとに間《まア》おいて急いで警察の横手までいきますと、あとから私の来るのが分ったのでござりましょう。くらい板塀のところで待っておりました。「おはんか。かわりないか。久しいかったなァ。」
と私は申しました。

おはん　宇野千代　昭22・12～昭24・7、昭25・6～昭32・5

334
「君なんかに出来るものか」私はニヤニヤしながら、片手に蠅を大事そうにつまみ、片手で額を撫でている長男を見た。彼は十三、大柄で健康そのものだ。ロクにしわなんかよりはしない。私の額のしわは、もう深い。そして、額ばかりではない。

「なになに？　どうしたの？」

みんな次の部屋からやって来た。そして、長男の報告で、いっせいにゲラゲラ笑い出した。

「わ、面白いな」と、七つの二女まで生意気に笑っている。みんなが気を揃《そろ》えたように、それぞれの額を撫でるのを見ていた私が、「もういい、あっちへ行け」と云った。

333　昭和二二年に発表後、徐々に書き進められ昭和三二年に完結した長編小説。季刊誌「文体」に昭和二二年一二月から三回、二五年六月から「中央公論」に八回連載された。作者が戦時中に徳島の老人形師を訪ねた時、ある古物商に会い、彼の語った身の上話から構想されたという。一人の古物商の語りを通して物語は展開している。昭和六一年映画化。

334　「新潮」に発表。大病で療養中の「私」は種々の虫の生態を観察しつつ、それらの、そして自己の生き死にを思いやる。尾崎の師・志賀直哉の「城の崎にて」を思わせる小動物との対峙ではある。しかし掲出部＝作品末尾にも明らかなように、尾崎自身をモデルとする「私」は額のしわで蠅を捉まえる子供たちに自慢したりするユーモアを備えている。しかも書き手は

少し不機嫌になって来たのだ。

虫のいろいろ　尾崎一雄　昭23・1

335 私は昭和二十年一月二十五日ミンドロ島南方山中において米軍の俘虜《ふりょ》となった。

ミンドロ島はルソン島西南に位置するわが四国の半分ほどの大きさの島である。軍事施設として見るべきものなく、これを守るわが兵力は歩兵二ケ中隊、海岸線に沿った六つの要地に名ばかりの警備駐屯を行うのみである。

俘虜記　大岡昇平　昭23・2

336 私は思い切つて右手を胃袋の中につつ込んだ。そして左手で頭をぼりぼりひつかきながら、右手でぐいぐい腹の中のものをえぐり出そうとした。私は胃の底に核のようなものが頑強に密着しているのを右手に感じた。それでそれを一所懸命に引つぱつた。すると何とした事だ。その核を頂点にして、私の肉体がずるずると引上げられて来たのだ。私はもう、やけくそで引つぱり続けた。そしてその挙句に私は足袋を裏返しにするように、私自身の身体が裏返しになつてしまつたことを感じた。頭のかゆさも腹痛もなくなつていた。ただ私の外観はいかのようにのつぺり、透き徹つて見えた。そして私は、さらさらと清い流れの中に沈んでいることを知つた。

夢の中での日常　島尾敏雄　昭23・5

面白がりすぎる子供たちに不機嫌になる「私」の、滑稽とペーソスをも描き出すのである。

335 「文学界」に発表。大岡自身の一兵卒としての捕虜体験を材とした連作最初の部分で掲出部はその、年代記的ともいえる冒頭。合本『俘虜記』収録時に「捉まるまで」と改題。比島露営地への米軍来襲時、マラリア罹患中の「私」は隊を離れ独り山中を彷徨する。「私」がなぜ若い米兵を射たなかったかの省察部にみられる父親の感情と同僚への負担といった高い倫理性・感傷に堕さぬ強い意志と的確な観察による論理的で明晰な文体を持つ。横光利一賞受賞。

336 「綜合文化」に発表。「私」は「戦争中に壊滅してしまったと伝えられる」「一瞬の閃光」を受けた「南方の町」母の家に赴く。家を出、行った女の家での「私」。雑誌に載った自作の題名に覚えがない。頭には一面に瘡がはびこり腹腔には石をつめこまれた感じがする。自分であって自分でない異和感。作

337

II　朝の風

明るい朝を生む光
青い姿は夢の奥!
歌ふ波の穂、悔ひは去り
海は流れる、空遠く。……

森よ、御《み》寺よ、そよ風よ、
燃える緑の明日《あす》のかた、
仄かに香る想ひ出よ、
炎に歎く愛の旗。――
わたしは待つ、何に、誰に?
湧くは泉、咲くは望み。
囁く祈り吹く鐘に

醒め赤らむ戦きの実《み》。
移らふ雲に、揺れる木に
映る思念の閃きに!

『炎』(一九四三年)より(「マチネ・ポエティク詩集」)　中村真一郎　昭23・7

338

読者諸君!

私は犬丸順吉《いぬまるじゅんきち》と云つて、無産無職、今年二十九になる、つまらぬ男であるが、これから長い物語りを始めるので、名前ぐらゐは覚えてゐて下さい。

謙遜でなく、私は平凡な人間で、才能、勇気、学問――男性の装飾となるべきものを、相当、欠いてゐる。従つて、女に騒がれたといふこともない。麻雀《マーヂャン》も、野球も得意でない。われながら、魅力のない人間だと思ふのだが、その割に人から嫌はれないのは、私が高慢を知らぬからであらう。私は運命にも、人間にも、よく服従する。それが、私の性格であり、また処世の道でもあつた。例へば、私は鬼塚先生に服従する

者は命令を受けたまま出撃しなかった特攻隊の海軍士官として終戦を迎えたが、戦場と戦後の日常の異和を、身体感覚として鋭く描出している。掲出は末尾付近。

337　中村真一郎、福永武彦、加藤周一らによる押韻定型詩集より。真善美社刊。表題にあるようにグループの結成は戦前に遡る。七五調に脚韻(例ヒカリ/オク/サリ/トオク)を伴う一四行詩による韻文詩の試み。「NOTES」に、押韻に関する「九鬼周造博士の周到なる研究」に触れつつも実作にあたって「範は専らこれをヨーロッパの詩人にとるほかはなかった」とあり、実験の域を出なかったが「音楽性回復のための運動」ではあった。

338　「毎日新聞」連載。新潮社刊(昭24・7)。作者の本名は岩田豊雄。戦争中、本名で「海軍」等を発表、戦後いちじ追放の仮指定を受けた。上掲はそれが解除された(昭23・5)直後の作品である。主人公犬丸順吉が、伊予の疎開先で町の実力者と近づき、四国独立運動に加

ことで、半生を送ってきたのである。

てんやわんや　獅子文六　昭23・11・22～昭24・4・14

339 惣ど（誰にいうとなく）ところで、のう、二枚織れたちゅうはありがたいこってねえけ。

（与ひょうの手にある布を取ろうとするが、与ひょうは無意識のうちに離さない）

運ず（与ひょうを抱えたまま一心に眼で鶴を追っているが）ああ……だんだんと小さくなって行くわ……

与ひょう　つう……つう……（鶴を追うように、一、二歩ふらふらと。――布をしっかりとつかんだまま立ちつくす）

惣どもそれに引きこまれるように、三人の眼が遠い空の一点に集まる。

微《かす》かに流れてくるわらべ唄――

――幕――

夕鶴　木下順二　昭24・1

340 永いあいだ、私は自分が生れたときの光景を見たことがあると言い張っていた。それを言い出すたびに大人たちは笑い、しまいには自分がからかわれているのかと思って、この蒼ざめた子供らしくない子供の顔を、かるい憎しみの色さした目つきで眺めた。それがたまたま馴染の浅い客の前で言い出されたりすると、白痴と思われかねな

担したりする。やがて大地震が起こる。敗戦後のてんやわんやの騒動を風刺した作品。掲出は作品冒頭。

339　「婦人公論」に掲載された戦後戯曲の代表作。初演は昭和二四年四月、ぶどうの会。民話「鶴の恩返し」に取材しながら独創的であるのは、ことばの工夫によるところ大である。つうには現代語の標準語を、与ひょう・惣ど・運ずら男たちには各地の方言を組みあわせた農村的民話言葉を、各々用いることで、与ひょうとの生活を願いながら断絶があらわになる構図やつうの嘆きを、言語芸術として明示し得たのである。

340　河出書房刊の書き下ろし。作者の本名は平岡公威《きみたけ》。主人公「私」の性的傾向を中心とした精神史的長篇。「私」の経歴が作者自身のそれと酷似しており、よって男色的

いことを心配した祖母は険のある声でさえぎって、むこうへ行って遊んでおいでと言った。

仮面の告白　三島由紀夫　昭24・7

341

なるべく、夜更けに付く汽車を選びたいと、三日間の収容所を出ると、わざと、敦賀の町で、一日ぶらぶらしていた。六十人余りの女達とは収容所で別れて、税関の倉庫に近い、荒物屋兼お休み処といった、家をみつけて、そこで独りになって、ゆき子は、久しぶりに故国の畳に寝転ぶことが出来た。

宿の人々は親切で、風呂をわかしてくれた。小人数で、風呂の水を替える事もしないとみえて、濁った湯だったが、永い船旅を続けて来たゆき子には、人肌の浸みた、白濁した湯かげんも、気持ちがよく、風呂のなかの、薄暗い煤けた窓にあたる、しゃぶしゃぶしたみぞれまじりの雨も、ゆき子の孤独な心のなかに、無量な気持ちを誘った。

浮雲　林芙美子　昭24・11〜昭26・4

342

初夏の午後であった。

浅草花川戸の隅田川を背にした久須美の家では、母親のきんが朝からかかって念入りに掃除した二階の二間つづきの部屋の床に庭の白い鉄線の蔓花《つるばな》を入れて、やれやれこれですんだというように片手に腰をたたきながらくらい梯子段《はしごだん》を降りて来た。

性癖を否定し得ない主人公の認識は、一見、作家自身の「告白」がそこにのみ集約しているかにみえる。だが「仮面の」という表題通り、周到な私小説的しつらえは実はむしろそれへの挑戦であり明晰な方法意識に発している。男色的「仮面」の下に戦後社会との隔絶感という素面の告白を行った作品。掲出は作品冒頭。

341　「風雪」（〜昭25・8）、「文学界」に連載された長篇。敗戦後仏印から引揚げた幸田ゆき子。彼女はタイピスト学校を出、農林省に勤め、やがて仏印勤務となり戦中を過ごした。戦時体制による動員で女性就業者が増えた時期から戦後にかけてのゆき子の富岡との「不倫」と死まで。末部の富岡の「浮雲のような、己れの姿」という虚無感はそのままゆき子の、そして戦中戦後を生き急いだ作家自身の感懐であった。

342　「小説山脈」「小説新潮」「別冊小説新潮」に断続的に掲載された長篇。角川書店刊（昭32・2）。作者の本名は富美。封建遺制の明治

玄関の隣の三畳の連子窓《れんじまど》の下で川から来る明るい水明りに針の目をすかせて、仕立ものの縫糸をとおしていた娘のとしは、花畳紙《はなだとう》を持って部屋へ入って来た母親に声をかけた。

「今、お隣のボンボン（時計）が三時を打ってよ……お客さん、晩《おそ》いねえ、おっ母《か》さん」

女坂　円地文子　昭24・11～昭32・1

343

その時であった。会場の静けさは破れて、喚声と共に観衆は総立ちになった。見るとリングではついに二匹の牛の力の均衡は破れて、猛《たけ》り気負うた一匹の勝牛は、勝利の興奮を押えかねて竹矢来の中をぐるぐると廻りに廻っていた。さき子はどちらの牛が勝ったのか即座には見極めることは出来なかった。さき子は烈しい眩暈を感じた。とっさに津上の肩に摑りたい衝動に耐えながら視線をなおもリングの上に投げていた。そこには、ただ、この馬蹄形の巨大なスタジアム全体に漲るどうにも出来ぬ沼のような悲哀を、身をもって、攪拌し攪拌している、切ない代赭《たいしゃ》色の生き物の不思議な円運動があった。

闘牛　井上靖　昭24・12

344

土地の人はなぜそこが「はけ」と呼ばれるかを知らない。「はけ」の荻《おぎ》野《の》長作《ちょうさく》といえば、この辺の農家に多い荻野姓の中でも、一段と古い家とされているが、人々は単に

期、女に放埒な高級官吏の妻として、意志的かつ忍従の一生を送る白川倫《とも》。掲出は冒頭、夫の命を受け自ら妾を見立てにくる倫を迎えようとするかつての隣家の様子。豊饒な日本古典の素養を基盤とした精緻な文体で女性の美と心情を描出した作品は、倫の、死骸を「海へざんぶり捨てて下さ」いという「本念の叫び」で結ばれるのである。

343　「文学界」掲載。芥川賞受賞作。社運を賭した新興新聞社の闘牛大会の実現に尽力する編集局長。作者は主人公を、この昭和二十年代の躍動的メディアの中軸におきながら、友人の妻さき子との関係にも、開催に漕ぎつけた闘牛にも熱中できない人物として描く。近代的スタジアムの前近代的格闘という異和が、主人公の抱える不安や孤独と重なってただよう。山場《クライマックス》を最末部（掲出）闘牛場面におく作者の腕達者ぶりもうかがえる。

344　「群像」に発表、のち講談社刊（昭25・11）。昭和二二年の姦通罪

その長作の家のある高みが「はけ」なのだと思っている。

中央線国分寺駅と小金井駅の中間、線路から平坦な畠中の道を二丁南へ行くと、道は突然下りとなる。「野川」と呼ばれる一つの小川の流域がそこに開けているが、流れの細い割に斜面の高いのは、これがかつて古い地質時代に関東山地から流出して、北は入間《いるま》川、荒川、東は東京湾、南は現在の多摩川で限られた広い武蔵野台地を沈澱させた古代多摩川が、次第に西南に移って行った跡で、斜面はその途中作った最も古い段丘の一つだからである。

武蔵野夫人　大岡昇平　昭25・1〜9

345

麻布霞町の崖下にあった私の下宿には、三連隊の起床ラッパが遠くかすかにきこえて来た。それは、青山墓地の崖肌を這い木々の下枝をぬつて、切なくかなしげに聞えて来ては、しばらくはしめつぽい余韻を私の耳にまつわらせるのだつた。

私は大学にはいつたばかりであつた。というより、やつと大学まで辿りつくことが出来たばかりといつた方がよかつたであろう。三連隊の起床ラッパがきこえて来るのは、そんな私が夜通し謄写版の厚紙をきりつづけ、やつと冷たい蒲団にくるまつた頃であつた。私は、これからつづく大学の三年間を、その謄写版の原紙きりの仕事だけで支えていこうと真面目に考えていたのである。

絵本　田宮虎彦　昭25・6

廃止をとりこみながら、人妻道子と従弟勉との恋を描く。東西の姦通小説の枠組、作者の研究対象でもあるスタンダール作品の引用を行いつつも、恋人同志は姦通しないという独自の恋愛心理小説である。悲恋の背景の、掲出のように冒頭から示された武蔵野の自然、とりわけ地形の的確な描出が、心理描出の確かさと相俟って、復員兵・勉の〈健康恢復の物語〉（「『武蔵野夫人』の意図」）の意味でも広く愛読されている。

345「世界」に発表。東大生時代を材とした自伝的短篇。ガリ切りのアルバイトで生活を支える苦学生。友人や教室の雰囲気に馴染めず、下宿隣室の中学生で上海事変で捕虜となり銃殺された兄をもつリューマチの冤罪少年にかえす言葉をもたぬ「私」。その少年の自殺後、下宿を出る「私」は下宿のカリエスの長男にアンデルセンの絵本を贈る。息詰まる昭和八、九年を背景に「私」を含む貧困や理不尽に憤りつつも、哀しみをこめた眼で抒情的に描いている。

346

またこの地区にもおきざらしだ。昨日行つたG地区にも積んであつた。三百冊もあるな、いや四百ぐらいあるだろう、そうするとまだ百冊しか売つていないことになる。一体どういうふうにパンフ活動の重要性を説明しようか、またくどくど弁解するだろう。「結局細胞*が動かないから、地区でどんなに言つたつて駄目なんだ」と、こんなふうに言うだろうな。でも今日はがんがんは言うまい、いくらどなつたつて結局ぴんとこないものはぴんとこないんだから……

鶴田和夫はそれだけのことをとつさに頭にめぐらしながら、改めて二階に呼びかけた。

書かれざる一章　井上光晴　昭25・7

347

目を覚ましました。

朝、目を覚ますということは、いつもあることで、別に変ったことではありません。しかし、何が変なのでしょう？　何かしら変なのです。

そう思いながら、何が変なのかさっぱり分らないのは、やっぱり変なことだから、変なのだと思い……歯をみがき、顔を洗っても、相変らずますます変でした。

ためしに（と言っても、どうしてそんなことをためしてみる気になったのか、それもよく分らないのですが、）大きなあくびをしてみました。するとその変な感じが忽《たちま》ち胸のあたりに集中して、ぼくは胸がからっぽになったように感じました。

壁—S・カルマ氏の犯罪　安部公房　昭26・2

346　「新日本文学」に発表。昭和二〇年の日本共産党長崎地方委員会創設参加、二一年同党員となりオルグとして活動するなどしていた作者の小説第一作。党内部の反ヒューマニズム性を批判的に告発した作品として作者の除名問題にまで発展した問題作である。除名拒否した作者は更に批判的作品を発表するが、二八年には離党、生涯、腐敗を許さぬ姿勢をとり続けた。
細胞　共産党組織の最小単位。

347　昭和二三年に同人となった「近代文学」に掲載された芥川賞受賞作。昭和二六年五月、月曜書房刊『壁』所収。序文石川淳。目覚めたとき、名前喪失に気づいた男。ある朝の突然の変貌という設定はカフカ『変身』に似るが、この主人公はもとの日常を願うわけではなく、自分が囲まれている壁を吸収して世界の果てへと脱出しようとする。寓意的作風によって常識的価値観や秩序を問い直し、人間の

348

こつこつと鉄柵をたたくのはだれか。
魔法の杖で
彼をよみがえらせようとしても無益です。
腸詰のような寄生虫をはきながら、
一九四七年の夏、彼は死んだ。
（冷たい霧のなかに、
いくつも傾いた墓石がぬれている。）
苦痛と、
屈辱と、
ひき裂かれた希望に眼を吊りあげて彼は
　死んだ。
やさしい肉欲にも、
だるいコーヒーの匂いにも、
彼のかがやかしい紋章は穢されはしなか
　った。
犬の死骸。
（死んだ建築家との退屈な一日）
　　（中略）
ああ、彼は死んだ。
埋葬人は記録書に墓の番号をつけました。
すべては終わりました。
犬とともに、
夕ぐれの霧のなかに沈む死者よ。
さよなら。

墓地の人（「荒地詩集」）　北村太郎　昭26・3

349

密猟のながきたびぢの果ての或る宿で誦す赤き文字の祈禱書

海底に夜ごとしづかに溶けゐつつあらむ。航空母艦も火夫も

禁猟のふれが解かれし鈍色の野に眸《まみ》ふせる少年と蛾と

孤独と自由を提示した作品である。

348 初出は「荒地」（第一次昭14・3〜15・5、第二次昭22・9〜23・6）の昭和二三年二月号。上掲詩集は早川書房刊。死を凝視した作風を保ち続ける。他に『北村太郎詩集』（昭41）、『悪の花』（昭56）、『犬の時代』（昭57）、『港の人』（昭63）など。『荒地』時代を「十八歳にして、すでに非情と有情の世界をみつめて詩を語りあっていたころから、みんな、ひとかどの〈個〉だったのかな」（「ひとつのアスペクト」『現代詩読本・現代詩の展望』）と述懐。

349 塚本邦雄二九歳の時の第一歌集。（メトード社刊）その「ロマン主義的な知の美学」（早崎ふき子『美の四重奏』）は、桑原武夫らの第二芸術論に揺れる短歌界にあって評価が定まらなかったが、第二歌集『装飾楽句』（昭31）刊行後、前衛短歌の先駆とされる。辻井喬は、安部公房との同時性において「自棄の世代は自らの赤い繭のなかに籠もる以外に、生きてゆくための家をもつことができない」とし、

水葬物語　塚本邦雄　昭26・8

350　二人の跫音が消えたとき、木垣はぶるっと頭を振って再び空を仰いだ。星々はいつの間にか消えてしまって、空はいつものように暗かった。光りは、クレムリンの広場とかワシントンの広場とか、そういうところにだけ、虚《むな》しいほどに煌々と輝いているように思われた。そして彼はそこにむき出しになっている自分を感じた。生れてはじめて、彼は祈った。レンズの焦点をひきしぼるような気持で先ず書いた。

広場の孤独

と。

広場の孤独　堀田善衛　昭26・9

351　マルクス主義者を含めての近代主義者たちは、血ぬられた民族主義をよけて通った。自分を被害者と規定し、ナショナリズムのウルトラ化を自己の責任外の出来事とした。*「日本ロマン派」を黙殺することが正しいとされた。しかし、「日本ロマン派」を倒したものは、かれらではなくて外の力なのである。外の力によって倒されたものを、自分が倒したように、自分の力を過信したことはなかっただろうか。それによって、悪夢は忘れられたかもしれないが、血は洗い清められなかったのではないか。

近代主義と民族の問題　竹内好　昭26・9

前衛の「痛ましさ」を論じた（「時代の初音」「国文学解釈と鑑賞」昭59・2）。

350　「人間」（昭26・8）に前半が、ついで「中央公論文芸特集」（昭26・9）に全篇が掲載された。「漢奸」等と共に芥川賞を受賞。主人公木垣幸二は二年前に新聞社をやめたが、朝鮮戦争の勃発で再びもとの社のテレックスの翻訳係として臨時雇いになる。東西対立が日本の隣国にふき出し、再度の大戦の危機をはらみ「なにもかもが揺れ動き、なにひとつ解決していない」中で、状況にコミットせざるを得ない孤独な日本の知識人の不安と苦悩を描いている。

351　「文学」に発表。いわゆる国民文学論争の発端となった論考。竹内は戦後占領下の思想的空白に際して、戦中に翼賛的に利用された「日本ロマン派」の問題を捨象し去っている点を批判、「国民文学」の政治的歪曲を危惧しつつも近代主義は民族主義《ナショナリズム》と対峙すべきであると説いた。

日本ロマン派　昭和十年代の同名

352
磯吉は確信をもって、そのならんでいる級友のひとりひとりを、ひとさし指でおさえてみせるのだったが、すこしずつそれは、ずれたところをさしていた。あいづちのうてない吉次にかわって大石先生は答えた。
「そう、そう、そうだわ。そうだ」
あかるい声で息を合わせている先生のほおを、なみだのすじが走った。みんなしんとした中で、早苗はつと立ちあがった。よったマスノは、ひとり手すりによりかかって、うたっていた。

　はるこうろうのはなのえん
　　めぐるさかずきかげさして

じぶんの美声にききほれているかのようにマスノは目をつぶってうたった。それは、六年生のときの学芸会に、最後の番組としてかの女が独唱し、それによってかの女の人気をあげた唱歌だった。早苗はいきなり、マスノの背にしがみついてむせびないた。

二十四の瞳　壺井栄　昭27・2〜11

353
木谷上等兵が二年の刑を終って陸軍刑務所から自分の中隊にかえってきたとき、部隊の様子は彼が部隊本部経理室の使役兵《しえきへい》として勤務中に逮捕され憲兵につれられて師団司令部軍法会議に向かったときとは全く変ってしまっていた。彼は二年前軍隊にはいってからはじめて巻脚絆《まききゃはん》をつけることなく衛門をつれ出されたが、巻脚絆も帯剣もつけていない代りに上衣の下に隠した両手に手錠を、その腰に捕縄をつけた身体《からだ》をふ

誌及びその文学運動。保田与重郎らによるその主張・伝統への回帰は、戦中「文芸文化」等に継承されたが敗戦と共に基盤を失った。

352「ニューエイジ」に発表。昭和初期を舞台に、新任の大石久子先生と一年生一二名の「二十四の瞳」は強く結ばれていく。先生の転任・退職・結婚・夫や子の死を経た敗戦直後、再び岬の分教場に赴任した先生は、かつての教え子達に歓迎会を催される。戦死者、盲目となった者等、戦争はここにも深い傷跡を残すが、前向きに生きようとする彼ら。瀬戸内の風土の中に、子供たちへのあたたかなまなざしを豊かな会話で生かした反戦文学の佳品。掲出は作品末尾。

353「人間」(昭26・1、2)に「真空ゾーン」の表題で第一、二章掲載。河出書房刊。刑期を終えた木谷上等兵は内務班に戻るや無辜の自分を罪に陥れた人物を探る。知識人《インテリ》の曾田一等兵だけが木谷に協力する。日々「真空の度をまし

って見上げた衛門横のポプラの木はいまでは切り倒されていた。

真空地帯　野間宏　昭27・2

354

人類は小さな球の上で
眠り起きそして働き
ときどき火星に仲間を欲しがったりする

火星人は小さな球の上で
何をしているか　僕は知らない
（或はネリリし　キルルし　ハララしているか）
しかしときどき地球に仲間を欲しがったりする
それはまつたくたしかなことだ

万有引力とは
ひき合う孤独の力である

宇宙はひずんでいる
それ故みんなはもとめ合う

宇宙はどんどん膨んでゆく
それ故みんなは不安である

二十億光年の孤独に
僕は思はずくしやみをした

二十億光年の孤独　谷川俊太郎　昭27・6

355

ある晩、丁度、江南が来合せている時だった。今までうとうとと睡ったようにしていた耕作が、枕から頭をふともたげた。そして何か聞き耳をたてるような恰好をした。

「どうしたの？」

とふじがきくと、口の中で返事をしたようだった。もうこの頃は日頃の分りにくい

ている」兵営、次第に暴露されていく軍隊の腐敗と非人間性。朝鮮戦争下、確かな構成力と野間独特の粘着性の文体ながら会話を多用した平易な語り口で書かれた、作者の長篇第一作である。

354　谷川俊太郎二一歳時の同題の第一詩集（創元社刊）より。三好達治が「ああこの若者は／冬のさなかに永らく待たされたものとして／突忽とはるかな国からやってきた」（序詩）と称賛。その「無限大に上昇する〈コスモス〉の観念は現代詩の可能性の空間を天井に向かって一歩拡大させた。」（原子朗『編年体・日本近代詩歌史』）大岡信は谷川を「工業時代の獣」と呼び、感傷性から解放された「孤独でしかも明るいまなざし」を指摘する（角川文庫「谷川俊太郎詩集」解説）。

355　「三田文学」に発表。作者本名は清張《きよはる》。実在した田上耕作を主人公とした芥川賞受賞作。身体に障害をもちながらも、幼少時の鈴の音の思い出をもつ小倉育ちの耕作

言葉が更にひどくなって、唖に近くなっていた。が、この時、猶もふじが、

「どうしたの？」

ときいて、顔を近づけると、不思議とはっきりと物を言った。

鈴の音が聞こえる、というのだ。

「鈴？」

とき返すと、こっくりとうなずいた。そのまま顔を枕にうずめるようにして、なおもじっときいている様子をした。


或る「小倉日記」伝　松本清張　昭27・9

356
私は眼をつむった。すると消えた道路の上を整然と行進して来る人々の足音や馬車の音が聞えた。道路はよみがえり国境線は消えた。それは広々とした耕地に変ったのである。そして矢野がそこで発動機船ではなく、トラクターを運転しているように思われた。
一方、私の傷口は新たに開いて、血がこんこんと湧き出て来た。それは私自身の中にある海だった。海が私の周囲に涯しもなくひろがり、私はその無限の深みへ、ゆっくりと沈んでいった。

鶴　長谷川四郎　昭27・9、10

357
自動車が動きだすと僕は車の速力で、感傷的な酔い心持にさそいこまれた。窓にう

は、森鷗外の「独身」を読み、鷗外小倉時代の日記の散逸部を埋めるべく調査を開始する。母ふじに支えられながらも仕事は難渋、病状も悪化する。臨終に聞こえる鈴の音。耕作没後二か月、小倉日記が発見される。逆境に生きる人間の執念と徒労は、以後の清張作品の基調ともいうべきものである。

356 「近代文学」に発表。敗戦間近の旧満洲とソ連との国境監視哨の兵士が主人公。戦局急迫したある日、「私」は望遠鏡から鶴を見る。ソ連兵に狙われているのも知らずしかしあわやというところで「賢明さを以て、悠々と」飛び立つ鶴。やがて監視哨砲撃退却の日、望遠鏡携行の命で戻らされた「私」はかつて鶴のいた地を覗く。直後、敵弾が「私」を射た。緊迫した戦況を描きながら激越でない文体でホロンバイル平原の自然と人間を捉えた戦争小説である。

357 「群像」に発表。芥川賞受賞。太平洋戦争前夜、大学予科入学直

つりながら流れて行く灯を見ると、心の底に友人を愛したときの僕の感情がチラチラほのめき出すのだ。しかし、やがて速力が増すにつれて動いている快感だけが僕を占領した。いくつもの橋をこえるとき、そのたびに橋桁の中腹がヘッドライトに浮び、まるくもり上っては、うねりながら車体の下敷になって消えた。

　僕はいつか座席からのり出すように、運転台の背板に両腕をかけて、自分から動いているような錯覚におちた。

……そのとしの冬から、また新しい国々との戦争がはじまった。

悪い仲間　安岡章太郎　昭28・6

358

ぼくの孤独はほとんど極限に耐えられる
ぼくの肉体はほとんど苛酷に耐えられる
ぼくがたおれたらひとつの直接性がたお
れる
もたれあうことをきらった反抗がたおれ
る
ぼくがたおれたら同胞はぼくの屍体を
湿った忍従の穴へ埋めるにきまっている
ぼくがたおれたら収奪者は勢いをもりか
えす
だから　ちいさなやさしい群よ
みんなひとつひとつの貌よ
さようなら

ちいさな群れへの挨拶（「転位のための十篇」）　吉本隆明　昭28・9

後の「僕」はフランス語講習会で出会った藤井に感化され次第に不良めいた生活を送りはじめる。しかし退学になった藤井に「僕」は道づれを恐れて、遠ざかる。緊迫した時代の青年像を「僕」という私的な一人称で語る文体と作風は当初、小市民的であると揶揄気味に「第三の新人」登場と評されたが、卑怯さや羞恥を捉えた低い視点でポスト戦後派を明示した作品の一つ。掲出は作品末尾。

358　吉本隆明第二詩集（私家版）から。『固有時との対話』（昭27）の自己探究の後、「自己中心的状態から他者への愛憎の世界へと移行する変化を表現した」（鮎川信夫『吉本隆明詩集』解説）。鮮烈な思想表明が後の詩論を予告する。「それ（詩）は、現実の社会で口に出せば全世界を凍らせるかもしれないほんとのことを、かくという行為で口に出すことである。」（「詩とはなにか」昭36）

359　「文学界」に発表。安岡作品に次ぎ芥川賞受賞。独身会社員山村

359

これから会う筈の女の顔を、彼は瞼に浮かべてみた。言葉寡《すくな》く話をして、唇を小さく噛みしめる癖のある女。伏眼がちの瞼を、密生している睫毛がきっかり縁取る。やや興味ある性格と、かなり魅惑的な軀をもった娼婦。
その女を、彼は気に入っていた。気に入る、ということは愛するとは別のことだ。愛することは、この世の中に自分の分身を一つ持つことだ。それは、自分自身にたいしての顧慮が倍になることである。そこに愛情の鮮烈さもあるだろうが、わずらわしさが倍になることとしてそれから故意に身を避けているうちに、胸のときめくという感情は彼と疎遠なものになって行った。

驟雨　吉行淳之介　昭29・2

360

私が※羅臼《らうす》を訪れたのは、散り残ったはまなしの紅い花弁と、つやつやと輝く紅いその実の一緒にながめられる、九月なかばのことでした。今まで、はまなし（はまなすと呼ぶのは誤りだそうです）の花も実も見知らなかった私にとり、まことに恵まれた季節でありました。

ひかりごけ　武田泰淳　昭29・3

361

私はその百日紅《さるすべり》の木に憑かれていた。それは寿康館と呼ばれている広い講堂の背後にある庭の中に、ひとつだけ、ぽつんと立っていた。寿康館では、月に一回くらい、サナトリウムの患者達を慰問するために映画会が開かれた。しかし私は、まだ病状が

は「遊戯」を越えた女性関係の煩わしさから娼家通いを好む。だが「その女」にやがて捉われだし道子という固有名詞で対象化しはじめる。ある日、道子と喫茶室で贋アカシヤの葉の「緑いろの驟雨」を見る。その後山村は道子に嫉妬を感じていく。身体と感情の合理的区別を試みて果たせない主人公を通して、人間の関係性を問う短篇。掲出は冒頭近く。

360　「新潮」に発表。「私」の羅臼訪問記と、ひかりごけを見た直後知った食人を「私」が事件と裁判の二場の戯曲で記す、という三部構成。極限状況における人肉喰いについて野上弥生子『海神丸』、大岡昇平『野火』を引きあいに出しつつ考察を深める。先行作への評価には原作者を含め異論も出たが、ひかりごけを思わせる「光の輪」を「見えるようになるまで」「よく見」よというエンディングは、何人も裁き得ぬ重い問題の熟考を読者に迫っている。
羅臼　北海道北東部の漁業の町。

361　新潮社刊。サナトリウムで療

すっかり恢復していたわけではなかったから、そこに映画を見に行ったことはない。ただ風のあまりない、日射《ひざし》の暖かな冬の日に、庭の中をぶらぶらと歩いただけだ。泉水があって、その廻りに山吹や椿や楓《かえで》の木がある。寿康館の裏側の窓の前に、黐《もち》の木が、緑色の葉群《はむれ》を真丸《まんまる》く茂らせたまま、ドアニエ・ルソー*の絵みたいに、二三本並んで立っている。向う側には枯れ枯れと連なっている梅林。庭の真中に小さな東屋、そしてその側《そば》に百日紅の木が一本、ぽつんと立っている。

草の花　福永武彦　昭29・4

362

八月の十日前だが、虫が鳴いている。

木の葉から木の葉へ夜露の落ちるらしい音も聞える。

そうして、ふと信吾に山の音が聞えた。

風はない。月は満月に近く明るいが、しめっぽい夜気で、小山の上を描く木々の輪郭はぼやけている。しかし風に動いてはいない。

信吾のいる廊下の下のしだの葉も動いていない。

鎌倉のいわゆる谷《やと》の奥で、波が聞える夜もあるから、信吾は海の音かと疑ったが、やはり山の音だった。

遠い風の音に似ているが、地鳴りとでもいう深い底力があった。自分の頭のなかに聞えるようでもあるので、信吾は耳鳴りかと思って、頭を振ってみた。

音はやんだ。

養中の「私」はその「精神の剛毅」ゆえに同年輩の汐見にひかれる。彼は危険な肺葉摘出手術を果敢に受けて死に、「私」に二冊の手帳が残された。それは純粋と潔癖ゆえに恋に破れた青年の孤独と苦悩であった。療養所《サナトリウム》と不治の病を材とする『不如帰』等の文学系列ともいえるが、絶望の底から心の問題を問う心理小説である。

ドアニエ・ルソー　近代フランスのプリミティヴ画家の傑出した存在、アンリ・ルソーの愛称。

362　「改造文芸」（昭24・1）以降各誌に分載、筑摩書房刊。老いを自覚する六二歳の信吾。夏の夜、ふと聞こえた山の音を彼は死期の告知と感じ恐れる。彼の慰めは息子の嫁・菊子との交流のみである。息子・修一の浮気等の家の解体が、戦後日本の激変によるひずみの中で描かれている。信吾の菊子への不倫はプラトニックなまま保たれ信吾は老いの妄想や妄執を去り、やがて死を受容しようとしていくようになる。作者の戦後代表作である。掲出は作品冒頭近く。

音がやんだ後で、信吾ははじめて恐怖におそわれた。死期を告知されたのではないかと寒けがした。
風の音か、海の音か、耳鳴りかと、信吾は冷静に考えたつもりだったが、そんな音などしなかったのではないかと思われた。しかし確かに山の音は聞えていた。
魔が通りかかって山を鳴らして行ったかのようであった。

山の音　川端康成　昭29・4

363
集合時刻の八時半がすぎたのに、係りの役人は出てこなかった。アメリカン・スクール見学団の一行はもう二、三十分も前からほぼ集合を完了していた。三十人ばかりの者が、通勤者にまじってこの県庁に辿りつき、いつのまにか彼らだけここに取り残されたように、バラバラになって石の階段の上だとか、砂利の上だとかに、腰をおろしていた。その中には女教員の姿も一つまじって見えた。盛装のつもりで、ハイ・ヒールを穿き仕立てたばかりの格子縞のスーツを着こみ帽子をつけているのが、かえって卑しいあわれなかんじをあたえた。

アメリカン・スクール　小島信夫　昭29・9

364
遠くで　黒い像が投影されてゐる
近くゐれば　いづれ憎しみあひ
しやどう！
同じ宿命のなかを泳いで
君とながく　愛憎の距離を歩いた

363「文学界」に発表。芥川賞受賞作。作者は高校の英語教員の経歴をもつ。舞台はアメリカ占領下の地方都市。英語教師一行が県の命で教育法研究の為アメリカン・スクールを見学する。英語教師でありながら英語を話すのを恥だと考える伊佐の心中思惟を中心に作品は進行する。敗戦国民であっても服装を整え訪問せよとの「注意」に従いながら靴ずれで遅れをとる等に示されるように、当時の日本を貧困も含めユーモラスに諷刺しつつ屈折した心理を描出。掲出は冒頭部。
364　山本太郎二九歳の時の第一詩集の一編。書肆ユリイカ刊。他に

血にまみれ　愛はせめて
刹那を色どるといふ
あれが僕等の知性だつたが

いま　天使とだけの争を熄《ヤ》めて
低く漂ふ人間の祈りを深み
悲しみのなかを駈けぬける
童心を眺めたい

女が投げつけていつた
アルコール・ランプが
僕だけが知つてゐるあの焔が
君を産み　僕はそれから
憎むことを知つたものだ

歩行者の祈りの唄　山本太郎　昭29・10

365

おれは大地の商人になろう
きのこを売ろう　あくまでにがい茶を
色のひとつ足らぬ虹を

夕暮れにむずがゆくなる草を
わびしいたてがみを　ひずめの青を
蜘蛛の巣を　そいつらみんなで

狂った麦を買おう
古びて大きな共和国をひとつ
それがおれの不幸の全部なら
つめたい時間を荷作りしろ
ひかりは枡に入れるのだ

さて　おれの帳面は森にある
岩蔭にらんぼうな数学が死んでいて

なんとまあ下界いちめんの贋金は
この真昼にも錆びやすいことだ

「浜辺の歌」「よいどれの唄」「深夜の合唱《コーラス》」等。「荒地」の詩人たちが戦争体験から幻影の時代という客観的観点を描出したのとは対照的に、「僕は概念化された客観に従うより、主観という規律に従った」（「後記」）と述べ、あくまで素朴な主観性に留まって多産な創作活動を行った。「即興に耐える無垢の心を、／才月できたえあげられた無垢を、／俺は願ってやまない」（「詩論序説」昭43）。

365　谷川雁（本名巌）の第一詩集（全一三篇）の巻頭詩。母音社刊。「自嘲と諧謔と逆説とを同時にこめた革命工作者の一個性の表現」とする村野四郎の解釈がある（『日本の詩歌27』「鑑賞」）。作者には他に「毛沢東」「東京へゆくな」等。「荒地」（昭22復刊）、「列島」（昭27創刊）に次ぐ第三期の詩人群の代表的人物だが、『谷川雁詩集』（昭35）以後は詩作を放棄し、評論活動を主に行う。評論に『原点が存在する』（昭33）『工作者宣言』（昭38）等。

商人（「大地の商人」）　谷川雁　昭29・11

366

プールは、ひっそり静まり返っている。

コースロープを全部取り外した水面の真中に、たった一人、男の頭が浮んでいる。

明日からインターハイが始まるので、今日の練習は二時間ほど早く切り上げられたのだ。選手を帰してしまったあとで、コーチの先生は、プールの底に沈んだゴミを足の指で挾んでは拾い上げているのである。

夕風が吹いて来て、水の面に時々こまかい小波《さざなみ》を走らせる。

やがて、プールの向う側の線路に、電車が現われる。勤めの帰りの乗客たちの眼には、ひっそりしたプールが映る。いつもの女子選手がいなくて、男の頭が水面に一つ出ている。

プールサイド小景　庄野潤三　昭29・12

367

このうちに相違ないが、どこからはいっていいか、勝手口がなかった。

往来が狭いし、たえず人通りがあってそのたびに見とめがられているような急《せ》いた気がするし、しょうがない、切餅《きりもち》のみかげ石二枚分うちへひっこんでいる玄関へ立った。すぐそこが部屋らしい。云いあいでもないらしいが、ざわざわきんきん、調子を張ったいろんな声が筒抜けてくる。待ってもとめどがなかった。いきなりなかを見ない用心のために身を斜によけておいて、一尺ばかり格子《こうし》を引いた。と、うちじゅうが

366 「群像」に発表。芥川賞受賞。作者は安岡、吉行らと共に「第三の新人」と目されてきた。四人家族の夕食前の水泳。会社員《サラリーマン》の夫と専業主婦の妻と二人の子供という戦後の典型的な核家族の姿は一見理想的「情景」だが、夫は社を馘首されていた。会社員の〝幸福〟が脆い幻想にすぎないことが穏やかに綴られているが、冒頭と掲出の末尾の淡々としたプールサイド素描は、一見平穏な戦後日本の家族や社会の内部の危機を象徴している。

367 「新潮」に発表。作者は幸田露伴の次女。父から家事等の厳しい躾を受けて育つ。亡父の回想等で注目された作者の小説家としての出世作。芸者屋に女中奉公に出た梨花を主人公とする三人称小説。作者自身が花柳界に奉公した生活体験に基づく。上掲の如く冒頭は

ぴたっとみごとに鎮まった。どぶのみじんこ、と連想が来た。もっとも自分もいっしょにみじんこにされてすくんでいると、

「どちら？」と、案外奥のほうからあどけなく舌ったるく云いかけられた。目見えの女中だと紹介者の名を云って答え、ちらちら窺うと、ま、きたないのなんの、これが芸者家の玄関か！

流れる　幸田文　昭30・1〜12

368

龍哉が強く英子に魅《ひ》かれたのは、彼が拳闘に魅かれる気持ちと同じようなものがあった。

それには、リングで叩きのめされる瞬間、抵抗される人間だけが感じる、あの一種驚愕の入り混った快感に通じるものが確かにあった。

試合で打ち込まれ、ようやく立ち直ってステップを整える時、あるいは、ラウンドの合間、次のゴングを待ちながら、肩を叩いて注意を与えるセカンドの言葉も忘れて、対角に坐っている手強い相手を喘ぎながら睨《ね》めつける時、そのたびに彼はかつて何事にも感じることのなかった、新しいギラギラするような喜びを感じる。

太陽の季節　石原慎太郎　昭30・7

369

*阿寒の湖は、陸地からの眺めは平凡で、青い水面のひろがりにすぎない。バスの発着所のあたりに立ち並ぶ土産物の店、湖にのぞむ旅館のつくりも、いかにも遊覧地向

主語がなく不安定だが、臨場感あふれる語りかけは読者をひきこんでいく。生き生きとした擬声語や擬態語、印象的な比喩等、こまやかな感覚を抑制のきいた鑑賞眼で捉え、のびやかに描いている。

368　新人賞受賞作として「文学界」に掲載され、芥川賞を受賞した石原慎太郎の文壇デビュー作。既成の倫理に反抗する若い世代の自由な生き方を描いたものとしてマスコミの話題となり、〈太陽族〉等の社会風俗をも生み出した。一方、文壇内では、作品の文学的、倫理的価値をめぐって様々な論議が交わされた。掲出は作品冒頭。

369　雑誌「世界」に連載された長編小説。作者は昭和二二年一〇月

きで、古く重々しい湖水の風情にはそぐわない。もう夏も終りだった。夏期二カ月ほどで稼ぎためて、山を下る人々は、客を迎える態度もいそがしげである。

森と湖のまつり　武田泰淳　昭30・8〜昭33・5

370

ひどく降りはじめた雨のなかを
おまえはただ遠くへ行こうとしていた
死のガードをもとめて
悲しみの街から遠ざかろうとしていた
おまえの濡れた肩を抱きしめたとき
なまぐさい夜風の街が
おれには港のように思えたのだ
船室の灯のひとつひとつを
可憐な魂のノスタルジアにともして
巨大な黒い影が波止場にうずくまっている
*おれはずぶ濡れの悔恨をすてて
とおい航海に出よう
背負い袋のようにおまえをひっかついで
航海に出ようとおもった
電線のかすかな唸りが
海を飛んでゆく耳鳴りのようにおもえた

繋船ホテルの朝の歌（「鮎川信夫詩集」）　鮎川信夫　昭30・11

371

幼時から父は、私によく、金閣*のことを語った。

私の生れたのは、舞鶴から東北の、日本海へ突き出たうらさびしい岬である。父の故郷はそこではなく、舞鶴東郊の志楽《しらく》である。懇望されて、僧籍に入り、辺鄙な岬の寺の住職になり、その地で妻をもらって、私という子を設けた。

成生《なりう》岬の寺の近くには、適当な中学校がなかった。やがて私は父母の膝下を離れ、

から翌年五月まで北海道大学の助教授をつとめたが、その間にアイヌの研究者より話を聞く機会を得た。また、長篇「風媒花」（昭27）執筆後、北海道を旅行し、アイヌの部落を訪問した。こうした体験をもとに、アイヌの民族運動に関わる人々の人間模様を描き出した作品。掲出は冒頭部。

阿寒の湖　北海道東部、釧路地方北にある湖。阿寒湖。

370　「荒地」の詩人鮎川信夫（本名上村隆一）の第一詩集（全四一篇）から抄出。荒地出版刊。戦後詩の代表的秀作という評が吉本隆明（「鮎川信夫論」「ユリイカ」、昭32）と大岡信（「俗ということ」『現代詩体系二』解説、昭42）にある。また「この詩に底流している《ひとつの主調音》は、意外にポジティブなものとみることができる」（吉本隆明『鮎川信夫著作二』解説、昭48）ともいう。

おれは…出よう　初出（『詩学』昭24・10）では「おれは何処か遠い航海に出るつもりであった」

371　三島由紀夫が三一歳の時に

父の故郷の叔父の家に預けられ、そこから東舞鶴中学校へ徒歩で通った。

父の故郷は、光りのおびただしい土地であった。しかし一年のうち、十一月十二月のころには、たとえ雲一つないように見える快晴の日にも、一日に四五へんも時雨が渡った。私の変りやすい心情は、この土地で養われたものではないかと思われる。

五月の夕方など、学校からかえって、叔父の家の二階の勉強部屋から、むこうの小山を見る。若葉の山腹が西日を受けて、野の只中に、金屏風を建てたように見える。それを見ると私は、金閣を想像した。

金閣寺　三島由紀夫　昭31・1〜10

372
ドイツの腐刻画でみた或る風景が　いま彼の眼前にある　それは黄昏から夜に入っ
てゆく古代都市の俯瞰図のようでもあり　あるいは深夜から未明に導かれてゆく近代
の懸崖を模した写実画のごとくにも想われた
この男　つまり私が語りはじめた彼は　若年にして父を殺した　その秋　母親は美
しく発狂した

腐刻画（「四千の日と夜」）　田村隆一　昭31・3

373
十六歳の夢の中で、私はいつも感じていた。私の眼からまっすぐに伸びる春の舗道を。空にかかって、見えない無数の羽音に充ちて、舗道は海まで一面の空色のなかを

「新潮」に連載した長編小説。金閣寺放火事件に取材して三島独自の美意識を提出した。作者は「自分の気質を完全に利用して、それを思想に晶化させようとする試みに安心して立戻り、それは曲りなりにも成功」（「十八歳と三十四歳の肖像」昭34）したと述べている。
金閣　京都北山にある鹿苑寺の金箔を施した舎利殿。金閣寺と通称される。昭和二五年七月二日未明、同寺徒弟僧林養賢の放火により焼失。のち再建（昭30）。
372　作者三三歳の時の第一詩集から。東京創元社刊。全四章中第二章の散文詩九篇ではいずれも季節が秋から冬になっており、詩人はそれを敗戦以後の自分の「地獄の季節」と呼ぶ。「この詩によって、ぼくははじめて自分の『詩』を発見したともいえる」（「10から教えて」『現代詩文庫・田村隆一詩集』昭43）と自ら述べるように、詩人としての出発点となった作品である。「いくら見ても飽きない絵のような、すばらしい散文詩」（北村太郎「田村隆一のこと」同書）。

伸びていった。恋人たちは並木の梢に腰かけて、白い帽子を編んでいた。風が綿毛を散らしていた。

十六歳の夢の中で、私は自由に溶けていた。真昼の空に、私は生きた水中花だった。やさしい牝馬の瞳をした年上の娘は南へ行った。彼女の手紙は水蓮の香と潮の匂をのせてきた。小麦色した動物たちは、私の牧場で虹を渡る稽古をつづけた。

私はすべてに「いいえ」と言った。けれどもからだは、躍りあがって「はい」と叫んだ。

うたのように3（「記憶と現在」）　大岡信　昭31・7

373　第一詩集（全四二篇）中の一篇。書肆ユリイカ刊。清岡卓行が「みずみずしく温和な日本的感性とエリュアールふう芸術前衛的晴朗の融合を示す」（『新潮日本文学辞典』）と評しているように、欧米現代詩と日本古典文学の両方に深い関心を示しつつ、多産な活動を続けている。詩集に『わが詩と真実』（昭37）、『水府』（昭56）など。評論に『超現実と抒情』（昭40）、『蕩児の家系』（昭44）、『紀貫之』（昭46）など。

いつまで歩いてもきりがない。そうしたものだ、二人連れで歩く道は。とりとめなく語り合ったが、肝腎なことには触れていない。触れたいくせに、互いに避けている。

棉のような雪が宵闇の迫る中を静かに舞い降りていた。寒くはなかった。満洲*では、こういう雪は珍しい。たいていが砂のようにサラサラとして、吹きつけられて肌をさす。それが、いまは、ふんわりと柔かく包むようである。

町角で二人は立ち停った。人通りは尠なかった。雪でふちどられはじめた窓々に灯が暖かく瞬いていた。ここから先き、道が二つに別れている。

「あたし、もう、行きましょうか？」

374　三一書房より刊行した書き下ろしの長編小説。昭和三三年一月までの間に全六巻を次々と刊行した。ソ連国境の警備につき、ソ連軍と交戦したという作者の体験にもとづく戦争文学。執筆動機について作者は、「或る局面での人間の条件を見究めたいという途方もない企みを私はした」（「まえがき」）と述べている。掲出は冒頭部。

満洲　中国東北部の俗称。昭和七

美千子が心とは反対のことを云った。

人間の条件　五味川純平　昭31・7〜昭33・1

375 戸を開けようとした時、松やんが納戸の方から出てきた。大きい腹にしめているその帯は、昨日までおりんがしめていた縞の細帯であった。松やんが開けて出て来た納戸の奥では、昨夜おりんが丁寧に畳んでおいた綿入れを、もうけさ吉はどてらのように背中にかけてあぐらをかいて坐っていた。そばには甕が置いてあった。昨夜の残りを飲んで酔っているらしく、うっとりとした目で首をかしげながら、
「運がいいや、雪が降って、おばあやんはまあ、運がいいや、ふんとに雪が降ったなあ」

と悦に入っているように感心していた。

辰平は戸口にたったまま玉やんの姿を探したがどこにも見えなかった。

辰平はふっと大きな息をした。あの岩かげでおりんはまだ生きていたら、雪をかぶって綿入れの歌を、きっと考えてると思った。

なんぼ寒いとって綿入れを
*山へ行くにゃ着せられぬ

楢山節考　深沢七郎　昭31・11

376 高分子学会の開かれている成律大学というのは、私立大学の中で経営が楽だと言わ

年、日本は満洲事変後この地に満洲国を建国。昭和二〇年、日本の敗戦によりそれは消滅した。

375 作者四二歳の時に第一回中央公論新人賞を受賞、同誌に掲載された短編小説。正宗白鳥は「私は、この作者は、この一作だけで足りとしていいとさえ思っている。私はこの小説を面白ずくや娯楽として読んだのじゃない。人生永遠の書の一つとして心読したつもりである」（「また一年」昭31）という高い評価を与えた。掲出は作品末尾。

山へ行く　ここでいう「山へ行く」とは、七〇歳になった老人が山へ捨てられること。民間伝承の棄老伝説に基づく設定。

376 「新潮」に連載された長編小

れる学校であり、戦後初めて工学部を置いたので、工学部の校舎は新しかった。旧東京市内のことで、敷地には余裕がない。しかし、外濠を見下す岡の斜面に建った彎曲した正面を持った扇形の六階建ては、大変目立った。ここを訪ねて来たのは初めてだが、真田佐平はこの建物を何度も遠くから眺《ながめ》たことがあった。

氾濫　伊藤整　昭31・11〜昭33・7

377

生きていることが
たえまなしに
僕に毒をはかせる
いやおうなさのなかで
僕が殺してきた
いきものたちの
おびただしい
なきがらを沈めながら
いまでは僕も
神のように
僕自身をゆるしているけれど
まもなく
あの暗い天の奥から
僕をめがけて
ふってくる雪が
邪悪な僕の
まなこをとざすとき
僕のなきがらが
なきがらだけの重みで
そのまましずかに
沈んで行くように

鹹湖　会田綱雄　昭32・2

説。作者は昭和二五年に始まった〈チャタレイ裁判〉で一躍有名になり、昭和二九年から三〇年にかけていわゆる伊藤整ブームが起こった。それが沈静化して間もなく執筆された作品。接着剤の発明で有名になり地位と名誉と富を得た技師が、破局へと進んでゆく過程が描かれた。掲出は冒頭部。

377　作者四三歳の時の同題の詩集（全、二九篇、高村光太郎賞受賞）から。緑書房刊。他に「ん」「伝説」「鴨」等。詩篇「鹹湖」は副題に《オッセンドフスキイ「アジアの人と神秘」より》とある。清岡卓行が「現代的な認識に、伝説や寓話や民族的な意匠をまとわせたり、社会を自然になかば溶解させたりしながら、ときに諧謔や残酷の風味を漂わせ、神秘な生命の条件を探っている」と評している（『新潮日本文学辞典』）。

鹹湖《かんこ》　塩水湖のこと。

378
市は山の中腹に建てられていて、牢は市の上の外れにあった。その日も、夜が明ける前に、驢馬の鳴き声があちこちに起った。彼は独房に微光が来ると起きて、ゆかに指でなにか書いていた。

　いつの間にか夜は明け放たれていた。兵隊が来た。そして、一人が、うずくまっている彼に——起て、といった。

　彼が立ち上ると、兵隊は彼の足元にしゃがんだ。足枷をはめるのだ。はめ終ると、兵隊は剣を抜いて、彼の両足の親指の爪をはがした。その日の最初の血が流れた。血は廊下の灰色の石の上では黒っぽかった。そして監獄の門のひなたでは赤かった。つめかけた群衆は静まった。

　坂はそこから始っていた。刑場は谷底で、雛菊の谷とよばれていた。


枯木（「アポロンの島」）　小川国夫　昭32・6

379
「そやろか。俺たちはいつまでも同じことやろか」

　勝呂は一人、屋上に残って闇の中に白く光っている海を見つめた。何かをそこから探そうとした。

*（羊の雲の過ぎるとき）（羊の雲の過ぎるとき）

　彼は無理矢理にその詩を呟こうとした。

（蒸気の雲が飛ぶ毎に）（蒸気の雲が飛ぶ毎に）

だが彼にはそれができなかった。口の中は乾いていた。

378　作者が二九歳の時に青銅時代社から刊行した私家版の短編小説集『アポロンの島』に、雑誌未発表のものとして収録された作品。「枯木」という題名は、四旬節にカトリック教会で行う十字架の道行きの祈りの中で唱えられる聖書の一節「生木すらかくせらるれば、まして枯木は如何にかせらるべき」から採られたという。掲出は冒頭部。

379　作者が「文学界」に発表した長編小説。第二次世界大戦中に九州大医学部で行われた米人捕虜生体解剖事件に取材して、「私の内部にあるもので事件を変容させ、別の次元の世界に移しかえてみる」（「出世作のころ」昭43）という方法で日本人の罪の意識の問題を描き出した。掲出は作品末尾。
羊の雲の…　立原道造「雲の祭日」

(空よ　おまえの散らすのは　白い　しいろい　綿の列)
勝呂にはできなかった。できなかった……

海と毒薬　遠藤周作　昭32・6〜10

380
*死者たちは、濃褐色の液に浸って、腕を絡みあい、頭を押しつけあって、ぎっしり浮かび、また半ば沈みかかっている。彼らは淡い褐色の柔軟な皮膚に包まれて、堅固な、馴じみにくい独立感を持ち、おのおの自分の内部に向って凝縮しながら、しかし執拗に躰をすりつけあっている。彼らの躰は殆ど認めることができないほどかすかに浮腫を持ち、それが彼らの瞼を硬く閉じた顔を豊かにしている。揮発性の臭気が激しく立ちのぼり、閉ざされた部屋の空気を濃密にする。あらゆる音の響きは、粘つく空気にまといつかれて、重おもしくなり、量感に充ちる。

死者の奢り　大江健三郎　昭32・8

381
緊張はすぐとけた。審査員たちは山口を見放した。彼らはそっと背をむけ、ひとり、ふたりと礼儀正しく檀をおりていった。画家はハンカチでひっきりなしに顔をぬぐい、教育評論家はつんと澄まし、指導主事は世慣れた猫背で、それぞれ大田氏にかるく目礼しながら去っていった。大田氏はなにも知らずにいちいちていねいに頭をさげ、満足げに微笑して全員が立去るのを見送った。
はげしい憎悪が笑いの衝動にかわるのをぼくはとめることができなかった。窓から

(『萱草に寄す』所収)の一節。

380　東大仏文科在学中の二二歳の時に「文学界」に発表した短編小説。後、文芸春秋社から刊行(昭33)された第一小説集『死者の奢り』に収録。その後記に大江は「監禁されている状態、閉ざされた壁のなかに生きる状態を考えることが、一貫した僕の主題でした」と記す。掲出は作品冒頭。
死者たちは…　死者のイメージについて利沢行夫は「観念ではなしに、感覚的なイメージとして実存主義的な作品を書ける作家が日本に現われたと感じた」(「自己救済のイメージ」昭42)と述べている。

381　作者が「文学界」に発表した短編小説。大江健三郎の「死者の奢り」を一票差で押さえて、昭和三二年度下半期の芥川賞を受賞した。
腹をかかえて哄笑した　この「哄

流れこむ斜光線の明るい小川のなかでぼくはふたたび腹*をかかえて哄笑した。

裸の王様　開高健　昭32・12

382

海を知らぬ少女の前に麦藁帽のわれは両手をひろげていたり

煙草くさき国語教師が言うときに明日という語は最もかなし

マッチ擦るつかのま海に霧ふかし身捨つるほどの祖国はありや

空には本　寺山修司　昭33・6

383

往古、西域*に楼蘭《ろうらん》と呼ぶ小さい国があった。この楼蘭国が東洋史上にその名を現わして来るのは紀元前百二、三十年頃で、その名を史上から消してしまうのは同じく紀元前七十七年であるから、前後僅か五十年程の短い期間、この楼蘭国は東洋の歴史の上に存在していたことになる。いまから二千年程昔のことである。

楼蘭　井上靖　昭33・7

384

支那の男は走る馬の下で眠る
瓜のかたちの小さな頭を
馬の陰茎にぴったり沿わせて
ときにはそれに吊りさがり
冬の刈られた槍ぶすまの高粱の地形を
排泄しながらのり越える

笑」を山田有策は「抑圧からの解放」による「心理的カタルシス」と捉え、「読者に快感を与える効果を果している」（「抑圧された〝遊び〟」昭57）と指摘している。

382　「海を知らぬ…」と「煙草くさき…」は十代の頃の初期歌篇『燃ゆる頬』中の作で「マッチ擦る…」は二二歳の時の作。的場書房刊。「僕のノオト」に、「ロマンとしての短歌、歌われるものとしての短歌の二様な方法で僕はつくりつづけてきた。そしてこれからあとの新しい方法としてこの二つのものの和合による、短歌で構成した交声曲などを考えているのである。」とある。

383　「文芸春秋」に発表された、作者の西域小説の代表的な一篇。スウェン・ヘディンの『彷徨える湖』から材を得て、古代西域に存在した小国楼蘭の歴史を、史実の間隙を文学的想像力で埋めるという方法で描いた。掲出は冒頭部。

西域　古代中国でその西方の地域全体を指して呼んだ言葉。井上靖には、小説のほかに歴史随筆『西

支那の男は毒の輝く涎をたらし
縄の手足で肥えた馬の胴体を結び上げ
満月にねじあやめの咲きみだれた
丘陵を去ってゆく
より大きな命運を求めて
朝がくれば川をとび越える
馬の耳の間で
支那の男は巧みに餌食する
粟の熱い粥をゆっくり匙で口へはこびこむ
世人には信じられぬ芸当だ
利害や見世物の営みでなく
それは天性の魂がもっぱら行う密儀といえる

苦力（「僧侶」）　吉岡実　昭33・11

385

今年七十六歳になる豊乃《とよの》は、花*の手をひいて石段を一歩一歩、ふみしめるように上って行った。三日前から呼びよせてある和歌山市の髪結女の手で、彼女の白髪も久々で結いあげられていた。小さく鬢《びん》を張り、髱《たぼ》もその齢《とし》には珍しく大きく出ている。若い頃の黒髪はさぞ見事だったろうと偲ばれるほど、白くなった今も髪は多くて艶を失っていないのだった。小紋の重ね着という盛装で孫娘と手をつなげば、石段を上るにも手をひかれる齢が逆に花の手をひいているように見えるのである。それは紀本《きもと》の大《おお》御《ご》っさんと呼ばれる貫禄というものであり、花が紀本家を出る今日、豊乃に何かの決意があるからでもあった。

紀ノ川　有吉佐和子　昭34・1〜5

386

かれは眼をとじて地図にピストルをぶっぱなし

域物語』（昭44）もある。

384　作者三九歳の時の第三詩集（H氏賞受賞）の一篇（抄出）。書肆ユリイカ刊。「もともとわたしは彫刻家への夢があったから、造形への願望はつよいのである」（「わたしの作詩法？」）と自ら述べるように、その作風は造形的かつ幻覚的である。「わたしの詩の中に、大変エロティックでかつグロテスクな双貌があるとしたら、人間への愛と不信をつねに感じているからである」（同）。「苦力」は、戦時中四年間満州ですごした体験を元にしている。

385　作者が二八歳の時に「婦人画報」に連載した長編小説。当時、「地唄」（昭31・1）が芥川賞候補、「白い扇」（昭31・6）が直木賞候補となる等、既に文壇で注目されていた。この小説は、母の郷里紀州を舞台とした一連の作品の最初に位置するもので、旧家の女性「花」を主人公とする年代記である。掲出は冒頭部。

花　主人公。モデルは作者の母方の祖母。

穴のあいた都会の穴の中で暮す
かれは朝のレストランで自分の食事を忘れ
近くの席の　ひとりで悲しんでいる女の
口の中へ入れられたビフテキを追跡する
かれは町が半世紀ぶりで洪水になると
水面からやつと顔を突き出している屋根の上の
吠える犬のそのまた尻尾のさきを写す
しかし　かれは日頃の動物園で気ばらしができない
檻からは遠い　とある倉庫の闇の奥で
剝製の猛獣たちに優しく面会するのだ
だからかれは　わざわざ戦争の廃墟の真昼間
その上を飛ぶ生き物のような最新の兵器を仰ぐ

愉快なシネカメラ（「氷った焰」）　清岡卓行　昭34・2

387
岬に抱かれ、ポッカリと童話風の島を浮べたその風景は、すでに見慣れたものだった。が、いま彼が足をとめたのは、波もない湖水よりもなだらかな海面に、幾百本もしれぬ杙《くい》が黒ぐろと、見わたすかぎり眼の前いっぱいに突き立っていたからだ。……一瞬、すべての風物は動きを止めた。頭上に照りかがやいていた日は黄色いまだらなシミを、あちこちになすりつけているだけだった。風は落ちて、潮の香りは消え失せ、

386　清岡卓行が三七歳の時の第一詩集（全二六篇）から（抄出）。書肆ユリイカ刊。過去一五年間の口語詩の集成。「あとがき」で自作を「詩的表現の二重の困難」の過程とし「扼殺し得ない絶対と、回避し得ない状況との、二律背反的な関係」と述べているところに、その中心主題が窺われる。本詩篇（昭34「現代批評」初出）は、「デッサンなしに書かれた唯一の作品」（「現代詩手帖」昭34・9）と自ら述べるように、即興的手法によっている。

387　昭和二〇年代後半に文壇に登場、「第三の新人」の代表的存在と見られていた作者が「群像」に発表した長編小説。昭和三二年七月に高知県の海辺の精神病院で、父とともに母の最期を看取った体験を題材とする。掲出は作品末尾。

あらゆるものが、いま海底から浮び上がった異様な光景のまえに、一挙に干上って見えた。歯を立てた櫛のような、墓標のような*、杙の列をながめながら彼は、たしかに一つの〝死〟が自分の手の中に捉えられたのをみた。

海辺の光景　安岡章太郎　昭34・11、12

388

信じてくれ
ぼくは逆さに吊られ殺された
ぼくがちっとも知らない街　ブタペスト
で
吊るせ　人民の敵
ブランコみたいに揺すぶるのがいる
まだ息するぞ　なんて最後に頭をたたき
割ったのがいる　残酷なかれら
かれらは知らないんだ　今朝九時にぼく
が塩鮭で飯を食べてたことなんか
それでハンガリヤ語の呻きが解るか　憎悪
の呻きが
躰より大きい胃袋　盲の眼を知っているか
足が胴の前を駆けた　肩から抜けた手が首
を絞めた
逆さに吊されるとブタペストの街も逆さだ
解放ストリイツァは頭上に
燃える電車が鼻に下がる
想像もできないぼくの火刑だ

ハンガリヤの笑い（「不安と遊撃」）　黒田喜夫　昭34・12

墓標のような…列　この終章に関して作者は「外界の風景は主人公の内部を鋳型でとったように、あらわしたいものだと思った」（「『海辺の光景』―舞台再訪・私の小説から―」昭42）と述べている。

388　作者三三歳の時の詩集（H氏賞受賞）の一篇。飯塚書店刊。同詩集は他に「空想のゲリラ」「非合法の午後」「原点破壊」「叫びと行為」などを収録する。「ハンガリヤの笑い」の末尾には「1956年12月」の日付がある。この年、ハンガリーに暴動が起こり、ソ連が侵入した。この事件をモチーフに、革命思想家としての現実認識と、詩人としての幻視とを緊密に織り成した、百行を超える大作が本詩篇。

389
たちの悪いいたづらはなさらないで下さいませよ、眠*つてゐる女の子たちの口に指を入れようとなさつたりすることもいけませんよ、と宿の女は江口老人に念を押した。
二階は江口が女と話してゐる八畳と隣りの――おそらくは寝部屋の二間しかなく、見たところ狭い下にも客間などなささうで、宿とは言へまい。宿屋の看板は出してゐない。またこの家の秘密は、そんなものを出せぬだらう。家のなかは物音もしない。鍵のかかつた門に江口老人を出迎へてから今も話してる女しか、人を見かけなかつたが、それがこの家のあるじなのか、使はれてゐる女なのか、はじめての江口にはわかりかねた。とにかく客の方からよけいなことを問ひかけないのがよささうである。

眠れる美女　川端康成　昭35・1～昭36・11

390
ある日あなたは、もう決心はついたかとたずねた。わたしはあなたがそれまでにも何回となくこの話を切りだそうとしていたのを知っていた。それにいつになくあなたは率直だった。そこで私も簡潔な態度をしめすべきだとおもい、それはもうできている、と答えた。*パルタイにはいるということは、きみの個人的な生活をすべて、愛情といった問題ももちろんのこと、これをパルタイの原則に従属させることなのだ、とあなたは説明しはじめた。

パルタイ　倉橋由美子　昭35・1・14

391
マダガスカル島にはアタオコロイノナという神様みたいなものがいるが、これは土

389　作者が満六〇歳から六二歳にかけての時期に、途中半年ほどの休止期間をはさんで「新潮」に連載した中編小説。六七歳の「江口老人」を語り手として、薬で眠らされた娘と寝る楽しみを老人に与える秘密の宿での出来事を綴った作品。掲出は冒頭部。
眠つてゐる女の子　三島由紀夫は「相手が眠っていることは理想的な状態であり」「性欲が純粋性欲に止って、相互の感応を前提とする『愛』の浸潤を防ぐことができる」（『眠れる美女』「解説」新潮文庫、昭42）と指摘する。

390　明治大学学長賞受賞作として「明治大学新聞」に掲載された。のち「文学界」（昭35・3）に転載。この作品について倉橋は「存在論の核を包みこんでいるある形而上学を、イマージュの造形物に転位させることをねらいとしたもの」（『パルタイ』「後記」昭35）と述べている。掲出は作品冒頭。
パルタイ　作品の語り手である女子学生「わたし」が入会し、最終的には脱会を決意する組織・党。

人の言葉で「何だか変てこりんなもの」というくらいの意味である。私の友人にはこのアタオコロイノナの息吹のかかったにちがいない男がかなりいる。一人は忍術を修行しようとして壁に駆けのぼり、墜落して尾骶骨にヒビをいらした。一人はリンゴを三十八個むさぼり食って自殺を企てた。一人は学者としておとなしく講義でもしていればいいのに、スパイになりたくて汲汲としている。こういう連中がいなかったなら、私は船*になんぞ乗らなかったかも知れない。

どくとるマンボウ航海記　北杜夫　昭35・3

392

妻はなかば泣きながら、せりふの稽古のようなふしをつけて言う。たたきに坐り、夫の足の甲を撫でたあとで頰を押しつけ、そして涙をとめどなく流すので、ふと戦時中のことを思ってしまう。妻*の古里の海軍基地に居た私が、いつもは夜更けてたずねて行くと、娘らしくふとっていた彼女は闇のなかで私の階級章をまさぐり、軍服にさわり、しゃがんで搭乗靴を撫でた。その記憶は私に、この首都の片隅、裏通りの瓦屋根の下にも浜木綿のにおいがただよってきたと感じさせた。敗戦のあとの沸きたった世のなかのざわめきのなかで、どんな原因がかさなったあとで、妻とのあいだが肉離れして行ったのかわからないが、今足もとにうずくまって嗚咽している妻の小さなからだに、自分が通ってきたひとつのかけがえのない経歴を見ないわけには行かない。

死の棘　島尾敏雄　昭35・9

391　中央公論社刊の書き下ろし紀行文。作者は当時「夜と霧の隅で」（昭35・5）の執筆に行き詰まり健康を損ねていた。「この際思い切ってバカげた突拍子もないエッセイを書いたら、カイヨウの具合もよくなるのではないか」（「『マンボウもの』の発生について」昭49）と思い、この作品を書いたと述べている。掲出は作品冒頭。

船　作者は昭和三三年一一月から約半年間、水産庁調査船の船医としてヨーロッパ方面へ航海し、この体験をもとに描いた。

392　「群像」に発表した短編小説。作者自身の家庭の出来事に取材した一連の〈病妻物〉の代表的な作品。短編集『死の棘』（講談社、昭35・10）に収録後、さらに書き継がれた同じ題材の作品と共に、長篇小説『死の棘』（新潮社、昭52・9）としてまとめられた。掲出はほぼ中央部。

妻の古里　奄美大島の属島加計呂麻島を指す。

393
志乃《しの》をつれて、深川へいった。識《し》りあって、まだまもないころのことである。深川は、志乃が生まれた土地である。深川に生まれ、十二のとしまでそこで育った、いわば深川っ子を深川へ、去年の春、東北の片隅から東京へ出てきたばかりの私が、つれてゆくというのもおかしかったが、志乃は終戦の前年の夏、栃木へ疎開して、それきり、むかしの影もとどめぬまでに焼きはらわれたという深川の町を、いちども見ていなかったのにひきかえ、ぽっと出の私は、月に二、三度、多いときには日曜ごとに、深川をあるきまわるならわしで、私にとって深川は、毎日朝夕往復する学校までの道筋をのぞけば、東京じゅうでもっともなじみの街になっていた。

忍ぶ川　三浦哲郎　昭35・10

394
対馬は、日本海の西の果て、朝鮮海峡に位置し、上島《かみじま》、下島《しもじま》の二つの大島と九十あまりの小島とから成る山がちの列島である。西北は朝鮮に対し、東南は対馬海峡をへだてて壱岐ノ島に対する。上島と下島とは、近接し、北北東から南南西にむかって長く、南北七十二キロ、東西十八キロ、総面積七百三平方キロ、その大きさは、わが国の主要な島島のうち、沖縄本島、佐渡ガ島および奄美大島に次ぐ。島の中央やや東寄りを山脈が縦に走り、五百メートル前後の山山が幾重にもかさなって東海岸へ急劇に傾斜している。

神聖喜劇　大西巨人　昭35・10〜昭43・7

393　「新潮」に発表、芥川賞を受賞した短編小説。作者自身の結婚の経緯を題材に、私立大学に通う学生の「私」と料亭忍ぶ川で働く「志乃」との恋愛と結婚とを、現実の汚れを削り落として美しく描き出した。「初夜」「帰郷」と続く一連の私小説的作品の最初に位置する作品。掲出は冒頭部。
志乃　モデルは、作者の妻となる海老沢徳子。
東北の片隅　作者の出身地である青森県八戸市を指す。

394　前半初稿が「新日本文学」に連載された後、後半の一部分が「文芸展望」と「社会評論」に掲載されたが、全篇（全八部）が完結するのは、光文社より刊行された単行本（昭53〜55）においてである。戦時下の軍隊という特殊社会を舞台として、多様な人間像や出来事を描き出した。掲出は第一部「序曲」の冒頭。
対馬　作者が入隊した経験を持つ対馬要塞重砲連隊が作品の舞台となる。

395

「孤峯庵は雁の寺や、洛西《らくせい》に名所が一つふえるやろ」

南嶽がたびたびいったその言葉が、里子の耳たぶの奥でいまも生きていた。と、里子は、四枚目の襖の下方をみたとき、一羽の雁が、そこだけむしり取られているのをみた。

「誰が、こんなことしたのやろ！」

すぐ、慈念の仕業にちがいないと思った。そこに描かれてあった雁の絵は、白いむく毛に胸ふくらませた母親雁*であった。綿毛の羽毛につつまれて啼く子雁に餌をふくませている美しい絵であった。

雁の寺　水上勉　昭36・3

396

「第三のコース、桂次郎君*。あ、飛び込みました、飛びこみました」

これは私が庭先をよぎりながら、次郎の病室の前を通る度に、その窓からのぞきこんで、必ず大声でわめく、たった一つの、私の、次郎に対する挨拶なのである。

こんな時、次郎は大抵、マットレスの蒲団の上から、ずり落ちてしまっている。炎天の砂の上にひぼしになった蛙そっくりの手足を、異様な形でくねらせながら、畳にうつ伏せになっていたり、裁縫台の下に足をつっ込んでいたり、しかし、私の大声を聴くと、瞬間、蒼白な顔のまん中に、クッキリとした喜悦の色を波立たせて「ククーン」と世にも不思議な笑い声をあげるのである。

微笑　壇一雄　昭36・9

395　「別冊文芸春秋」に発表、直木賞を受賞した中編小説。京都の禅寺の小坊主慈念が住職殺害の完全犯罪を犯すに至る過程を描いた推理小説。慈念の生活や屈折した心理・怨念には少年期を徒弟僧として過ごした作者自身の体験が反映されている。掲出は末尾近く。
母親雁　磯田光一は、襖絵の母親雁を破り取った行為には「慈念の心に秘められた希求」が示されていると言い、「『餌をふくませている母親雁』の心」を慈念は「奪い返したかった」のだと指摘している。(『雁の寺・越前竹人形』「解説」新潮文庫、昭44)
396　四九歳の時に「新潮」に発表した短編小説。のちに長編小説『火宅の人』(昭50・11、新潮社)の第一章に収められた。この長編について作者は、「私小説というみみっちい小説形態を存分に駆使して、それこそロマンよりも大きなロマンにしてみたい、という気がした」(談話「われ天涯に一人」昭50)と述べている。掲出は冒頭部。
桂次郎　作者の次男・次郎をモデ

397
或日の午後、その建物の中から出て来て、薔薇色の車に飛び乗った若者がある。肉の引締った細い体で、魚のような身ごなしが素早く、首を一寸竦《すく》めると細い腰から先に運転台に、閃くようにして乗ったと思うと、チラリと車の前を見てから首を捻るように車から出して後《うしろ》を見、首を引込めるとギアを入れ、ガタガタという音響と一緒に、忽ち走り去ったのである。十七か十八か、まだ十九にはなっていない。素早く車の前後を見定めた若者の眼はひどく美しくて、夢みるようだが、中に冷たい、光がある。

恋人たちの森　森茉莉　昭36・8

398
この人間が何ごとかを言わねばならないまでにいたった現実的な与件と、その与件にうながされて自発的に言語を表出することとのあいだに存在する千里の径庭を言語の自己表出（Selbstausdrückung）として想定することができる。自己表出は現実的な与件にうながされた現実的な意識の体験が累積して、もはや意識の内部に幻想の可能性として想定できるにいたったもので、これが人間の言語の現実離脱の水準をきめるとともに、ある時代の言語の水準の上昇度をしめす尺度となることができる。言語はこのように対象にたいする指示と対象にたいする意識の自動的水準の表出という二重性として言語本質をなしている。

言語にとって美とはなにか　吉本隆明　昭36・10〜昭40・6

ルとする。作者の次男は、昭和三〇年八月、満五歳の時に日本脳炎になり、一命は取り留めたものの、全身麻痺となった。

397　「新潮」に発表された中篇小説。作者のいわゆる〈美少年もの〉の最初の作品で、混血の紳士ギドウと美少年パウロとの同性愛が現実離れした美的雰囲気の内に描き出された。ギドウは俳優ジャン・クロード・ブリアンを、若者パウロはアラン・ドロンをイメージして造形したという。田村俊子賞を受賞。掲出は冒頭近く。

398　作者が自ら主宰する雑誌「試行」に連載した評論。文学を言語構造自体のレベルでとらえる原理論を構築した記念碑的書物であり、特に若い世代の詩人・作家に多大な影響を与えた。抄出したのは全七章中「第I章」の一部。フロイト、ランガー、マルクスなどの理論を引用批判しつつ、《自己表出》の概念を導き出す。《指示表出》と《自己表出》の二重性を明確に認識することによって初めて文学表現の特性は測定可能になる、という

399

十六日。………夜新宿ノ第一劇場夜ノ部ヲ見ニ行ク。出シ物ハ「恩讐《おんしゅう》の彼方《かなた》へ」「彦市ばなし」「助六血輪菊《すけろくくるわのももよぐさ》」デアルガ他ノモノハ見ズ、助六ダケガ目的デアル。勘弥《かんや》ノ助六デハ物足リナイガ、訥升《とっしょう》ガ揚巻《あげまき》ヲスルト云ウノデ、ソレガドンナニ美シイカト思イ、助六ヨリモ揚巻ノ方ニ惹《ひ》カレタノデアル。婆サント颯《さつ》子ト同伴。浄吉《じょうきち》モ会社カラ直接駆ケツケル。助六ノ芝居ヲ知ッテイルノハ予《よ》ト婆サンダケ。颯子ハ知ラナイ。婆サンモ団十郎ノハ見タコトガアルカモ知レナイガ、記憶ガナイ。先々代ノ羽左衛門《うざえもん》ノハ一度カ二度見タト云ウ。団十郎ノヲハッキリト見テイルノハ予一人デアル。アレハ明治三十年前後、十三四ノ頃ダッタト思ウ。団十郎ノ助六ハコノ時ガ最後デ、三十六年ニハ死ンデイル。揚巻ハ先代歌右衛門《うたえもん》、ソノ時ハマダ福助ト云ッテイタ。意休《いきゅう》ハ福助ノ父ノ芝翫《しかん》デアッタ。予ノ家ガ本所割下水《わりげすい》ニアッタ時代デ、両国広小路ノ、アレハ何ト云ッタッケナ、何トカ云ウ有名ナ絵草紙屋ノ店頭ニ助六ト意休ト揚巻ノ三枚続キノ錦《にしき》絵《え》ガ掲ゲテアッタノヲ今モ忘レナイ。

瘋癲老人日記*　谷崎潤一郎　昭36・11〜昭37・5

400

八月のある日、男が一人、行方不明になった。休暇を利用して、汽車で半日ばかりの海岸に出掛けたきり、消息をたってしまったのだ。捜索願も、新聞広告も、すべて無駄におわった。

むろん、人間の失踪*は、それほど珍しいことではない。統計のうえでも、年間数百件からの失踪届が出されているという。しかも、発見される率は、意外にすくないの

原理を示す。

399　七五歳の時に口述筆記で執筆、「中央公論」に連載した長編小説。既に性的能力を失った七七歳の老人の性欲を、漢字カタカナ混じりの文による日記の形式で描き出した作品。掲出は作品冒頭。

瘋癲　精神状態が正常でないこと。この「日記」を記している老人は「目下の状態では精神病とは云えない」が「異常性欲」の持ち主で、「情欲が」「老人の命の支えとなっている」と設定されている。

400　三八歳の時に新潮社より刊行した書き下ろしの長編小説。前半部分は昭和三五年九月に「文学界」に発表した短編「チチンデラ　ヤパナ」を原型としている。一人の男が昆虫採集に出かけた砂丘の村で砂の穴に閉じ込められるという

だ。殺人や事故であれば、はっきりとした証拠が残ってくれるし、誘拐のような場合でも、関係者には、一応その動機が明示されるものである。しかし、どちらにも属さないとなると、失踪は、ひどく手掛りのつかみにくいものになってしまうのだ。仮に、それを純粋な逃亡と呼ぶとすれば、多くの失踪が、どうやらその純粋な逃亡のケースに該当しているらしいのである。

砂の女　安部公房　昭37・6

虚構の設定を借りて、脱出不可能の状況を克服する可能性を探った作品。掲出は作品冒頭。

失踪「砂の女」以後の安部の作品には日常社会からの失踪を主題とするものが多い（山田博光「安部公房」『研究資料現代日本文学』昭55）という指摘がある。

401

一片の新聞記事から、私の動揺がはじまったことは残念ながら真実である。もし何事もあかるみに出ず、営々として構築した名誉や社会的地位が土崩することもなければ、現在もなお私は法曹界における主要メンバーの一員であり、また大学教授としての精神的労作いがいの負担は私の魂には加わらなかったであろう。傷ついた私の名誉は、しかし私が気に病むほどには人は気にしていまい。また、私自身、事態を悲しんでいるわけではない。愛のことどもについて、ほとんど考えてみもしなかった学究生活においても、考えてもなんの結論もえられぬことを知った今も、私は悲哀の感情とは無縁であった。

悲の器　高橋和巳　昭37・11

401　第一回河出書房文芸賞の長編部門に入賞、第五章までが雑誌「文芸」に掲載され、同月河出書房新社より全編刊行された長編小説。作者の事実上の文壇デビュー作。作者は、「転向の問題や個人の精神と時代精神のかかわりあいの側に「重点があった」（梅原猛対話『未来への対話』昭42）と述べている。掲出は冒頭部。

402

港の傍に、水に沿って細長い形に拡がっている公園がある。その公園の鉄製ベンチに腰をおろして、海を眺めている男があった。ベンチの横の地面に、矩形のトランク

402　三九歳の時に「文学界」に発表した中編小説。「私にとって厄介な存在だった亡父からの卒業論文

が置いてある。藍色に塗られてあるが金属製で、いかにも堅固にみえる。
　夕暮すこし前の時刻で、太陽は光を弱め、光は白く澱《よど》んでいた。
　その男は、一日の仕事に疲労した軀を、ベンチの上に載せている。電車に乗り、歩き、あるいはバスに乗り、その日一日よく動いた。靴の具合が悪くなり、足が痛い。最後に訪れた店がこの公園の近くで、その店で用事を済ませると、男は公園にやってきた。男は、化粧品のセールスを仕事にしている。

＊砂の上の植物群　吉行淳之介　昭38・1〜12

403

　私がこれを書くのは私がこの部屋にいるからであり、ここにいて私が何かを発見したからである。その発見したものが何であるか、私の過去であるか、私の生きかたであるか、私の運命であるか、それは私には分らない。ひょっとしたら私は物語を発見したのかもしれないが、物語というものは人がそれを書くことによってのみ完成するのだろう。ひょっとしたら私はまだ何ひとつ発見せず、ただ何かを発見したい、私という一個の微小な生きものが何を忘れ何を覚えているか、もし忘れたとしたらそこに何の意味があり、もし覚えているとしたらそこに何の発見があるかを知りたいと望んでいるだけのことかもしれない。

忘却の河　福永武彦　昭38・3

の意味も含めて」（『私の文学放浪』昭39〜40）書いたという。性を通して人間存在の本質や意味を問う吉行固有の主題の展開が見られる作品で、「暗室」（昭44）へと至る系列に位置づけられている。掲出は冒頭部。

砂の上の植物群　作品の題名はパウル・クレーの絵の題名から採られており、それについては作者自身が作中に登場して説明している。

403　独立した短編として「文芸」に発表。その後、長編小説『忘却の河』（昭39・5、新潮社）の第一章となった作品。連作形式の長篇で、全編を貫く主題は、「人は古里を忘れることは出来ない、人は古里に帰ることは出来ない」（『福永武彦全小説Ⅶ』「序」昭48）というものであると作者自身が述べている。掲出は冒頭部。

404
「小さな亀、游《およ》いでいたこと、おじちゃんに言ってもかまわない？」

ちょっと考えるふりをして、悠子は答えた。

「かまわない」

「焚き火して、生きたさざえを食べたのは？」

「かまわない」

「ぼくら、島へお舟で行ったのは？」

「かまわない」

「昨日、ぼくが蟹みつけたのは？」

本当にちょっと考えて、

「かまわない」

と彼女は答えた。同時に、明日の磯遊びはどうしたものだろう、捕えた蟹の話だけを武が梶井に聞かせるのなら、連れて行ってやっても一向にかまわないのだが、そう彼女は思案しはじめていた。

蟹　河野多恵子　昭38・6

405
安堵の灯を無数につつみかさねて
夜が故郷をむかえる
みよ　すべての戸口にあらわれて
声をのむすべての寡婦

驢馬よ　権威を地におろせ
おとこよ
その毛皮に時刻を書きしるせ

404　「文学界」に発表。第四九回芥川賞受賞。後『美少女・蟹』として講談社より刊行（昭38・8）。「幼児狩り」（昭33）、「蟹」で描かれた幼児への偏愛は幼児虐殺として「塀の中」（昭37）、「不意の声」（昭44）へと発展。夫婦交換による倒錯した愛の心理を描いた「回転扉」（昭45）もある。掲出は作品末尾。

405　作者四八歳の時の同題の第一詩集（H氏賞受賞）から。思潮社刊。シベリア抑留中の極限体験に根差す四〇歳からの詩作を収める。「サンチョ・パンサ」とは、戦争責

私の権威は狂気の距離へ没し
なんじの権威は
安堵の故郷へ漂着する
驢馬よ　とおく
怠惰の未明へ蹄をかえせ

やがて私は声もなく
石女《うまずめ》たちの庭へむかえられ
おなじく　声もなく
一本の植物と化して
領土の壊滅のうえへ
たしかな影をおくであろう

驢馬よ　いまよりのち
つつましく怠惰の主権を
回復するものよ
もはやなんじの主人の安堵の夜へ
何ものものこしてはならぬ
何ものものこしてはならぬ

サンチョ・パンサの帰郷　石原吉郎　昭38・12

406

私はその頃、アルバイトの帰りなど、よく古本屋に寄った。そして、漠然と目についた本を手にとって時間を過ごした。ある時は背表紙だけを眺めながら、三十分、一時間と立ち尽した。そういう時、私は題名を読むよりは、むしろ変色した紙や色あせた文字、手ずれやしみ、あるいはその本の持つ陰影といったもの、を見ていたのだった。

　それは無意味な時間潰しであった。しかし、私たちのすることで、何か時間潰し以外のことがあるだろうか。それに、私は私なりに愛書家でもあったのだ。

任を「自分のなまの躰で果してきた」（「肉親へあてた手紙」昭34・10）のに逆に戦犯として疎外される自身への自嘲的象徴的命名。「これらの作品を通じて私の意識に常にあったものは、詩における『うた』の復権ということであった」（『石原吉郎詩集』あとがき、昭42）。

406　初出は同人誌「象」七号（昭38）、のち「文学界」に発表し、芥川賞を受賞。作者は東京大学工学部から文学部独文科に転科。学生運動に積極的になり、教育立法、小選挙区制、砂川基地などの反対運動に加わる。作品は「六全協」以降左翼運動の変換を背景に学生運動の渦中にあった青年像を描き、若い世代の共感を呼び、ベストセ

されどわれらが日々ー　柴田翔　昭39・4

407
鳥《バード》は、野生の鹿のようにも昂然と優雅に陳列棚におさまっている、立派なアフリカ地図を見おろして、抑制した小さい嘆息をもらした。制服のブラウスからのぞく顎や腕に寒イボをたてた書店員たちは、とくに鳥《バード》の嘆息に注意をはらいはしなかった。夕暮が深まり、地表をおおう大気から、死んだ巨人の体温のように、夏のはじめの熱気がすっかり脱落してしまったところだ。誰もが、その皮膚にわずかにのこっている昼間のあたたかさの記憶を無意識のうす暗がりのなかで手さぐりをする身ぶりをしては、あいまいな嘆息をもらしている。六月、午後六時半、市街にはすでに汗をかいているものはいない。しかし、鳥《バード》の妻は、ゴム布の上に裸で横たわり、撃たれて落下する雉子のように眼を硬くつむって、体じゅうのありとある汗穴から、厖大な数の汗粒をにじみださせ、痛みと不安と期待に呻き声をあげているだろう。

個人的な体験　大江健三郎　昭39・8

408
そのうちまた一年経って、晴子は高校に入学した。大浦は細君にいった。

「今度こそ机を買ってやらないといけないな」

「ええ、そうしてやりましょう。あれでは、あんまりだわ」

大浦は晴子にいった。

「机、買うから。お祝いに」


ラーになる。掲出は作品冒頭。

407　純文学書下ろし特別作品として新潮社より刊行。第一一回新潮社文学賞受賞。頭部に障害を持つ長男光の誕生という私的体験を作品化。以後、頭部に障害を持つ子どもとの共生を描いた作品群が大江文学の一つの流れとなる。

408　「日本経済新聞」に連載。昭和四〇年三月講談社より刊行。第一七回読売文学賞受賞。作者は「プールサイド小景」（昭29）から家庭を中心とした日常のなかに人間存在のあやうさを見つめる作品を書き続ける。他に「ザボンの花」（昭

「いいよ、これで」

「どうして」

「大丈夫よ。何ともないんだもの」

「膝がつかえないか」

「つかえない。ちゃんと入る」

彼が椅子に腰かけてみると、膝は机の下に入った。ぎりぎりいっぱいで入る。

「なるほど」

「ね、大丈夫でしょう」

小学生用の勉強机というのは、どうしてこんなに融通がきくのだろう。小学校を出てから三十年も経ち、体重十八貫ある大浦が坐っても、役に立つのである。

夕べの雲　庄野潤三　昭39・9・6～昭40・1・19

409
風は全くない。東の空に入道雲が、高く陽《ひ》に輝やいて、つくりつけたように動かない。ストローブ松の林の影が、くっきりと地に濃く短かかった。その影が生あるもののように、くろぐろと不気味に息づいて見える。
旭川市郊外、神楽町のこの松林のすぐ傍らに、和、洋館から成る辻口《つじぐち》病院長邸が、ひっそりと建っていた。近所には、かぞえるほどの家もない。
遠くで祭りの五段雷が鳴った。昭和二十一年七月二十一日、夏祭のひる下りである。

氷点　三浦綾子　昭39・12・9～昭40・11・14

30)、「静物」(昭35)、「雉の羽」(昭43)、「絵合わせ」(昭46)、「明夫と良二」(昭47)、「野鴨」(昭47)などがある。掲出は三章「ピアノの上」の中より。

409　本作品は朝日新聞社の一千万円の懸賞小説に入選し、「朝日新聞」に掲載されたもの。のち朝日新聞社より刊行(昭40・11)されベストセラーとなる。原罪というキリスト教的主題を描くが、作者は教師としての体験や、十三年にわたる闘病生活を送った経験があり、昭和二七年にはキリスト教の洗礼を受け、これらが作品に反映

410

三輪俊介《しゅんすけ》はいつものように思った。家政婦のみちよが来るようになってからこの家は汚れはじめた、と。そして最近とくに汚れている、と。

家の中をほったらかしにして、台所へこもり、朝から茶をのみがら、話したり笑ったりばかりしている。応接間だって昨夜のままだ。清潔好きな妻の時子が、みちよを取締るのを、今日も忘れている。

自分の家の台所がこんなふうであってはならない。……

抱擁家族　小島信夫　昭40・7

411

むらさきの脳髄の
瑪瑙のうつくしい断面はなく
ゆらゆらゆれる
ゆめの繭　憂愁の繭
けむりの糸のゆらめくもつれの
ももももももももももも
裳も藻も腿も桃も
もがきからみもぎれよぢれ
とけゆく透明の
鴇《とき》いろのとき
よあけの羊水
にひたされた不定型のいのち
のくらい襞にびっしり
ひかる〈無〉の卵
がエロチックに蠢めく
ぎらら
ぐび
る
ぴりれ
鱗粉の銀の砂のながれの
泥のまどろみの
死に刺繍された思念のさなぎのただよふ

されている。

410　昭和三〇年春「いつかまた笑顔」の題で書きはじめられ、一時放棄され、のち「群像」に発表。講談社刊（昭40・9）。第一回谷崎潤一郎賞受賞。大学講師兼外国文学翻訳家の三輪俊介の妻時子がアメリカ軍の青年ジョージと関係したことから起こる物語。「アメリカ人をもってくることで我々の倫理的支柱のなさ」、「現代の問題、我国文化の内容」を問う。掲出は作品冒頭。

411　初出は「詩学」（昭36・1）。『音楽』は思潮社刊。読売文学賞受賞。清岡卓行は「多義的な意味・映像・音響の照応」に注目し、「まるで魅惑的で難解な音楽でも繰返し聞くように」読まれる本詩篇を「戦後詩全体における言語実験の一つの極点をなすもの」（『抒情の前線』昭45）と評価している。作者には『はかた』（昭50）、『空我山房日乗其他』（昭60）などの詩集のほかに『萩原朔太郎その他』（昭50）などの評論・随筆がある。

ただよふ
レモンのにほひ臓物のにほひ
とつぜん噴出する
トパアズの　鴇いろの
みどりの　むらさきの

とほい時の都市の塔の
裂かれた空のさけび
うまれるまへにうしなはれる
みえない未来の記憶の
血の花火

繭（「音楽」）　那珂太郎　昭40・7

412

大工町寺町米町仏町老母買ふ町あらずやつばめよ

子守歌義歯もて唄ひくれし母死して炉辺に義歯をのこせり

母を売る相談すすみゐるらしも土中の芋らふとる真夜中

田園に死す　寺山修司　昭40・8

413

やがて清顕の苦しみは鎮まった。

「眠れるか。眠ったほうがいいぜ」

と本多は言った。彼は今しがた見た清顕の苦しみの表情を、何かこの世の極みで、見てはならないものを見た歓喜の表情ではなかったかと疑った。それを見てしまった友に対する嫉妬が、微妙な羞恥と自責の中ににじんできた。本多は自分の頭を軽く揺

412　作者第三の（最後の）歌集。白玉書房刊。『寺山修司全歌集』（昭46・1）の跋文「歌のわかれ」に、「（…）まだ未練のある私の表現手段の一つに終止符を打ち、『全歌集』を出すことになったが、実際は、生きているうちに、一つ位は自分の墓を立ててみたかったというのが、本音である」とある。「大工町」は歌集冒頭「恐山」の章の巻頭作品。町名を列挙した上句に対する下句の意外な展開に「姥捨て」伝承の陰惨を印象付ける。

413　「新潮」に発表。作者最後の長篇四部作『豊饒の海』の第一巻（昭44・1、新潮社刊）。以後、「奔馬」、「暁の寺」、「五人五衰」を断続的に「新潮」に発表。「『豊饒の海』について」（昭44・2・26、「毎日新聞」夕刊）で作者は「かねて

った。悲しみが頭を痺れさせてしまって、次々と、自分にもわからない感情を、蚕の糸のように繰り出すのが不安になった。

一旦、つかのまの眠りに落ちたかのごとく見えた清顕は、急に目をみひらいて、本多の手を求めた。そしてその手を固く握り締めながら、こう言った。

「今、夢を見ていた。又、会うぜ。きっと会う。滝の下で」

本多はきっと清顕の夢が我家の庭をさすろうていて、侯爵家の広大な庭の一角の九段の滝を思い描いているにちがいないと考えた。

――帰京して二日のちに、松枝清顕は二十歳で死んだ。

春の雪　三島由紀夫　昭40・9〜昭42・1

414

大森の馬込村に住むようになったのは、大正十五年の暮であった。父朔太郎、母、それに学齢前の私と妹の四人暮しだった。

三好達治さんが、家に来られるようになったのは、その翌年ごろからである。私は人見知りの強い子だったので、家に客が来ると素早く母の後ろに隠れてしまったり、戸棚にかくれたりした。

客の来るのが、何よりもおもしろくなく、厭だったのである。だが、幸い父の書斎は二階で、玄関から入るとすぐ階段になっていたので、茶の間で遊んでいる私の姿を見かけられることもなく済んだ。

天上の花　萩原葉子　昭41・3

から〈世界解釈〉としての長篇小説の企画を持ち、輪廻思想、特に唯識論を勉強してきた。また〈夢と転生がすべての筋を運ぶ〉『浜松中納言物語』に依拠すべきだと構想を固めた。第一巻『春の雪』は王朝風の恋愛小説で、いはば「たわやめぶり」あるいは「和魂」の小説」と自解。掲出は末尾。

414　「新潮」に発表、のち「天上の花―三好達治抄―」として新潮社より刊行（昭41・6）。新潮社文学賞、田村俊子賞を受賞。作者は萩原朔太郎の長女として東京に生まれる。作品は朔太郎の友人（三好）が朔太郎の妹慶子を愛し、自らの結婚生活を破り、佐藤惣之介未亡人となった慶子と同棲し、破綻するまでを描いた回想記。掲出は作品冒頭。

415
主の平安。基督《キリスト》の栄光。
私たちが昨年十月九日、ゴアに着き、五月一日、ゴアから澳門《マカオ》に到着したことは既に書いた通りですが、苦渋な旅に同僚のホアンテ・サンタ・マルタは甚だしく体力を消耗し、マラリアの発熱に屢々、苦しみ、私とフランシス・ガルペだけは、ここの布教学院で心からの歓待を受け気力は充実しています。

沈黙　遠藤周作　昭41・3

416
〈——に七年の刑を求刑した。明日の関東地方の天気は雨のち——〉

鷹野は走り出したタクシーの窓から、もう一度その文句をたしかめようとした。たぶん、それはありふれた国内の犯罪ニュースに違いない。遠ざかる青い電光の流れは、もう今夜のプロ野球の結果を空しく空に描き続けるだけだった。

〈焼き日ですよう〉

〈今日は焼き日ですよう——〉

しばらく訪れてこなかったその声を、鷹野は不意に耳元に聞いた。それは電光ニュースのかなた、星のない黒い空を群をなして翔けてゆく、蒼ざめた馬の背後から響いてくる世界の明日を告知する声のように思われた。

蒼ざめた馬を見よ　五木寛之　昭41・12

417
夜明けまえの暗闇に眼ざめながら、熱い「期待」の感覚をもとめて、辛い夢の気分

415　純文学書下ろし特別作品として新潮社より刊行。第二回谷崎潤一郎賞受賞。作者は昭和九年カトリックの洗礼を受ける。昭和二五年から三年間フランスに留学。初期の評論「神々と神と」（昭22、「四季」）「カトリック作家の問題」（昭22、「三田文学」）以来のカトリシズムの一神論的世界と東洋の汎神論的世界をめぐる永遠の問題を切支丹の殉教を通して追求した作品。同じ素材、主題による戯曲「黄金の国」（昭41）がある。掲出は本文冒頭。

416　「別冊文芸春秋」に発表、のち文芸春秋社刊（昭42・4）。第五六回直木賞受賞。ソ連の作家アンドレイ・シニャクスキーとユーリ・ダニエルが「反ソ的な」文学作品を西側で出版し逮捕された事件から着想を得る。「五木の大きな想像力の骨格を最初にみせた作品」（川端彰彦）で作者のロシア文学への深い愛があらわされている。掲出は末尾。

417　「群像」に連載。九月講談社よ

の残っている意識を手さぐりする。内蔵を燃えあがらせて嚥下されるウイスキーの存在感のように、熱い「期待」の感覚が確実に躰の内奥に回復してきているのを、おちつかぬ気持ちで望んでいる手さぐりは、いつまでもむなしいままだ。力をうしなった指を閉じる。そして躰のあらゆる場所で、肉と骨のそれぞれの重みが区別して自覚され、しかもその自覚が鈍い痛みにかわってゆくのを、明るみにむかっていやいやながらあとずさりに進んでゆく意識が認める。そのような、躰の各部分において鈍く痛み、連続性の感じられない重い肉体を、僕自身があきらめの感情において再び引きうける。それがいったいどのようなものの、どのようなときの姿勢であるか思いだすことを、あきらかに自分の望まない、そういう姿勢で、手足をねじまげて僕は眠っていたのである。

万延元年のフットボール　大江健三郎　昭42・1～7

418

二十代の終りころ、滝井孝作氏を訪問すると二、三百枚の本郷松屋製の原稿用紙を私の前に置いて「これに小説を書いてみよ」と云われたことがあった。そして「小説というものは、自分のことをありのままに、少しも歪めず書けばそれでよい。嘘なんか必要ない」と云われた。私は有難いと思ったが、もちろん書かなかった。そのころの私には、書くべき「自分」などどこにもなかったから、書きようがなかったのである。

私はこれから私の「私小説」を書いてみたいと思う。

り刊行。第三回谷崎潤一郎賞受賞。明治維新からこれまでの「百年間の民衆の心の中にある思想的なつながり」を書こうとした意欲的作品。作者の書く〈谷間の村〉は「飼育」（昭33）、「芽むしり仔撃ち」（昭33）では外部から遮断された場所として、本作品では歴史的な空間として、「同時代ゲーム」（昭45）では〈村＝国家＝小宇宙〉として国家と対立する想像の場として発展してゆく。掲出は作品冒頭部。

418　「群像」に発表。のち講談社刊（昭42・10）。芸術選奨文部大臣賞受賞。結核療養の妻を看病する誠実な自分と、看護婦や戦争未亡人への「汚穢た情慾」をもつ自分とを重ねて描き真実の自己を描出する。志賀直哉風の私小説のリアリズムを越えようとした。「性欲を精神や倫理から遮断して徹底的に自然に遺そうという作者の願望の具

空気頭　藤枝静男　昭42・8

419　夜更けに火が燃えつき、骨を拾うにもくらがりで見当つかず、そのまま穴のかたわらに横たわり、周囲はおびただしい蛍のむれ、だがもう清太は手にとることもせず、これやったら節子さびしないやろ、蛍がついてるもんなあ、上ったり下ったりついと横へ走ったり、もうじき蛍もおらんようになるけど、蛍と一緒に天国へいき。暁に眼ざめ、白い骨、それはローセキのかけらの如く細かくくだけていたが、集めて山を降り、未亡人の家の裏の露天の防空壕の中に、多分、清太の忘れたのを捨てたのだろう、水につかって母の長じゅばん腰ひもがまるまっていたから、拾い上げ、ひっかついで、そのまま壕にはもどらなかった。

火垂るの墓　野坂昭如　昭42・10

420　ぼくの黄金の爪の内部の滝の飛沫に濡れた客間に襲来するひとりの純粋直観の女性。彼女の指の上に光った金剛石が狩猟者に踏みこまれていたか否かをぼくは問わない。彼女の水平であり同時に垂直である乳房は飽和した秤器のような衣服に包まれている。　蠟の国の天災を、彼女の仄かな髭が物語る。彼女は時間を燃焼しつつある口紅の鏡玉の前後左右を動いている。　人称の秘密。時の感覚。おお時間の痕跡はぼくの正六面体の室内を雪のように激変せしめる。すべり落された貂の毛皮のなかに発生する光の寝台。　彼女の気絶は永遠の卵形をなしている。　水陸混同の美しい

現」（上田三四二、昭47・7「群像」）という評がある。掲出は作品冒頭。

419　「オール讀物」に発表。「アメリカひじき」（昭42・9「別冊文芸春秋」）とともに第五八回直木賞受賞。昭和二〇年九月二一日に国鉄三宮駅構内で栄養失調のために死んだ浮浪児の清太と妹節子の死までを関西弁を生かした饒舌体で描いた短篇。神戸の空襲（昭20・6・5）で焼けだされた作者の実体験を作品化したもの。掲出は末尾近く。

420　思潮社刊。詩人・詩論家・造形作家・美術評論家の滝口修造が戦前に「詩と詩論」等の雑誌に書いた詩を集成した書物で、昭和四〇年代に話題となった。『絶対への接吻』は「詩と詩論」第一三冊に発表した散文詩。大岡信は「自動記述的方法による言語実験を試み、特異な影像美にあふれた詩を書いた」（『新潮日本文学辞典』）と評

遊戯は間もなく終焉に近づくだろう。　乾燥した星が朝食の皿で轟々と音を立てているだろう。　海の要素等がやがて本棚のなかへ忍びこんでしまうだろう。　やがて三直線からなる海が、ぼくの掌のなかで疾駆するだろう。

絶対への接吻（「滝口修造の詩的実験1927-1937」）　滝口修造　昭42・12

421

それは東方の一王国の体制が崩れさっていた音だったかもしれないが、しかし私にとっては、ほかならぬ自分自身が崩壊していた音に思えてならぬ。その後のこのゴアで過した無為の十数年がそれを証明するためにあったとしたら、友よ、君はそれをわらうであろうか。君はそれをあわれむであろうか。

とまれ、私は大殿《シニョーレ》の死を知って一年後、季節風に送られる最初の船に乗ってこの王国を離れた。その日はおだやかな日和《ひより》で、ジェノヴァの船乗りたちが順風《プレッツァ》と呼ぶ風が海のうえを吹きわたっていた。

安土往還記　辻邦生　昭43・1、2、5

422

小さな花をつけた二本の草。すらりと伸びた、細くて強い茎。右側の、心持かしいでいる長いほうには花が一輪、左側のまっすぐな短いほうには二輪。

しかし大事なのは花でも茎でもなく、やわらかに横へ伸びている数多くの葉であった。それは鳥の羽根に似た細長い複葉で、羽根の羽毛に当る二十対以上もの小葉は、さきへゆくにつれてすこしずつ小さくなりながら、整然と並んでいる。その秩序は、

し、飯島耕一は「若々しいシュルレアリスムが発散する理想の詩」（「ユリイカ」昭35・6）と賞賛している。

421　「展望」に発表。芸術選奨新人賞受賞。のち筑摩書房刊（昭43・8）。作者は昭和三二年九月フランス郵船カンボージュ号で渡仏。ヨーロッパ各地を旅行し、パルテノン宮殿に深い啓示を受け、小説を書く契機をつかむ。イタリア・ルネサンスを体験した船乗りの語りによる「尾張の大殿」織田信長の姿を描く。掲出は作品末尾。

422　「文学界」に発表。第五九回芥川賞受賞。九月文芸春秋社より刊行。「銀座の繁盛した洋菓子屋の老人が色ぐるいの末に猟銃自殺したという話を、その友人のストイックのような老病院長の目で描いた小説」（瀧井孝作）で「老人の心理

何か図案めいた可憐な感じを与えた。

年の残り　丸谷才一　昭43・3

423

夕方、ベッドのなかで本を読んでいると、ウェイン大尉が全裸で小屋に入ってきた。彼はベッドのしたからウィスキー瓶をとりだし、夕陽のなかで軽くふってみせた。すすって飲む唯一のバーボンだという。《ジャック・ダニエル》という銘だった。私は本をおき、大尉のあとを追って小屋をでた。

一〇メートルほどはなれたところに《アストリア・ホテル》というあだ名の小屋がある。チャーリーたちがピンポンをしたり、手紙を書いたりする小屋である。永い午後いっぱいの暑熱がたちこめて小屋は炉のようになっていた。誰もいなかったが男の汗と安葉巻の匂いがムッとよどんでいた。

大尉は眉をしかめて手をふり、

「羊の匂いがする」

といった。

輝ける闇　開高健　昭43・4

424

海は乳色の霧の中でまだ静かな寝息を立てていた。藺草《いぐさ》のような丈の高い水草の間では、それでももう水鳥が目を醒ましていて、羽ばたいたり、きいきいとガラスをこするような啼声を立てていた。灰色の汚れた雪のような鷗はオレンジ色のビイ玉のよ

がよく描けており、人間の生について、根源的な問いを発している」（大岡昇平）と評された。掲出は作品冒頭。

423　純文学書下ろし特別作品として新潮社より刊行。第二二回毎日出版文化賞受賞。昭和三九年一一月朝日新聞社臨時海外特派員として当時戦争中の南ベトナムに出発。翌年二月帰国。現地から毎週ルポルタージュ「南ベトナム報告ずばり海外版」（「朝日新聞」）を書く。ベトナム体験による「渚から来るもの」（昭41・1～10）を改作し本作品とした。題名は「二十世紀は輝ける闇である」（ハイデッカー『形而上学とは何か』の一句）からとる。「この作品の主題、設定が太平洋戦争の被害者の目で見たベトナム戦争にある」（丸谷才一）という評がある。掲出は冒頭部。

424　「群像」に発表。第五九回芥川賞受賞。一〇月講談社より刊行。作者は昭和三四年一〇月アラスカ州シトカ市に夫の勤務のため移住、

うな眼をじっとこちらに向けて横柄に脚で砂を掻いてはぷい、と横を向いた。
歩いていると、霧が流れてくるようであった。由梨は破れたストッキングの間でざらざらする砂を、たわめたあしのうらで脇に寄せるようにしながら歩いた。

三匹の蟹　大庭みな子　昭43・6

425

食わずには生きてゆけない。
メシを
野菜を
肉を
空気を
光を
水を
親を
きょうだいを
師を
金もこころも
食わずには生きてこれなかった。
ふくれた腹をかかえ
口をぬぐえば
台所に散らばっている
にんじんのしっぽ
鳥の骨
父のはらわた
四十の日暮れ
私の目にはじめてあふれる獣の涙。

くらし（「表札など」）　石垣りん　昭43・12

426

——火をとめておいた方がよくはないか。
ビールのコップを持った中腰の浅井が彼の横にいた。昔のままの、浅黒い、頬骨の

以後一一年の間に米国各地を旅し、文明、社会、家族、人間関係などへの鋭い眼を養う。昭和四二年シアトル市ワシントン州立大学美術科に籍を置き大学の寄宿舎で本作品を書く。掲出は冒頭部。

425　戦後の「勤労詩運動」から登場した「銀行員詩人」として知られる石垣りんの、『私の前にある鍋とお金と燃える火と』（昭34）に続く第二詩集（全三六篇、H氏賞受賞）の一編。思潮社刊。他に「子供」「表札」「家出のすすめ」等。いずれの作も身近な生活を題材にしながら「わたしたちに酷薄な表情をもっておそいかかって」、「わたしたちの精神の基底になければならないもの」（三木卓「石垣りんの詩」『現代詩文庫46』昭46））を垣間見させる。

426　「文芸」に発表、のち河出書房新社刊（昭44・8）。第六一回芥川

張った小柄な顔だった。卒業してから分厚い肉を身体につけていない数少ない顔の一つだ。このまま背広を学生服かスエターに替え、靴下をとった指の長い足にゴム草履をはかせたならば、浅井の姿は今学生自治会の部屋から出て来ても少しもおかしくはない。彼は、浅井の中に流れた時間を思った。長く自治委員や執行委員を歴任した割には、浅井はいつも目立たない存在だった。その頃のまま、浅井は今、ひっそりと彼の横に在った。

時間　黒井千次　昭44・2

427

あいつは笑われたくないために、いつも自分から先に笑い出しているのだ、と青木はゆきつけの四ツ谷の深夜スナックのカウンターで馬場のことをわたしにいった。自分の痔が痛むといっては笑い、ひとの水虫が痒くなりはじめたといっては笑うというのだ。ひとの水虫とはいったい誰の水虫であるのかたずねてみると、それはどうも青木自身のことらしいのだが、それはそのときわたしははじめてきいたので、水虫なら水虫となぜもっと早く教えてくれなかったのか、信じられないほど簡単でじつに完璧な治療法を知っているのにとわたしがいうと、青木はいつものようにふん次元がちがうといった表情でつと斜め横を向き、こんこんと軽く咳ばらいのような声を出した。

笑い地獄　後藤明生　昭44・2

428

ぼくは時々、世界中の電話という電話は、みんな母親という女性たちのお膝の上か

賞候補作。文部省芸術選奨の新人賞受賞。「企業の生産現場の問題を、企業内の良心的インテリの身の処し方をこのくらい積極的につきつめた小説はなかった」(奥田健男)と評されように「『時間』と『空間』の二交点において人間をとらえ」(あとがき)た作品。掲出は作品冒頭。

427　「早稲田文学」復刊号に発表。第六一回芥川賞候補作。のち文芸春秋社刊（昭44・9）。作者は昭和七年北朝鮮咸鏡南道生まれ。「人間の病気」（昭42・3「文学界」）が芥川賞候補作となり、昭和四三年平凡出版を退社し文筆に専念する。『笑う笑われる』という笑いそのもののダイナミックスを、現にわたしがその中で生きているところの組織の持つダイナミックスに関係づけ」（後記）た素材と方法によって書かれた作品。掲出は冒頭部。

428　「中央公論」に発表。第六一回

なんかにのっているのじゃないかと思うことがある。特に女友達にかける時なんかがそうで、どういうわけか、必ず「ママ」が出てくるのだ。もちろんぼくには（どなるわけじゃないが）やましいところはないし、出てくる母親たちに悪気があるわけでもない。それどころか彼女たちは、（キャラメルはくれないまでも）まるで巨大なシャンパンのびんみたいに好意に溢れていて、まごまごしているとぼくを頭から泡だらけにしてしまうほどだ。特に最近はいけない。例の東大入試が中止になって以来、ぼくのような高校三年生というか旧東大受験生（?）というやつは、「可哀そうだ」という点で一種のナショナル・コンセンサスを獲得したおもむきがある。なにしろ安田トリデ*で奮戦した反*代々木系の闘士たちまで、「受験生諸君にはすまないと思うが」なんていうほどなんだからこれは大変だ。

赤頭巾ちゃん気をつけて　庄司薫　昭44・5

429

宇智子　お母しゃん。よか水ばい。飲みなはらんか。

うめ　そうか――。なら頂戴しまっしゅう。

宇智子　（家の中をのぞいて）誰ぞおんなはる。尋ねてみまっしゅうか。

うめ　……ばってん寝とらず如《ご》たる。起こしちゃならんばい。

豊市　寝がえりして何か呟く。

宇智子　目の覚ましとらすたい。尋ねてみまっしゅう。――ごめんなはるまっせ。

芥川賞受賞。のち中央公論社刊（昭44・8）。東大安田講堂占拠など学園紛争が激化し、東大、京大などが入試を中止した年（昭44）の東大受験生である主人公を通して、当時の都会的な若者の心情を饒舌に明るく描いた作品。「意外なほど機智とユーモアにあふれた愉しい風俗小説」（佐伯彰一）という。

安田トリデ　東大安田講堂。

反代々木…　当時の学生闘争の中心を担った全共闘の学生。東京代々木（日本共産党本部がある）を旧左翼とみなし、自らを反代々木・新左翼と称した。

429　「文芸」に発表。のち『かさぶた式部考、常陸坊海尊』として河出書房新社刊（昭44・11）。毎日芸術賞受賞。日向の国法華岳の式部伝説（難病のかさを病んだ和泉式部がここの薬師如来に祈請し、百日参籠して癒えたと伝えられる。智修尼は和泉式部六十八代目をとなえた金剛遍照和泉教会の教祖）を素材に、三池炭鉱事件の犠牲者

豊市　…………。

430　かさぶた式部考　秋元松代　昭44・6

花道に二人の少女がうずくまっている。明るくなると一人は少女だが、もう一人は『少女フレンド』をかかえた老婆。二人はゆっくりと、そして力強く、黒い靴下をあげている。モモには赤い大きなガーター。

貝　ねえ、おばあさん、春日野さんが「嵐ケ丘」に行ったとき自分がヒースクリッフの役をやっているのでヨークシャの荒野を横ぎるときになって、あの二人の愛の亡霊と三角関係になるのじゃないかとひやひやしたと言っているのだけどあれはわくわくしたのじゃないかしら？

老婆　それは難解ね。

貝　もし、わくわくしたのなら、おばあさん、それは不謹慎だと思われる？

老婆　貝、本当のこと言うと、永遠の処女の考えることは油断が出来ないよ。

貝　永遠の処女って？

431　少女仮面　唐十郎　昭44・11

中学校の三年生のときであったか、彼は学校の博物の授業で、先生からアカシヤについて教わった。それによると、大連のアカシヤは、俗称でそう呼ばれているので、正確には、にせアカシヤ、いぬアカシヤ、あるいはハリエンジュと呼ばれなければな

豊市とその妻と母が登場する。幻想的救済者である土俗信仰と虐げられた民衆とを社会学的な視点でとらえた三幕六場の作品で掲出は冒頭部。

430　作者は昭和四〇年からのちに紅テントで知られる状況劇場を主宰。本作品は「新劇」に発表。第一八回岸田戯曲賞を受賞。新劇界に波紋と反発をまきおこした。「基本的には「特権的肉体論」に立ちつつも、その持続する実践の中での肉体の苦渋を嚙みしめている」（扇田昭彦）唐十郎における一つの転換を示す作品。背景に作者が逮捕された新宿西口事件（昭44・1）がある。掲出は冒頭部。

431　「群像」発表。第六二回芥川賞受賞。のち講談社刊（昭45・12）。作者は大連生まれ。父は満鉄の技師で大連の両親のもとで敗戦を迎

らないということであった。そして、大連にも本当のアカシヤが二本ほどあり、それらは中央公園の東の方の入り口に近いところに生えていて、こうこういう形をしているということであった。

　彼はその日、学校を出てから、電車に乗らずに歩いて帰った。一番の近道を歩いて帰ると、途中で、ちょうどそのだだっ広い中央公園を通ることになるのであった。

　彼は、しかし、本物の二本のアカシアを眺めたとき、安心した。なぜなら、にせアカシヤの方がずっと美しいと思ったからである。にせアカシヤは、樹皮の皺が深くて、それが少し陰気であるが、幹は真直ぐすらりと伸び、そのかなり上方ではじめて多くの枝が分岐し、それらの枝も素直に横にひろがって、全体として実にすっきりした形をしているが、本物のアカシヤは、幹が少し曲がっており、本数の少ない枝もなんとなくひねくれた感じでうねっており、どうも恰好が悪いように見えたのである。本物のアカシヤの花は咲いていなかったが、もし咲いていたら、先生が黒板に色チョークを使って描いたあんなふうな花房の実物よりは、にせアカシヤの見なれた花房の方がずっと綺麗だろうと思った。

アカシヤの大連　清岡卓行　昭44・12

432
　アイは眠りたかつたし、空腹でもあつた。夜明けから、ほとんど何も食べていなかつたのだ。K街道のガソリン・スタンドで若い男が満タンにオイルを入れている間、彼女は熱い珈琲を飲みながら、ガラス窓越しに空を眺めていた。まだ東の空は明けき

え、結婚後、昭和二三年東京に引揚げる。すでに詩や評論で活躍していたが妻の死を契機に小説を書き出す。本作品は小説第二作。大連ものとして「大連小景」（昭58）、「大連港で」（昭62）がある。掲出は第五章末尾近く。

432　「新潮」に発表。第六三回芥川賞候補作となり石川淳に評価される。九月新潮社から刊行。作者は「愛の生活」（「展望」昭42・6）が

らず、ようやく白みはじめた青灰色の薄暗がりがあたりを包みこんで、アイはガラス張りの喫茶室の中で震えていた。夜明けの寒さのためばかりではなく、それはいわば、こうして珈琲を飲みながら、他目には平凡な女ドライバーにしか見えない彼女が、実は公金横領の犯人であるとか殺人犯（母親殺しか、それとも彼女を裏切つた夫を殺害したとか）で、今まさに逃亡の旅に出かけるべくオイルが満タンに充たされるのを待ちながら、一時、彼女の乱舞する心臓を、熱い香高い飲物で落ちつかせようとしているからなのだと考えても、一向にかまわないだろう。

夢の時間　金井美恵子　昭45・2

433

十年ぶりに御本山へ行ってまいりました。おまいりして来た、とは言えません。私はお賽銭をあげたことも御本尊を拝んだこともありませんから。

御本山は、私にとっては、お寺ではないのです。それはひとつの確固とした不動のもの、不変真如でした。他のどんなものとも何のかかわりあいもなしに、そこに存在しているものでした。物心がついてからいままでの二十数年、私はずっと心の底のどこかで御本山を意識して生きてきました。それがそこにあるということを片時も忘れたことはありません。

無明長夜　吉田知子　昭45・4

434

「まだ見ているな」

太宰治賞候補作となり一七歳で文壇デビュー。「凶区」同人として詩作活動と共に「エオンタ」（「展望」昭43・7）、「自然の子供」（「新潮」昭43・8）を発表。本作品は「心臓乱舞」（「凶区」昭42・7）と関連し、「プルースト的方法で生体解剖された岡本かの子の「生々流転」の戦後版」（千葉宣一）という評がある。掲出は冒頭部。

433「新潮」に発表。第六三回芥川賞受賞。九月新潮社刊。作者は静岡県生まれ。職業軍人の子として内地、満州、樺太を転々とし、昭和二二年樺太より引揚げ。昭和三八年、反リアリズムを志向する同人誌「ゴム」創刊に参加。本格的な創作活動に入る。「自虐の暗さが得体の知れぬものとなって立ちこめている。狂気が次第に深まっていく世界を、仏教的に暗い妖しい雰囲気の中心に捉えた作品」（井上靖）という。掲出は冒頭部。

434「文芸」に発表。河出書房新社

松子は窓のほうにちらりと視線をはしらせて言った。窓外はすでに黝み、黄昏の残光もすっかり消えてしまっていた。縁側の窓ガラスの外で、先刻から誰かの顔がじっとこちらを窺っているのに松子は気づいた。室内の電光がそのあたりで薄れているうえに、ガラスが曇っているので、顔の輪郭ははっきりしない。それは時折微かに揺れているようにも見える。どこか幽暗の奥からふいに現われたような、顔のありかただった。松子はもう一時間ばかり座敷のテーブルの前に坐ったままであり、その間に誰かが庭に忍びこんだなどとは考えられもしなかった。

双面　高橋たか子　昭45・5

435

ゆるやかに傾く河原の、二十米ほど下手《しもて》から、女の蒼白い横顔が、それだけ、彼の目の中に飛びこんできた。

それは人の顔でないように飛びこんできて、それでいて人の顔だけがもつ気味の悪さで、彼を立ちすくませた。ところが、顔から来る印象はそれでぱったり跡絶えてしまって、彼はその顔を目の前にしながら、いままで人の顔を前にして味わったこともない印象の空白に苦しめられ、徐々に狼狽に捉えられていった。

人の顔ならば、いつでも、誰にも見られていない時でも、たえず無意識のうちに発散させている体臭にも似た表情があるものだ。そんな表情まできれいに洗い流されたように、その顔は谷底の明るさの中にしらじらと浮んでいた。そうかと言って、よく山の中で疲労困憊した女の顔に見られるように、目鼻だちが浮腫《むく》みの中へ溺れていく

刊（昭47・9）。作者は京大を卒業し半年後、作家高橋和巳と結婚。「白描」同人に参加。昭和四六年五月夫と死別。夫を亡くした中年女性の回想形式によって人間の内部に存在する根源的なエロス願望を描出する。掲出は冒頭部。

435　「文芸」に発表。第六四回芥川賞受賞。のち『杳子、妻隠』を河出書房新社より刊行（昭46・1）。作者は昭和四一年「白描の会」に参加し、「木曜日に」（昭43・1「白描」）でデビュー。「内向の世代」とよばれる。昭和五二年後藤明生、坂上弘、高井有一の四人で同人雑誌「文体」を創刊。本作は山の中で出会った少女杳子と青年との都会での恋愛の経過を特異な筆致で描く。掲出は冒頭近く。

風でもなく、目も鼻も唇も、細い頤も、ひとつひとつはくっきりと、哀しいほどくっきりと輪郭を保っている。女はすこし手前に積まれたケルンを見つめていた。たしかに見つめてはいるのだが、その目にはまなざしの力がない。

杳子　古井由吉　昭45・8

作家・作品索引

キ

ク

コ

サ

シ

脚注執筆者紹介・担当項目番号　　　　　　　　　　　　　＊50音順

市川浩昭（いちかわ　ひろあき）　昭和女子大学
217, 219, 220, 223, 224, 227, 228, 229, 230, 233, 235, 236, 237, 238, 239, 240, 241, 242, 243, 245, 247, 249, 250, 251, 253, 254, 257

芋生裕信（いもう　ひろのぶ）　高知女子大学
215, 218, 221, 222, 225, 226, 231, 232, 234, 244, 246, 248, 252, 255, 256, 258, 259, 261, 262, 266, 268, 271, 272, 同参, 276, 281, 283, 288, 292

菅聡子（かん　さとこ）　お茶の水女子大学
61, 62, 64, 65, 66, 67, 68, 69, 70, 71, 73, 74, 75, 76, 77, 78, 79, 80, 81, 82, 84, 85, 88, 90, 91, 93, 94

佐藤裕子（さとう　ゆうこ）　フェリス女学院大学
178, 179, 180, 181, 182, 184, 185, 186, 187, 189, 190, 192, 193, 194, 196, 199, 200, 203, 204, 205, 206, 207, 209, 211, 212, 214, 216

重松恵子（しげまつ　けいこ）
1, 2, 3, 4, 5, 6, 7, 8, 9, 10, 12, 13, 14, 15, 16, 17, 20, 21, 22, 23, 24, 25, 同参, 26, 27, 30

渋谷香織（しぶや　かおり）　駒沢女子大学
305, 307, 308, 309, 311, 312, 313, 315, 316, 317, 318, 319, 320, 321, 322, 323, 324, 325, 326, 327, 328, 329, 330, 331, 同参, 332, 333

真銅正宏（しんどう　まさひろ）　同志社大学
260, 263, 264, 265, 267, 269, 270, 273, 274, 275, 277, 278, 279, 280, 282, 284, 285, 286, 287, 289, 291, 293, 295, 296, 297, 302, 304

鈴木啓子（すずき　けいこ）　宇都宮大学
137, 139, 140, 142, 143, 144, 145, 146, 147, 148, 149, 152, 154, 155, 同参, 156, 157, 158, 159, 160, 162, 163, 166, 169, 173, 174, 175

中地文（なかち　あや）　宮城教育大学
368, 369, 371, 374, 375, 376, 378, 379, 380, 381, 383, 385, 387, 389, 390, 391, 392, 393, 394, 395, 396, 397, 399, 400, 401, 402, 403

長谷川良明（はせがわ　よしあき）　日本学園高等学校
404, 406, 407, 408, 409, 410, 413, 414, 415, 416, 417, 418, 419, 421, 422, 423, 424, 426, 427, 428, 429, 430, 431, 432, 433, 434, 435

花﨑育代（はなざき　いくよ）　立命館大学
334, 335, 336, 338, 339, 340, 341, 342, 343, 344, 345, 346, 347, 350, 351, 352, 353, 355, 356, 357, 359, 360, 361, 362, 363, 366, 367

林正子（はやし　まさこ）　岐阜大学
31, 32, 33, 34, 同参, 35, 36, 38, 39, 40, 41, 42, 43, 44, 45, 48, 49, 50, 51, 52, 53, 54, 55, 56, 57, 58, 59

広瀬朱実（ひろせ　あけみ）
95, 97, 99, 100, 102, 103, 104, 105, 106, 110, 111, 112, 117, 118, 119, 120, 123, 124, 125, 126, 同参, 128, 129, 130, 133, 135, 136

宮崎真素美（みやざき　ますみ）　愛知県立大学
11, 18, 19, 28, 37, 46, 47, 60, 72, 83, 86, 87, 89, 92, 96, 98, 101, 107, 同参, 109, 113, 114, 115, 116, 121, 122, 127

山田兼士（やまだ　けんじ）　大阪芸術大学
244参, 290, 294, 298, 299, 300, 301, 303, 306, 310, 314, 337, 348, 349, 354, 358, 364, 365, 370, 372, 373, 377, 382, 384, 386, 388, 398, 405, 411, 412, 420, 425

山本康治（やまもと　こうじ）　東海大学短期大学部
131, 132, 134, 138, 141, 150, 151, 153, 161, 164, 167, 168, 170, 171, 172, 176, 177, 183, 188, 191, 195, 197, 198, 201, 202, 208, 210, 213

編者
29, 63, 108, 165

作品で綴る　近代文学史

発　行　2018年2月25日　初版1刷
　　　　2019年2月25日　　　2刷
編　者　山田有策
　　　　畑　有三
　　　　長野　隆
発行者　加曽利達孝
発行所　鼎　書　房
　　　　〒132-0031 東京都江戸川区松島2-17-2
　　　　TEL・FAX 03-3654-1064
　　　　URL http://www.kanae-shobo.com
印刷所　イイジマ・TOP　　製本　エイワ

ISBN978-4-907282-37-0